KB273611

당시선 下

唐詩選

한중역대한시선 ❷

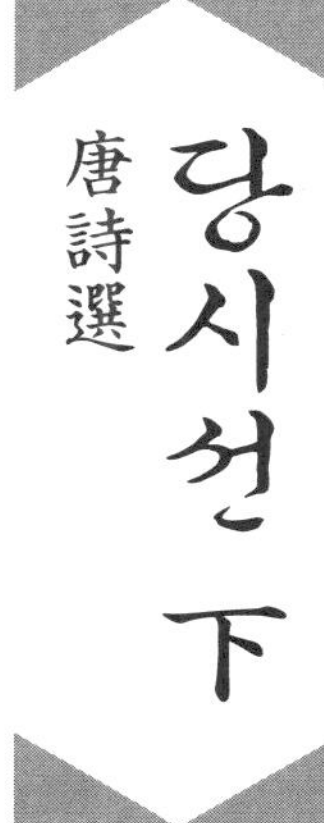

기태완 선역

보고사

머리말

당나라(618-907)는 근대 이전의 중국 역사상 대외적으로 가장 개방적 시기로서, 적극적으로 여러 이국의 문화를 받아들이고, 그것을 스스로 융화하여 여러 방면에 풍성한 문화유산을 남겼다. 그 중 시가(詩歌) 또한 유례없는 성대함을 이루어서, 당시(唐詩)는 중국 시가사(詩歌史)에서 최고의 정점에 이르렀던 시기로 평가된다. 이후 당시는 후대의 시가창작에 한 전범으로서 막대한 영향을 미쳤다.

한국 또한 당시와의 인연이 유구하다. 당나라 시인들이 신라의 사신, 빈공과 출신(崔致遠·金可紀 등), 승려(無著禪師 등) 등 여러 사람들에게 직접 지어준 시들이 적지 않게 남아있다. 어떤 신라의 재상은 당나라를 오가는 신라상인들에게 거금을 주고 백거이(白居易)의 시집을 구입하여 읽고서 그 시에 정통했다고 한다.

고려 최자(崔滋)의 『보한집(補閑集)』에 "문안공(文安公)이 일찍이 말하기를 '대개 우리나라의 제작(制作)은 고사(古事)를 인용할 때 문(文)에 있어서는 육경(六經)과 삼사(三史)이고, 시에 있어서는 『문선(文選)』·이백(李白)·두보(杜甫)·한유(韓愈)·유종원(柳宗元)인데, 이 이외의 여러 사람들의 문집은 근거로써 인용하기가 마땅하지 않다고 여긴다'고 했다"고 했다. 이처럼 고려 때에도 당시는 시가 창작에 있어서 중요한 전범이었다.

조선에서는 당시풍이 더욱 유행하였는데, 중국의 당시 선집들이 많이 수입되어 통행되었다. 신흠(申欽)의 『청창연담(晴窓軟談)』에 "당시를 뽑아놓은 것에는 『품휘(品彙)』·『당음(唐音)』·『전당시선(全唐詩選)』·『만수선(萬首選)』·『백가시(百家詩)』 등이 있는데, 『품휘』와 『당음』이 가장 정밀하다”고 했다. 물론 이들 외에도 많은 선집들이 읽혀졌고, 나아가 조선에서 간행된 독자적인 당시선집 또한 적지 않았다.

당시에 대한 이해는 다음의 글에서 그 대략을 엿볼 수 있다.

당나라 3백 년 동안의 시는 여러 체(體)가 갖추어졌다. 그래서 왕체(往體: 古體)·근체(近體)·장단편(長短篇)·오칠언(五七言)·율구(律句)·절구(絶句) 등의 제작(製作)이 처음에서 일어나서 중간에서 완성되고, 변화로 흘러가고, 끝으로 떨어지지 않음이 없다. 성률(聲律)과 흥상(興象), 문사(文詞)와 이치(理致)에 있어서는 각각 품격(品格)의 고하(高下)가 다름이 있다. 대략 말해본다면, 초당(初唐)·성당(盛唐)·중당(中唐)·만당(晚唐)의 같지 않음이 있다. 상세하게 분석해본다면, 정관(貞觀)·영휘(永徽) 때, 우(虞: 虞世南)·위(魏: 魏徵) 제공(諸公)은 약간 구습(舊習)을 떨쳐버렸고, 왕(王: 王勃)·양(楊: 楊炯)·노(盧: 盧照鄰)·낙(駱: 駱賓王)은 그로 인하여 미려(美麗)함을 가했고, 유희이(劉希夷)는 규유(閨帷)의 작품이 있고, 상관의(上官儀)는 완미(婉媚)한 체가 있었다. 이것이 초당에서 처음 제작한 것들이다. 신룡(神龍) 이후에서 개원(開元) 초까지는 진자앙(陳子昂)의 고풍(古風)의 아정(雅正)함, 이거산(李巨山: 李嶠)의 문장(文章)의 숙로(宿老)함, 심(沈: 沈佺期)·송(宋: 宋之問)의 신성(新聲), 소(蘇: 蘇頲)·장(張: 張說)의 대수필(大手筆)이 있었는데, 이것이 초당에서 점차 성대해진 것들이다. 개원(開元)·천보(天寶) 연간에는 이한림(李翰林: 李白)의 표일(飄逸)함, 두공부(杜工部: 杜甫)의 침울(沈鬱)함, 맹양양(孟襄陽: 孟浩然)의 청아(淸雅)함, 왕우승(王右丞: 王維)의 정치(精緻)함, 저광희(儲光義)의 진솔(眞率)함, 왕창령(王昌齡)의 성준(聲俊)함, 고잠(高適)·잠삼(岑參)의 비장(悲壯)함, 이기(李頎)·상건(常建)의 초범(超凡)함이 있었는데, 이것이 성당에서 성대했던 것들이다. 대력(大曆)·정원(貞元) 중에는 위소주(韋蘇州: 韋應物)의 아담(雅淡)함, 유수주(劉隨州: 劉長卿)의 개광(開曠)

함, 전랑(錢郎: 錢起)의 청담(淸贍)함, 황보(皇甫: 皇甫冉)의 충수(沖秀)함, 진공서(秦公緒)의 산림(山林), 이종일(李從一)의 대각(臺閣)이 있었는데, 이것이 중당에서 다시 성대했던 것들이다. 아래로 원화(元和)에 이르면, 유우계(柳愚谿: 柳宗元)는 초연(超然)히 복고(復古)했고, 한창려(韓昌黎: 韓愈)는 그 사(詞)를 박대(博大)하게 했고, 장(張: 張籍)·왕(王: 王建)의 악부(樂府)는 그 고실(故實)을 얻었고, 원(元: 元稹)·백(白: 白居易)의 서사(序事)는 힘씀이 분명함에 있었고, 이하(李賀)·노동(盧仝)의 귀괴(鬼怪)함, 맹교(孟郊)·가도(賈島)의 기한(饑寒)이 있었는데, 이것이 만당(晩唐)의 변태(變態)들이다. 아래로 개성(開成) 이후까지는 두목지(杜牧之: 杜牧)의 호종(豪縱)함, 온비경(溫飛卿: 溫庭均)의 기려(綺靡)함, 이의산(李義山: 李商隱)의 은벽(隱僻)함, 허용회(許用晦: 許渾)의 대우(偶對)가 있었고, 그밖에 유창(劉滄)·마대(馬戴)·이빈(李頻)·이군옥(李羣玉)의 무리는 오히려 능히 기격(氣格)에 힘을 써서 시류(時流)로 나아갔는데, 이것이 만당에서 변태가 극에 이른 것들이지만, 유풍(遺風)과 여운(餘韻)이 오히려 남아있는 것들이다. 이들 모두는 명가(名家)로서 천장(擅場)하고, 당세(當世)에 치빙(馳騁)했는데, 혹은 재자(才子)로 불리고, 혹은 시호(詩豪)로 추대되고, 혹은 오언장성(五言長城)이라 불리고, 혹은 율시귀감(律詩龜鑑)으로 여겨지고, 혹은 시인관면(詩人冠冕)이라 불리고, 혹은 해내문종(海內文宗)으로 추존되었는데, 정(精)·추(麤)·사(邪)·정(正)·장(長)·단(短)·고(高)·하(下)에 있어서 동일하지 않음을 지니지 않음이 없다. 보는 자가 만약 궁정천미(窮精闡微)하고, 초신입하(超神入化)하고, 영롱투철(玲瓏透徹)하게 깨닫지 못한다면, 그 문(門)을 얻을 수 없고, 그 호오(壺奧)를 모을 수 없을 것이다. 지금 시험 삼아 수십 백 편의 시를 그 성명을 가리고 보여준다면, 배우는 자는 반드시 어떤 것이 초당이고, 어떤 것이 성당이고, 어떤 것이 중당이고, 어떤 것이 만당이고, 또 어떤 것이 왕(王: 왕발)·양(楊: 양형)·노(盧: 노조린)·낙(駱: 낙빈왕)이고, 또 어떤 것이 심(沈: 심전기)·송(宋: 송지문)이고, 또 어떤 것이 진습유(陳拾遺: 진자앙)이고, 또 어떤 것이 이(李: 이백)·두(杜: 두보)이고, 또 어떤 것이 맹(孟: 맹호연)이고, 저(儲: 저광희)이고, 이왕(二王: 왕창령과 왕유)이고, 고(高: 고적)・잠(岑: 잠삼)이고, 상(常: 상건)・유(劉: 유장경)・위(韋: 위응물)・유(柳: 유종원)이고, 한(韓: 한유)・이(李: 이하)・장(張: 장적)・왕(王: 왕건)・원(元: 원진)・백(白: 백거이)・교(郊: 맹교)・도(島: 가도)의 작품인지를 알아야만 한다. 제가(諸家)를 완전히 변별하고, 호망(毫芒)까지 분석해야만 비로소 작자라고 할 것이다.

-고병(高棅)의 「당시품휘총서(唐詩品彙總叙)」 중에서-

위 명나라 고병의 글은 당시의 시기를 초당(初唐)・성당(盛唐)・중당(中唐)・만당(晩唐)으로 나누는 사변설(四變說)을 취하고 있다. 사변설은 초당・성당・만당으로 나누는 삼변설(三變說)보다 훨씬 일반적이었는데, 그러나 같은 사변설이라도 역대에 걸쳐 사람에 따라 그 시기 나눔을 달리했음을 감안해야 할 것이다. 아무튼 이 글에서 당시 명가들의 몇몇 면면과 그들 시의 풍격을 대략 살펴볼 수 있다.

이 『당시선』 상하권은 시인 117가(家)의 시 556수를 선발하여 번역한 것이다. 각 작가에 대한 소전(小傳)과 작품에 대한 상세한 주석을 달았고, 아울러 한국과 중국의 역대 평설(評說) 몇몇을 붙여서 작품 감상 및 이해에 이바지하고자 했다.

시의 배열은 시인별로 했으며, 그 배열은 대략 시대 순을 따랐는데 몇몇 여류와 도사 및 승려시인들은 시대를 무시하고 맨 뒤에 붙였다. 그래서 상권은 초당과 성당시인들이고, 하권은 중당과 만당과 여류・도사・승려시인들이다.

시의 선발은 역대의 여러 선시집을 참고했는데, 그중 몇몇 시는 작품성에 관계없이 한국과의 관련성에 의거하여 선발했다. 각 판본에 따라 출입하는 글자는 『전당시』의 것을 기본으로 삼았다. 또한 번역은 직역을 원칙으로 했다.

이 『당시선』은 보고사의 기획물 한중역대한시선(韓中歷代漢詩選) 중 『한위육조시선(漢魏六朝詩選)』에 이은 두 번째 간행물이다. 『송시선(宋詩選)』과 『고려시선(高麗詩選)』도 조만간 간행될 예정이다.

부디 일반 독자들의 감상과 한시전공자들의 연구에 작은 도움이나마 되기를 바란다.

2008년 5월 정취재(情趣齋)에서 기태완

차 례

유장경 劉長卿

유장경(709-780?), 자는 문방(文房), 하간(河間: 지금의 하북성 河間縣) 사람. 개원(開元) 21년(733)에 진사가 되었다. 숙종(肅宗) 지덕(至德) 연간에 감찰어사(監察御使)를 지냈다. 검교사부원외랑(檢校祠部員外郞)으로서 전운사판관(轉運使判官)되어 회남(淮南)과 악악(鄂岳)의 전운유후(轉運留後)를 맡았다. 악악관찰사(鄂岳觀察使) 오중유(吳仲孺)의 무고를 당하여 반주(潘州) 남파위(南巴尉)로 좌천되었다. 때마침 그를 변호해 준 사람이 있어서 목주사마(睦州司馬)에 임명되었고, 수주자사(隨州刺史)로 관직을 마쳤다.

유장경은 상원(上元)·보응(寶應) 연간에 시명을 날렸다. 후인들은 그를 성당시인 혹은 대력십재자(大曆十才子)로 대했다. 특히 오언율시에 뛰어났는데, 권덕여(權德輿)는 그를 '오언장성(五言長城)'이라 불렀다. 전기(錢起)와 함께 '전류(錢劉)'라고 병칭되었다.

『영규율수』에 "장경의 시는 세밀하고 담박하여 환하게 드러내지 않는다. 마땅히 천천히 음미해야지, 급하게 한 번 보아서는 안 된다. 유장경은 '오언장성'이라 불리는데, 그 시를 자세히 음미해보면, 사치(思致)가

유완(幽緩)하여 가도(賈島)의 심초(深峭)함에는 미치지 못하고, 또한 장
적(張籍)의 명백(明白)함과도 같지 않다. 대개 자못 골력(骨力)은 부족하
지만 위곡(委曲)한 뜻이 있다"고 했다.

푸른 계곡물가의 별서에서 황보 시어의 내방을 기뻐하다

碧澗別墅喜皇甫侍御相訪[1]

荒村帶返照	황량한 마을은 석양빛을 띠고
落葉亂紛紛	낙엽이 어지럽게 휘날리네
古路無行客	옛길엔 행객이 없는데
寒山獨見君	추운 산에서 다만 그대를 보네
野橋經雨斷	들판 다리는 비를 겪고 끊기고
澗水向田分	계곡물은 밭을 향해 나눠지네
不爲憐同病	동병상련을 하지 않는다면
何人到白雲	누가 흰 구름 가에 오겠는가!

주석 ⌒

1) 皇甫侍御(황보시어): 황보증(皇甫曾). 전중시어사(殿中侍御史)를 지냈음.

평설 ⌒

● 『영규율수』에 "유수주(劉隨州)는 오언장성이라 불리는데, 황보(皇甫)에게 답한 시의 이와 같은 구절들은 명윤(明潤)하여 위소주(韋蘇州: 韋應物)의 풍이 있다. 다른 시들에서 폄적(貶謫)을 그릴 때는 처원(凄怨)한 말이 많다"고 했다.

● 『당시구』에 "허실상간격(虛實相間格)이다. 5·6구는 황보가 건너온 것을 밝혔는데, 도리어 서술이 고아함을 얻었다"라고 했다.

● 『영규율수휘평』에 "풍서(馮舒)가 '세밀한데 약하지 않고, 담박함이 실로

맛이 있다'고 했다. 하의문(何義門)이 '그림으로 낸 것이 사람의 발걸음
소리를 듣게 하는데, 발걸음소리가 기쁘다'고 했다. 기윤(紀昀)이 '기구
4구는 호기(灝氣)가 있다. 5·6구는 길이 통행하기 어려움을 말했고, 기
구와 말구로써 뜻을 그려낸 것은 아니다'고 했다"고 했다.

표모묘를 지나가며 經漂母墓[1]

昔賢懷一飯	옛 현인이 밥 한 그릇의 은혜를 생각했는데
茲事已千秋	이 일은 이미 천년이 되었네
古墓樵人識	옛 묘지를 나무꾼도 아는데
前朝楚水流[2]	전 조정의 초수가 흐르네
渚蘋行客薦	물가 마름을 행객이 제물로 올리니
山木杜鵑愁	산 숲속의 두견이도 수심 짓네
春草茫茫綠	봄풀은 망망하게 푸른데
王孫舊此遊	왕손이 옛날 이곳에서 노닐었다네

주석

1) 漂母墓(표모묘): 강소성 회음현(淮陰縣)에 있음. 한(漢)나라 회음 출신 한신
(韓信)이 빈천했던 시절 빨래하는 표모에게 밥을 얻어먹었는데, 나중에 왕이
된 후 그 은혜를 잊지 않고 표모에게 천금을 내리고, 또 그녀의 묘를 성대하
게 조성해주었다고 함.

2) 前朝(전조): 초(楚)나라와 한(韓)나라를 말함. 두 나라가 다 망하고 강물만
흐르고 있다는 것.

- 『영규율수』에 "장경은 뜻이 깊은데 드러내지 않는다. 대개 초(楚)나라가 망하고, 한(漢)나라도 망했는데, 지금은 다만 흐르는 강물만 있을 뿐이라는 것이다. 한 표모(漂母)의 묘를 나무꾼도 오히려 알고 있으니, 또한 한 때의 밥 한 그릇의 덕 때문인 것이다"라고 했다.

가을날 오공대 위의 절에 올라 멀리 바라보다 秋日登吳公臺上寺遠眺[1]

古臺搖落後[2]	옛 대에 초목 시든 후
秋入望鄕心	가을이 고향 그리는 마음으로 들어오네
野寺來人少	야외의 절엔 오는 사람 적고
雲峯隔水深	구름 낀 봉우리는 물 너머에서 깊네
夕陽依舊壘	석양이 옛 보루에 기대니
寒磬滿空林	차가운 경쇠소리 빈 숲에 가득하네
惆悵南朝事	슬프구나 남조의 일
長江獨至今	장강만이 홀로 오늘에 이르네

주석 ↺

1) 吳公臺(오공대): 강소성 양주시(揚州市) 북쪽. 원래 남조 송(宋)나라 심경지(沈慶之)가 경릉왕(竟陵王) 탄(誕)을 공격할 때 쌓은 노대(弩臺)였음. 후에 진(陳)나라 장군 오명철(吳明徹)이 북제(北齊) 경자유(敬子猷)를 포위 공격할 때 증축하여 성내에 활을 쐈음. 그래서 오공대라고 함.

2) 搖落(요락): 초목이 시드는 것. 『楚辭·九歌』에 "悲哉秋之爲氣也, 蕭瑟兮草木搖落而變衰"라고 했음.

왕십일이 남쪽으로 감을 전별하다 餞別王十一南遊

望君煙水濶	그대 바라보니 안개 낀 강이 드넓고
揮手淚霑巾	손 흔들며 수건에 눈물 적시네
飛鳥没何處	나는 새는 어디로 사라지는가?
青山空向人	푸른 산만 공연히 사람을 향하네
長江一帆遠	긴 강에 한 돛이 먼데
落日五湖春[1]	해가 진 오호의 봄이네
誰見汀洲上	누가 물섬 가의
相思愁白蘋[2]	상사로 수심 짓는 백빈을 보는가?

주석

1) 五湖(오호): 태호(太湖)의 별칭. 강소성과 절강성에 걸쳐있음.

2) 白蘋(백빈): 수생식물. 네가래. 전자초(田字草)라고도 함.

남계의 상산도인 은거를 방문하다 尋南溪常山道人隱居

一路經行處	한 길로 지나가는 곳
每苔見履痕	이끼에서 발자국을 보네

白雲依靜渚	흰 구름은 고요한 물가에 의지하고
芳草閉閒門	방초 속 한가로운 문이 닫혀있네
過雨看松色	비 온 뒤 소나무색을 보고
隨山到水源	산 따라 수원에 다다르네
溪花與禪意	개울가의 꽃과 선정의 뜻이
相對亦忘言	서로 마주하고 또한 말을 잊었네

평설 ⌒

● 『비점당시정성』에 "'芳草閉閒門'은 빼어나게 좋고 빼어나게 좋다. 결구
는 공(空)과 색(色)이 모두 갖추어졌다"고 했다.

● 『당시경』에 "유색(幽色)이 포만(飽滿)하다"고 했다.

새해에 짓다 新年作

鄕心新歲切	고향 생각이 새해에 절실하여
天畔獨潸然[1]	하늘 끝에서 홀로 눈물 흘리네
老去居人下	늙어가면서 남의 밑에 있는데
春歸在客先	봄이 돌아옴이 객보다 먼저이네
嶺猿同旦暮	고개의 원숭이와 아침저녁을 함께 하고
江柳共風煙	강가의 버들과 풍연을 함께 하네
已似長沙傅[1]	이미 장사의 태부와 같은데
從今又幾年	지금부터 또 몇 해를 보내야 하나?

주석 ⤳

1) 潸然(산연): 눈물을 흘리는 모양.

2) 長沙傅(장사부): 한(漢)나라 가의(賈誼). 참소를 당하여 장사왕(長沙王) 태부(太傅)로 좌천되었다.

평설 ⤳

● 『당시경』에 "3·4구는 몹시 준영(雋盈)하니, 말을 얼마나 단련했던가!"라고 했다.

● 명나라 육시옹(陸時雍)의 『시경총론(詩境總論)』에 "유장경은 체물(體物)의 정이 깊고, 뜻을 주조함이 공교로운데, 그 뛰어난 곳은 멀리 성당(盛唐)을 뛰어넘는 것이 있다. '黃葉減餘年'은 바로 유신(庾信)과 왕포(王褒)의 어기(語氣)이다. '老去居人下, 春歸在客先'에서 '春歸' 구는 설도형(薛道衡)의 〈인일사귀(人日思歸)〉의 말보다 어찌 못하겠는가!"라고 했다.

● 『당시별재』에 "('춘일' 구는)공교로운 구이다. 성당과 다름은 바로 여기에 있다"라고 했다.

가의의 고택을 방문하다 過賈誼宅[1]

三年謫宦此栖遲　　삼 년 귀양살이 이곳에서 머물며
萬里惟留楚客悲[2]　만 리에 다만 초객의 슬픔만 남겨놓았네
秋草獨尋人去後　　가을 풀 속 홀로 찾아오니 사람은 떠난 후이고
寒林空見日斜時　　찬 수풀에서 공연히 해지는 때를 보네

漢文有道恩猶薄[3]　　한나라 효문제는 도를 지녔으나 은혜 박정했고
湘水無情弔豈知[4]　　상수는 무정하니 조문을 어찌 알겠는가?
寂寂江山搖落處　　　적적한 강산의 초목이 시든 곳
憐君何事到天涯　　　가련하다 그대는 무슨 일로 하늘 끝에 왔던가?

주석 ♋

1) **賈誼宅**(가의댁): 호남(湖南) 장사현(長沙縣) 서북쪽에 한(漢)나라 가의(賈誼)
   가 3년 동안 귀양 살았던 고택(古宅)이 있다고 함.

2) **楚客**(초객): 초땅 장사에서 귀양 살았던 가의를 말함. 가의는 자신이 장사에
   서 오래 살지 못할 줄을 알고 〈복조부(鵩鳥賦)〉를 지어 자신의 처지를 읊은
   바가 있음.

3) 한나라 효문제(孝文帝)는 즉위한 처음에는 겸양하며, 가의를 중용하려했으나,
   끝내 강후(絳侯)·관후(灌侯)·동양후(東陽侯)·풍경(馮敬) 등의 참소를 믿
   고 가의를 장사왕태부로 쫓아냈다.

4) 장사로 귀양 가던 가의는 상수에 이르러 굴원(屈原)을 애도하는 〈조굴원부
   (弔屈原賦)〉를 지었다.

평설 ♋

● 『청창연담』에 "유장경이 가생(賈生)을 읊기를 '漢文有道恩猶薄, 湘水無情
   弔豈知'라고 했는데, 완곡(婉曲)하면서 촉박하지 않다고 하겠다"고 했다.

● 『당시품휘』에 "원망함이 깊다"라고 했다.

● 『당음계첨』에 "秋草獨尋人去後, 寒林空見日斜時'는 처음 읽고는 해어
   (海語)와 같아서 그 가장 확절(確切)한 뜻을 몰랐다. 가의의 〈복조(鵩

鳥〉〉에서 '四月孟夏, 庚子日斜, 野鳥入室, 主人將去'라고 했는데, '日斜'와 '人去'는 곧 가의의 말을 사용했는데 대략 흔적이 없다"고 했다.

- 『당시선맥회통평림』에 "주경(周敬)이 '애원(哀怨)함이 심한데 〈복조〉 중의 말과 자연스럽고 묘하게 합치했다'고 했다. 주정(周挺)이 '풍아(風雅)의 신(神)으로써 감개한 생각을 운행함이 바로 〈복조〉 1부(賦)와 같아서 곧장 천고를 슬프게 조문하고자 한다'고 했다. 오산민(吳山民)이 '3·4구는 무한하게 처성(淒傷)한데, 한 번 맺음이 암연(黯然)하다'고 했다"라고 했다.

- 『당풍정』에 "깊은 슬픔과 극한 원망이 곧 연수온화(姸秀溫和)함을 회복하였으니, 천고에 묘절(妙絶)하다"고 했다.

- 『당시별재』에 "가의가 귀양을 간 것은 본래 참소로 인함인데, 지금 무슨 일로 왔느냐고 물으니, 품은 정이 무궁하다"고 했다.

여간 옛 현성에 오르다 登餘干古縣城[1]

孤城上與白雲齊	외로운 성이 위로 흰 구름과 나란하고
萬古荒凉楚水西	만고에 황량한 초수가 서쪽으로 흐르네
官舍已空秋草没	관사는 이미 비어 가을 풀에 묻혔는데
女墙猶在夜烏啼[2]	성가퀴는 아직 남아서 밤 까마귀가 우네
平沙渺渺迷人遠[3]	모래밭은 아득하여 헤매는 사람이 멀고
落日亭亭向客低[4]	지는 해는 멀리서 객을 향해 나직하네
飛鳥不知陵谷變	나는 새는 능곡의 변함을 모르고
朝來暮去弋陽谿[5]	익양계에서 아침에 와서 저녁에 가네

주석 ᴄᴗ

1)『태평환우기(太平環宇記)』에 "강남도(江南道) 요주(饒州) 여간현(餘干縣): 백
  운성(白雲城)이 현(縣) 서쪽에 있다. 수(隋)나라 말 임사홍(林士弘)이 쌓은 것
  이다. 수주자사(隨州刺史) 유장경의 시에 '孤城上與白雲齊'라고 운운했다. 또
  백운정(白雲亭)이 현 서쪽 80보(步)에 있는데, 유장경의 시 때문에 백운으로
  이름 지은 것이다"라고 했다.

2) 女墻(여장): 성가퀴. 성 위의 담장. 비예(睥睨)라고도 함.

3) 渺渺(묘묘): 아득한 모양.

4) 亭亭(정정): 먼 모양.

5) 弋陽谿(익양계): 여간현 서쪽에 있음.

평설 ᴄᴗ

● 『당시선맥회통평림』에 "주정(周挺)이 '슬픈 정이 처향(凄響)하여 받들어
  한 번 읽어보면, 〈이소경(離騷經)〉을 비통하게 읽는 것에 못하지 않다'
  라고 했다. 장진운(張震雲)이 '지금에 심상하고 옛날을 조문하는 정이 애
  연(藹然)히 뜻을 말하는 표면에서 드러났다'고 했다"고 했다.

하구에서 앵무주에 이르러 석양에 악양을 바라보며 원중승에게 부치다 自夏口至鸚鵡洲, 夕望岳陽, 寄源中丞[1]

江洲無浪復無煙[2]	강섬엔 파도 없고 안개도 없는데
楚客相思益渺然	초땅 나그네의 그리움은 더욱 아득하네
漢口夕陽斜渡鳥	한구의 석양을 새가 비스듬히 건너가고

洞庭秋水遠連天　　동정호 가을 물은 멀리 하늘에 이어졌네
孤城背嶺寒吹角[3]　외딴 성 산마루 등지고 찬바람 속에 피리 불고
獨戍臨江夜泊船　　외딴 수루는 강에 임했는데 밤에 배를 정박하네
賈誼上書憂漢室　　가의는 상소하여 한나라를 근심했는데
長沙謫去古今憐　　장사로 귀양 가니 고금에서 동정하네

주석

1) 夏口(하구): 당나라 때는 지금의 호북성 무창(武昌)을 하구라고 했음. 후대
   에는 호북성 한구(漢口)를 하구라고 했음. 鸚鵡洲(앵무주): 호북성 무한시
   (武漢市) 서남 장강(長江) 속에 있음. 岳陽(악양): 호남성 악양현(岳陽縣).
   源中丞(원중승): 일작 원중승(阮中丞)이라 했음. 미상. 중승은 어사중승(御
   史中丞).

2) 江洲(강주): 강 속의 사주(沙州). 앵무주를 말함.

3) 孤城(고성): 한양성(漢陽城)을 말함. 구산(龜山)을 등지고 있음.

영철상인을 전송하다 送靈澈上人[1]

蒼蒼竹林寺[2]　　푸르른 죽림사
杳杳鐘聲晚[3]　　희미한 저녁 종소리
荷笠帶夕陽　　짊어진 삿갓은 석양을 띠고
青山獨歸遠　　청산 멀리 홀로 돌아가네

1) 靈澈上人(영철상인): 『당시기사(唐詩紀事)』에 "승려 영철(靈澈)은 회계(會稽)에서 태어났고, 본성은 탕씨(湯氏)이고, 자는 징원(澄源)이다. 오흥(吳興)과 시승(詩僧) 교연(皎然)과 더불어 교유했고, 원화(元和) 11년에 선주(宣州)에서 죽었다"고 했다. 上人(상인): 승(僧)에 대한 존칭.

2) 竹林寺(죽림사): 『청통지(淸統志)』에 "강소(江蘇) 진강부(鎭江府): 죽림사(竹林寺)가 단도현(丹徒縣) 성남(城南) 6리에 있다. 진(晉)나라 때 창건했으나 오래되어 폐허가 되었는데, 숭정(崇禎) 연간에 중건했다"고 했음.

3) 杳杳(묘묘): 은약(隱約) 혹은 의희(依稀)함.

금 연주를 듣다 聽彈琴

泠泠七絃上[1]	칠현 위의 맑은 소리
靜聽松風寒[2]	<송풍곡>을 고요히 들으니 서늘하네
古調雖自愛	옛 곡조를 스스로 사랑하건만
今人多不彈	지금 사람들은 타지 않음이 많네

주석 ∽

1) 泠泠(영령): 소리가 청월(淸越)하고 유양(悠揚)한 것. 七絃(칠현): 원래 신농씨(神農氏)가 5현금을 만들었는데, 문왕(文王)이 2현을 더하여 7현으로 만들었다고 함.

2) 松風(송풍): 옛 금곡(琴曲)인 <풍입송(風入松)>의 별칭. 삼국 위(魏)나라 혜강(嵇康)이 작곡했다고 함.

방외상인을 전송하다 送方外上人[1]

孤雲將野鶴	외로운 구름이 야학을 이끄니
豈向人間住	어찌 인간 세상에 머물리오?
莫買沃洲山	옥주산은 사지 마시오
時人已知處	당시 사람들도 장소를 이미 알았다오

주석 ～

1) 方外上人(방외상인): 미상.

2) 沃洲山(옥주산): 절강성 신창현(新昌縣) 동쪽. 위에 방학정(放鶴亭)과 양마파(養馬坡) 등이 있는데, 진(晉)나라 지둔(支遁)이 학을 풀어놓고 말을 키우던 곳이라고 전함. 『술이기(述異記)』에 "제14복지(福地)는 이름이 옥주(沃州)인데, 초봉(峭峯)이 12개가 있고, 2개의 명취천(茗翠天)이 있다. 월주(越州)는 지금의 소흥부(紹興府)이다. 도림(道林)이 사안(謝安)·왕희지(王羲之)·허순(許詢)·하충(何充) 등 일대(一代)의 명류들과 방외교(方外交)를 맺었는데, 섬산(剡山)에 은거하여 옥주의 작은 언덕에 절을 세우고 도를 행했다"고 했음.

평설 ～

● 『당시경』에 "모습은 예스러우나 당(唐)인 것은 의도하여 지은 것이 있기 때문이다"고 했다.

● 『당시별재』에 "'三宿桑下, 已嫌其遲'의 뜻이 있는데, 대개 풍자한 것이다"라고 했다.

눈을 만나 부용산주인댁에 묵다 逢雪, 宿芙蓉山主人

日暮蒼山遠	해 저문 푸른 산이 먼데
天寒白屋貧[1]	날 추운데 초가의 가난한 집이네
柴門聞犬吠	사립문에서 개 짖는 소리 듣는데
風雪夜歸人	풍설 속에 밤에 돌아가는 사람이네

주석 ⋙

1) 白屋(백옥): 백모(白茅)로 지붕을 덮은 초가집. 일설에는 목재에 칠을 하지 않은 가난한 집이라 함.

평설 ⋙

● 『비점당음』에 "이는 이른바 진어(眞語)와 진정(眞情)이라는 것인데, 맑은 말의 고조(古調)이다"라고 했다.

● 『당시정성』에 "오일일(吳逸一)이 '산장의 맑은 경치를 지극히 닮게 하여 도리어 적막하지 않다'고 했다"고 했다.

● 『당시해』에 "이 시는 곧장 실사(實事)를 읊었는데, 그러나 낙백(落魄)한 사람에게 읊게 하면, 참으로 처절함이 천고일 것이다"라고 했다.

● 『당시전주』에 "상 2구는 고적한 정황의 맛이다. 개가 짖고 사람이 돌아가는 것은 놀랍기도 하고 기쁘기도 한데, 경색(景色)이 입묘(入妙)했다"고 했다.

● 『현용설시』에 "왕유와 위응물에 비교하면 약간 천(淺)하나, 그 청묘(淸妙)함은 스스로 버릴 수 없다"고 했다.

● 『당인절구정화』에 "이 시 20자는 눈 오는 밤 산 사람의 빔에서 숙박하는 일단의 정사(情事)인데, 묘사하여 그려낸 것이 눈으로 보는 듯하다"고 했다.

이판관이 윤주의 행영으로 가는 것을 전송하다 送李判官之潤州行營[1]

萬里辭家事鼓鼙[2]	만 리 길 집을 떠나 군역에 종사하니
金陵驛路楚雲西[3]	금릉역 길은 초땅 구름의 서쪽에 있네
江春不肯留行客	강의 봄이 행객을 머물러두려 하지 않고
草色靑靑送馬蹄	풀색만 푸릇푸릇 말발굽을 전송하네

주석

1) 潤州(윤주): 강소성 진강현(鎭江縣). 行營(행영): 절도사가 그 임지(任地)를 정한 후 잠시 군을 주둔시킨 곳.

2) 鼓鼙(고비): 군용(軍用)의 큰 북과 작은 북. 정전(征戰)을 말함.

3) 金陵(금릉): 중당과 만당 시인은 윤주를 항상 금릉으로 지칭했음.

이화 李華

이화(715-774), 자는 하숙(遐叔), 조주(趙州) 찬황(贊皇: 하북성) 사람.
개원(開元) 23년(735)에 진사에 합격했다. 천보(天寶) 연간에 감찰어사
(監察御史)를 지내고 우보궐(右補闕)이 되었다. 안록산이 경사를 함락시
켰을 때 현종을 호종하지 못하고, 적에게 억류되어 강제로 벼슬을 받았
다. 적이 평정된 후 항주사호참군(杭州司戶參軍)으로 쫓겨났다가 강산
에 은거했다. 나중에 이현(李峴) 아래에서 강남(江南)의 검교이부원외랑
(檢校吏部員外郎)을 지내다가 풍비(風痹)로 인하여 관직을 떠났다. 대력
(大曆) 초에 죽었음.

이화는 시문으로 소영사(蕭穎士)와 제명하여 '소리(蕭李)'로 불렸는데 한
유와 유종원의 선구(先驅)였다.

봄나들이 하며 흥을 붙이다 春行寄興

宜陽城下草萋萋[1]	의양성 아래 풀 우거지고
澗水東流復向西	개울물은 동으로 흐르다 다시 서쪽을 향하네
芳樹無人花自落	향기로운 나무는 사람도 없는데 꽃이 절로 지고
春山一路鳥空啼	봄 산 한 길에서 새가 공연히 우네

주석 ᑐ

1) 宜陽城(의양성): 지금의 하남성 의양현(宜陽縣).

평설 ᑐ

● 『당시직해』에 "정치(情致)가 모두 그윽하다"고 했다.

● 『당풍정』에 "또한 스스로 꽃 지고, 새 우는 일상의 경계인데, 곧 풍기(風氣)가 두루 아름답다"고 했다.

엄유 嚴維

엄유, 자는 정문(正文), 월주(越州) 산음(山陰: 절강성 紹興) 사람. 지덕(至德) 2년에 진사에 합격하고, 사조굉려과(辭藻宏麗科)에 합격했다. 제기위(諸曁尉)에 임명되고, 비서랑(秘書郎)을 거쳐 우보궐(右輔闕)로 관직을 마쳤다. 유장경(劉長卿)과 친했다.

『당재자전』에 "(엄유는) 시정(詩情)이 아중(雅重)한데, 위진(魏晉)의 풍(風)을 가지고 단련갱장(鍛鍊鏗鏘)하여 거의 유한(遺恨)이 없게 했다. 한 때의 명성 있는 무리 가운데 누가 금란(金蘭)이 아니라고 하겠는가?"라고 했다.

금화로 가는 사람을 전송하다 送人入金華[1]

明月雙溪水[2]	밝은 달 비추는 쌍계수
清風八詠樓[3]	맑은 바람 부는 팔영루
昔年爲客處	지난날 나그네살이 했던 곳인데
今日送君遊	오늘은 그대를 전송해 보내네

주석

1) 金華(금화): 지금의 절강성 금화현(金華縣).

2) 雙溪水(쌍계수): 『청통지』에 "절강(浙江) 금화촌(金華村): 쌍계(雙溪)가 난계현(蘭溪縣) 동쪽에 있다. 한줄기는 요과암(鵁窠巖)에서 나오는데 팔석계(八石溪)라고 하고, 한줄기는 영롱암(玲瓏巖)에서 나와서 두 물이 합류하여 무항(婺港)으로 들어간다"고 했다.

3) 八詠樓(팔영루): 『청통지』에 "팔영루는 부학(府學) 서쪽에 있다. 옛 명칭은 원창루(元暢樓)이고, 제(齊)나라 융창(隆昌) 초에 태수 심약(沈約)이 건립했는데 〈팔영루〉시가 있다"고 했다.

평설

● 『당인만수절구선평』에 "절구의 묘경(妙境)은 전구(轉句)의 생의(生意)에 있는 것이 많은데, 이 시는 전구가 입묘(入妙)하여 위 2구가 모두 정이 있음을 깨닫는다"라고 했다.

단양에서 위참군을 전송하다 丹陽送韋參軍

丹陽郭裏送行舟	단양성 안에서 떠나는 배를 전송하니
一別心知兩地秋	한 번 이별하면 양쪽 다 가을이 될 것을 아네
日晚江南望江北	날 저무는 강남에서 강북을 바라보니
寒鴉飛盡水悠悠	추운 까마귀들 날아 사라지고 강물은 아득하네

평설 〜

● 『당시정성』에 "오일일(吳逸一)이 '이별의 정이 표묘(縹緲)하다'고 했다"
라고 했다.

● 『비점당시정성』에 "작시의 묘처는 진정 많이 말하는 데에 있지 않다. '日
晚' 2구는 다소의 상사의 정인데, 모두 이곳에서 마음을 은괄(隱括)했다"
고 했다.

● 『당인만수절구선평』에 "다만 한 '望'자에서 뜻을 보였는데, 말구는 공제
(空際)로 전입(轉入)하였으나 도리어 스스로 아름답다"고 했다.

위응물 韋應物

위응물(737-792?), 경조(京兆) 장안(長安: 섬서성 西安市) 사람. 젊어서 삼위랑(三衛郎)으로 현종(玄宗)을 받들었음. 난리 후 관직을 잃었으나 스스로를 극복하고 독서하였다. 건원(建中) 3년에 비부원외랑(比部員外郎)이 되고, 저주자사(滁州刺史)와 소주자사(蘇州刺史)를 지냈다.

『전당시』에 "응물은 성품이 고결(高潔)하여 머무는 장소에 향을 피우고 청소하고 앉았다. 오직 고황(顧況)·유장경(劉長卿)·구단(丘丹)·진계(秦系)·교연(皎然)의 무리만을 측근 빈객으로 삼아서 함께 수창했다. 그 시는 한담간원(閒澹簡遠)하여 사람들이 도잠(陶潛)에 비견하고 '도위(陶韋)'라고 불렀다"고 했다.

『사고전서총목(四庫全書總目)』에는 "응물의 오언고체(五言古體)는 근원이 도잠에게서 나왔는데, 삼사(三謝: 謝靈運·謝惠連·謝朓)를 주화(鑄化)했기 때문에 진솔하지만 소박하지 못하고, 화려하지만 기려하지 못하다. 단지 시상(柴桑: 도잠)을 추구했으나 실질을 얻지 못했다"고 했다. 『시수』에서 "소주(蘇州)의 오언고시는 우수하게 성당(盛唐)으로 들어가는데, 근체시는 완약(婉約)하여 아취가 있지만 스스로 대력(大曆)의 성구(聲口)이다. 왕유와 맹호연과는 약간 같지 않다"고 했다.

유거 幽居[1]

貴賤雖異等	귀천은 비록 등급이 다르지만
出門皆有營	문을 나서면 모두 경영할 바가 있네
獨無外物牽	홀로 외물에 끌림이 없어서
遂此幽居情	이 유거의 정을 이루었네
微雨夜來過	보슬비가 밤에 지나가서
不知春草生	봄풀이 돋은 것도 몰랐네
靑山忽已曙	푸른 산이 문득 이미 밝으니
鳥雀繞舍鳴	새들이 집을 돌며 우짖네
時與道人偶	때때로 도인과 짝하고
或隨樵者行	간혹 나무꾼을 따라서 가네
自當安蹇劣[2]	스스로 곤궁함을 편안히 여기니
誰爲薄世榮	누가 세상의 영화가 박하다고 하겠는가?

주석 ⟡

1) 幽居(유거): 은거(隱居).

2) 蹇劣(건렬): 곤액(困厄). 경우(境遇)가 좋지 못함.

평설 ⟡

● 『당시경』에 "연명(淵明: 陶潛)은 도연(陶然)히 흔창(欣暢)하며, 응물은
담연(淡然)히 적막(寂寞)한데, 이 시에서 그 흉차(胸次)를 상상해볼 수
있다"고 했다.

● 『당시별재』에 "중간('微雨' 2구)에 원화(元化)가 있다. 매번 마을의 닫힌
  문 앞을 지나갈 때마다 앞 2구를 암송해보면, 아연(啞然)해진다"고 했다.

금초 산중의 도사에게 부치다 寄全椒山中道士[1]

今朝郡齋冷	오늘 아침 군재가 서늘하여
忽念山中客	문득 산중의 객을 생각하네
澗底束荊薪	개울 아래서 땔나무를 묶고
歸來煮白石	돌아와서 백석을 굽네
欲持一瓢酒	한 표주박의 술을 들고 가서
遠慰風雨夕	비바람 치는 밤을 위로하려는데
落葉滿空山	낙엽이 빈산에 가득하리니
何處尋行跡	어디서 행적을 찾겠는가?

주석 ↷

1) 全椒(전초): 안휘성 전초현(全椒縣). 왕상지(王象之)의 『여지기승(輿地紀勝)』
   에 "회남동로(淮南東路) 저주(滁州): 신산(神山)이 전초현(全椒縣) 서쪽 30리
   에 있는데 골짜기가 몹시 깊다. 당나라 위응물의 〈寄全椒山中道士〉시가 있
   으니, 이곳이 곧 도사의 거처이다"라고 했다. 山中道士(산중도사): 백석선생
   (白石先生)을 말함. 『신선전(神仙傳)』에 "백석선생은 중황장인(中黃丈人)의
   제자이다. 항상 백석(白石)을 구워서 식량으로 삼았는데, 백석산(白石山)에
   가서 살았다. 당시 사람들이 그래서 백석선생이라 불렀다"라고 했다.

● 『언주시화』에 "위소주(韋蘇州: 위응물)의 시에 '落葉滿空山, 何處尋行 迹?'이라 했는데, 동파(東坡)가 그 운(韻)을 사용하여 '寄語庵中人, 飛空 本無迹'이라 했다. 이는 재능이 없으면 미칠 수 없는 것이다. 대개 절창 은 화답할 수 없다. 동파가 〈나한찬(羅漢贊)〉에서 '空山無人, 水流花開' 라고 한 여덟 글자는 도리어 남에게 다시 말하도록 허락할 수 있겠는 가?"라고 했다.

● 『비점당시정성』에 "전수(全首)가 한 글자라도 좋지 않은 것이 없다. 말 은 충박(沖泊)한 듯한데, 의흥(意興)이 독지(獨至)하다. 이는 이른바 '양 공(良工)이 마음으로 홀로 고심했다'는 것이다"라고 했다.

● 『당풍정』에 "말마다 신경(神境)인데, 작자도 그것이 그렇게 된 바를 모 를 것이다. 후인들이 화답하려고 한다면, 그 졸(拙)함 만을 알 뿐이다"라 고 했다.

● 『당시별재』에 "화공(化工)의 필(筆)이다. 도연명(陶淵明)의 '采菊東籬花, 悠然見南山'과 더불어 묘처(妙處)가 언어와 의사(意思)에 관계되지 않았 다"고 했다.

처음 양자강을 출발하며 원대교서에게 부치다 初發揚子寄元 大校書[1]

悽悽去親愛	쓸쓸히 친한 벗을 떠나
泛泛入烟霧	두둥실 물안개로 들어가네
歸棹洛陽人	돌아가는 배엔 낙양 사람이 있고

殘鐘廣陵樹[2]　　　　　남은 종소리는 광릉 숲에 있네

今朝此爲別　　　　　오늘 아침 이렇게 이별하면

何處還相遇　　　　　어디서 다시 서로 만나려나?

世事波上舟　　　　　세상일 물결 위의 배 같으니

沿洄安得住[3]　　　　흘러가고 거슬러가며 어디서 멈출 건가?

주석

1) 揚子(양자): 장강(長江)을 일명 양자강이라 함. 元大(원대): 미상. **校書**(교서): 종9품의 관직.

2) 廣陵(광릉): 강소성 양주(揚州).

3) 沿洄(연회): 연(沿)은 물을 따라 흘러가는 것. 회(洄)는 물을 거슬러 올라가는 것.

평설

● 『당시별재』에 "이별의 정을 표현함에는 처완(悽惋)함을 넘을 수 없는데, 함축(含蓄)이 끝이 없어서, 더욱 깊은 정을 본다. 이런 종류는 법으로 삼을 수 있다"고 했다.

회수 가에서 즉시 지어 광릉 친구에게 부치다 淮上卽事寄廣陵親故[1]

前舟已渺渺　　　　　앞 배는 이미 아득한데

欲渡誰相待　　　건너려다 누구를 기다리는가?

秋山起暮鐘　　　가을 산에선 저녁종소리가 울려나고

楚雨連滄海　　　초땅의 비는 푸른 바다에 이어졌네

風波離思滿　　　풍파엔 이별의 생각이 가득하여

宿昔容鬢改　　　지난날의 모습이 바뀌었네

獨鳥下東南　　　외로운 새는 동남으로 내려가는데

廣陵何處在　　　광릉은 어느 곳에 있는가?

주석 ⌒

1) 淮上(회상): 강소성 회음(淮陰) 일대를 말함.

평설 ⌒

● 『당시선맥회통평림』에 "주정(周挺)이 '소주가 수창하여 준 여러 시편들
  은 연화(鉛華)를 다 씻어내고 다만 풍골(豊骨)만 표방했는데, 깊은 산에
  난과 국화가 있어서, 꽃이 피었어도 알지 못하는 상황이다"라고 했다.

회수 가에서 양천의 친구를 기쁘게 만나다 淮上喜會梁州故人[1]

江漢曾爲客[2]　　　강한에서 일찍이 나그네 되어

相逢每醉還　　　만나면 항상 취하여 돌아왔지

浮雲一別後　　　뜬 구름처럼 한 번 이별한 후

流水十年間　　　유수 같은 세월이 십년이네
歡笑情如舊　　　즐겁게 웃으며 정은 예전 같은데
蕭疎鬢已斑　　　드문드문한 머리털은 이미 희끗하네
何因不歸去　　　어찌하여 돌아가지 못했는가?
淮上有秋山　　　회수 가엔 가을 산이 있구려

1) 梁州(양주): 지금의 섬서성 남정현(南鄭縣) 동쪽.

2) 江漢(강한): 장강(長江)과 한수(漢水) 일대 지역.

이첨에게 주다 寄李儋元錫[1]

去年花裏逢君別　　　작년에 꽃 속에서 그대 만나 이별하고
今日花開已一年　　　오늘 꽃이 피니 또 일 년이네
世事茫茫難自料　　　세상일 망망하여 헤아리기 어렵고
春愁黯黯獨成眠　　　봄 근심 암담하여 홀로 잠을 이루네
身多疾病思田里　　　몸에 질병이 많아 전원을 생각하고
邑有流亡愧俸錢　　　읍에는 도망자가 많아 봉전이 부끄럽네
聞道欲來相問訊　　　그대가 방문 온다고 들었는데
西樓望月幾迴圓[2]　　　서루에서 보는 달이 몇 번이나 둥글어야 하는가?

1) 李僋(이첨): 자는 원석(元錫). 전중시어사(殿中侍御史)를 지냄.

2) 西樓(서루): 『청통지(淸統志)』에 "강소(江蘇) 소주부(蘇州府): 관풍루(觀風樓)가 장주(長州) 자성(子城) 서쪽에 있다. 습명지(襲明之)의 『중오기문(中吳紀聞)에서 '당나라 때는 이를 서루(西樓)라고 했다'고 했다. 백거이(白居易)에게 〈西樓命宴詩〉가 있다"고 했다.

● 『지봉유설』에 "위응물의 시에 '身多疾病思田里, 邑有流亡愧俸錢'이라고 했는데, 송인(宋人)들이 몹시 그 아름다움을 칭찬했는데, 이반룡(李攀龍)은 몹시 취하지 않았다. 무엇 때문인지 모르겠다. 격조가 당(唐)이 아니라고 여겼기 때문인가?"라고 했다.

● 『영규율수』에 "주문공(朱文公: 朱熹)이 이 시의 5·6구가 좋다고 몹시 칭찬하고, 당인들은 사환(仕宦)할 때 주택(州宅)과 풍토를 과장되게 찬미하는데, 이 시에서는 다만 '身多疾病'과 '邑有流亡'이라고 말했으니, 어진 것이다고 했다"고 했다.

가을밤에 구이십이 원외에게 부치다 秋夜寄丘二十二員外

懷君屬秋夜	그대 그리며 가을밤을 만나니
散步詠涼天	거닐며 서늘한 날을 읊조리네
山空松子落	산이 쓸쓸하고 솔방울 떨어지니
幽人應未眠[1]	유인은 잠 못 이루리라

1) 幽人(유인): 은거자(隱居者)

● 『당시광선』에 "장중서(蔣仲舒)가 '얕으면서 심원한데, 스스로 소주(蘇州: 韋應物)의 본색이다"라고 했다.

● 『당인만수절구선평』에 "담박하면서 심원한데, 이는 소주의 본색이다. 제3구는 경을 그려서 한 번 드러내었는데, 낙구(落句)가 곧 정미(情味)를 지니게 되었다"고 했다.

누대에 오르다 登樓

玆樓日登眺	이 누대에 매일 올라 조망하니
流歲暗蹉跎	흐르는 세월은 암담하게 어긋나네
坐厭淮南守[1]	앉아서 회남의 수령을 만족해하니
秋山紅樹多	가을 산에 붉은 나무가 많네

1) 厭(염): 만족해하다. 위응물이 자사(刺史)로 있었던 저주(滁州)는 회남도(淮南道)에 속함.

한식날 경사의 아우들에게 부치다 寒食寄京師諸弟

雨中禁火空齋冷	비오는 한식날 빈 집이 서늘하고
江上流鶯獨坐聽	강가의 꾀꼬리소리를 홀로 앉아 듣네
把酒看花想諸弟	술잔 들고 꽃을 보며 아우들을 생각하니
杜陵寒食草青青	두릉의 한식날 풀이 푸릇푸릇하리라

정기조의 <청귤>절구에 답하다 答鄭騎曹青橘絶句[1]

憐君臥病思新橘	그대가 와병으로 새 귤을 생각함을 동정하며
試摘猶酸亦未黃	시험 삼아 따보니 아직 시고 또한 누렇지도 않네
書後欲題三百顆[2]	편지 보낸 후 삼백 과를 보내려는데
洞庭須待滿林霜	동정호 숲에 서리가 가득할 때를 기다려야 하리

주석 ❧

1) 鄭騎曹(정기조): 미상. 기조(騎曹)는 기조참군(騎曹參軍).

2) 題(제): 액(額). 수량을 표시함.

평설 ❧

● 『후산시화』에 "위소주의 시에 '……書後欲題三百顆, 洞庭須待滿林霜'이
라고 했다. 나는 지난날에는 대개 우승(右丞: 王維)의 첩(帖)의 '贈子黃
甘三百'을 사용했다고 여겼다. 근래 우군(右軍: 王羲之)의 첩을 보니 '奉
橘三百枚, 霜未降, 未可多得'이라 했다. 소주는 대개 여기에서 취한 것이

다"라고 했다.

휴가일에 왕시어를 방문했으나 만나지 못했다 休暇日訪王侍御不遇[1]

九日驅馳一日閒	구일 동안 분주하다가 하루가 한가한데
尋居不遇又空還	거처를 찾아왔으나 못 만나고 쓸쓸히 돌아가네
怪來詩思淸人骨[2]	당연히 시사가 사람의 뼛속을 맑게 하니
門對寒流雪滿山	문은 찬 냇물을 대했고 눈이 산에 가득하네

주석 ᢒᢞ

1) 休暇日(휴가일): 당시 관료는 10일에 한 번 휴일을 가졌음. 이를 순휴(旬休) 혹은 순가(旬暇)라고 했음. 王侍御(왕시어): 미상. 시어는 시어사(侍御史).

2) 怪來(괴래): 당연하다. 이상할 것이 없다. 詩思(시사): 시의 정취(情趣). 왕시어의 시를 말함. 왕시어의 시가 사람의 마음을 맑게 함은 그가 사는 거처의 문이 냇물을 마주하고 주위의 산에는 눈이 가득 쌓여있기 때문에 당연하다는 것. 人骨(인골): 인심(人心)과 같음.

평설 ᢒᢞ

● 『당시선맥회통평림』에 "주경(周敬)이 '헤아려 상상함이 묘한데, 참된 형용이다'라고 했다"고 했다.

● 『대경당시화』에 "어떤 이가 나에게 옛사람들의 설시(雪詩) 중에서 어떤

구가 가장 좋으냐고 물었다. 내가 대답하기를 '양부(羊孚)의 〈설찬(雪贊)〉「資淸以化, 乘氣以霏, 遇象能鮮, 卽潔成暉」를 뛰어넘지 못한다. 도연명의 시에는「傾耳無希聲, 在目晧已潔」이라 했고, 왕마힐(王摩詰: 王維)의 시에는「隔牖風驚竹, 開門雪滿山」이라 했고, 위소주는「怪來詩思淸人骨, 門對寒流雪滿山」이라 했는데, 이것들이 상승(上乘)이 된다'고 했다"라고 했다.

저주의 서쪽 시내에서 滁州西澗[1]

獨憐幽草澗邊生[2]	그윽한 풀이 시냇가에 자람을 가장 사랑하니
上有黃鸝深樹鳴	위에는 꾀꼬리가 우거진 나무에서 우네
春潮帶雨晚來急	봄 조수는 비를 띠고 저녁에 급한데
野渡無人舟自橫	들 나루엔 사람 없고 배만 홀로 비껴있네

주석

1) 滁州(저주): 안휘성 저현(滁縣). 西澗(서간): 저주현성(滁州縣城) 서쪽에 있었음.

2) 獨憐(독련): 특별히 사랑함. 幽草(유초): 유심(幽深)한 곳에서 자라는 풀.

평설

● 『비점당시정성』에 "침밀(沈密) 중에 뜻을 붙임이 한아(閒雅)하다. 혼자 앉아 산을 보며 귀가를 잊은 것 같은데, 시 가운데 빼어나게 아름다운

것이다. 사공(謝公)은 곡의(曲意)로써 비유를 취했는데, 하필 그래야 하
겠는가!"라고 했다.

- 『당시만수절구평선』에 "사경(寫景)이 청절(淸絶)하고, 유연하게 뜻이 원
대하여 절창이다"라고 했다.

- 왕사정(王士楨)의 『만수절구선범례(萬首絶句選凡例)』에 "원나라(*송나
라의 잘못임) 조장천(趙章泉: 趙蕃)과 간천(澗泉: 韓淲)이 선발한 당시절
구(唐詩絶句)는, 그 평주(評注)에 우부(迂腐)하고 천착(穿鑿)함이 많다.
위소주(韋蘇州)의 〈저주서간(滁州西澗)〉 '獨憐幽草澗邊生, 上有黃鸝深
樹鳴'을 군자(君子)가 아래에 있고, 소인(小人)이 위에 있는 상(象)이라
고 여겼는데, 이렇게 시를 논한다면 어찌 다시 풍아(風雅)가 있겠는가?'
라고 했다.

엄무 嚴武

엄무(726-765), 자는 계응(季鷹), 화주(華州) 화음(華陰: 섬서성 화음현) 사람. 공부시랑(工部侍郞) 정지(挺之)의 아들로서 태원부참군(太原府參軍)이 되었다. 전중시어사(殿中侍御史) 때 명황(明皇)을 호종하여 촉(蜀)에 가서 간의대부(諫議大夫)가 되었다. 지덕(至德) 초에 방관(房琯)이 급사중(給事中)으로 추천했다. 검남절도사(劍南節度使)를 지내고 이부시랑(吏部侍郞)을 거쳐 황문시랑(黃門侍郞)으로 옮겼다. 다시 성도윤(成都尹)으로 나가서 토번(吐蕃)을 격파한 공으로 검교이부상서(撿校吏部尙書)로 승진하고 정국공(鄭國公)에 봉해졌다. 두보(杜甫)와 가장 친했는데, 검남절도사 때 두보가 그에게 의지했다.

군성의 초가을 軍城早秋

昨夜秋風入漢關[1]	어젯밤 가을바람이 한관에 불어오니
朔雲邊月滿西山[2]	북쪽 구름과 변방의 달빛이 서산에 가득하네
更催飛將追驕虜[3]	다시 비장군을 재촉해 오랑캐를 추적하여
莫遣沙場匹馬還	사막의 필마가 돌아오지 못하게 하리라

주석 ℺

1) 漢關(한관): 당나라 군영을 말함.

2) 西山(서산): 송주(松州)와 유주(維州) 밖의 토번(吐藩) 지역에 있음. 일명 설산(雪山).

3) 飛將(비장): 한(漢)나라 비장군(飛將軍) 이광(李廣). **驕虜**(교로): 흉노(匈奴)가 자칭(自稱)하여 천지교자(天之驕子)라고 했음.

평설 ℺

● 『비점당시정성』에 "계천상(桂天祥)이 '풍격이 교연(矯然)하여 당인(唐人)들의 변새시(邊塞詩)들 가운데 제일이다'고 했다"고 했다.

● 『당시광선』에 "전자예(田子藝)가 '기개가 웅장하여 무장(武將)의 본색이다'고 했다"고 했다.

● 『당시별재』에 "영상(英爽)함이 소릉(少陵)과 유사하다"고 했다.

● 『당시만수절구선평』에 "이와 같은 시는 깊은 사색과 좋은 논의를 지닐 필요가 없다. 다만 반드시 글자마다 포탄(飽綻)해야 하고, 기격(氣格)이 함께 뛰어나야 한다. 완정(阮亭: 王士禎)은 이런 종류의 시를 많이 취했

는데, 대개 뜻은 있지만 기(氣)가 완벽하지 못하면 선발하지 않았다"고
했다.

가지(718-772), 자는 유린(幼鄰), 낙양(洛陽: 하남성) 사람. 천보(天寶) 원년(742)에 명경과(明經科)에 합격하고, 기거사인(起居舍人)과 지제고(知制誥)를 지냈다. 숙종(肅宗) 때 중서사인(中書舍人)이 되었으나, 악주사마(岳州司馬)로 좌천되었다. 보응(寶應) 초에 소환되어 옛 관직을 회복하고, 대력(大曆) 초에 경조윤(京兆尹)과 우산기상시(右散騎常侍)를 지냈다.

『당재자전』에 "가지는 특히 시를 잘 지었는데, 준일(俊逸)한 기(氣)가 포조(鮑照)와 유신(庾信)에게 뒤지지 않는다. 조(調) 또한 청창(淸暢)하고, 게다가 질박한 말이 많은데 표류윤락(漂流淪落)한 것이 많았기 때문이다"라고 했다.

처음 파릉에 와서 이백과 배구와 함께 동정호에 배를 띄우다
初至巴陵, 與李十二白裴九同泛洞庭湖

楓岸紛紛落葉多	단풍 언덕엔 어지럽게 낙엽이 많고
洞庭秋水晚來波	동정호의 가을 물은 저녁에 물결치네
乘興輕舟無近遠	흥이 난 가벼운 배는 원근을 가리지 않고
白雲明月弔湘娥[1]	흰 구름과 밝은 달빛 속에 상아를 조문하네

주석 ᄋᆞ

1) 湘娥(상아): 상군(湘君). 상비(湘妃)라고도 함. 상수(湘水)의 신(神). 李十二
白裴九(이십이백배구): 이백(李白)과 배적(裴迪).

평설 ᄋᆞ

● 『당시해』에 "위에서 〈초사(楚辭)〉의 말을 빌려서 경치를 펼쳤기 때문에
아래에 상아에 대한 조문이 있게 되었다. 축신(逐臣)이 흥을 기탁한 은
미한 말이다"라고 했다.

● 『당시별재』에 "이전 사람이 말구가 태백(太白)을 번안(飜案)했다고 하였
는데, 시험 삼아 '白雲明月'과 '不知何處'를 생각해보면 어찌 번안이겠는
가?"라고 했다.

● 『당인만수절구평선』에 "신채(神采)와 기백(氣魄)이 이백과 같지 않다.
경과 정을 머금음이 유연(悠然)이 그치지 않으니 또한 가작(佳作)이다"
라고 했다.

전기(722-780?), 자는 중문(仲文), 오흥(吳興: 절강성 오흥현) 사람. 천보(天寶) 10년(751)에 진사에 급제하고, 교서랑(校書郞)이 되었다. 촉(蜀)으로 사신을 갔다 와서 고공랑(考功郞中)이 되었다. 대력(大曆) 중에 한림학사(翰林學士) 등을 지냈다.

전기의 시는 시격(詩格)이 신기(新奇)하고, 이치(理致)가 청섬(淸贍)했는데, 낭사원(郞士元)과 제명했다. 대력십재자(大曆十才子) 중의 한 사람으로 불린다.

『당시품휘』에 "천보(天寶) 이후 전기와 유장경(劉長卿)이 당시에 함께 유명했는데, 이전의 제가들과 실로 서로 우익(羽翼)이며, 품격(品格) 또한 근사(近似)하다. 그 부영(賦詠)의 많음에서 자득한 묘가 간혹 지나침이 있다"고 했다.

『시수』에 "시가 전기와 유장경에게 이르러서 마침내 중당(中唐)의 면목을 드러냈다. 전기의 재능은 유장경에게 훨씬 못 미치는데, 그러나 그 시는 오히려 성당(盛唐)의 유향(遺響)이 있다"고 했다.

성시에서 상령고슬을 읊다 省試湘靈鼓瑟[1]

善鼓雲和瑟[2]　　운하슬을 잘 탄다는

常聞帝子靈[3]　　제자령에 대해 항상 들었는데

馮夷空自舞[4]　　풍이는 공연이 스스로 춤추지만

楚客不堪聽[5]　　초객은 들을 수가 없구나

苦調凄金石　　괴로운 가락이 금석에서 처량한데

清音入杳冥[6]　　맑은 음률이 하늘로 들어가네

蒼梧來怨慕[7]　　창오산에 와서 원망하고 그리워하니

白芷動芳馨[8]　　백지에서 향기가 오르네

流水傳湘浦[9]　　흐르는 물은 상수로 전해지고

悲風過洞庭　　슬픈 바람은 동정호를 넘어가네

曲終人不見　　곡이 끝났는데 사람은 보이지 않고

江上數峰青　　강가엔 여러 산봉우리만 푸르네

주석 〰

1) 省試(성시): 상서성(尙書省) 예부(禮部)에서 주관하는 고시(考試). 湘靈(상령): 상수(湘水)의 신 상비(湘妃)를 말함. 『楚辭·遠遊』에 "使湘靈鼓瑟兮, 令海若舞馮夷"라고 했음.

2) 雲和瑟(운화슬): 운화산(雲和山)에서 생산된 슬. 『周禮·春官·大司樂』에 "雲和之琴瑟"이라 했음.

3) 帝子靈(제자령): 상비(湘妃). 전설 속의 요(堯)의 딸이며 순(舜)의 부인인 아황(娥黃)과 여영(女英). 『楚辭·九歌·湘夫人』에 "帝子降兮北渚"라고 했는데, 왕일(王逸)의 주에 "帝子, 堯女也"라고 했음.

4) 馮夷(풍이): 전설 속의 수신(水神)의 이름.

5) 楚客(초객): 초(楚)땅 상수(湘水) 가를 여행하는 나그네를 말함.

6) 杳冥(묘명): 천공(天空). 혹은 묘망(渺茫).

7) 蒼梧(창오): 산 이름. 지금의 호남성 영원현(寧遠縣) 경내. 일명 구의산(九嶷山). 전설에 순(舜)을 창오산의 들에 장례 지냈다고 함.

8) 白芷(백지): 일년생 향초식물의 일종. 여름에 작고 하얀 꽃이 피고, 약초임.

9) 湘浦(상포): 상수(湘水). 호남성 경내에 있음.

평설

- 『구당서·전기전』에 "전기는 오언시에 능했는데, 처음에 향천(鄕薦)을 받아 강호에서 살 때, 일찍이 객사에서 밝은 달밤에 혼자 읊조리고 있었다. 갑자기 누군가가 마당에서 '曲終人不見, 江上數峰靑'이라고 읊었다. 전기는 악연(愕然)히 놀라서 옷자락을 들고 살펴보았으나 보이는 것이 없었다. 귀신이라 여기고 그 열 글자를 적어두었다. 전기가 시험을 보던 해에 이위(李暐)가 〈상슬고슬〉로 시험을 보게 했는데, 시제(詩題) 중에 청(靑)자가 있었다. 전기는 즉시 귀신이 읊어준 열 글자를 낙구(落句)로 삼았는데, 이위가 몹시 가상히 여기고 절창이라 했다"고 했다.

- 『위로시화』에 "전기 또한 천보(天寶) 때의 사람인데, 〈상령고슬〉시는 비록 몹시 아름답지만 기상(氣象)이 소슬(蕭瑟)하다"고 했다.

- 『이암설당시』에 "낙구는 진정 절조(絶調)인데, 주사(主司)가 읽어보다가 여기에 이르자 신조(神助)가 있다고 했다"라고 했다.

만년현의 성소부의 <우직>시에 화답하다 和萬年成少府寓直[1]

赤縣新秋夜[2]	적현의 새 가을저녁
文人藻思催[3]	문인은 문장 구상을 재촉하네
鐘聲自仙掖[4]	종소리 선액에서 울려나고
月色近霜臺[5]	달빛은 상대에 가깝네
一葉兼螢度	한 낙엽이 반딧불과 함께 날아가고
孤雲帶鴈來	외로운 구름은 기러기 거느리고 오네
明朝紫書下[6]	내일 아침 조서가 내려오면
應問長卿才[7]	마땅히 장경의 재능을 물으리라

주석 ⌒

1) 萬年(만년): 섬서성 장안(長安) 동쪽에 있었던 현(縣). 成少府(성소부): 미상. 소부(少府)는 위(尉)의 별칭으로 종팔품하(從八品下)의 관직. 寓直(우직): 숙직(宿直).

2) 赤縣(적현): 만년현을 적현이라 불렀음.

3) 藻思(조사): 시문을 구상하는 것.

4) 仙掖(선액): 중서성(中書省)을 미칭(美稱)으로 말한 것임.

5) 霜臺(상대): 어사대(御史臺).

6) 紫書(자서): 조서(詔書)는 자니(紫泥)로 봉하기 때문에 자서라고 했음.

7) 長卿(장경): 한(漢)나라 사마상여(司馬相如)의 자(字). 당시 부(賦)의 대가(大家)였음.

궁궐의 배사인에게 주다 贈闕下裵舍人[1]

二月黃鶯飛上林[2]　　이월에 꾀꼬리가 상림원에서 날고
春城紫禁曉陰陰[3]　　봄 성 자미원의 새벽이 어둡네
長樂鐘聲花外盡[4]　　장락궁의 종소리는 꽃 너머로 사라지고
龍池柳色雨中深[5]　　용지의 버들색은 빗속에서 짙네
陽和不散窮途恨[6]　　봄기운은 막힌 길에서의 한을 흩지 않고
霄漢長懷捧日心[7]　　은하수는 해 받드는 마음을 오래 품고 있네
獻賦十年猶未遇[8]　　부를 올린 지 십 년인데 아직 지우를 못 받고
羞將白髮對華簪[9]　　백발로 화잠을 대하기가 부끄럽네

주석 ∽

1) 闕下(궐하): 궁궐(宮闕)을 말함. 즉 조정(朝廷)을 말하는 것임.

2) 上林(상림): 상림원(上林苑). 한(漢)나라 때의 어원(御苑) 이름. 당나라 어원
   을 비유한 것임.

3) 紫禁(자금): 자미원(紫微垣)으로써 황제의 거처를 비유했는데, 이는 관습적
   인 것이었음.

4) 長樂(장락): 장락궁(長樂宮). 한(漢)나라 때의 궁전 이름. 장안(長安)에 있었
   음. 당나라 궁전을 비유한 것임.

5) 龍池(용지): 흥경궁(興慶宮)의 못 이름.

6) 陽和(양화): 화락한 봄의 기운. 窮途恨(궁도한): 진(晉)나라 완적(阮籍)이 막
   힌 길에서 곡을 하고 돌아왔다는 고사를 취했음.

7) 삼국 위(魏)나라 정욱(程昱)이 젊은 시절 꿈속에서 태산에 올라가 해를 받드
   는 꿈을 꾸었는데, 나중에 공을 세우자, 태조(太祖)가 심복으로 삼고, 그의
   원래 이름인 입(立)을 욱(昱)으로 바꾸어 주었다고 함.

8) **獻賦**(헌부): 부(賦)를 지어서 올리는 것. 한나라 사마상여(司馬相如)가 〈상림
부(上林賦)〉를 지어 올리자, 무제(武帝)가 불러보았다고 함. 여기서는 과거에
응시한 것을 말함.

9) **華簪**(화잠): 화려한 잠. 고관(高官)을 말함. 여기서는 배사인을 지칭함.

평설 ❧

● 『비점당시정성』에 "금체(禁體)가 지극히 아름다운 말을 지었다. 귀한 것
은 점철(點綴)이 없는 데에 있다"고 했다.

● 『당시광선』에 "유회맹(劉會孟)이 '정이 있고, 맛이 있고, 체와 색이 있어
서 몹시 볼 만하다'고 했다"고 했다.

● 『당시경』에 "중당의 칠언은 때때로 언종(偃縱)함을 보이기 때문에 체격
(體格)이 엄중하지 않다"고 했다.

● 『시원변체』에 "기(氣) 또한 엷지 않다"고 했다.

● 『당풍정』에 "천연스럽게 부려(富麗)하고, 기상(氣象)이 굉원(宏遠)하여
문방(文房: 劉長卿)이 미칠 바가 아니다"고 했다.

● 『소매첨언』에 "앞 4구는 전각 경치의 기상을 그렸는데 진박(眞朴)하고
자연스러워서 성당의 왕마힐(王摩詰: 王維)에게 뒤지지 않는다. 뒤 4구
는 일상어를 탁증(托贈)하여 평평(平平)할 뿐이다"고 했다.

● 심덕잠 "시격(詩格)이 이동천(李東川: 李頎)에게 가깝다"고 했다.

강을 가면서 제목 없이 짓다 江行無題[1]

1

行背靑山郭	푸른 산의 성곽을 등지고 떠나
吟當白露秋	흰 이슬의 가을을 탄식하네
風流無屈宋[2]	풍류에 굴원과 송옥이 없어서
空詠古荊州[3]	공연히 옛 형주를 읊으네

주석 ❧

1) 원래 100수임.

2) 屈宋(굴송): 전국시대 초(楚)나라 사부가(辭賦家)였던 굴원(屈原)과 송옥(宋玉).

3) 荊州(형주): 옛 초(楚)나라 지역이었음.

2

蛩響依莎草	귀뚜라미소리 사초에 의지하고
螢飛透水煙	반딧불 날며 물안개를 뚫고 가네
夜涼誰詠史	밤 서늘한데 누가 역사를 읊조리나?
空泊運租船[1]	쓸쓸히 운조선을 정박하네

주석 ❧

1) 運租船(운조선): 조세(租稅)를 운송하는 배.

3

咫尺愁風雨	지척의 비바람을 근심하며
匡廬不可登[1]	광려산을 오를 수 없네
秖疑雲霧窟	다만 구름 안개의 굴인가 의심했는데
猶有六朝僧[2]	오히려 육조의 스님이 있네

주석 ☙

1) **匡廬**(광려): 강서성 여산(廬山)을 말함. 은(殷)나라 주(周)나라 때 광속(匡俗) 선생이란 사람이 여기에 여막을 짓고 은거하였다고 하여 광려산이라 부름.

2) **六朝**(육조): 삼국의 오(吳)·동진(東晋)과 남조(南朝)의 송(宋)·제(齊)·양(梁)·진(陳)을 말함. 서로 이어서 건강(建康: 建業)에 도읍하였음. 지금의 남경시(南京市)임.

4

湖口分江水	호수 입구가 강물을 나누어
東流獨有情	동쪽으로 흘러가며 홀로 정이 있네
當時好風物	당시의 풍물을 좋아하는데
誰伴謝宣城[1]	누가 사선성을 동반했나?

주석 ☙

1) **謝宣城**(사선성): 선성(宣城) 태수를 지낸 사조(謝朓)를 말함. 선성에 북루(北樓)를 건립했는데, 이를 사공루(謝公樓)라고 함.

협객을 만나다 逢俠者

燕趙悲歌士[1]	연과 조땅의 비장하게 노래하는 협객들
相逢劇孟家[2]	극맹의 집에서 서로 만났네
寸心言不盡	마음 속 말을 다 하지 못했는데
前路日將斜	앞길엔 해가 지려고 하네

주석

1) 燕趙(연조): 전국시대 연나라와 조나라 지역을 말함. 지금의 하북성 북부와 산서성 서부 일대. 고대부터 연과 조에는 무용(武勇)과 의리를 중시하는 협객들이 많았음. 전국시대 형가(荊軻)는 진왕(秦王)을 암살하러 떠나면서, 연나라 태자 단(丹) 등과 역수(易水) 가에서 전별하며 비장하고 강개한 노래 〈역수가(易水歌)〉 '風蕭蕭兮易水寒, 壯士一去不復還'을 불렀음.

2) 劇孟(극맹): 한(漢)나라 때 낙양(洛陽) 사람. 당시 유명한 협객이었음. 경제(景帝) 때 주발(周勃)이 오초(吳楚)의 7국이 반란했을 때 토벌하러 갔다가 하남(河南)에서 극맹(劇孟)을 얻고서, 반란군들이 극맹을 기용하지 않았음을 비웃었다. 극맹의 모친이 죽었을 때 조문하는 수레가 천 대가 넘었다고 함. 또 극맹이 죽었을 때 그의 재산은 10금(金)도 못 되었다고 함.

돌아오는 기러기 歸雁

瀟湘何事等閒回[1]	소상강에서 어찌하여 등한히 돌아가는가?
水碧沙明兩岸苔	물 푸르고 모래 밝고 양 언덕은 이끼 끼었네
二十五絃彈夜月[2]	이십오 현을 탄주하는 달밤

不勝淸怨却飛來　　맑은 한을 이길 수 없어 다시 날아오네

주석 ❧

1) 瀟湘(소상): 소수(瀟水)는 호남성 영원현(寧遠縣) 구의산(九嶷山)에서 발원하고, 상수(湘水)는 광서성 홍안현(興安縣) 서남 양해산(陽海山)에서 발원하여, 두 물이 호남성 영릉현(零陵縣)에서 합쳐지는데 이를 소상강이라 함. 기러기는 철새로서 겨울에 남으로 내려오는데 호남성 형양현(衡陽縣) 남쪽 회안봉(回雁峰)에 이르면 더 남하하지 않고 돌아간다고 함.

2) 二十五絃(이십오현): 슬(瑟). 원래 50현이었는데 너무 소리가 슬퍼서 25현으로 고쳤다고 함. 전설에 상수의 여신이 슬을 잘 탄다고 했음. 『楚辭·遠遊』에 "使湘靈鼓瑟兮, 令海若舞馮夷"라고 했음.

평설 ❧

● 『비점당시정음』에 "지극히 아름답다. 후인들에게는 다시 이런 작품이 없다. 용의(用意)가 정심(精深)하여 곧 양공(良工)이 마음 쏟아 홀로 고심했음을 알 수 있다"고 했다.

● 『당시해』에 "슬곡(瑟曲) 중에 〈귀안조(歸雁操)〉가 있다. 중문(仲文: 전기)이 읊은 〈상슬고슬〉은 당시에 칭송을 받은 것은 대개 귀안(歸雁)에 기탁하였기 때문인데 그 작품을 스스로 자랑스러워했다. 귀신을 울리게 하고, 날아가는 새를 감동시킬 수 있다고 하겠다"라고 했다.

● 『당시선맥회통평림』에 "주경(周敬)이 '여음(餘音)이 완전(婉轉)하고, 사기(詞氣)가 유양(悠揚)하여 끝내 슬(瑟)에서 탄주해서 내온 것 같다'고 했다"고 했다.

● 『당인만수절구선평』에 "기러기 때문에 귀향의 생각을 상상해냈는데, 기

절묘절(奇絶妙絶)하다. 이 작품은 청신준일(淸新俊逸)하고 주원옥윤(珠
圓玉潤)하다"고 했다.

낭사원 郎士元

낭사원, 자는 군주(君冑), 중산(中山) 사람. 천보(天寶) 15년(756)에 진사가 되었다. 보응(寶應) 초에 기현관(畿縣官)으로 뽑히고, 위남위(渭南尉)를 거쳐 우습유(右拾遺)를 지냈다. 나가서 영주자사(郢州刺史)가 되었다.

낭사원의 시는 전기(錢起)와 제명(齊名)하여 전랑(錢郎)이라 불렸다.

팽장군을 전송하다 送彭將軍[1]

雙旌漢飛將[2]	쌍 깃발의 한나라 비장군
萬里獨橫戈	만 리에 홀로 창을 비껴들었네
春色臨關盡	봄 색은 관문에 임하여 다 하고
黃雲出塞多	누런 구름이 변새로 나감이 많네
鼓鼙悲絶漠	북소리 먼 사막에서 슬프게 울리는데
烽戍隔長河	봉홧불의 수루는 긴 하수 건너에 있네
莫斷陰山路[3]	음산로를 끊지 마오
天驕已請和[4]	천교가 이미 화해를 청했다오

주석 ◡

1) 제목이 〈送李將軍赴定州〉로 된 판본도 많음.

2) 雙旌(쌍정): 절도사(節度使)가 임지로 떠날 때는 쌍정(雙旌)과 쌍절(雙節)을 하사함. 漢飛將(한비장): 한나라 비장군(飛將軍) 이광(李廣).

3) 陰山(음산): 내몽고 자치구 남쪽 경계에서 내흥안령(內興安嶺)에 걸친 산맥 이름.

4) 天驕(천교): 천지교자(天之驕子). 한(漢)나라 때 흉노(匈奴)가 사용했던 자칭(自稱).

평설 ◡

● 『당시선맥회통평림』에 "주정(周挺)이 '입에서 나온 장렬함이 오악(五嶽)을 진동한다'고 했다"라고 했다.

- 『당풍정』에 "공교하게 단련하지 않았는데 곧 장채(壯采)를 보였다"라고 했다.

- 『시원변체』에 "낭사원과 황보증(皇甫曾)의 오언율은 전기와 유장경에 비하여 입록(入錄)된 것이 비록 적지만, 그러나 사원의 '雙旌漢飛將'은 기격(氣格)과 신운(神韻)이 개원(開元)과 천보(天寶)를 계승할 만하다"고 했다.

- 『당시별재』에 "('春色' 구는) 지극한 경발어(驚拔語)인데, 우승(右丞: 王維)은 '黃雲斷春色' 5글자로 다 그려냈다"고 했다.

- 이경갑(李慶甲)의 『영규율수휘평』에 "기윤(紀昀)이 '우승의「黃雲斷春色」구는 창망(滄茫)함으로써 신(神)을 취했는데, 이 시는 부연하여 2구로 만들었다. 또한 대조(對照)로써 뜻을 보였다. 번간(繁簡)이 각각 그 묘를 지녔다. 3·4구는 경책(警策)이다. 귀우(歸愚: 沈德潛)는 우승의「黃雲斷春色」구에 미치지 못한다고 했는데, 훌륭하게 고론(高論)을 이루지 못했지만, 말에 각각 타당함이 있다. 이는 진정 내외를 절단하여 뜻을 보인 것이다"라고 했다.

원결(719-772), 자는 차산(次山), 자호는 만수(漫叟), 노산(魯山: 하남
성) 사람. 천보(天寶) 12년(753)에 진사에 합격했다. 안사(安史)의 난이
일어나자, 온 집안이 남쪽 의안동(猗犴洞)으로 피난했다. 건원(乾元) 2년
에 소원명(蘇源明)의 추천으로 금오병조참군(金吾兵曹參軍)과 산남동도
절도참군(山南東道節度參軍)이 사사명(史思明)의 반군을 격퇴시켰다. 대
종(代宗) 초에 저작랑(著作郎)이 되었고, 나중에 용주도독(容州都督)을
지냈다.

『당재자전』에 "원결은 성품이 경벽(梗僻)하고, 박속(薄俗)함을 몹시 싫
어했다. 도(道)를 근심하고 세상을 슬퍼하는 마음을 지녔는데, 〈중흥송
(中興頌)〉 한 문장은 찬란한 금석(金石)으로서 맑음이 상류(湘流)를 탈
취했다. 작시(作詩)에서 말을 지음은 오아(聱牙)함을 숭상했다. 천하가
모두 경앙(敬仰)했다"고 했다.

용릉행 舂陵行 병서 幷序

계묘(癸卯: 763)년에 만수(漫叟)는 도주자사(道州刺史)가 되었다. 도주는
예전에는 4만여 호(戶)였는데 도적을 겪은 이래 4천도 되지 못했다. 태
반이 부세(賦稅)를 감당할 수 없었다. 부임한 지 50일도 되지 않아서, 부
세를 추징하라는 부첩(符牒) 2백여 봉(封)을 받았는데, 모두 기한을 넘
긴 것들로서 죄가 폄삭(貶削)에 해당하는 것이었다. 아! 만약 그 명에 다
응한다면 주현(州縣)이 파괴되어 어지러울 것인데, 자사가 어찌 도망죄
를 짓게 할 것인가? 만약 명에 응하지 않는다면 곧 죄루(罪戾)를 받게
됨을 반드시 면하지 못할 것이다. 나는 장차 관을 지키면서, 조용히 백
성들을 안정시키고, 죄를 기다릴 뿐이다. 이 주(州)는 용릉(舂陵)[1]의 고
지(故地)이다. 그래서 〈용릉행〉을 지어서 아래 사정을 전달하고자 한다.

軍國多所需	군대와 나라에서 부세를 요구함이 많은데
切責在有司[2]	급박한 책임은 유사에게 있네
有司臨郡縣	유사가 군현에 임하여
刑法競欲施	형법을 다투어 시행하려고 하는데
供給豈不憂	공급을 어찌 걱정하지 않겠는가만
徵斂又可悲	추징하여 거둠이 또한 슬퍼할 만하네
州小經亂亡	고을이 적은데 난리를 겪고 도망하여
遺人實困疲	남은 사람들도 실로 곤핍하네
大鄕無十家	큰 마을도 열 집이 못되고
大族命單羸[3]	큰 집안도 사람이 거의 없네
朝餐是草根	아침밥은 풀뿌리이고

暮食仍木皮　　저녁밥은 나무껍질로 잇네
出言氣欲絶　　말을 하면 기가 끊기려 하고
意速行步遲　　마음은 빨리 가려하지만 걸음은 더디네
追呼尙不忍　　쫓아가 부르는 것도 오히려 차마 못하겠는데
況乃鞭撲之　　하물며 채찍으로 칠 수가 있겠는가?
郵亭傳急符[4]　　우정은 급한 문서를 전하면서
來往跡相追　　내왕하는 자취가 서로를 따르네
更無寬大恩　　다시 대은의 관대함이 없고
但有迫促期　　단지 기한을 재촉함만 있네
欲令鬻兒女　　아녀자를 팔고자 해도
言發恐亂隨　　말이 퍼져서 화란을 초래할까 두렵네
悉使索其家　　모두가 그 집안을 뒤져보지만
而又無生資　　또한 먹고살 만한 것이 없네
聽彼道路言　　저 길가의 말을 들어보니
怨傷誰復知　　원망과 슬픔을 누가 다시 알겠는가?
去冬山賊來[5]　　지난 겨울 산적이 몰려와서
殺奪幾無遺　　살해하고 약탈하여 거의 남김이 없었는데
所願見王官　　소원은 왕의 관리를 만나
撫養以惠慈　　인자하게 돌보아주기를 바람인데
奈何重驅逐　　어찌하여 거듭 쫓아내어
不使存活爲　　남아서 살지 못하게 하는가?
安人天子命　　백성을 편안하게 하라는 천자의 명인
符節我所持　　부절을 내가 지닌 바인데

州縣忽亂亡　　주현에서 갑자기 어지럽게 도망하니

得罪復是誰　　죄를 받을 이는 다시 누구던가?

逋緩違詔令　　체납조세를 느슨히 연장하여 조령을 어겼으니

蒙責固其宜　　질책을 받음은 참으로 마땅하다

前賢重守分　　전현들은 분수 지킴을 중시하여

惡以禍福移　　화와 복으로 인하여 증오를 베풀면서

亦云貴守官　　또한 관직의 본분을 지킴이 귀하다며

不愛能適時　　적절한 시기는 사랑하지 않았네

顧惟屑弱者[6]　　잔약한 자들을 생각하면

正直當不虧　　정직한 관리는 마땅히 이치를 어기지 않으리라

何人采國風　　누가 <국풍>을 채취할 것인가?

吾欲獻此辭　　나는 이 가사를 올리고 싶네

주석 ❧

1) 舂陵(용릉): 한(漢)나라 장사정왕자(長沙定王子) 발(發)의 봉지(封地).

2) 有司(유사): 일을 맡은 담당자.

3) 命單羸(명단리): 사람들이 적음을 말함.

4) 郵亭(우정): 공문서를 전송하는 역참(驛站).

5) 廣德(광덕) 원년 겨울에 서원만(西原蠻)이 도주(道州)를 한 달여 동안 점령했
   었음.

6) 顧惟(고유): 고념(顧念).

애내곡 欸乃曲[1]

湘江二月春水平	상강 이월에 봄물이 차오르고
滿月和風宜夜行	만월과 온화한 바람이 밤길에 적당하네
唱橈欲過平陽戌	뱃노래 부르며 평양수루를 지나는데
守吏相呼問姓名	수루의 관리가 부르며 성명을 물어보네

주석 ᏽ

1) 원래 5수임. 欸乃曲(애내곡): 악부곡의 이름. 원결의 자서(自序)에 "대력(大
   曆) 정미(丁未) 중에 만수(漫叟) 결(結)은 도주자사(道州刺史)가 되었는데, 군
   사일 때문에 도사(都使)에 갔다가 주(州)로 돌아올 때 봄물을 만나서 배가 갈
   수 없었다. 〈애내(欸乃)〉 5수를 지어서 뱃사공에게 부르게 했다. 대개 여행
   길에 적합함을 취한 것이다"라고 했다.

평설 ᏽ

● 『당인만수절구선평』에 "경경천천(輕輕淺淺)함이 유연(悠然)하게 눈앞에
  있다. 맛이 진정 진핍(眞逼)함에 있다"고 했다.

千里楓林烟雨深	천리의 단풍 숲은 안개비가 깊고
無朝無暮有猿吟	밤낮없이 원숭이울음이 있네
停橈静聽曲中意	배 세우고 조용히 곡 중의 뜻을 듣는데
好是雲山韶濩音[1]	아름다운 운산의 소호가락이네

1) 雲山(운산): 구름이 낀 높은 산을 말함. **韶濩**(소호): 은(殷) 탕(湯)임금의 음악 이름.

● 원호문(元好問)의 〈논시삼십수(論詩三十首)〉에 "切響浮聲發巧深, 研磨雖苦果何心. 浪翁水樂無宮徵, 自是雲山韶濩音"이라 했는데, 그 자주에 "수악(水樂)은 차산(次山: 원결)의 일이다. 그 〈애내곡(欸乃曲)〉에 '停橈靜聽曲中意, 好是雲山韶濩音'이라고 했다"고 했다. 종정보(宗廷輔)의 〈고금논시절구(古今論詩絕句)〉의 풀이에서 "원차산의 시는 스스로 방원(方圓)의 밖에 있다. 말구는 곧 그가 지은 〈애내곡〉을 비견한 것이다"고 했다.

장계, 자는 의손(懿孫), 양주(襄州: 호북성 襄陽縣) 사람. 천보(天寶) 12년(753)에 진사에 합격했다. 일찍이 융막(戎幕)을 보좌하였고, 염철판관(鹽鐵判官)을 지냈다. 대력(大曆) 연간에 조정으로 들어가 내시(內侍)가 되었다. 대력 말에 검교사부원외랑(檢校祠部員外郎)을 지냈다. 유장경(劉長卿)과 황보염(皇甫冉) 등과 친했다.

진정경(陳廷敬)의 『시학연원(詩學淵源)』에 "장계의 시는 현외(弦外)의 음이 많은데, 적합한 뜻으로 마음을 베껴내고, 공교함을 구하지 않았으나 절로 공교하게 된 것들이다. 그러나 절구는 이미 점차 성당의 옛것을 바꾸어서 아래로 중당의 체격(體格)에 머물렀다"고 했다.

풍교에서 밤에 정박하다 楓橋夜泊[1]

月落烏啼霜滿天　　달 지고 까마귀 울고 서리가 하늘에 가득한데
江楓漁火對愁眠　　강가 단풍과 어선의 등불이 수심의 잠을 대하네
姑蘇城外寒山寺[2]　고소성 너머 한산사
夜半鐘聲到客船　　한밤중의 종소리가 객선에 들려오네

주석

1) 楓橋(풍교): 지금의 강소성 소주시(蘇州市) 남쪽에 있음.

2) 姑蘇(고소): 소주(蘇州) 오현(吳縣)의 별칭. 고소산(姑蘇山)이 있어서 얻어진
   이름임. 寒山寺(한산사): 소주 오현의 풍교 근처에 있음. 원래 남조 양(梁)나
   라 때 창건된 묘리보명탑원(妙利普明塔院)이었는데, 한산(寒山)과 습득(拾
   得)이 이 절에서 거주하여서 얻어진 이름이라고 함.

평설

● 〈심청가〉의 〈범피중류(泛彼中流)〉에 "월락오제(月落烏啼) 깊은 밤에 고
  소성외(姑蘇城外)다가 배를 매니 한산사(寒山寺) 쇠북소리는 객선에 뎅
  뎅 떨어진다"고 했다.

● 송나라 진암초(陳巖肖)의 『경계시화(庚溪詩話)』에 "육일거사(六一居士:
  歐陽修)의 『시화』에 '구는 좋지만, 한밤중은 종을 울리지 않는 때이다'라
  고 했다. 그러나 나는 지난날 고소(姑蘇)에서 벼슬살이를 했는데, 매번
  삼고(三鼓)에 그쳤다가, 사고(四鼓) 초에 여러 절들의 종이 모두 울렸다.
  당나라 때부터 이미 그랬다고 상상했다. 나중에 우곡(于鵠)의 시를 보니
  '定知別後家中伴, 遙聽緱山半夜鍾'이라 했고, 백락천(白樂天: 白居易)은

‘新秋松影下, 半夜鍾聲後’라고 했고, 온정균(溫庭筠)은 ‘悠然旅榜頻回首, 無復松窗半夜鍾’이라 했으니 장계뿐만이 아니다”라고 했다.

- 『비점당시정성』에 “시는 좋지만, 본받으면 기(氣)를 손상할까 두렵다”고 했다.

- 『시수』에 “‘夜半鐘聲到客船’에 대해 담론이 분분한데, 모두 옛사람에게 우롱당한 것이다. 시류(詩流)가 경(景)을 빌려서 말을 짓는 것은 단지 성률(聲律)의 조(調)와 홍상(興象)의 합치에 달려있을 뿐인데, 구구한 사실을 저가 어찌 헤아렸겠는가? 야반에 대한 시비는 물론이고, 곧 종소리를 들었는지의 여부도 알 수 없는 일이다”라고 했다.

- 『당시별재』에 “먼지 나는 시장의 소란한 곳에서 다만 종소리만 들었으니, 황량하고 적막함을 알 수 있다”고 했다.

한굉, 자는 군평(君平), 남양(南陽: 하남성) 사람. 천보(天寶) 13년(754)에 진사가 되었다. 안사의 난 이후, 후희일(侯希逸)의 막부(幕府)가 되었다. 막부를 마친 후 10년간 벼슬에 나가지 못했다. 다시 이면(李勉)의 종사관을 지내고, 곧 가부랑중지제고(駕部郎中知制誥)로 임명되었다. 중서사인(中書舍人)으로 관직을 마쳤다.

한굉은 시로써 전기(錢起)와 노륜(盧綸) 등과 제명하여 대력십재자로 불린다.

『승암시화』에 "당나라 사람들이 한굉의 시를 평하기를 '비흥(比興)은 유장경(劉長卿)보다 깊지만, 근절(筋節)은 황보염(皇甫冉)보다 못하다'고 했다. 비흥은 경(景)이고, 근절은 정(情)이다"고 했다.

냉조양이 상원현으로 돌아감을 송별하다 送冷朝陽還上元[1]

青絲纜引木蘭船	푸른 실로 짠 닻줄로 목란선을 끌고
名遂身歸拜慶年	명성 이루고 돌아가니 경사스런 해를 축하하네
落日澄江烏榜外[2]	해 지는 맑은 강이 오방촌 너머에 있고
秋風疎柳白門前[3]	가을바람 속 성긴 버들은 백문 앞에 있네
橋通小市家林近	다리는 작은 시장에 통하여 집 숲에 가깝고
山帶平湖野寺連	산은 평호를 띠고 들의 절에 이어졌네
別後剛逢寒食節	이별 후 한식절을 만나면
共誰攜手在東田	누구와 함께 손잡고 동쪽 밭에 있을 건가?

주석 ∽

1) 冷朝陽(냉조양): 『당재자전(唐才子傳)』에 "냉조양은 금릉(金陵) 사람이다. 대력 4년 제영방진사(齊映榜進士)에 급제했는데 조관(調官)을 기다리지 않고 고향으로 돌아가겠다고 했다. 장원(壯元) 이하 한 때의 이름 난 사대부들과 시인 이가우(李嘉祐)·이단(李端)·한굉(韓翃)·전기(錢起) 등이 크게 모여 시를 지어서 전별했다. 한 포의(布衣)로서 재명(才名)이 이와 같아서 모두가 선망했다. 조양(朝陽)은 시에 뛰어났는데, 대력재자들의 법도에 있으나 약간 약하다. 자는 운청(韻清)이다"라고 했다. 上元(상원): 강남도(江南道) 윤주(潤州) 상원현(上元縣).

2) 烏榜(오방): 상원현(上元縣) 천경관(天慶觀) 서쪽에 있는 마을 이름.

3) 白門(백문): 지명.

한식 寒食[1]

春城無處不飛花　　봄의 장안성에 꽃 날리지 않은 곳이 없고
寒食東風御柳斜　　한식날 봄바람에 궁궐 버들 늘어졌네
日暮漢宮傳蠟燭[2]　해 저무는 한궁에서 촛불을 전하니
輕煙散入五侯家[3]　가벼운 연기가 오후가로 흩어져 들어가네

주석 ∽

1) 寒食(한식): 청명절(淸明節) 2일 전의 명절. 이날은 불 피워 밥을 하지 않고
   찬밥을 먹음. 또 조상 묘를 찾는 명절임.

2) 漢宮(한궁): 당나라 궁전을 말함. 傳蠟燭(전랍촉): 한식날에 궁중에서 후가
   (侯家)에 납촉을 하사했음.

3) 五侯家(오후가): 고관의 집을 말함.

평설 ∽

●『비점당음』에 "대가(大家)의 말이다"라고 했다.

●『비점당시정음』에 "금체(禁體)가 조탁어(彫琢語)를 쓰지 않았는데도 부
   귀함과 한아(閒雅)함이 절로 드러났다"고 했다.

●『위로시화』에 "당나라의 망국(亡國)은 환관들이 병권을 장악함에서 비
   롯되었는데, 실로 대종(代宗)이 병권을 준 것이다. 이 시는 덕종(德宗)
   건중(建中) 초에 지어졌는데, 단지 '五侯' 2글자에다 뜻을 보였다. 당시
   중에서 『춘추』에 통하는 것이다"라고 했다.

●『당인만수절구선평』에 "기골(氣骨)이 고묘(高妙)함은 설명이 필요 없다.
   '五侯'를 사용하여 풍자를 붙인 것은 더욱 미묘하다"고 했다.

황보염 皇甫冉

황보염(717?-770?), 자는 무정(茂政), 안정(安定) 사람. 윤주(潤州) 단양(丹陽: 강소성 鎭江)에서 살았음.천보 15년에 진사에 합격하고, 무석위(無錫尉)에 임명되고, 좌금오병조(左金吾兵曹)를 지냈다. 왕민(王縉)이 하남절도사(河南節度使)가 되자 그를 장서기(掌書記)로 삼았다. 대력(大曆) 초에 우보궐(右補闕)을 지내고 죽었음.

황보염의 시는 천기(天機)를 홀로 얻어서 정(情) 밖에서 멀리 나왔다고 평가된다.

『당시기사』에 "장곡강(張曲江: 張九齡)이 몹시 그의 시를 좋아했는데, 청영수발(淸穎秀拔)하여 강엄(江淹)과 서릉(徐陵)의 풍이 있다고 했다"고 했다.

낙수를 건너 돌아오며 歸渡洛水

暝色赴春愁	어둠의 색이 봄 시름에 이르는데
歸人南渡頭	돌아오는 사람은 남쪽 나루 앞에 있네
渚煙空翠合	물안개는 허공의 푸름과 합쳐지고
灘月碎光流	여울 달의 부서진 달빛이 흘러가네
澧浦饒芳草[1]	예포에는 방초가 많고
滄浪有釣舟[2]	창랑주에는 낚싯배가 있네
誰知放歌客	누가 노래하는 객을 아는가?
此意正悠悠	이 뜻이 진정 유유하네

주석 ໒ঽ

1) 『초사·九歌·湘君』에 "遺余佩兮醴浦"라고 했는데, 그 주에 예(澧)와 예(醴)
는 통용자라고 했음.

2) **滄浪**(창랑): 창랑주(滄浪洲). 『청통지(淸統志)』에서 "호북(湖北) 양양부(襄陽
府)의 균주(均州) 북쪽에 창랑주(滄浪洲)가 있다"고 했음.

평설 ໒ঽ

● 『영규율수』에 "시의 제1구는 좋은 것을 얻기 어려운데, 이 시의 '赴' 자
같은 것으로서 이미 시화에서 평한 바가 보인다. '酒渴愛江淸'과 '四更山
吐月'과 더불어 모두 기구가 몹시 좋은 것들이다"라고 했다.

● 『당시별재』에 "물을 건너며 저녁경치를 그렸는데, 자연스럽게 입묘(入
妙)했다. '落日在簾鉤'와 더불어 일종의 기법(起法)이다"라고 했다.

고황 高況

고황(727?-820), 자는 포옹(逋翁), 자호는 화양산인(華陽山人), 운양(雲陽: 강소성 丹陽) 사람. 지덕(至德) 2년(757)에 진사에 합격했다. 이비(李泌)와 유혼(柳渾)과 친했는데, 그들의 추천으로 비서랑(秘書郎)고 저작랑(著作郎)을 지냈다. 이비가 죽은 후, 권귀(權貴)를 풍자하는 시를 지었다가, 전주사호(餞州司戶)로 쫓겨났다. 나중에 오(吳)로 돌아가서, 모산(茅山)에 은거했다.

고황의 시는 고조(古調)에 능했는데, 『시수』에서 여러 체의 고시에 능한 사람은 이백 이외에 왕유와 고황뿐이라고 했다.

건 곤[1]

囝生閩方[2]	건이 민 지방에서 태어나면
閩吏得之	민의 관리가 데려다가
乃絶其陽	곧 그 생식기를 절단하고
爲臧爲獲	노예 종으로 만드니
致金滿屋	황금을 바친 것이 집에 가득하네
爲髡爲鉗	머리를 깎고 칼을 씌우고
如視草木	초목을 보듯이 하네
天道無知	천도가 무지하여
我罹其毒	내가 그 독에 걸렸는데
神道無知	신도가 무지하여
彼受其福	저들은 그 복을 받는구나!
郞罷別囝	낭파가 건을 이별하며 말하네
吾悔生汝	"내 너를 낳은 것을 후회하니
及汝旣生	네가 이미 태어난 후
人勸不擧	남들이 키우지 말라 권했건만
不從人言	남들의 말을 따르지 않았더니
果獲是苦	과연 이런 고통을 당하는구나!"
囝別郞罷	건이 낭파를 이별하며 말하네
心摧血下	"심장이 찢어져 피가 나오는데
隔地絶天	땅을 격하고 하늘 끝에서
及至黃泉	황천에 이를 때까지
不得在郞罷前	낭야 앞에는 있지 못하겠네요"

1) 〈上古之什補亡訓傳十三章〉 중의 1장(章)임. 원서(原序)에 "〈건〉은 민(閩)을 슬퍼한 것이다"라고 했음. 또 원주에 "건(囝)의 음은 건(蹇)이고, 민(閩)의 풍속에 아들을 건(囝)이라 부르고, 아버지를 낭파(郎罷)라고 부른다"고 했음.

2) 閩(민): 고대 중국 남방의 종족 이름. 절강(浙江) 남부와 복건(福建) 일대에서 거주했음. 어린아이를 약탈하여 노예로 삼고, 한족에게 환관으로 팔아버리는 풍속이 있었음.

평설 ⌒

• 『당시귀』에 "종성(鍾惺)이 '원망의 소리가 지면에 가득하다. 그 이박(俚朴)함으로써 도리어 풍아(風雅)에 가깝게 되었다'고 했다. 단원춘(譚元春)이 '얽혀드는 음(音)이 완전히 악부(樂府)이다'라고 했다"고 했다.

• 『당시별재』에 "민의 아이도 또한 사람의 자식인데, 무슨 죄로 이런 독을 당했는가? 즉사(卽事)를 직서(直敍)했는데, 듣는 자는 경계로 삼을 만하다"고 했다.

섭도사의 산방에 적다 題葉道士山房

水邊垂柳赤欄橋	물가 버들은 붉은 난간의 다리에 있는데
洞裏仙人碧玉簫	골짜기 속 선인이 벽옥의 소를 부네
近得麻姑書信否	근래 마고선자의 소식을 들었는지?
潯陽江上不通潮	심양강 위에는 조수가 통하지 않는다오

● 『승암시화』에 "묘품(妙品)이다"라고 했다.

경위(耿湋: 734-?), 자는 홍원(洪源), 하동(河東: 산서성 永濟縣) 사람. 보응(寶應) 2년에 진사에 합격했다. 대력(大曆) 연간에 좌습유(左拾遺)를 지내고, 정원(貞元) 초에 허주사법참군(許州司法參軍)으로 좌천되었다. 대력십재자 중의 한 사람이다.

가을날 秋日

返照入閭巷	석양빛이 마을길로 드는데
憂來與誰語	근심을 누구에게 말해야 하나?
古道少人行	옛 길엔 지나는 사람이 적은데
秋風動禾黍	가을바람이 벼와 기장밭을 흔드네

평설 〰

- 『비점당시정성』에 "천어(淺語)가 스스로 요락(搖落)함을 깨닫게 하니, 가구(佳句)이다! 가구이다!"라고 했다.

- 『당시광선』에 "감개어(感慨語)가 도리어 냉연(冷然)하다"고 했다.

- 『당시해』에 "삭막한 거처의 정황을 묘사했는데, 정경(情景)이 처연(凄然)하다"고 했다.

- 『당시선맥회통평림』에 "한아(閒雅)함에 신운(神韻)이 많다"고 했다.

사공서(?-790?), 자는 문명(文明), 광평(廣平: 하북성 宛平縣) 사람. 진사에 합격하고, 위고(韋臯)가 검남절도사(劍南節度使)로 있을 때 그의 막부가 되었다. 정원(貞元) 중에 수부랑(水部郎)을 지내고 우부랑중(虞部郎中)으로 벼슬을 마쳤다.

사공서의 시격(詩格)은 청화(淸華)했는데, 대력십재자 중의 한 사람으로 불린다.

운양현의 여관에서 한신과 함께 묵으며 이별하다 雲陽館與韓紳宿別[1]

故人江海別	벗이 강해로 떠나가니
幾度隔山川	몇 번이나 막힌 산천을 넘었던가?
乍見翻疑夢	갑자기 보니 도리어 꿈결인가 싶은데
相悲各問年	서로 슬퍼하며 각자의 나이를 물어보네
孤燈寒照雨	외로운 등불 차갑게 비를 비추고
濕竹暗浮煙	젖은 대숲에선 어둡게 안개가 피네
更有明朝恨	다시 내일아침의 한이 있으니
離杯惜共傳	이별주를 서로 권함을 애석해하네

주석 ❧

1) 雲陽(운양): 섬서성 경양현(涇陽縣) 북쪽의 현 이름. 韓紳(한신): 원주에 일
   작 한승경(韓升卿)이라 했음.

평설 ❧

● 『영규율수』에 "3·4구 1연은 오래 이별했다가 갑자기 상봉한 경우의 절
  창이다"고 했다.

● 『사명시화』에 "시에는 간략하면도 묘한 것이 있는데 …… 대숙륜(戴叔倫)
  의 '還作江南會, 翻疑夢裏逢'은 사공서의 '乍見翻疑夢'만 못하다"고 했다.
  『당시해』에 "이 시는 본래 중당의 절창인데, 그러나 '江海'와 '山川'은 중첩
  을 면하지 못한다"고 했다.

• 『당시별재』에 "3·4구는 오래 이별했다가 갑자기 상봉한 정을 그렸고, 5·6구는 밤중에 함께 숙박하는 광경이다. 통체(通體)가 일기(一氣)로서 두정(餖飣)의 습기가 없어서 그 당시에 이미 고격(高格)이 되었다"고 했다.

외제 노륜이 찾아와 묵음을 기뻐하다 喜外弟盧綸見宿[1]

静夜四無隣	조용한 밤 사방에 이웃이 없고
荒居舊業貧	황폐한 거처엔 옛 사업이 빈곤하네
雨中黃葉樹	빗속엔 누런 잎의 나무들
燈下白頭人	등불 아랜 백발의 사람
以我獨沈久[2]	내가 홀로 숨은 지 오래인데
愧君相見頻	그대와 빈번히 상견함이 부끄럽네
平生自有分	평생 스스로의 분수가 있는데
况是蔡家親[3]	하물며 이는 채가의 친척임에랴!

주석 ⁊

1) 外弟(외제): 외가(外家)의 아우. 盧綸(노륜): 자는 윤언(允言), 하중(河中) 포(蒲: 산서성 영제현(永濟縣) 사람. 대력십재자 중의 한 사람임.

2) 獨沈(독침): 홀로 스스로 자취를 감추는 것.

3) 蔡家親(채가친): 진(晉)나라 채옹(蔡邕)의 외손자 양호(羊祜)를 말함. 양호가 적의 토벌에 공을 세우고 작위와 토지를 내리려 하자, 외할아버지의 아들 채습(蔡襲)에게 내려주기를 청했다고 함. 여기서는 서로 외종간이라는 것을 말함.

금릉을 회고하다 金陵懷古[1]

輦路江楓暗	수레 길엔 강가 단풍 숲이 어둡고
宮朝野草春	궁궐 조정은 들풀의 봄이네
傷心庾開府[2]	유개부를 상심해하니
老作北朝臣	늙어서 북조의 신하가 되었다네

주석 〇

1) 金陵(금릉): 지금의 남경시(南京市). 여러 왕조의 도읍지였음.

2) 庾開府(유개부): 북주(北周)에서 표기대장개부의동삼사(驃騎大將開府儀同三司)를 지낸 유신(庾信). 양(梁)나라 남양(南陽) 신야(新野) 사람으로 서위(西魏)에 사신 갔다가 억류되어 돌아오지 못했음. 또 북주에서 벼슬하며 만년을 마쳤음. 〈애강남부(哀江南賦)〉를 지어 고향을 그리는 심회를 표명했다.

평설 〇

● 『비점당음』에 "풍자가 체(體)를 지녔다"고 했다.

노진경을 머물게 하다 留盧秦卿

知有前期在	이전의 기약이 있는 줄 알지만
難分此夜中	이 밤중엔 이별하기 어렵다오
無將故人酒	벗에게 권할 술은 없지만
不及石尤風[1]	석우풍에는 갈 수 없다오

1) 石尤風(석우풍): 폭풍을 말함. 전설에 석씨(石氏) 여자가 시집가서 우랑(尤郎)의 부인이 되었는데, 우랑은 장사하러 멀리 떠나가서 끝내 돌아오지 못했다. 석씨는 이로 인하여 병이 들어 죽게 되었는데, 죽을 때 말하기를, 죽어서 대풍(大風)이 되어 천하의 부인들을 위해 남편들의 장사 길을 막겠다고 했다. 이후 대풍을 석우풍이라 불렀다고 함.

평설 ◯◯

● 『당시경』에 "네 마디가 안돈(安頓)하고, 고인(古人)에게 뜻을 허락했는데, 뜻은 있지만 없는 듯하다"고 했다.

● 『당시귀』에 "종성(鍾惺)이 '정어(情語)가 성질냄을 띠고 있어서 묘하고 묘하다!'고 했다"고 했다.

● 『위로시화』에 "시에 농담[諧]으로써 묘한 것이 있는데, '無將故人酒, 不及石尤風'이 그것이다. 시는 본래 반드시 모두가 장중할 필요는 없다"고 했다.

강마을에서 짓다 江村卽事

罷釣歸來不繫船	낚시 마치고 돌아올 때 배를 묶지 않았는데
江村月落正堪眠	강마을에 달 떨어지고 바로 잠든 때이네
縱然一夜風吹去	설령 밤중에 바람이 불어가더라도
只在蘆花淺水邊	다만 갈꽃 핀 얕은 물에 있으리라

● 『당시해』에 "전편(全篇)이 '不繫船' 3글자를 번안하여 나왔다. 말은 지극히 천근하나 흥미가 자재(自在)하다"고 했다.

● 『당시귀』에 "종성(鍾惺)이 '매우 통달했다'고 했다"라고 했다.

노륜(748?-800?), 자는 윤언(允言), 하중(河中) 포(蒲: 산서성 영제현(永
濟縣) 사람. 일찍이 안사(安史)의 난을 피하여 파양(鄱陽)에서 살았다.
대력(大曆) 초에 여러 번 진사시험에 응했으나 합격하지 못했다. 원재
(元載)의 추천으로 문향위(閩鄉尉)가 되고, 감찰어사(監察御史)가 되었
다. 혼함(渾瑊)이 하중(河中)을 진압할 때 그를 원수판관(元帥判官)으로
삼았다. 검교호부랑중(檢校戶部郎中)을 지내다가 죽었다.

노륜은 길중부(吉中孚)·한굉(韓宏)·전기(錢起)·사공서(司空曙)·묘발
(苗發)·최동(崔峒)·경위(耿湋)·하후심(夏侯審)·이단(李端) 등과 시로
써 제명하여, 대력십재자라고 불린다.

이단을 전송하다 送李端[1]

故關衰草徧	옛 관문엔 시든 풀만 퍼져 있고
離別正堪悲	이별이 진정 슬프네
路出寒雲外	길은 변새의 구름 밖으로 나가고
人歸暮雪時	사람은 저녁 눈이 올 때 돌아가네
少孤爲客早	젊어서 나그네 된 것이 일렀는데
多難識君遲	다난함 속에 그대가 지체함을 아네
掩泣空相向	눈물 훔치며 쓸쓸히 서로 보는데
風塵何所期	풍진 속에 언제를 기약하겠는가?

주석

1) 李端(이단): 자는 정기(正己), 조주(趙州) 사람. 대력(大曆) 5년에 진사가 되어, 교서랑(校書郎)이 되었으나 병으로 물러났다. 얼마 후 항주사마(杭州司馬)가 되었으나 싫증을 느끼고 형산(衡山)에 은거하고 형악유인(衡嶽幽人)이라 자호(自號)했다.

저녁에 악주에 머물다 晚次鄂州[1]

雲開遠見漢陽城	구름 열려 멀리 한양성을 보니
猶是孤帆一日程	오히려 외로운 배로 하루 여정이네
估客晝眠知浪静	상인들이 낮잠 자니 물결 고요함을 알겠고
舟人夜語覺潮生	뱃사람이 밤에 얘기 하니 조수 오름을 깨닫네

三湘衰鬢逢秋色　　삼상에서 쇠한 백발로 가을 색을 만나니
萬里歸心對月明　　만 리의 귀향하는 마음이 밝은 달을 대했네
舊業已隨征戰盡　　옛 사업은 이미 전쟁을 따라가서 사라졌는데
更堪江上鼓鼙聲　　다시 강상에서 북소리를 듣게 되네

주석 &

1) 원주에 지덕(至德) 연간에 지었다고 했음. 鄂州(악주): 지금의 호북성 무창현
   (武昌縣).

2) 漢陽城(한양성): 호북성 한양현(漢陽縣).

평설 &

●『정재시화』에 "'估客' 1연은 강행(江行)의 광경을 곡진하게 하여서 참으
로 사물을 잘 그려냈다. 나는 매번 그것을 암송한다"고 했다.

●『비점당시』에 "제4구는 더욱 묘한데, 단지 위의 구에 비교하면 도리어
낮다. 5·6구는 더욱 특별하다. 일결(一結)이 완전(宛轉)한데, 지극히 슬
프다"고 했다.

●『당시정성』에 "오일일(吳逸一)이 평하여 '차련은 노련한 강호어(江湖語)
이다. 3련의 말은 문득 헤아릴 수 없는데, 슬픔을 맺어 가혹하게 정(情)
으로 들어갔다'고 했다"고 했다.

●『당풍정』에 "초련은 세상에서 모두 칭찬하는 것인데, 차련이 더욱 나음
을 모른다"고 했다.

● 『당시별재』에 "3·4구의 말을 읽어보면 몸이 강배 안에 있는 듯하니, 시
가 경상(景象)을 귀하게 여지지 않겠는가!"라고 했다.

새하곡 塞下曲[1]

1

林暗草驚風	숲 어둡고 풀 휘날리는 바람 속
將軍夜引弓	장군이 밤에 활을 당겼네
平明尋白羽	다음날 백우화살을 찾아보니
沒在石稜中[2]	바위 모서리에 박혀있네

주석 ⌒

1) 모두 6수임. 〈새하곡〉은 악부 곡명. 제목이 〈和張僕射塞下曲〉으로 된 판본도
   있음.

2) 한(漢)나라 비장군(飛將軍) 이광(李廣)이 풀 속의 암석을 호랑이로 오인하고
   활을 쏘았는데 화살이 바위에 박혔다고 함.

평설 ⌒

● 청나라 반덕여(潘德輿)의 『양일재시화(養一齋詩話)』에 "시의 묘는 전적
  으로 선천신운(先天神運)으로써 해야 하고, 후천적상(後天迹象)에 있지
  않다. …… 노륜의 '林暗草驚風' 기구는 곧 완전히 어두운 밤에 호랑이를
  쏜 신(神)인데, '將軍夜引弓' 구까지는 이르지 못했다. 대저 시에 능한 자

들은 이 묘를 모름이 없다. 손을 대어 우연히 적게 되면, 곧 실적(實跡)
을 베껴내는데, 지극히 청탈(淸脫)함을 구하기 때문에 끝내는 혼성(渾
成)함이 부족하게 된다"라고 했다.

2

月黑鴈飛高	달 어둡고 기러기 높이 나는데
單于夜遁逃[1]	선우가 밤중에 달아났네
欲將輕騎逐	날랜 기마로 추적하려는데
大雪滿弓刀	대설이 활과 칼에 가득하네

주석 ⟲

 1) 單于(선우): 흉노(匈奴)의 천자(天子)를 말함.

평설 ⟲

● 『당시훈해』에 "이반룡(李攀龍)이 '중당의 음률은 유약한데, 이것은 특히
고건(高健)하여 득의의 작품이다. 이는 변위(邊威)의 웅장함과 수비(守
備)의 정돈됨을 보고, 사졸들의 추위의 고통을 애석해 한 것이다. 참으
로 언어가 본래 비약(卑弱)한데, 유독 이 절구만은 웅건하여서 성당의
악부로 들어갈 만하다'고 했다"라고 했다.

● 『시원변체』에 "노륜의 오언절구 '月黑鴈飛高' 1수는 기백과 음조가 중당
에는 없는 것이다"라고 했다.

● 『당풍정』에 "음절이 최고로 예스러워서 〈가서가(哥舒歌)〉과 서로 비슷
하다"고 했다.

이익 李益

이익(748-827), 자는 군우(君虞), 농서(隴西) 고장(姑臧: 감숙성 武威縣) 사람. 대력(大曆) 4년(769)에 진사가 되어 정현위(鄭縣尉)가 되었다. 오랫동안 승진하지 못하여 관직을 버리고 떠났다. 북쪽으로 하삭(河朔)과 유주(幽州) 등지를 여행했는데, 유주절도사 유제(劉濟)가 그를 종사관(從事官)으로 삼았다. 헌종(憲宗) 때 소환되어 비서소감(祕書少監)이 되고, 집현전학사(集賢殿學士) 및 여러 관직을 거쳐 예부상서(禮部尚書)로 관직을 마쳤다.

이익은 가시(歌詩)에 뛰어났는데, 이하(李賀)와 제명했다. 한 편을 지을 때마다 교방(敎坊)의 악인(樂人)들이 뇌물을 주고 구해다가 공봉가사(供奉歌辭)로 불렀다. 그의 〈정인가(征人歌)〉와 〈조행편(早行篇)〉 등은 호사가들이 그림으로 그려서 병장(屛障)으로 만들었다고 한다.

기쁘게 외제를 만났는데, 또 이별을 말하다 喜見外弟, 又言別

十年離亂後	십년간의 난리 후
長大一相逢	성장하여 한 번 상봉했네
問姓驚初見	성씨를 물어보며 처음 만났는가 싶었는데
稱名憶舊容	이름을 말하니 옛 모습을 기억했네
別來滄海事[1]	이별 후의 상전벽해의 일들을
語罷暮天鐘	다 말하니 저녁 종소리가 나네
明日巴陵道[2]	내일 파릉 길에는
秋山又幾重	가을 산이 또 몇 겹일런가?

주석 ᷔᷓ

1) **滄海事**(창해사): 상전벽해(桑田碧海)을 말함.

2) **巴陵**(파릉): 호남성 악양현(岳陽縣).

평설 ᷔᷓ

● 『시경총론』에 "성당(盛唐) 사람들은 경(景)을 읽는데 뛰어났는데, 다만 두자미(杜子美: 杜甫)는 정을 말하는 데에 뛰어났다. 사람의 정은 밖을 향하여, 사물을 보이는 것처럼 쉽게 스스로 드러내기 어렵다. 사공서(司空曙)의 '乍見翻疑夢, 相悲各問年'과 이익의 '問姓驚初見, 稱名憶舊容'은 마음을 어루만지고 회포를 말함이 지극히 유쾌하다. 이로 인하여 『삼백편』을 생각나게 하니, 정서(情緒)가 실타래처럼 풀어도 끝이 없다. 한 (漢)나라 사람들도 일찍이 말한 것인데 다만 글자만 얻지 못했을 뿐이다"라고 했다.

- 『당시별재』에 "일기(一氣)로 선절(旋折)했는데, 중당의 시 중에서는 보기가 드물다"라고 했다.

염주에서 호아의 음마천을 지나다 鹽州過胡兒飮馬泉[1]

綠楊著水草如煙	푸른 버들가지 물에 드리우고 풀은 안개 같은데
舊是胡兒飮馬泉	옛날 호아가 말에게 물을 먹였던 샘이라네
幾處吹笳明月夜	어느 곳에서 달 밝은 밤에 호가를 부는가?
何人倚劍白雲天	누가 흰 구름의 하늘에서 검을 집고 있는가?
從來凍合關山路	올 때는 관산 길에서 얼어붙어 있었는데
今日分流漢使前	오늘은 한나라 사신 앞에서 녹아서 흐르네
莫遣行人照容鬢	행인들에게 얼굴 비춰보지 못하게 하오
恐驚憔悴入新年	초췌한 모습이 새해로 들어갈까 두렵다오

주석

1) 鹽州(염주): 『청통지(淸統志)』에 "감숙(甘肅) 영하부(寧夏府): 염주(鹽州) 고성(故城)이 영주(靈州: 지금의 영무현(靈武縣) 동남에 있다"고 했음.

평설

- 『당시직해』에 "3·4구는 중당의 장어(壯語)이다. 결구 또한 아취가 있다"고 했다.

- 『당시평선』에 "재능이 칠언소생(七言小生)이라 불리는데, 반드시 장차 '幾處'·'何人'·'從來'·'今日'로써 그 첨측(尖仄)함을 비난할 것을 모른 것이다"라고 했다.

- 『당시별재』에 "'幾處吹笳明月夜, 何人倚劍白雲天'은 변방을 지킬 사람이 없음을 말했는데, 구가 특히 함축했다"고 했다.

강남곡 江南曲[1]

嫁得瞿塘賈[2]	구당의 상인에게 시집가니
朝朝誤妾期	아침마다 첩의 기약이 어긋나네
早知潮有信[3]	일찍이 조수에게 일정한 때가 있음을 알았다면
嫁與弄潮兒	조수를 다루는 사내에게 시집갈 것을

주석 ◟

1) 악부곡조의 이름.

2) 瞿塘(구당): 구당협(瞿塘峽). 장강(長江) 삼협(三峽) 중의 하나.

3) 潮有信(조유신): 조수가 차오르고 빠지는 일정한 때가 있다는 것.

평설 ◟

- 『당시귀』에 "황당한 상상이 원정(怨情)을 도리어 진절(眞切)하게 그려냈다"고 했다.

● 청나라 하상(賀裳)의 『재주원시화(載酒園詩話)』에 "시에는 또한 무리(無理)하면서 묘한 것이 있는데, 이익의 '早知潮有信, 嫁與弄潮兒'와 같은 것은 이치로써 구할 수가 있겠는가? 스스로 묘어(妙語)이다"라고 했다.

입추 하루 전에 거울을 보다 立秋前一日覽鏡

萬事銷身外	만사가 몸 밖으로 사라지고
生涯在鏡中	생애가 거울 속에 있네
惟將滿鬂雪	다만 머리에 가득한 눈발만 지녔는데
明月對秋風	밝은 달이 가을바람을 대했네

낙교 洛橋

金谷園中柳[1]	금곡원 안의 버들가지
春來似舞腰	봄이 오니 춤추는 허리 같네
那堪好風景	어떻게 좋은 풍경을 감당하려고
獨上洛陽橋	홀로 낙양교에 오르는가?

주석

1) 金谷園(금곡원): 『진서(晉書)·석숭전(石崇傳)』에 "석숭에게 별관(別館)이 있는데, 하양(河陽) 금곡(金谷)에 있다. 일명 재택(梓澤)이라 한다"고 했음. 『청통지』에 "하남(河南) 하남부(河南府): 금곡원이 낙양현(洛陽縣) 서북에 있다"고 했음.

변하곡 汴河曲[1]

汴水東流無限春	변수가 동으로 흐르고 무한한 봄인데
隋家宮闕已成塵	수나라 궁궐은 이미 먼지가 되었네
行人莫上長堤望	행인은 긴 제방에 올라가 보지 마오
風起楊花愁殺人	바람이 버들꽃을 날려서 수심 짓게 하리라

주석 ☙

1) 汴河(변하): 『원화군현지(元和郡縣志)』에 "하남도(河南道) 변주(汴州) 준의현
(浚儀縣): 수양제(隋煬帝)가 강도(江都)까지 통하게 하려고 대량성(大梁城)에
서 서남으로 운하를 파서 변수(汴水)를 끌어왔는데, 곧 낭탕거(蒗宕渠)이다"
라고 했다.

평설 ☙

● 송나라 오개(吳開)의 『우고당시화(優古堂詩話)』에 "당나라 주방(朱放)의
〈증위교서(贈魏校書)〉시에 '長恨江南足別離, 幾回相送復相隨. 楊花搖亂
扑水流, 愁殺行人知不知'라고 했는데, 이익의 〈수제(隋堤)〉시 …… 는
대개 주방의 시를 배운 것이다. 그러나 두 시 모두 아름답다"고 했다.

● 『당시직해』에 "설(說)이 망한 수나라의 경상(景象)을 얻어서 사람들에게
감히 위락을 할 수 없게 한다"고 했다.

● 『당시훈해』에 "앞에서는 사치를 벌하고, 뒤에서는 귀감으로 삼게 했다"
고 했다.

● 『당인만수절구선평』에 "정과 격이 절승(絶勝)한데, 어찌 고조(高調)로

추대하지 않았던가!"라고 했다.

종군하여 북으로 가다 從軍北征

天山雪後海風寒[1]	천산에 눈 내린 후 해풍이 찬데
橫笛偏吹行路難[2]	횡적은 <행로난>을 불어대네
磧裏征人三十萬	사막의 병사들 삼십 만인데
一時回向月明看	일시에 고개 돌려 밝은 달을 보네

주석 ❧

1) 天山(천산): 신강성 함밀현(哈密縣) 남쪽. 일명 기련산(祁連山).

2) 行路難(행로난): 악부 〈잡곡가사〉의 곡명. 인생의 간난함과 이별의 슬픔을 노래한 것임.

평설 ❧

● 『당시귀』에 "종성(鍾惺)이 '완전히 왕용표(王龍標: 王昌齡)의 기격(氣格) 이다'고 했다"라고 했다.

● 『당시훈해』에 "사(詞)와 의(意)가 모두 만족스럽다"라고 했다.

● 청나라 모선서(毛先舒)의 『시변저(詩辯坻)』에 "칠언절구는 이익과 한굉 (韓翃)이 족이 경적(勁敵)한다고 하는데, 이익은 화일(華逸)함에서는 약 간 군평(君平: 한굉)보다 못하나, 기골은 그를 뛰어넘는다. 〈종군북정〉

은 곧 성당의 고수(高手)들에게 뒤지지 않는다"라고 했다.

- 『당인만수절구선평』에 "정과 경이 둘 다 뛰어나다"고 했다.

- 『현용설시』에 "'天山雪後' 1수와 '回樂峰前' 1수는 모두 변새시의 명작인데, 의태(意態)가 절건(絶健)하고, 음절이 고량(高亮)하고, 정사(情思)가 비측(俳惻)한데 백 번 읽어도 싫증나지 않는다"고 했다.

새벽의 뿔피리소리를 듣다 聽曉角

邊霜昨夜墮關楡[1]	변방 서리가 어젯밤 유림관으로 떨어지니
吹角當城漢月孤	뿔피리소리 성에 이르러 한나라 달이 외롭네
無限塞鴻飛不度	끝없는 변새의 기러기들도 날아 지나갈 수 없는데
秋風卷入小單于[2]	가을바람이 <소선우>곡으로 들어가네

주석 ⌒

1) 關楡(관유): 수(隋)나라 때 설치한 유림관(楡林關). 승주(勝州) 유림현(楡林縣) 동쪽 30리에 있음.

2) 小單于(소선우): 당나라 대각곡(大角曲)의 하나.

평설 ⌒

- 『비점당시정성』에 "구가 아름답고, 뜻은 더욱 혼함(渾涵)하다. 반드시 이와 같이 하여야만 비로소 작가이다"고 했다.

- 『당시직해』에 "무한하게 처량하고 슬프다"고 했다.

- 『당시훈해』에 "기러기를 빌려다가 사람의 슬픔을 형용하였는데, 시에서 이런 것을 사용함이 많다"라고 했다.

- 『당시경』에 "낙구의 뜻이 고원(高遠)하다"고 했다.

- 『당시별재』에 "변새의 기러기도 뿔피리소리를 듣고 날아 지나가지 못하는데, 하물며 〈소선우〉곡이 병사들의 귀로 들어감에 있어서겠는가? 〈수강성(受降城)〉 1수와 서로 같다"고 했다.

- 『당인만수절구선평』에 "기러기도 듣고 지나가지 못하는데, 사람은 더욱 어찌 하랴? 〈문적(聞笛)〉과 〈종군(從軍)〉 작품과 비교하면 더욱 미묘하다"고 했다.

궁녀의 원망 宮怨

露濕晴花春殿香	이슬 젖은 맑은 꽃 봄 궁전에서 향기 나고
月明歌吹在昭陽	달 밝고 노랫소리가 소양전에 있네
似將海水添宮漏	바닷물 끌어다가 궁중 물시계에 채워서
共滴長門一夜長[1]	장문궁 긴 하룻밤에 함께 방울지게 하리라

주석

1) 長門(장문): 장문궁(長門宮). 한나라 효무(孝武)의 진황후(陳皇后)가 아들을 못 낳고 홀로 거주했던 궁전.

- 『비점당시정성』에 "궁원(宮怨)은 마땅히 혼후(渾厚)함에 있어야 하는데, 시는 비록 좋지만, 뜻은 몹시 각삭(刻削)하다"고 했다.

- 『당시해』에 "소양전의 노래를 불어서 장문궁의 물시계소리와 나란하게 하니, 이 때문에 더욱 그 밤이 깊음을 느낀다"고 했다.

배 타고 가다 行舟

柳花飛入正行舟	버들꽃 날아들어 곧 배 타고 가며
臥引菱花信碧流	누워서 마름꽃 당겨다가 푸른 물에 띄우네
聞道風光滿揚子[1]	풍광이 양자강에 가득하다고 들었는데
天晴共上望鄕樓	하늘 맑아 함께 망향루에 오르네

주석

 1) 揚子(양자): 강소성 양주(揚州) 부근을 흘러가는 큰 강.

수궁의 제비 隋宮燕[1]

燕語如傷舊國春	제비 재잘댐이 옛 나라의 봄을 슬퍼하는 듯한데
宮花一落已成塵	궁궐 꽃은 한 번 떨어져 이미 먼지가 되었네
自從一閉風光後	그로부터 한번 풍광이 닫힌 후

幾度飛來不見人　　몇 번이나 날아와서 사람을 보지 못했던가?

주석

1) 隋宮(수궁): 강소성 강도현(江都縣)에 수양제(隋煬帝)가 세운 궁전.

평설

● 청나라 교억(喬億)의 『대력시략(大曆詩略)』에 "처려(凄麗)하고 탈쇄(脫
洒)함이 청련(靑蓮: 李白)에게 뒤지지 않는다"고 했다.

● 『당인만수절구선평』에 "말구 중에는 진정 품은 정이 무한하다. 통수(通
首)가 직치(直致)를 꺼리지 않았다"고 했다.

밤에 수강성에 올라 피리소리를 듣다 夜上受降城, 聞笛[1]

回樂峰前沙似雪[2]	회락봉 앞 모래밭은 눈 내린 듯하고
受降城下月如霜	수강성 아래 달빛은 서리 같네
不知何處吹蘆管	어디서 갈피리를 부는지 모르겠는데
一夜征人盡望鄕	밤새 나그네에게 고향생각을 다하게 하네

주석

1) 受降城(수강성): 감숙성 영무현(靈武縣) 서남.

2) 回樂峰(회락봉): 감숙성 영무현(靈武縣) 서남.

- 『예원치언』에 "절구는 이익이 뛰어나고, 한굉은 그 다음이다. …… '回樂峰前' 1장(章)은 하필 왕용표(王龍標: 王昌齡)나 이공봉(李供奉: 李白)뿐이겠는가!"라고 했다.

- 『당시훈해』에 "기어(起語)는 웅장하고 비절(悲絕)한데, 말구의 접(接)은 편하다"고 했다.

맹 교(751-814), 자는 동야(東野), 호주(湖州) 무강(武康: 절강성 德淸縣)
사람. 덕정(德宗) 정원(貞元) 12년(796)에 진사에 합격하고 율양위(溧陽
尉)가 되었으나 곧 사직했다. 헌종(憲宗) 원화(元和) 원년(806)에 하남수
륙전운판관(河南水陸轉運判官)에 추천되고, 협률랑(協律郎)을 지냈다.
원화 9년(814)에 정여경(鄭餘慶)이 산남서도절도사(山南西道節度使)가
되어 홍원군참모(興元軍參謀)로 맹교를 추천하여 가족을 이끌고 부임하
러 가던 도중에 하남(河南) 문현(閿縣)에서 병사했다.
맹교는 오언시가 뛰어났는데, 한유(韓愈)와 절친했고, 장적(張籍)이 그
에게 정요선생(貞曜先生)이란 이름을 주었다.
한유의 「송맹동야서(送孟東野序)」에 "맹교 동야는 처음에 그 시로써 유
명했는데, 그 높은 것은 위진(魏晉)에서 나왔고, 게으르지 않고 옛것에
이르렀다. 그 나머지는 한(漢)나라에 침음(浸淫)했다"고 했다.
『창랑시화』에서 "맹교의 시는 초췌고고(憔悴枯槁)하고, 그 기국(氣局)은
촉박하여 퍼지지 않았는데, 퇴지(退之: 한유)가 이와 같이 인정한 것은
무엇 때문인가? 시도(詩道)는 본래 정대(正大)한데, 맹교가 스스로 그것

을 한조(限阻)하게 했을 뿐이다"라고 했다.

소식(蘇軾)은 「제유자옥문(祭柳子玉文)」에서 맹교와 가도(賈島)의 고음시(苦吟詩)를 '교한도수(郊寒島瘦)'라고 비판했다.

유자음 遊子吟[1]

慈母手中線	어머니는 수중의 실로
遊子身上衣	길 떠나는 자식의 옷을 짓네
臨行密密縫	떠나려 할 때 꼼꼼히 바느질하며
意恐遲遲歸	속으로 늦게 돌아올까 걱정하네
誰言寸草心	누가 작은 풀의 마음이
報得三春暉	삼춘의 빛에 보답한다고 말하랴?

주석

1) 遊子吟(유자음): 악부 곡명.

평설

● 『당시품휘』에 "유진옹(劉震翁)이 '전체가 탁흥(托興)인데, 끝까지 유연(悠然)하다. 말하지 않은 감개가 아름다운 한천(寒泉)에 비할 바가 아니다. 천고 아래에서 오히려 담박함을 잊지 못할 것이니, 시 중에서 더욱 불후(不朽)한 것이다'라고 했다"고 했다.

● 『당시귀』에 "종성(鍾惺)이 '인효(仁孝)의 말이 자연스럽고 풍아(風雅)하다'고 했다"고 했다.

● 『당풍정』에 "인효(仁孝)의 애애(藹藹)함이 만고에 새로운 듯하다"고 했다.

● 청나라 악단(岳端)의 『한수집(寒瘦集)』에 "이 시는 고음(苦吟) 중에서 얻어온 것이다. 그래서 말은 번거롭지 않으나 뜻을 다 폈다. 외양에만 힘쓰는 자가 보면 곧 뜻을 기울이지 않은 듯할 것이다"라고 했다.

● 『당시별재』에 "곧 '欲報之德, 昊天罔極'의 뜻인데, 창려(昌黎: 韓愈)의 '臣罪當誅, 文王聖明'과 함께 천고를 기약한다"고 했다.

직부사 織婦辭

夫是田中郞	부군은 농가의 아들이고
妾是田中女	첩은 농가의 딸인데
當年嫁得君	당년에 시집와서 그대를 얻었는데
爲君秉機杼	그대를 위해 베틀을 잡았지요
筋力日已疲	근력이 날로 쇠약해지건만
不息窗下機	창 아래 베틀을 멈출 수가 없군요
如何織紈素	어찌하여 비단을 짜는데
自着藍縷衣	스스로는 남루한 옷을 걸쳐야 합니까?
官家牓村路	관가에서 마을길에 방을 붙였는데
更索栽桑樹	다시 뽕나무를 심으라 하는군요

장안의 이른 봄 長安早春

旭日朱樓光	아침햇살이 붉은 누대에서 빛나고
東風不驚塵	봄바람은 먼지를 날리지 않네
公子醉未起	공자는 취하여 일어나지 않고
美人爭探春	미인은 다투어 봄나들이를 하네

探春不爲桑　　　봄나들이는 뽕밭 때문이 아니고
探春不爲麥　　　봄나들이는 보리밭 때문이 아니네
日日出西園　　　날마다 서원으로 나가서
秖望花柳色　　　다만 꽃과 버들 색만 바라보네
乃知田家春　　　이에 알겠나니 농가의 봄은
不入五侯宅　　　오후의 댁에는 들어가지 않는다네

평설

● 『한수집(寒瘦集)』에 "5·6구의 뽕밭과 보리밭 때문이 아니다고 한 것이, 이 한 편의 관건(關鍵)이다. 아래 2구의 '花柳'를 잠복하여 공격하는 단서이다. 결처(結處) 일필(一筆)은 전면(前面)의 허다한 것을 수습했는데, 참으로 출신입화(出神入化)의 글이다"라고 했다.

유자행 遊子行[1]

萱草生堂堦　　　원추리가 북당 섬돌에서 자라는데
遊子行天涯　　　떠도는 자식은 하늘 끝을 가네
慈親倚堂門　　　어머니는 북당 문에 기댄 채
不見萱草花　　　원추리꽃을 보지 못하네

주석

1) 작가를 섭이중(聶夷中)이라고 한 판본도 있음. 또한 제목을 〈유자음(遊子

呤))이라고도 함.

2) 萱草(훤초): 원추리. 훤초(諼草). 일명 망우초(忘憂草), 의남초(宜男草). 숙근
   생 초본식물로 나물과 약용으로 사용함.『詩經・衛風・伯兮』에 "焉得諼草,
   言樹之背"라고 했는데, 모전(毛傳)에 "背, 北堂也"라고 했음. 즉 어머니의 거
   처인 북당에 근심을 잊게 하는 원추리를 얻어다가 심겠다는 뜻임.

평설 ⌇

●『한수집(寒瘦集)』에 "다른 사람이 천만(千萬)의 글자로 말할 수 없는 것
 을 선생은 20자로 내었는데, 중간 단락이 차례로 회환(回還)하여 조영법
 (照映法)이 갖추어지지 않음이 없다. 결처(結處)는 더욱 함축이 풍족하
 다. 한창려가 말한 바의 '높은 것은 위진(魏晉)에서 나왔다'고 한 것이
 아마 여기에 있지 않겠는가? 통편(通篇)이 다만 어머니가 자식을 생각함
 만 말하고 자식이 겪는 어려움은 말하지 않았는데, 참으로 편봉(偏鋒)이
 승리를 얻었다"고 했다.

왕건(766?-830?), 자는 중초(仲初), 영천(潁川: 하남성 許昌市) 사람. 대력(大曆) 10년(775)에 진사에 합격하고, 위남위(渭南尉)를 지냈다. 비서승(秘書丞)과 시어사(侍御史)를 역임하고, 태화(太和) 중에 섬서사마(陝州司馬)로 나가서 변새로 종군(從軍)한 후 함양(咸陽)으로 돌아와서 은거했다.

왕건은 악부(樂府)를 잘 지어서 장적(張籍)과 제명했는데 궁사(宮詞) 일백 수는 더욱 사람들에게 전송(傳誦)되었다.

강릉에 사신 갔다가 여주에 이르다 江陵使, 至汝州[1]

回看巴路在雲間[2]	파로를 돌아보니 구름 사이에 있고
寒食離家麥熟還	한식날에 집을 떠나 보리가 익어서 돌아오네
日暮數峰靑似染	해 저문 몇 봉우리가 물들인 듯 푸른데
商人說是汝州山	상인이 여주의 산들이라고 하네

주석 〰

1) 江陵(강릉): 호북성 강릉현. 형주(荊州)를 천보(天寶) 초에 강릉군으로 개명
   했음. 汝州(여주): 지금의 하남성 임여현(臨汝縣).
2) 巴路(파로): 파(巴)는 남쪽 강릉 일대 지역.

평설 〰

● 『당인만수절구선평』에 "포치(布置)가 균정(勻淨)하고, 정미(情味)가 유
   연(悠然)하여 칠언의 묘경(妙境)이다. 남들은 평이하다고 제쳐놓았지만,
   오직 완정(阮亭: 王士禎)만이 이런 종류를 이해하고 칭찬하였으니, 참으
   로 고견(高見)이다"라고 했다.

십오일 밤에 달을 바라보며 두낭중에게 부치다 十五夜望月, 寄杜郞中

中庭地白樹棲鴉	마당의 땅이 하얀데 나무에 까마귀 깃들고

冷露無聲濕桂花　　찬 이슬이 소리 없이 계수꽃을 적시네
今夜月明人盡望　　오늘밤 달 밝아 모두들 바라보는데
不知秋思在誰家　　가을 수심이 누구 집에 있는지 모르겠네

평설 ∽

● 『당시직해』에 "묘사하기도 어렵고 그리기도 어려운 것이다"라고 했다.

● 『당시훈해』에 "낙구(落句)에 회포가 있다"고 했다.

● 『당시선맥회통평림』에 "주경(周敬)이 '묘경(妙境) 중에 함축이 있는데, 이해할 사람이 몇이나 될 것인가?'라고 했다"고 했다.

● 『당시별재』에 "자기의 가을에 대한 감개를 설명하지 않았기 때문에 묘하다"고 했다.

궁인사 宮人斜[1]

未央牆西靑草路　　미앙궁 담장 서쪽 푸른 풀길에
宮人斜裏紅妝墓　　궁인들 묘지 안에 홍장의 묘가 있네
一邊載出一邊來　　한쪽에서 실어 내오고 한쪽에선 새로 들여오니
更衣不減尋常數　　옷 바뀌어도 평소의 숫자가 줄지 않네

주석 ∽

1) 宮人斜(궁인사): 궁인들의 묘지.

- 유영제(劉永濟)의 『당인절구정화(唐人絶句精華)』에 "이 시의 3·4구는
  기풍(譏諷)의 뜻이 몹시 분명하다"고 했다.

평설 ⌒

이단, 자는 정기(正己), 조군(趙郡: 하북성 趙縣) 사람. 대력 5년(770)에 진사에 합격했다. 교서랑(校書郎)을 지내다가 곧 강남으로 가서 항주사마(杭州司馬)를 지냈다. 대력십재자의 한 사람이다.

개울 길을 가다가 비를 만나, 유중용에게 주다 溪行逢雨與柳中庸[1]

日落衆山昏	해 지고 모든 산이 어두운데
蕭蕭暮雨繁	소소히 저녁비가 몰아치네
那堪兩處宿	어찌 두 곳의 숙소에서
共聽一聲猨	함께 한차례 원숭이울음을 듣겠는가?

주석 ᴄ◡ͻ

1) 柳中庸(유중용): 유담(柳淡). 자는 중용(中庸), 하동(河東) 사람. 홍부호조(洪府戶曹)를 지냄.

새 달에 절하다 拜新月[1]

開簾見新月	발 걷다가 새 달을 보고
便卽下階拜	곧장 섬돌로 내려가 절을 하네
細語人不聞	작은 말소리 남들은 못 듣는데
北風吹裙帶	북풍이 치마 띠를 날리네

주석 ᴄ◡ͻ

1) 『악부시집』에 근대가곡(近代歌曲)으로 기록되었음.

평설 ᄋᆖ

- 『비점당시정성』에 "말구에 긴요(緊要)함이 없는데, 그것을 사용하니, 곧 빼어나게 좋고 좋아졌다"라고 했다.

- 『당시경』에 "고의(古意)가 있다"라고 했다.

- 『당시별재』에 "달을 대하고 정을 호소하는데, 남들은 말을 들을 수 없다. 〈자야가(子夜歌)〉에 가깝다"고 했다.

- 『이암설당시』에 "'便卽'은 긴진(緊溱)함을 얻어왔고, '細語'는 온첩(穩帖) 함을 얻어왔다"고 했다.

- 『당인절구정화』에 "3·4구는 자못 풍치(風致)를 갖추었고, 용의(用意)은 적지만 함의(含意)는 많다"고 했다.

쟁 연주를 듣다 聽箏

鳴箏金粟柱[1]	명쟁의 금속기둥
素手玉房前	하얀 손이 옥방 앞에 있네
欲得周郎顧[2]	주랑을 돌아보게 하려고
時時誤拂絃	때때로 현을 잘못 퉁기네

주석 ᄋᆖ

1) 鳴箏(명쟁): 쟁(箏)을 말함. 金粟柱(금속주): 금속(金粟)은 계수(桂樹)나무의 별칭.

2) **周郎顧**(주랑고): 주랑은 삼국 오(吳)나라 주유(周瑜). 24살 때 건위중랑장(建
威中郎將)이 되었는데 세상에서 주랑이라 불렀음. 음악에 정통하여 삼작(三
爵)을 마신 후라도 가락이 잘못되면 반드시 알아차리고 돌아보았다고 함. 그
래서 당시 가요에 "曲有誤, 周郎顧"라고 했음.

창당, 하동(河東) 사람. 대력 7년(772)에 진사에 합격했다. 정원(貞元) 초에 태상박사(太常博士)를 지내고, 과주자사(果州刺史)로 관직을 마쳤다. 위응물(韋應物)·노륜(盧綸)·이단(李端)·사공서(司空曙)·경위(耿湋) 등과 친했다.

관작루에 오르다 登鸛雀樓[1]

迥臨飛鳥上	멀리 나는 새 위에 임하여
高出世人間	높이 인간세상 벗어났네
天勢圍平野	하늘 형세는 평야를 둘러싸고
河流入斷山	하수는 끊긴 산으로 들어가네

주석 ⮑

1) 심괄(沈括)의 『몽계필담(夢溪筆談)』에 "하중부(河中府)의 관작루(鸛雀樓)는 3
   층이다. 앞에는 중조산(中條山)을 바라보고, 아래로 대하(大河)를 굽어본다.
   당(唐)나라 사람들이 남겨 논 시들이 많은데 다만 이익(李益)·왕지환(王之
   渙)·창당(暢當)의 3편이 그 정경을 형상할 수 있었다"고 했음. 이 시는 창제
   (暢諸)의 시라고도 함.

평설 ⮑

● 『당시별재』에 "왕지환(王之渙)의 작품에 뒤지지 않는다"고 했다.

● 『양일재시화』에 "왕지환의 '白日依山盡' 1절은 시정(市井)의 아동들도 외
  울 줄 아는데, 지금도 참연(嶄然)히 새롭다. 창당의 시 '迥臨飛鳥上'이라
  고 한 것은 흥(興)은 심원하나 왕지환의 작품에 미치지 못한다. 체(體)는
  또한 준발(峻拔)하여 서로 나란할 수 있다"고 했다.

대숙륜(732-789), 자는 유공(幼公), 윤주(潤州) 금단(金壇: 강소성 金壇縣) 사람. 무주자사(撫州刺史)를 지내고, 용관경략가(容管經畧使)로 관직을 마쳤다.

제야에 석두역에 묵다 除夜宿石頭驛[1]

旅館誰相問	여관에서 누가 서로 묻는가?
寒燈獨可親	찬 등불 홀로 친할 만하네
一年將盡夜	일 년이 다 지나가는 밤
萬里未歸人	만 리에서 귀향하지 못한 사람이네
寥落悲前事	쓸쓸하게 지난 일을 슬퍼하며
支離笑此身	지리한 이 몸을 비웃네
愁顏與衰鬢	근심 어린 얼굴과 쇠한 머리털로
明日又逢春	내일 또 봄을 만나리라

주석 ∽

1) **石頭驛**(석두역): 석두진(石頭津)을 말함. 『청통지』에 "강남(江南) 남창부(南昌府): 석두저(石頭渚)가 신건현(新建縣) 서북에 있다. 『현지(縣志)』에 '석두진(石頭津)이 현(縣)의 서북 10리에 있는데, 지금은 석보진(石步鎭)이 되었다'라고 했다"고 했음.

평설 ∽

- 『영규율수』에 "이 시는 전혀 경(景)을 설명하지 않았는데, 뜻이 만족스럽고 말이 정갈하다"고 했다.

- 『시수』에 "사공서(司空曙)의 '乍見翻疑夢, 相悲各問年'과 대숙륜의 '一年將盡夜, 萬里未歸人'은 하나는 오랫동안 이별했다가 갑자기 만난 것이고, 또 하나는 여행 중에 제야인데 모두 절창이다"라고 했다.

- 『당풍정』에 "정을 말함에 아로새김이 드러나서 성당(盛唐)의 혼후(渾厚)

한 기(氣)가 없다"고 했다.

삼려대부의 사당에 적다 題三閭大夫廟[1]

沅湘流不盡[2]	원수와 상수가 끊임없이 흐르니
屈子怨何深	굴원의 원망은 얼마나 깊은가?
日暮秋風起	석양에 가을바람 일어나서
蕭蕭楓樹林	소소히 단풍 숲에 부네

주석 ✑

1) 三閭大夫(삼려대부): 전국시대 초(楚)나라 굴원(屈原). 삼려(三閭)라는 직책
   은 당시의 세 왕족(王族) 성씨인 소(昭)·굴(屈)·경(景)씨 등을 관장하였음.
   굴원의 이름은 평(平)이고, 회왕(懷王)을 섬겼으나 참소를 받고 쫓겨나 멱라
   수(汨羅水)에 투신하여 자살했음.

2) 沅湘(원상): 원수(沅水)와 상수(湘水). 두 물은 발원지는 다르나 모두 동정호(洞
   庭湖)로 흘러들어 감. 『楚辭·九章·懷沙』에 "浩浩沅湘, 分流汨兮"라고 했음.

평설 ✑

● 『비점당시』에 "짧은 시로 어찌 삼려(三閭)를 다 말했는가? 이와 같은 일
  결(一結)은 곧 예측할 수가 없다"고 했다.

● 『당시훈해』에 "곧 소사(騷思)이다"라고 했다.

● 『당시별재』에 "우수(憂愁)와 유사(幽思)가 필단(筆端)에 얽혔다. 굴자(屈
  子)의 원망을 어찌 원수와 상수가 흘러버릴 수가 있겠는가? 발단이 묘하

다”고 했다.

- 『현용설시』에 “모두 용의(用意)하지 않았는데 언외에 절로 일종의 비량 감개(悲凉感慨)의 기(氣)가 있으니, 오언절구 중에 이 격(格)이 최고이다”라고 했다.

상수 남쪽에서 즉경을 짓다 湘南卽事

盧橘花開楓葉衰[1]	노귤꽃이 피고 단풍잎은 시들었는데
出門何處望京師	문을 나가 어디서 경사를 바라보나?
沅湘日夜東流去	원수와 상수는 밤낮없이 동으로 흘러가고
不爲愁人住少時	수심어린 사람을 위해 잠시도 머물러주지 않네

주석

1) 盧橘(노귤): 귤의 일종.

평설

- 『비점당시정성』에 “원수와 상수가 머물러준다면, 어찌 하겠는가? 이와 같이 보면, 곧 시의 묘처를 볼 수 있다”고 했다.

- 『당인절구정화』에 “이는 귀향을 생각하나 그럴 수가 없어서 원수와 상수를 원망했는데, 말은 비록 무리하지만, 정을 실로 지녔다. 읽어보면 사람을 암담하게 한다”고 했다.

양거원 楊巨源

양거원(755-832?), 자는 경산(景山), 하중(河中: 산서성 永濟) 사람. 정원(貞元) 5년(789)에 진사에 합격하고, 장홍정(張弘靖)의 종사관을 지냈다. 나중에 비서랑(秘書郎)을 거쳐 태상박사(太常博士)·예부원랑(禮部員外郎)을 지냈다. 봉상소윤(鳳翔少尹)으로 나갔다가 다시 소환되어 국자사업(國子司業)에 임명되었고, 70세의 나이로 물러날 때 하중소윤(河中少尹)으로 종신토록 봉록을 받도록 했다.

양거원은 시에 뛰어나서 한유(韓愈)·장적(張籍)·백거이(白居易) 등에게 지우를 받았고, 영호초(令狐楚)와 이봉길(李逢吉)과 더욱 친했다. 『시수』에서 양거원의 시를 평하여 "중당의 격조 가운데 최고이다"라고 했다.

강주의 백사마에게 부치다 寄江州白司馬[1]

江州司馬平安否	강주사마는 편안하신지?
惠遠東林住得無[2]	혜원의 동림사에 머물고 계신지?
湓浦曾聞似衣帶[3]	분포는 일찍이 허리띠 같다고 들었는데
廬峰見說勝香爐	여봉은 향로봉보다 낫다고 들었지요
題詩歲晏離鴻斷	시 지어 안부 전하려는데 가는 기러기 끊기고
望闕天遙病鶴孤	대궐 바라보면 하늘 아득하고 병든 학이 외롭군요
莫漫拘牽雨花社[4]	함부로 우화사를 이끌지 말구려
青雲依舊是前途	청운이 의구하게 앞길에 있다오

주석 ❧

1) 江州白司馬(강주백사마): 강주사마(江州司馬) 백거이(白居易).

2) 惠遠東林(혜원동림): 진(晉)나라 태원(太元) 중에 혜원법사(惠元法師)가 강주자사(江州刺史)로 있던 항윤(恒尹)의 도움으로 동림사(東林寺)를 창건했음. 지금도 여산(廬山)의 고적 중의 하나임.

3) 衣帶(의대): 의대수(衣帶水). 허리띠 모양의 강을 말함.

4) 雨花社(우화사): 부처가 여러 보살들에게 설법할 때 하늘에서 만타라화(曼陀羅華)가 뿌려졌다고 함. 여기서는 불교에 심취했던 백거이에게 불교에 너무 빠지지 말라고 충고한 것임.

절양류 折楊柳[1]

水邊楊柳麴塵絲[2]	물가 버드나무의 연노랑 가지들

立馬煩君折一枝　　말 세우고 그대를 근심하며 한 가지를 꺾네
惟有春風最相惜　　다만 봄바람이 가장 애석해 하여
殷勤更向手中吹　　은근히 다시 손 안으로 불어오네

주석

1) 악부 곡명.

2) 麴塵絲(국진사): 누룩 색의 버들가지. 국진(麴塵)은 초봄의 어린 버들가지의
   담황색(淡黃色)을 말함.

평설

● 『초계어은총화』에 "『복재만록(復齋漫錄)』에 '나는 당나라 양거원의 「水
  邊楊柳麴塵絲」 구를 읽고, 그것이 근거를 둔 바를 알지 못했다. 나중에
  유몽득(劉夢得: 劉禹錫)의 〈양류지(楊柳枝)〉의 가사 「鳳闕輕遮翡翠幰, 龍
  池遙望麴塵絲. 御溝春水相輝映, 狂殺長安年少兒」를 읽고, 곧 양거원이
  여기에서 취했음을 알았'고 했다"고 했다.

● 『학림옥로』에 "당나라 사람의 버들시에 '水邊楊柳麴塵絲……'라고 했는
  데, 주문공(朱文公)이 매번 그것을 즐겁게 암송했는데, 그 흥을 취한 것
  이다"라고 했다.

유우석 劉禹錫 

유우석(772~842), 자는 몽득(夢得), 팽성(彭城) 사람. 정원(貞元) 9년
(793)에 진사에 합격하고, 박학굉사과(博學宏詞科)에 올랐다. 감찰어사
(監察御史)를 지내고, 왕숙문(王叔文)이 정권을 잡은 후 두전원외랑(屯
田員外郎), 판탁지염철안(判度支鹽鐵案)을 지냈다. 왕숙문이 패하자 그
에 연좌되어 연주자사(連州刺史)로 쫓겨났는데, 도중에 낭주사마(朗州司
馬)로 좌천되었다. 나중에 연주자사를 거쳐서 기주(蘷州)와 화주(和州)
자사를 지냈다. 다시 조정으로 들어와 주객랑중(主客郎中)이 되었고, 예
부랑중(禮部郎中), 집현직학사(集賢直學士)를 지냈다. 소주(蘇州)·여주
(汝州)·동주(同州)자사를 거쳐 태자빈객(太子賓客)이 되었다. 회창(會
昌) 때 검교예부상서(檢校禮部尙書)로 관직을 마쳤다.

유우석은 백거이(白居易)와 친했는데, 백거이는 항상 유몽득(劉夢得)을
시호(詩豪)라고 불렀다고 한다.

촉나라 선주 사당 蜀先主廟[1]

天地英雄氣	천지에 영웅의 기운이 있어
千秋尚凜然	천년 세월에도 여전히 늠름하네
勢分三足鼎[2]	형세 나뉨이 삼족정과 같았고
業復五銖錢[3]	공업은 오수전을 회복했네
得相能開國[4]	승상을 얻어 나라를 열었는데
生兒不象賢[5]	낳은 자식은 그 어짊을 본받지 못했네
凄凉蜀故妓	처량하게 촉나라 옛 기녀들이
來舞魏宮前[6]	위나라 궁궐 앞에 와서 춤추었네

주석 ෴

1) **蜀先主**(촉선주): 촉한(蜀漢)의 유비(劉備).

2) **三足鼎**(삼족정): 세 발 달린 솥. 촉한(蜀漢)과 오(吳)나라와 위(魏)나라가 천하를 삼등분했다는 것.

3) **五銖錢**(오수전): 한(漢)나라의 화폐. 한나라의 전통을 회복했다는 것.

4) **得相**(득상): 제갈량(諸葛亮)을 얻어 승상으로 삼았다는 것.

5) 유비의 아들 유선(劉禪)을 말함. 위나라 등애(鄧艾)에게 항복하고, 낙양(洛陽)으로 옮겨져 안악현공(安樂縣公)에 책봉되었음.

6) 사마문왕(司馬文王)이 유선에게 연회를 베풀어 줄 때 옛 촉나라 연회를 공연해 주었는데, 주위 사람들은 그것을 보고 슬퍼했지만, 유선은 혼자 즐거워했다고 함.

● 『후촌시하』에 "유몽득의 오언시 〈촉선주묘〉는 '天地英雄氣, 千秋尚凜然……'라고 했고, 칠언시 〈곡여온공(哭呂溫公)〉에서 '遺草一函歸太史, 旅墳三尺近要離'라고 했고, 〈금릉회고(金陵懷古)〉에서는 '山圍故國周遭在, 潮打空城寂寞回'라고 했은데, 모두 웅혼노창(雄渾老蒼)하고, 침착통쾌(沈着痛快)하여, 소가(小家)들은 미칠 수가 없다"고 했다.

● 『영규율수』에 "몽득이 이 시에서 '三足鼎'과 '五銖錢'을 사용한 것은 정당(精當)하다. 그러나 말구는 사실이 아니다. 촉나라는 참으로 망했지만, 위나라 또한 어찌 남을 수가 있었던가?"라고 했다.

서새산 회고 西塞山懷古[1]

王濬樓船下益州[2]	왕준의 누선이 익주에서 내려오니
金陵王氣黯然收[3]	금릉의 왕기는 암담하게 거두어졌네
千尋鐵鎖沈江底[4]	천 심의 철쇄사슬은 강바닥에 가라앉고
一片降旛出石頭[5]	한 조각 항복 깃발 석두성에서 나왔네
人世幾回傷往事	세상에서 몇 번이나 지난 일에 상심한가?
山形依舊枕江流	산 형세는 의구하게 강물에 이어졌네
今逢四海爲家日	지금 천하가 통일된 날을 만났는데
故壘蕭蕭蘆荻秋	옛 영루는 소소히 바람 부는 갈대의 가을이네

1) **西塞山**(서새산): 지금의 호북성 황석시(黃石市) 동쪽. 형세가 험요하고, 높이 솟아 강에 임해 있음. 삼국 때 오(吳)나라의 서부 요새였음.

2) **王濬**(왕준): 서진(西晉) 무제(武帝) 때 익주자사(益州刺史)를 지냄. **樓船**(누선): 대형의 전선(戰船). **益州**(익주): 사천성 성도시(成都市). 서진의 무제 태강(太康) 원년(280)에 오(吳)나라를 정벌하기 위해 왕준을 용양장군(龍驤將軍)으로 삼고, 대형 전선을 건조하여, 수군을 이끌고 장강(長江)을 따라 내려왔음.

3) **金陵**(금릉): 강소성 남경시(南京市). 당시 오나라의 도읍.

4) **尋**(심): 길이의 단위. 8척(尺)이 1심임. **鐵鎖**(철쇄): 오나라에서 서진의 수군을 막기 위해 철쇄연(鐵鑠鏈: 철쇄사슬)을 장강의 험요지 곳곳에 장치했음. 왕준은 뗏목을 이용하여 그것들을 불태워버리고 전선을 몰아 석두성으로 진격했음.

5) **石頭**(석두): 석두성(石頭城). 남경시 강녕현(江寧縣) 서쪽에 있음.

평설 ᘓᕆ

- 『비점당음』에 "결(結)에 개활(開闊)이 빠졌다"고 했다.

- 『당시경』에 "3·4구는 약간 탁련(琢煉)한 듯하고, 5·6구는 조고(弔古)를 했는데, 진정 중당의 어격(語格)이다"라고 했다.

- 『당시별재』에 "기수(起手)는 황곡(黃鵠)이 높이 올라서 천지의 방원(方圓)을 보는 듯하다. 흘러 달리면서 지리(地利)가 의지할 수 없음을 보였다"고 했다.

- 『일표시화』에 "의론 같으면서 의론이 아니고, 논의가 있으면서 논의가 없는데, 붓을 종이에 붙이자, 하늘 끝에서 신(神)이 왔고, 기백(氣魄)과

법률(法律)이 정교하게 이르지 않음이 없다. 참으로 이는 이 노인의 일생의 걸작으로서 자연히 원진과 백거이를 압도한다"고 했다.

● 『현용설시』에 "'王濬樓船' 4어(語)는 비록 소릉(少陵: 두보)이 붓을 들더라도 이와 같음에 불과할 것이고, 향산(香山: 백거이)의 축수(縮手)를 머물게 할 것이다. 5·6구 '人世幾回' 2구는 평약(平弱)하여 적합하지 못하고, 수구(收句) 또한 완고(完固)한 힘이 없다. 이것이 만당(晚唐)이 되는 까닭이다"라고 했다.

다시 연주자사로 임명되어 형양에 이르러, 유유주의 증별시에 화답하다 再授連州, 至衡陽, 酬柳柳州贈別[1]

去國十年同赴召	서울을 떠난 지 십 년 만에 함께 소환되어
渡湘千里又分岐[2]	상수 건너 천 리에서 또 길이 갈리네
重臨事異黃丞相[3]	거듭 임명된 일은 황승상과 다르고
三黜名慚柳士師[4]	세 번 축출된 이름은 유사사에게 부끄럽네
歸目併隨回雁盡[5]	돌아가는 눈은 모두 회안봉을 따라 사라지고
愁腸正遇斷猿時	근심의 심장은 바로 슬픈 원숭이울음을 만난 때네
桂江東過連山下[6]	계강은 동쪽으로 연산군 아래를 지나가는데
相望長吟有所思	서로 바라보며 길게 <유소사>를 읊네

주석

1) 유종원(柳宗元)의 〈分路贈別詩〉에 화답한 시임. 유우석과 유종원은 왕숙문

(王叔文)이 정권에서 패하자, 그의 당인(黨人)으로 지목되어 조정에서 쫓겨났다. 10년 만에 다시 소환되었으나 또다시 함께 연주자사와 유주자사로 좌천되었다. 유우석은 처음에 연주자사로 좌천되어 부임하던 도중에 파주자사(播州刺史)로 바뀌어 임명되었다. 그런데 어사중승(御史中丞) 배도(裴度)가 유우석에게 80세 노모가 있다는 이유로 다시 연주자사로 바꾸어 주기를 간청하여 다시 연주자사로 임명되게 되었다.

2) 『원화군현지(元和郡縣志)』에 "강남도(江南道) 형주(衡州) 형양현(衡陽縣): 상수(湘水)가 영주(永州) 기양(祁陽) 경계로부터 들어간다"고 했음.

3) 黃丞相(황승상): 한(漢)나라 황패(黃霸). 영천태수(潁川太守)로 치적을 쌓아 경조윤(京兆尹)으로 승진되었다가, 좌천되어 다시 영천태수가 되었는데 또다시 치적을 쌓아 관내후(關內侯)에 봉해졌다. 그 후 병길(邴吉)을 대신하여 승상이 되었다.

4) 柳士師(유사사): 『논어·미자(微子)』에 "유하혜(柳下惠)는 사사(士師)가 되어 세 번 축출 당했다"고 했음.

5) 回雁(회안): 회안봉(回雁峰). 형산(衡山)의 최고봉으로 남하한 기러기가 여기서 되돌아간다고 함. 호남성 형양시(衡陽市) 남쪽.

6) 桂江(계강): 연주(連州) 계양현(桂陽縣)을 흐르는 강. 連山(연산): 연산군(連山郡). 연주를 천보(天寶) 원년에 연산군으로 개명했음.

평설 ࣝ

● 『영규율수』에 "유사사(柳士師)의 일이 매우 적절하다"고 했다.

● 『당시평선』에 "글자가 모두 도약하는 듯하고, 구가 모두 빼어난데, 하필 심전기(沈佺期)와 송지문(宋之問) 아래에서 나왔겠는가? '長吟有所思' 5글자는 일기(一氣)이다. '有所思'는 악부의 편명인데, 서로 바라보면서 이 곡을 읊는다고 했다. 여기에서 칠언의 명구법(命句法)을 얻을 수 있다"고 했다.

• 『영규율수휘평』에 "기윤(紀昀)이 '이는 유자후(柳子厚: 柳宗元)의 시에 수창한 시인데, 필(筆)마다 노건(老健)하고 심경(深警)하여 곧 자후의 원창(原唱)보다 낫게 되었다. 7구을 얽어 합하여 유정(有情)함을 얻었다"고 했다.

참고 ☙

• 유종원의 〈衡陽與夢得分路贈別〉: "十年顦顇到秦京, 誰料翻爲嶺外行? 伏波故道風煙在, 翁仲遺墟草樹平. 直以慵疎招物議, 休將文字占時名. 今朝不用臨河別, 垂淚千行便濯纓"

단도제의 옛 영루를 지나다 經檀道濟故壘[1]

萬里長城壞	만리장성이 붕괴되고
荒營野草秋	황량한 영루엔 들풀의 가을이네
秣陵多士女[2]	말릉엔 남녀들이 많은데
猶唱白符鳩[3]	여전히 〈백부구〉를 노래하네

주석 ☙

1) **檀道濟**(단도제): 남조(南朝) 송(宋)나라에서 강주자사(江州刺史)를 지내며 병권을 쥐고 위명(威名)이 있었는데, 문제(文帝)가 임종할 때 조정에서 그가 모반할 것을 의심하여 소환하여 죽였음. 피살될 때 분노하여 외치기를 "이는 너희들의 만리장성을 붕괴시키는 것이다"라고 했다고 함.

2) **秣陵**(말릉): 진(秦)나라가 천하를 병탄한 후 금릉(金陵)에 천자의 기운이 있

다고 하여 지맥(地脈)을 뚫고, 연강(連岡)을 절단하고는 금릉을 말릉이라고
개명했음.

3) 원주에 "사서에서 이르기를, 당시 사람들이 노래하길 「가련하구나 부구(符鳩)
가 단강주(檀江州)를 왕살(枉殺)하였네」라고 했다"고 했다. 白符鳩(백부구):
『남제서(南齊書)』에 "백부(白符)는 혹은 백부구무(白符鳩舞)라고 한다. 강남
(江南)에서 나왔는데, 오인(吳人)이 지은 것이다. 그 가사의 뜻은 손호(孫皓)
의 학정(虐政)을 근심하고 정화(政化)를 사모한 것이다. …… 백(白)은 금행
(金行)이고, 부(符)는 합(合)이다. 구(鳩) 역시 합(合)이다. 부(符)와 구(鳩)는
비록 다른 글자지만 그 뜻은 동일하다"고 했음.

평설

- 『당시선맥회통평림』에 "상통(傷痛)함의 깊음이 비록 3백 년이 지났지만
  오히려 없어지지 않았다. 도제는 비록 죽었으나 오히려 살아있다"고 했다.

가을 노래 秋風引[1]

何處秋風至	어디에서 가을바람이 불어오나?
蕭蕭送鴈羣	소소한 바람이 기러기무리를 전송하네
朝來入庭樹	아침에 뜰 나무로 들어오니
孤客最先聞	외로운 객이 가장 먼저 듣네

주석

1) 引(인): 곡(曲)과 같음.

* 『당시선맥회통평림』에 "서극(徐克)이 '인정(人情)이 참되다. 세고(世故)에서 늙은 사람이 아니라면 이처럼 말할 수 없다"라고 했다.

* 청나라 이영집(李瑛輯)의 『시법이간록(詩法易簡錄)』에 "추풍을 읊었으니, 반드시 이 추풍을 들은 사람이 있는 것이다. 묘함이 '最先' 2글자에 있는데, '孤客'을 위해 신(神)을 베껴냈다. 무한한 정회(情懷)가 언표(言表)에서 넘친다"라고 했다.

소주를 떠나다 別蘇州[1]

流水閶門外[2]	흐르는 물은 창합문 밖에 있고
秋風吹柳條	가을바람은 버들가지를 부네
從來送客處	이제껏 객을 전송했던 곳에서
今日自魂銷	오늘은 스스로 애끊네

주석 ⌒

1) 본래 2수임. 유우석은 태화(太和) 연간에 소주자사를 지냈음.

2) 閶門(창문): 창합문(閶闔門). 소주 오성(吳城)의 서문(西門).

평설 ⌒

* 『당인만수절구선평』에 "엄유(嚴維)의 〈送人往金華〉시와 동일한 기국(機局)인데, 이것이 더욱 정이 뛰어나다"고 했다.

석두성 石頭城[1]

山圍故國周遭在	산이 옛 나라를 에워싸고 두른 성벽이 남아있어
潮打空城寂寞回	조수가 성벽을 때리다가 적막히 돌아가네
淮水東邊舊時月	회수 동쪽 가에 옛 시절의 달이 있어
夜深還過女牆來	밤 깊으면 다시 성가퀴를 지나가려고 오네

주석

1) 〈금릉오제(金陵五題)〉 중 1수. 石頭城(석두성): 남경시(南京市) 청량산(淸凉
山) 일대. 전국시대 초(楚)나라의 금릉성(金陵城)이었는데, 건안(建安) 17년
(212)에 동오(東吳)의 손권(孫權)이 신축하고 석두성으로 개명했음.

평설

● 『역옹패설』에 "몽득(夢得)의 〈금릉오제〉 중에서 '山圍故國周遭在……'와
'朱雀橋邊野草花……'와 '生公說法鬼神聽, 身後空堂夜不扃. 高坐寂寥塵
漠漠, 一方明月可中庭' 3편이 모두 가작(佳作)이다. 백낙천(白樂天)은
'潮打空城寂寞回'를 유독 사랑하여, 머리를 흔들며 깊이 읊조려보고 '훗
날의 시인들이 다시는 짓지 못할 것이다'라고 했다고 한다. 동파(東坡)는
일찍이 제3편(〈臺城〉: '臺城六代競豪華, 結綺臨春事最奢. 萬戶千門成野
草, 只緣一曲後庭花')을 써놓았는데, 남이 「明月可中庭」이라고 어찌 말
하지 못하겠는가?'라고 물으니, 동파는 웃으며 대답하지 않았다. 옛사람
이 시에서 취한 것이 이와 같다"고 했다.

● 『지봉유설』에 "유몽득의 〈금릉회고〉에 '潮打空城寂寞回'라고 했는데, 백
낙천이 이 구를 몹시 사랑하여 '훗날의 시인들이 다시는 짓지 못할 것이

다'라고 했다고 한다. 나는 이 구는 그다지 경절(警絶)이 아니라고 여기는데, 그 추대함이 이에 이름은 무엇 때문인가?'라고 했다.

- 유우석의 〈金陵五題序〉에 "우인(友人) 백낙천(白樂天)이 머리를 흔들며 깊이 읊조려보고 감탄하며 칭찬하기를 오래 하다가 말하기를, '〈석두시(石頭詩)〉에「潮打空城寂寞回」라고 했는데, 훗날의 시인들이 다시는 짓지 못할 것이다'라고 했다"고 했다.

- 『당시별재』에 "단지 산수와 명월만을 그려냈는데, 육대(六代)의 번화함을 모두 오유(烏有)에 귀속시켜서 사람에게 언외에서 생각하게 한다"고 했다.

- 『이암설당시』에 "이는 또한 몽득(夢得: 유우석)의 우의(寓意)이다. 몽득은 비록 불리어 돌아왔지만, 조정의 인사들은 모두 신진들이고, 몽득과는 진정 서로 막역하지 못했다. 몽득은 또한 근심과 불평을 시 안에 종종 노출시켰으니, 시대를 상심함을 면하지 못하여 풍인(風人)의 뜻을 잃게 되었다"고 했다.

- 『시법이간록』에 "육조가 도읍을 세운 곳에 산수가 의연(依然)한데, 다만 옛 시절의 달만이 있어서 다시 와서 비춰줄 뿐이다. 전조(前朝)를 슬퍼한 것은 후세에 귀감으로 남겨주려는 것이다"라고 했다.

오의항 烏衣巷[1]

朱雀橋邊野草花　　주작교 가엔 들꽃이 피고
烏衣巷口夕陽斜　　오의항 입구엔 석양이 비쳐있네
舊時王謝堂前燕[2]　옛날 왕씨와 사씨들의 당 앞의 제비들이

飛入尋常百姓家　　일반 백성들의 집으로 날아드네

주석

1) 〈금릉오제(金陵五題)〉 중 1수. 烏衣巷(오의항): 당시 금릉성 안에 있던 거리 이름. 진회하(秦淮河) 남쪽에 있었는데, 주작교(朱雀橋)와 서로 가까웠음. 삼국 때 오나라가 이곳에 군영을 두었는데 사병들이 모두 검은 옷을 입고 있어서 오의항이라 불리게 되었음.

2) 王謝(왕사): 왕씨와 사씨. 동진(東晉) 때 최대의 두 귀족집안.

평설

● 『비점당시정성』에 "감개가 있고 풍자가 있는데, 음미해보면 절로 눈물을 흘리게 한다"고 했다.

● 『당시해』에 "왕씨와 사씨들의 당이 일반백성들의 집이 되었음을 언급하지 않고, 제비에게서 말을 빌려왔다. 진정 시인의 탁흥(托興)이 현묘한 곳이다"라고 했다.

● 『당시별재』에 "왕씨와 사씨들의 집이 백성들의 거처가 되었음을 말했을 뿐이다. 용필(用筆)이 교묘한데, 이는 당인(唐人)의 삼매(三昧)이다"라고 했다.

● 『현용설시』에 "만약 제비를 다른 곳으로 가게 했다면 곧 어리석게 된다. 대개 제비는 끊임없이 이 당으로 들어오는데, 왕씨와 사씨들은 영락하여 이미 일반 백성들의 집이 되었다. 이와 같아야 감개가 무궁하게 된다. 용필이 지극히 휘었다"고 했다.

가수 하감에게 주다 與歌者何戡

二十餘年別帝京	이십여 년 동안 서울을 떠났다가
重聞天樂不勝情	다시 천악을 들으니 정을 이길 수 없네
舊人唯有何戡在	옛 벗 중에 오직 하감만 남아있어
更與殷勤唱渭城[1]	다시 은근히 〈위성곡〉을 불러주네

주석 ∽

1) 渭城(위성): 왕유(王維)의 〈송원이사서안시(送元二使西安詩)〉를 말함. 일명
   〈위성곡(渭城曲)〉이라 함.

평설 ∽

● 『귀전시화』에 "(유우석은)만년에 비로소 소환되었는데, 동배들은 영락하
여 모두 없었다. 그의 시에 '昔年意氣壓群雄, 幾度朝會一字行. 二十年來
零落盡, 兩人相遇洛陽城'이라 했고, 또 '休唱貞元供奉曲, 當時朝士已無多'
라고 하고, 또 '舊人唯有何戡在, 更與殷勤唱渭城'이라 했다. 대개 덕종(德
宗) 때부터 헌종(憲宗)·목종(穆宗)·경종(敬宗)·문종(文宗)·무종(武
宗)·선종(宣宗) 등 모두 8조(朝)를 지냈다"고 했다.

● 『당시별재』에 "왕유(王維)의 〈위성〉시는 당인들이 송별곡으로 삼았다.
몽득이 다시 경사로 오니, 옛 사람들 중에 오직 한 악공만이 남아있어서,
〈위성〉을 불러서 송별해주었는데 어찌 정으로 삼았겠는가?"라고 했다.

● 『시법이간록』에 "옛사람 중에 구곡(舊曲)을 불러줄 수 있는 사람이 한
명도 없다면, 정황이 참으로 슬프지만 오히려 정을 잊을 수 있을 것이
다. 여전히 옛사람 중에 구곡을 불러줄 수 있는 사람이 있다면, 감개함

의 촉발을 다시 어떻게 감당할 것인가!"라고 했다.

죽지사 竹枝詞 병인 幷引

사방(四方)의 노래는 음률은 다르지만 즐거움은 같다. 새해 정월에 나는 건평리(建平里)에 왔는데, 아이들이 나란히 〈죽지(竹枝)〉를 부르고, 단적(短笛)을 불고 북을 치면서 박자를 맞추었다. 노래하는 자가 소매를 날리며 춤을 우러러보면서 곡절이 많음을 훌륭하게 여겼다. 그 음률이 황종(黃鍾)의 우조(羽調)에 맞음을 깨달았는데, 졸장(卒章)은 격알(激訐)하여 오성(吳聲)과 같았다. 비록 창녕(傖儜)하여 구별할 수 없었으나 정을 머금고 완전(宛轉)하여 기오(淇澳)의 염음(豔音)이 있었다. 옛날 굴원(屈原)이 원수(沅水)와 상수(湘水) 사이에서 거주했는데, 그 백성들의 영신(迎神)하는 가사에 비루함이 많아서 이에 〈구가(九歌)〉를 지었다. 지금도 형초(荊楚)에서는 그것을 노래하고 춤춘다. 그래서 나 또한 〈죽지(竹枝)〉 9편을 지어서 노래 잘하는 자를 시켜 전파하고자 한다. 끝에다 붙어두고, 훗날 파투(巴渝)를 듣고 변풍(變風)의 유래를 깨닫게 하고자 한다.

1

白帝城頭春草生[1]	백제성 위에 봄풀 자라고
白鹽山下蜀江淸[2]	백렴산 아래는 촉강이 맑네
南人上來歌一曲	남쪽사람이 올라와서 한 곡을 부르니

北人莫上動鄉情　　　북쪽사람은 고향생각을 떠올리지 마오

주석 ❧

1) 白帝城(백제성): 사천성 기주(夔州)에 있음.

2) 白鹽山(백염산): 사천성 기주 봉절현(奉節縣) 동쪽 17리에 강을 격해 있음.
   蜀江(촉강): 삼협(三峽)의 강물.

2

山桃紅花滿上頭　　　산 복숭아 붉은 꽃이 산머리에 가득하고
蜀江春水拍山流　　　촉강의 봄물이 산을 치며 흘러가네
花紅易衰似郎意　　　꽃의 붉은 색이 쉽게 쇠함은 낭군의 마음 같고
水流無限似儂愁　　　물의 흐름이 끝없음은 나의 수심 같군요

평설 ❧

● 『청창연담』에 "〈죽지가〉는 대대로 작가가 있었는데, 그러나 유우석과 이섭(李渉) 두 사람의 작품이 가장 아름답다"고 했다.

● 송나라 황정견(黃庭堅)의 『산곡제발(山谷題跋)』에 "유몽득의 〈죽지〉 9장(章)은 사의(詞意)가 고묘(高妙)하여 원화(元和) 연간에 독보(獨步)할 수 있었다. 풍속을 말함이 비리(鄙俚)하지 않고, 옛것을 추구함이 부끄럽지 않는데, 자미(子美: 杜甫)의 〈기주가(夔州歌)〉와 비교하면 이른바 동공이곡(同工異曲)이라 하겠다. 지난날 동파(東坡: 蘇軾)가 내가 제 1편을 읊는 것을 듣고는, 감탄하며 '이처럼 신속하게 나아가는 것[奔軼絶

塵]은 따라갈 수가 없다'고 했다. 유몽득의 〈죽지〉 9편은 대개 시인 가운데 남의 의중의 일을 공교하게 말한 것이다. 백거이(白居易)와 장적(張籍)에게 짓게 하더라도 반드시 능하지 못할 것이다"라고 했다.

- 『당시경』에 "〈죽지사〉는 비리하면서도 고아하다"고 했다.

- 『당시절구류선』에 "〈죽지〉는 절창이다. 후인들이 힘을 쏟아도 미칠 수 없다"고 했다.

- 『시변저』에 "시에는 근리(近俚)한 것이 있으니, 그 가사가 반드시 여항(閭巷)일 필요가 없다. 유몽득의 〈죽지〉는 모두 아녀자의 구어(口語)를 베껴놓았지만 자못 고아한 맛이 있다"고 했다.

- 『당인만수절구선평』에 "〈죽지사〉는 본래 유랑(劉郎)으로부터 비롯되었다. 파투(巴渝)의 구조(舊調)를 신조(新調)로 바꾸었는데 스스로 절조(絶調)가 되었다. 그래서 그 악부의 여러 작품은 편마다 모두 아름답다"고 했다.

죽지사 竹枝詞[1]

楊柳靑靑江水平	버들은 푸릇푸릇 강물은 평탄한데
聞郎江上唱歌聲	낭군이 강위에서 부르는 노랫소리를 듣네
東邊日出西邊雨	동쪽엔 해 떴는데 서쪽은 비 내리니
道是無晴還有晴[2]	맑지 않은데도 도리어 맑다고 말하네

주석 ᠺᢒ

1) 원래 2수임.

2) 晴(청): 일작 정(情). 이는 동음(同音)으로써 비유한 것임.

평설 ᠺᢒ

- 『초계어은총화』에 "〈죽지가〉에 '楊柳青青江水平 …… 道是無晴還有晴' 이라고 했다. 내가 일찍이 초계(苕溪)에서 배를 타고 갈 때, 밤에 뱃사람 이 오가(吳歌)를 부르는 것을 들었는데, 노래 속에 이 시의 후반 2구가 있었다. 나머지는 모두 이어(俚語)가 섞여있었다. 어찌 몽득의 노래가 파투(巴渝)의 유전(流傳)으로부터 이르렀음이 아니겠는가?"라고 했다.

- 『사명시화』에 "이의산(李義山: 李商隱)의 '江上晴雲雜雨雲'은 유몽득의 '東邊日出西邊雨, 道是無晴還有晴'만 못하다. 유우석의 '東邊日出西邊雨, 道是無晴還有晴'은 조사(措詞)가 유려(流麗)한데, 육조(六朝)와 몹시 같 다"라고 했다.

- 『당풍정』에 "육조의 〈독곡가(讀曲歌)〉의 체인데, 이와 같이 하여 묘하게 되었다"고 했다.

양류지사 楊柳枝詞[1]

1

花蕚樓前初種時　　화악루 앞에 처음 심을 때

美人樓上鬪腰肢　　미인이 누대 위에서 자태를 다투었네

如今拋擲上街裏　　지금은 길가에 버려지니
露葉如啼欲恨誰　　우는 듯 이슬 맺힌 잎은 누구를 원망하는가?

주석 ⌒

1) 원래 9수임.

평설 ⌒

●『당인만수절구선평』에 “처음에는 성대했는데 나중에는 초췌해졌음을 버
들로써 뜻을 보였다”라고 했다.

2

煬帝行宮汴水濱　　수양제의 행궁이 변수 가에 있는데
數株殘柳不勝春　　몇 그루 남은 버들이 봄기운을 이기지 못하네
昨來風起花如雪　　어제 바람 부니 꽃이 눈발 같았는데
飛入宮牆不見人　　궁전 담으로 날아 들어가도 사람을 보지 못하네

평설 ⌒

●『당시절구류선』에 “서자확(徐子擴)이 ‘단지 황량한 자태를 형용했다. 사
첩옹(謝疊翁)이 부끄러워서 사람을 보지 못한다고 한 것은 잘못이다. 이
군우(李君虞: 李益)의 〈수궁시(隋宮詩)〉의 「幾度飛來不見人」은 또한 이
런 뜻이다’라고 했다”라고 했다.

- 『당시별재』에 "이군우(李君虞)의 〈변하곡(卞河曲)〉보다 나은 듯하다"고
  했다.

3

城外春風滿酒旗	성 밖의 봄바람이 술집깃발에 가득하고
行人揮袂日西時	행인들이 소매 떨치는 석양 때이네
長安陌上無窮樹	장안 거리엔 수많은 나무들이 있건만
唯有垂楊管別離	오직 수양버들만이 이별을 관리하네

평설 ❧

- 『당인만수절구선평』에 "설(說)이 이와 같은 유정(有情)함을 얻었다. 참
  으로 무한한 슬픔을 머금었다"라고 했다.

- 『산곡제발』에 "유빈객(劉賓客: 유우석)의 〈유지사(柳枝詞)〉는 비록 조식
  (曹植)·유정(劉楨)·육기(陸機)·좌사(左思) 등의 호장(豪壯)함은 없으
  나 스스로 제(齊)와 양(梁)나라 악부(樂府)의 장수(將帥)이다"라고 했다.

- 『당인절구정화』에 "〈양류지사〉는 대개 옛날의 횡취곡(橫吹曲) 중의 〈절
  양류(折楊柳)〉이다. 그 가사는 버들에 뜻을 의탁하여 이별의 정을 베껴
  냈는데, 간혹 성쇠(盛衰)를 감탄(感嘆)했다. …… 단순히 영물시(詠物詩)
  로 지은 것으로 볼 수 없다"라고 했다.

양류지 楊柳枝

春江一曲柳千條　　봄 강 한 굽이의 버드나무 천 가지가
二十年前舊板橋　　이십년 전 옛 판교에 있네
曾與美人橋上別　　일찍이 미인과 다리 위에서 이별했는데
恨無消息到今朝　　오늘 아침까지 소식 없음이 한스럽네

평설 ⌒

● 『승암시화』에 "『여정집(麗情集)』에 '호주(湖州) 기녀 주덕화(周德華)는
유채춘(劉采春)의 딸인데, 유우석의 〈양류지〉를 노래 불렀다'고 했다.
이 시는 몹시 아름다운데, 유우석의 시집에는 실려 있지 않다. 그러나
이 시는 백향산(白香山: 백거이)의 고시를 은괄(隱括)하여 한 절구로 지
었는데, 그 묘가 이와 같다"고 했다.

장중소(?-819), 자는 회지(繪之), 하간(河間) 사람. 정원(貞元) 14년 (798)에 진사에 합격하고, 다시 박학굉사과(博學宏辭科)에 합격했다. 무 강군종사(武康軍從事)에 임명되고, 사훈원외랑(司勳員外郎)으로 옮겼다. 헌종(憲宗) 때 한림학사(翰林學士)가 되고 나중에 중서사인(中書舍人)으 로 관직을 마쳤다.

『당재자전』에 "(장중소)는 시를 잘 지었는데, 경구(警句)가 많다. 더욱 악 부에 정교(精巧)했는데, 옛사람도 생각하지 못했던 것이 있다"라고 했다.

춘규사 春閨思

裊裊城邊柳	하늘하늘 성변의 버들가지
青青陌上桑	푸릇푸릇 둑 위의 뽕나무
提籠忘採葉	바구니 든 채 잎 따는 것 잊었는네
昨夜夢漁陽[1]	어젯밤 어양을 꿈꾸었다네

주석 ⸙

1) 漁陽(어양): 지금의 천진시(天津市) 계현(薊縣). 예로부터 변방의 요새였음.

평설 ⸙

● 『당시해』에 "버들을 보면서 이별을 감개하고, 뽕잎을 따면서 사람을 그리워하니, 당연히 뽕잎을 딸 수가 없다. 이는 〈권이(卷耳)〉를 번안하여 낸 것이다"라고 했다.

● 『시법이간록』에 "앞 2구는 모두 눈앞의 경물을 말했고, 말구는 갑자기 전환하여 어젯밤의 꿈을 말하여서 곧 당일의 깊은 정을 무한하게 했다. 한 글자도 붙이지 않고 도약하여 말했다. 필법의 묘가 최고로 맛을 찾았다"고 했다.

추규사 秋閨思[1]

1

碧窗斜日藹深暉	푸른 창엔 해 기울어 깊은 햇살이 어두운데
愁聽寒螿淚濕衣	찬 매미소리 근심스레 들으며 눈물로 옷 적시네
夢裏分明見關塞	꿈속에서 분명히 관새를 보았는데
不知何路向金微[2]	어느 길이 금미산으로 향하는지 모르겠네

주석 ⌒

1) 제목이 〈秋思〉라고 된 판본도 있음.

2) 金微(금미): 산 이름. 일명 금산(金山). 한(漢)나라 때 두헌(竇憲)이 북쪽 오
랑캐를 크게 격파했던 곳.

평설 ⌒

● 『승암시화』에 "바로 〈권이(卷耳)〉시 후장(後章)의 뜻이다"라고 했다.

● 『당시광선』에 "호원서(胡元瑞: 胡應麟)가 '이 시와 아래 수(首)의 결어는
모두 용표(龍標: 王昌齡)와의 거리가 멀지 않다'고 했다"고 했다.

2

| 秋天一夜靜無雲 | 가을하늘엔 밤새 고요히 구름도 없는데 |
| 斷續鴻聲到曉聞 | 끊겼다 이어지는 기러기소리를 새벽에 듣네 |

欲寄征衣問消息　　겨울옷을 부치려고 소식을 물으니
居延城外又移軍[1]　　거연성 밖으로 또 군대를 옮겼다네

주석 ❧

1) 居延城(거연성): 감숙성 서북 경계. 한나라 무제(武帝) 때 복파장군(伏波將軍) 노박덕(路博德)이 축성했음.

평설 ❧

● 『양일재시화』에 "시에 일자결(一字訣)이 있으면 후(厚)하다고 한다. 우연히 당인의 '夢裏分明見關塞, 不知何路向金微'와 '欲寄征衣問消息, 居延城外又移軍'을 읽었는데, 곧 깊은 곡절의 맛이 있음을 깨달았다. 지금 사람은 다만 꿈에서 관새를 보고, 길가는 기러기에게 의탁하여 소식을 물으면 곧 그쳐버린다. 곧 공공(公共)의 말로 여기기 때문에 과박(寡薄)하여 글을 이루지 못한다"고 했다.

● 『당시직해』에 "깊은 뜻을 설파함이 온유돈후(溫柔敦厚)하고 원망도 않고 분노하지도 않아서 깊이 풍인(風人)의 체를 얻었다"고 했다.

● 『당풍정』에 "만당의 절구는 공교하게 하면 할수록 더욱 천근해지는데, 천근함을 이것은 홀로 비워버리고 담박하게 원신(遠神)이 있다"고 했다.

● 『당인만수절구선평』에 "두 시가 견권(繾綣)하게 정이 있고, 품은 생각이 완곡하고 지극하다"고 했다.

장적 張籍

장적(768?-830?), 자는 문창(文昌), 조적(祖籍)은 소주(蘇州) 오군(吳郡)이고, 생장은 화주(和州: 안휘성 和縣) 오강(烏江)에서 했다. 정원(貞元) 15년(799)에 15세에 진사에 합격하고, 태상시태축(太常寺太祝)에 임명되었다. 나중에 비서랑(秘書郎)으로 옮겼다. 한유(韓愈)가 국자박사(國子博士)로 추천했다. 장경(長庚) 2년에 수부원외랑(水府員外郎)이 되었고, 보력(寶歷) 말에 주객랑중(主客郎中)이 되었고, 태화(太和) 2년에 국자사업(國子司業)이 되었다. 세칭 장수부(張水府) 혹은 장사업(張司業)으로 불린다.

장적은 시에 뛰어났는데, 더욱 악부고풍(樂府古風)에 뛰어나서 왕건(王建)과 함께 '장왕악부(張王樂府)'라고 불렸다.

『구당서·장적전』에 "(장적은)성품이 궤격(詭激)했는데, 고체시(古體詩)를 잘 지어서, 경책(警策) 구들이 당시에 전해졌다"고 했다.

<절부음>을 동평 이사공 사도에게 부치다 節婦吟寄東平李司空師道¹⁾

君知妾有夫	당신은 첩에게 남편이 있음을 알면서도
贈妾雙明珠	첩에게 쌍명주를 보내주셨군요
感君纏綿意	당신의 잊지 못하는 뜻에 감개하여
繫在紅羅襦	붉은 비단 저고리에 매달아 보았답니다
妾家高樓連苑起	첩의 집 높은 누대는 어원에 이어져 솟아있고
良人執戟明光裏²⁾	낭인은 창을 들고 명광전 안에 있답니다
知君用心如日月	당신의 마음 씀이 해와 달과 같음을 알지만
事夫誓擬同生死	남편을 섬기며 생사를 같이하기로 맹세했지요
還君明珠雙淚垂	당신께 쌍명주 돌려보내며 두 줄 눈물 흘렸지요
何不相逢未嫁時	어찌 미혼 때 서로 만나지 못했을까요?

주석

1) 節婦吟(절부음): 악부잡제(樂府雜題)의 곡명. 東平(동평): 군(郡) 이름. 산동성에 있음. 李師道(이사도: ?-819) : 고구려 출신으로 이사고(李師古)의 이복동생. 사고가 죽은 후 유후(留後)를 습봉하였음. 나중에 군사를 일으켜 반란을 꾀하다가 토벌되어 잡혀 죽었음. 이 시는 장적이 다른 진(鎭)의 막부(幕府)로 있을 때, 이사도가 서신으로 그를 막부로 부르자 장적이 거절하며 지어서 보낸 것이다.

2) 明光(명광): 궁전의 이름. 한(漢)나라 때 미앙궁(未央宮) 점대(漸臺) 서쪽에 있었음. 온갖 금은보화로 장식된 화려한 궁전이었음. 후에 궁전의 별칭이 되었음.

● 『지봉유설』에 “장적의 〈절부음〉에 ‘還君明珠雙淚垂, 何不相逢未嫁時’라고 했는데, 왕감주(王弇州)가 ‘이것으로써 능히 원망하였다’고 했다. 나는 방탕에 가깝다고 여긴다. 최녀(崔女)의 시에 ‘獨恨妾身生苦晚, 不見檀郎年少時’라고 했는데, 이것과 거의 같다”고 했다.

● 『당시귀』에 “종성(鍾惺)이 ‘절의의 간장(肝腸)을 정관어(情款語)로써 내어놓았다. 묘하고 묘하다!’고 했다”고 했다.

● 『당시해』에 “명주를 저고리에 매단 것은 마음으로 허락한 것인데, 낭인의 귀현(貴顯)함 때문에 그럴 수가 없어서, 거절한 것이다. 그러나 명주를 돌려보낼 때 눈물을 줄줄 흘리면서 회한(悔恨)이 미침이 없었으니, 저 부인의 절의가 높지 않겠는가? 대저 여인을 명주로 유혹하여 마음을 움직이게 하고, 사대부를 막부로 임명하여 절의를 꺾게 했다면, 사업(司業: 장적)의 신견이 천했을 것이다!’라고 했다.

● 『시변저』에 “장적의 〈절부음〉은 또한 천근하면서도 준영(雋英)하다”고 했다.

● 『위로시화』에 “장적이 이사도의 벽명(辟命)을 사양한 시에 ‘感君纏綿意, 繫在紅羅襦’ 2구가 없었다면, 다만 경직(經直)하고 정이 없었을 것이다. 주자(朱子: 朱熹)가 그것을 비난했는데, 이는 도리(道理)를 편 것이지, 시를 설명함이 아니다”라고 했다.

● 『이암설당시』에 “〈맥상상(陌上桑)〉의 묘는 직설에 있고, 이 시의 묘는 완곡에 있다. 문창(文昌: 장적)은 참으로 악부의 노수(老手)이다”라고 했다.

계북에서의 나그네 수심 薊北旅思[1]

日日望鄕國	매일 고향을 바라보며
空歌白苧詞[2]	공연히 <백저사>를 부르네
長因送人處	오랫동안 남을 전송한 곳으로 인해
憶得別家時	집을 떠나올 때를 생각했네
失意還獨語	실의하니 도리어 혼자 중얼대고
多愁祇自知	수심 많음을 다만 자신만 아네
客亭門外柳	객정의 문 밖 버드나무는
折盡向南枝	남쪽가지가 모두 꺾어졌네

주석

1) 薊(계): 하북성 계현(薊縣).

2) 白苧詞(백저사): 악부 오무곡(吳舞曲)의 이름.

평설

● 『당척언』에 "원화(元和) 중에 어떤 사문(沙門)이 남의 문장을 헐뜯기를
좋아했는데, 더욱 어의(語意)가 서로 합치되는 것을 잘 집어내었다. 장
수부(張水府: 장적)가 그것을 몹시 화를 내고, 골똘히 시구를 생각하다
가 '長因送人處, 憶得別家時'라는 구를 얻었다. 곧 가서 자랑하기를 '이것
은 마땅히 전배(前輩)의 생각과 합치되지 않을 것이다!'라고 했다. 중이
미소 지으며 '이것은 남이 말했던 것이오'라고 했다. 장적이 '옛날의 어떤
사람이던가?'라고 물으니, 중이 곧 읊기를 '見他桃李樹, 思憶後因春'이라
했다. 장적이 그로 인하여 손벽을 치며 크게 웃었다"라고 했다.

- 『영규율수』에 "3·4구는 참으로 가구(佳句)이다. 이는 장사업의 집(集) 중에서 제일수(第一首)의 시이다"라고 했다.

- 『당시해』에 "실의하여 수심이 많으면 친지가 없어도 중얼대게 된다. 그래서 다만 버들가지를 꺾어서 자적(自適)하기가 오래되어 남쪽가지가 거의 없어지게 되었다. 남쪽을 향한 정이 깊은 것이 아니겠는가? 이는 모두 객중의 무료를 묘사한 것인데, 독자에게 완연히 눈앞에 있게 한다"고 했다.

- 『당풍정』에 "문창이 청수(清瘦)한 뼈대를 세웠는데, 원기(元氣)가 모두 소진되었다. 남보다 뛰어남이 광연(曠然)히 진외(塵外)에 있어서, 범진(凡塵)을 완전히 제거했다"고 했다.

- 『당시별재』에 "5·6구는 평평(平平)하다. 중당과 만당 모두의 병이다"라고 했다.

밤에 어부의 집에 가다 夜到漁家

漁家在江口	어부의 집이 강 입구에 있어서
潮水入柴扉	조수가 사립문으로 들어오네
行客欲投宿	행객이 투숙하려는데
主人猶未歸	주인은 아직 돌아오지 않았네
竹深村路遠	대숲 깊어 마을길이 멀고
月出釣船稀	달이 뜨니 낚싯배가 드무네
遙見尋沙岸	멀리 보며 모래언덕을 찾는데

春風動草衣　　　　　봄바람이 초의를 날리네

● 『당시선맥회통평림』에 "당여순(唐汝洵)이 '뜻이 깊고 말이 원만하며, 서사(敍事)가 순서가 있다. 차구(次句)「入」자가 곧 세밀하다'고 했다. 서중행(徐中行)이 '문창의 본색인데, 다만 고담(古淡)하고, 5·6구는 진솔하다'고 했다"고 했다.

● 『당시별재』에 "3·4구는 참으로 백어(白語)인데, 자연스러움으로 얻었다"고 했다.

서봉의 스님에게 부치다 寄西峰僧

松暗水涓涓[1]　　　솔숲 어둡고 물이 졸졸 흐르는데
夜涼人未眠　　　밤 서늘하여 사람은 잠 못 이루네
西峰月猶在　　　서봉에 달이 아직 있는데
遙憶草堂前　　　멀리서 초당 앞을 생각하네

1) 涓涓(연연): 물이 잔잔하게 흐르는 모양.

가을 생각 秋思

洛陽城裏見秋風　　낙양성 안에 가을바람 일어남을 보고
欲作家書意萬重　　집에 편지를 쓰려니 생각이 만 겹이네
復恐忽忽說不盡　　다시 서두르다 할 말을 다 하지 못했나 싶어서
行人臨發又開封　　행인이 출발하려는데 또다시 개봉해 보네

평설

● 『지봉유설』에 "당시의 '復恐忽忽說不盡, 行人臨發又開封'은 세상에서 절창이라고 한다. 반희(班嬉)의 〈도소부(擣素賦)〉를 보니, '書旣封而重題, 笥已緘而更結'이라고 했는데, 곧 여기에서 나왔음을 알았다"고 했다.

● 『당시경』에 "장적의 절구는 별도로 스스로 조(調)를 이루어서 고상(故常)을 따르지 않았다"고 했다.

● 『당시해』에 "문창(文昌)의 서정(敍情)은 가장 뛰어난데, 이 시는 '馬上相逢'과 더불어 힐항(頡頏)한다"고 했다.

● 『양일재시화』에 "문창의 '洛陽城裏見秋風' 1수는 칠절 중의 절경(絶境)으로서 성당의 여러 거수(巨手)들도 여기에 이를 자가 드물다. 악부의 고담(古澹) 뿐만 아니라, 충분히 성당과 쟁형(爭衡)한다. 왕신성(王新城: 王世貞)과 심장주(沈長洲: 沈德潛)은 당인의 칠절 가운데 천장(擅長)한 것을 각각 4장(章)씩 뽑았는데, 유독 이 작품은 버렸다. 심(沈)은 정곡(鄭谷)의 '揚子江頭'를 또한 성대히 칭찬했지만 이것은 언급하지 않았다. 이는 오히려 성조(聲調)로써 시를 논했기 때문이다"라고 했다.

촉으로 가는 객을 전송하다 送蜀客

蜀客南行祭碧鷄[1]	촉객이 남행하여 벽계산에 제사하니
木綿花發錦江西[2]	목면화 피어있는 금강의 서쪽이네
山橋日晚行人少	산 다리는 해 저물어 행인이 드물고
時見猩猩樹上啼[3]	때때로 성성이가 나무 위에서 우네

주석

1) **碧鷄**(벽계): 산 이름. 『한서(漢書)·왕포전(王褒傳)』에 "방사(方士)가 익주(益州)에 금마(金馬)와 벽계(碧雞)의 보(寶)가 있는데 제사하면 오게 할 수 있다고 했다. 선제(宣帝)가 포(褒)에게 가서 제사하게 했다. 포는 도중에 병이 나서 죽었다"고 했다.

2) **錦江**(금강): 민강(岷江)의 한 지류. 사천성 성도(成都) 평원(平原)을 흐름.

3) **猩猩**(성성): 원숭이의 일종.

평설

● 『당시선맥회통평림』에 "서용오(徐用吾)가 '거침 속에 맑고 세밀함이 있는데, 도리어 노성(老成)하다'고 했다. 주정(周挺)이 '앞 2구는 남행하여 지나는 곳의 풍물이 많음을 적어서 풍토가 특히 다름을 보였다. 뒤 2구는 남행하여 볼 것이 다른 종류들일 것을 상상하여 가는 길의 고적(孤寂)함을 보였다. 석별의 품은 정을 언외에서 생각할 수 있다'고 했다"라고 했다.

만중에서 蠻中[1]

銅柱南邊毒草春[2]	구리기둥 남쪽은 독초의 봄인데
行人幾日到金潾[3]	행인은 언제나 금린에 도착하려나?
玉鐶穿耳誰家女	옥고리를 귀에 꿴 사람은 누구 집 딸인가?
自抱琵琶迎海神	스스로 비파 안고 해신을 맞이하네

주석 ᘐ

1) **蠻中**(만중): 남만(南蠻) 지역.

2) **銅柱**(동주): 한(漢)나라 마원(馬援)이 건무(建武) 19년에 구리기둥 2개를 상림(象林) 남쪽 경계에 세워서, 서도국(西屠國)과 한나라의 남쪽 경계로 삼았음.

3) **金潾**(금린): 교지(交趾)의 지명.

양주사 涼州詞[1]

邊城暮雨鴈飛低	변방 성의 저녁 비속에 기러기 나직이 날고
蘆笋初生漸欲齊	갈대 순은 처음 돋아 점차 우거지려 하네
無數鈴聲搖過磧	무수한 말방울소리가 요란하게 사막을 가니
應馱白練到安西	마땅히 흰 비단 싣고 안서에 도착하리라

주석 ᘐ

1) 원래 2수임.

● 『당시평선회통평림』에 "주정(周挺)이 '당인의 악부사(樂府詞)는 문창을 독보(獨步)라고 칭할 만하다. 절구 중에 〈成都曲〉·〈春別曲〉·〈凉州辭〉·〈吳楚歌〉·〈楚妃怨〉·〈秋思〉 등의 편은 모두 질탕풍일(跌蕩風逸)하여 제량(齊梁)의 악부에 핍진하고, 투철한 선(禪)에 합당한데, 서로 귀의(皈依)하여도 미칠 수 없는 것이 있다'고 했다"고 했다.

한유 韓愈

한유(768-824), 자는 퇴지(退之), 등주(鄧州) 남양(南陽: 하남성 孟縣) 사람. 그 선조가 창려(昌黎: 하북성 徐水縣 서쪽)에서 살았기 때문에 창려 사람이라고 자칭했음. 덕종(德宗) 정원(貞元) 8년(792)에 진사에 합격하고, 정원 말에 감찰어사(監察御史)를 지냈다. 관중(關中)의 가뭄으로 인하여 상소하여 부세의 감면을 주장했다가, 권귀(權貴)에게 죄를 얻어 양산령(陽山令)으로 좌천되었다. 헌종(憲宗) 때 형부시랑(刑部侍郎)이 되었는데, 황제가 불골(佛骨)을 맞이함은 잘못이라고 간하였다가 헌종의 분노를 사서 조주자사(潮州刺史)로 좌천되었다. 목종(穆宗) 때 장안으로 소환되어 이부시랑(吏部侍郎)을 지냈다.

한유는 유종원(柳宗元)과 함께 고문운동(古文運動)을 제창하여 문풍의 쇄신을 선도하였는데, 문장가로서 '한유(韓柳)'라고 불리었고, 후에 당송팔대가(唐宋八大家)의 한 사람으로 추대되었다.

시에 있어서도 독창성을 주창하며 기굴험괴(奇崛險怪)한 풍격을 추구했는데, 맹교와 함께 '한맹(韓孟)'으로 불리었다. 그의 시는 산문시(散文詩)라는 새로운 영역을 개척했다는 평을 받는다.

『전당시』에 "한유는 스스로를 맹가(孟軻)에 비견하고, 불로(佛老) 등의 이단(異端)을 배척하고, 친구에게 돈독하고 외롭고 약한 사람들을 구휼했다. 후학을 이끌어 주기를 좋아하였는데, 그로써 명성을 이룬 자가 많았다. 문(文)은 위진(魏晉) 이래 대우체(偶對體)에 구속되어 날로 쇠약해졌는데, 한유에 이르러 한 차례 옛것을 돌이켰다. 그의 시는 호방(豪放)하고 추험(麤險)함을 피하지 않았는데, 격(格)이 변한 것은 또한 한유에서 비롯되었다"고 했다.

산석 山石[1]

山石犖确行徑微[2]	산의 돌 울퉁불퉁 가는 길은 좁은데
黃昏到寺蝙蝠飛[3]	황혼에 절에 이르니 박쥐들이 나네
升堂坐階新雨足	법당에 올라 섬돌에 앉으니 빗발 새로 내려
芭蕉葉大支子肥[4]	파초 잎은 크고 치자는 살쪄 있네
僧言古壁佛畫好	스님이 옛 벽의 불화가 좋아하며
以火來照所見稀	횃불을 가져다 비춰주니 희미하게 보이네
鋪牀拂席置羹飯	상 펴고 자리 털고 국과 밥을 차려오니
疎糲亦足飽我飢	거친 밥 또한 족히 내 허기를 채워주네
夜深靜臥百蟲絶	밤 깊어 조용히 누우니 뭇 벌레소리 끊어지고
淸月出嶺光入扉	맑은 달 고개에서 떠서 달빛 사립문에 들어오네
天明獨去無道路	날 밝아 홀로 나갔다가 길이 없어서
出入高下窮煙霏	오르락내리락 안개 속을 헤매었네
山紅澗碧紛爛漫	산의 붉은 꽃 개울의 푸른 물 무성하게 난만한데
時見松櫪皆十圍	때로 보는 솔과 상수리나무는 모두 열 아름이네
當流赤足蹋澗石	물길을 만나면 맨발로 개울 바위를 디뎌가니
水聲激激風吹衣	물소리 콸콸거리고 바람은 옷자락을 날리네
人生如此自可樂	인생이 이처럼 절로 즐길 만한데
豈必局束爲人鞿	어찌 반드시 구속되어 남에게 재갈을 당하랴?
嗟哉吾黨二三子	아! 나의 벗들 두세 사람은
安得至老不更歸	어찌 늙도록 다시 돌아오지 않는가?

1) 정원(貞元) 17년(891)에 한유가 서주(徐州)에서 낙양(洛陽)으로 가는 도중에 지은 작품임.

2) **犖确**(낙학): 산석이 울퉁불퉁 고르지 않은 모양.

3) **蝙蝠**(편복): 박쥐.

4) **支子**(지자): 치자(梔子). 상록관목(常綠灌木). 여름에 흰 꽃이 피고, 가을에 노란 열매가 열리는데 염료(染料)로 사용함.

● 조선 이익(李瀷)의 『성호사설(星湖僿說)』에 "퇴지(退之)의 칠언시 중에 〈영사금(穎師琴)〉과 〈치대전(雉帶箭)〉과 같은 종류는 공교하게 정탁(精琢)을 추구하여, 근부(斤斧)질을 하는 데에 유감이 없었다. 그러나 그 수세(手勢)를 범하지 않고, 도주(陶鑄)가 스스로 이루어진 것은 아마 오직 〈산석〉 1편일 것이다. 머리부터 끝까지 산행일기처럼, 가는 곳에 따라서 베껴냈는데, 필력이 웅혼하여 터진 솔기를 볼 수 없다. 다만 능한 자만이 능히 할 것으로서, 배워서 얻을 수는 없는 것이다. 후래 원나라 원호문(元好問)이 이 뜻을 알고서 '拈出退之〈山石〉句, 始知渠是女郎詩'라고 했는데, 대개 말할 줄 아는 자이다"라고 했다.

● 『귀전시화』에 "원유산(元遺山: 元好門)의 〈논시삼십수(論詩三十首)〉안 1수는 '有情芍藥含春淚, 無力薔薇臥晚枝, 拈出退之〈山石〉句, 始知渠是女郎詩'라고 했는데 처음에는 말한 바를 깨닫지 못했다. 나중에 「시문자경(詩文自警)」 1편을 보았는데, 또한 유산이 지은 것으로서, '有情芍藥含春淚, 無力薔薇臥晚枝'는 진소유(秦少游: 秦觀)의 〈춘우(春雨)〉시였다. 공교롭지 않음이 아니나, 퇴지(退之)의 〈산석〉시와 비교해보면, 저것은 곧 여랑(女郎)의 시이다. 공부(工夫)를 파각(破却)하고, 어찌 여랑시를

짓기에 이르렀던가? 창려(昌黎)의 시를 살펴보니, '山石犖确行徑微 ……
芭蕉葉大支子肥'라고 했는데, 유산이 참으로 이런 논의를 할 만했다. 그
러나 시는 또한 서로의 제목으로 짓는데, 한 율(律)로써 구속될 수 없다.
노두(老杜)의 '香霧雲鬢濕, 清輝玉臂寒'과 '俱飛蛺蝶元相逐, 幷蒂芙蓉本
自雙'은 또한 여랑시라고 할 수 있지 않는가?"라고 했다.

- 『당시경』에 "말이 마치 맑은 물결이 바위를 물어뜯는 듯 콸콸 서로 쏟아
  진다. 이백과 두보는 허경(虛境)의 지나친 표현인데, 창려는 당경(當境)
  의 실제의 묘사이다"고 했다.

팔월 십오일 밤에 장공조에게 주다 八月十五夜贈張功曹[1]

纖雲四卷天無河	작은 구름 사방으로 걷히고 은하수는 없는데
清風吹空月舒波	맑은 바람 허공에 불고 달빛은 물결치네
沙平水息聲影絶[2]	넓은 모래 고요한 물엔 소리와 그림자 끊기고
一杯相屬君當歌[3]	한 잔 술을 권하니 그대는 노래하오
君歌聲酸辭且苦	그대 노랫가락 처량하고 가사도 괴로워서
不能聽終淚如雨	끝까지 들을 수 없어 눈물이 비오듯하네
洞庭連天九疑高[4]	동정호 하늘로 이어지고 구의산은 높은데
蛟龍出没猩鼯號[5]	교룡이 출몰하고 원숭이 날다람쥐 울부짖네
十生九死到官所	구사일생으로 관소에 도착하니
幽居黙黙如蔵逃	깊은 거처 적적하여 도망쳐와 숨은 것 같네
下牀畏蛇食畏藥[6]	침상에선 뱀이 두렵고 식사 땐 독약이 겁나고
海氣濕蟄熏腥臊[7]	바다기운 습한 벌레에서 비린내가 나네

昨者州前搥大鼓[8]	어제 주부 앞에서 큰 북을 쳤는데
嗣皇繼聖登夔皐[9]	새 황제 등극하여 어진 신하를 등용한다네
赦書一日行萬里	사면서가 하루에 만 리를 달려가니
罪從大辟皆除死[10]	죽을죄도 모두 사형을 면하고
遷者追迴流者還[11]	좌천자도 유방자도 모두 돌아오고
滌瑕蕩垢朝清班	흠과 먼지를 씻겨주어 조정의 반열이 맑아지리
州家申名使家抑[12]	주부에서 올린 명단을 관찰사가 막으니
坎軻祇得移荊蠻[13]	운명이 곤궁하여 겨우 형만으로 옮겨졌네
判司卑官不堪説[14]	판사는 관직이 낮아 말도 못하고
未免捶楚塵埃間	먼지 속에서 매질 당함을 면하지 못하네
同時輩流多上道	동시에 유배된 자들은 올라감이 많은데
天路幽險難追攀[15]	천로가 어둡고 험하여 좇아 오르기가 어렵네
君歌且休聽我歌	그대는 노래 그치고 내 노래를 들으오
我歌今與君殊科	내 노래는 그대와 몹시 다르다오
一年明月今宵多	일 년 중 밝은 달빛이 오늘밤에 많은데
人生由命非由他	인생은 운명에 달렸고 다른 것이 없으니
有酒不飲奈月何	술 있는데 마시지 않으면 달을 어찌하리?

주석 ҩ

1) 정원(貞元) 21년 정월, 순종(順宗)이 즉위하여 천하에 대사면을 내렸다. 한유와 장서(張署)는 동시에 정상을 헤아려 강릉(江陵)으로 옮겨졌는데, 침주(郴州)에서 명을 기다리고 있었다. 이 시는 중추의 밤에 두 사람이 술자리를 함께 하면서 지은 작품임. 張功曹(장공조): 장서(張署). 정원 19년에 호남(湖南) 임무령(臨武令)으로 좌천되었음.

2) 水(수): 침주(郴州)의 침강(郴江)을 말함.

3) 屬(촉): 촉(囑)과 같음. 권하다.

4) 九疑(구의): 구의산(九嶷山). 호남성 남부. 소수(瀟水)와 상수(湘水)의 발원지.

5) 猩鼯(성오): 원숭이와 날다람쥐.

6) 食畏藥(식외약): 식사할 때 독약을 잘못 먹을까 두렵다는 것. 전설에 남방 사람들은 독충인 고(蠱)를 키워서 사람을 해친다고 했음.

7) 濕蟄(습칩): 습지에 잠복한 독충을 말함. 腥臊(성조): 물고기의 비린내와 짐승의 누린내.

8) 州(주): 주부(州府). 搥大鼓(추대고): 대사면을 할 때는 북을 천 번 쳐서 백관과 부로와 죄수들을 모아놓고 사면령을 선포하였음.

9) 嗣皇繼聖登(사황계성): 황위를 잇고 선성(先聖)의 사업을 계승함. 순종(順宗)을 말함. 夔皐(기고): 기(夔)와 고요(皐陶)는 모두 우순(虞舜)의 현신(賢臣)들.

10) 大辟(대벽): 사형 죄.

11) 遷者(천자): 좌천자(左遷者). 流者(유자): 유방자(流放者).

12) 州家(주가): 주부(州府)의 자사(刺史). 申名(신명): 성명을 보고함. 使家(사가): 관찰사(觀察使)를 말함. 당시 호남관찰사 양빙(楊憑)이 장서(張署)에게 불만을 품고 일부러 사면명단에서 제외시켰음.

13) 坎軻(감가): 명운(命運)이 곤궁한 것. 荊蠻(형만): 중국 남방 초(楚)지역을 말함. 여기서는 강릉(江陵)을 말함.

14) 判司(판사): 주군(州郡)의 제조참군(諸曹參軍)의 총칭. 7품의 낮은 관직임. 사면 후 한유는 법조(法曹), 장서는 공조(功曹)가 되었음.

15) 天路(천로): 조정으로 가는 길을 말함.

형악묘를 배알하고 악사에서 묵으며 문루에 적다 謁衡嶽廟
遂宿嶽寺題門樓[1]

五嶽祭秩皆三公[2]　　오악의 제사등급은 모두 삼공인데
四方環鎭嵩當中　　사방을 둘러 수호하고 숭악은 중앙에 있네
火維地荒足妖怪[3]　　남방 황량한 땅엔 요괴가 많아
天假神柄專其雄[4]　　천제가 신의 권력을 주어 그 웅장함을 맡겼네
噴雲泄霧蔵半腹　　구름 뿜고 안개 쏟아 반 산허리를 감추니
雖有絶頂誰能窮　　비록 절정이 있더라도 누가 오를 수 있겠는가?
我來正逢秋雨節　　내가 오니 바로 가을비의 시절인데
陰氣晦昧無淸風　　음기가 어둡고 맑은 바람이 없네
潛心黙禱若有應　　마음 쏟아 묵묵히 기도하니 응함이 있는 듯하니
豈非正直能感通[5]　　어찌 신명이 감통할 수 있음이 아니겠는가?
須臾静掃衆峯出[6]　　금방 조용히 쓸어버리니 여러 봉우리가 드러나서
仰見突兀撑青空　　우러러보니 우뚝 솟아 푸른 허공을 지탱하네
紫蓋連延接天柱　　자개봉은 이어져 천주봉과 접하고
石廩騰擲堆祝融　　석름봉은 날아올라 축융봉에 쌓였네
森然魄動下馬拜　　삼엄함에 혼백이 놀라 말에서 내려 절하고
松柏一逕趨靈宮[7]　　솔과 측백나무 길로 신령한 사당으로 달려갔네
粉墙丹柱動光彩　　분칠한 담과 붉은 기둥에 광채가 흐르고
鬼物圖畫塡青紅[8]　　귀물들 그림은 청색 홍색으로 칠해졌네
升階傴僂薦脯酒　　계단에 올라 허리 숙여 육포와 술을 올리니
欲以菲薄明其衷　　보잘것없는 제물로 그 정성을 밝히고자 함이네
廟令老人識神意[9]　　사당지기 노인이 신의 뜻을 알고서

睢盱偵伺能鞠躬[10]　　눈 크게 떠 살펴보며 구부리고 예를 올리네
手持杯珓導我擲[11]　　손에 배교 들고 나에게 던져보라 하고
云此最吉餘難同　　　점괘가 가장 길하여 이보다 더 좋을 수 없다 하네
竄逐蠻荒幸不死[12]　　남쪽 황무지로 쫓겨나 다행히 죽지 않고
衣食纔足甘長終　　　의식 겨우 족하니 오래 살다 죽기만 달게 여기네
侯王將相望久絕　　　왕후장상에 대한 희망은 오래 전에 끊겼으니
神縱欲福難爲功　　　신이 복을 주려한들 공을 이루기 어렵네
夜投佛寺上高閣　　　밤에 절에 투숙하여 높은 누대에 오르니
星月掩映雲朣朧[13]　　별빛 달빛 가려지고 구름만 희미하네
猿鳴鐘動不知曙　　　원숭이 울고 종 울려도 날 새는 줄 몰랐는데
杲杲寒日生於東[14]　　환하게 차가운 해가 동쪽에서 떠오르네

주석

1) 정원(貞元) 원년(805) 8월, 한유가 양산(陽山)에서 강릉(江陵)으로 가던 도중
   남악(南嶽) 형산(衡山)을 유람하며 지은 작품임. 형산은 호남성 형양(衡陽)
   분지(盆地)의 북쪽에 있으며, 주봉인 축융봉(祝融峰)은 높이가 1,800여 미터
   이다. 형악묘(衡嶽廟)는 형산현(衡山縣) 서쪽 30리에 있다.

2) 五嶽(오악): 동악(東嶽) 태산(泰山), 서악 화산(華山), 북악 항산(恒山), 남악
   형산(衡山), 중악(中嶽) 숭산(嵩山). 『예기(禮記)·왕제(王制)』에 "천자(天子)
   는 천하의 명산(名山)과 대천(大川)에 제사하는데, 오악(五嶽)을 삼공(三公)
   으로 대했다"고 했음. 그 제사를 삼공과 같은 등급으로 올렸다는 것. 삼공은
   조신(朝臣) 가운데 최고의 세 관직. 주(周)나라 때는 태사(太師), 태부(太傅),
   태보(太保)가 삼공이었음. 당나라 때는 오악의 신에게 왕호(王號)를 봉하고,
   예질(禮秩)은 삼공일등(三公一等)으로 하였음.

3) 火維(화유): 남방(南方)은 화(火)에 속하기 때문에 남방을 말함. 화향(火鄕).

유(維)는 우(隅). 여기서는 형악을 말함.

4) 神柄(신병): 신의 권력.

5) 正直(정직): 신명(神明). 『左傳·莊公三十二年』에 "神, 聰明正直而壹者也"라고 했음.

6) 衆峯(중봉): 형악은 모두 72봉우리인데, 가장 높은 것은 부용봉(芙蓉峰)·자개봉(紫蓋峰)·석름봉(石廩峰)·천주봉(天柱峰)·축융봉(祝融峰) 등 5봉임.

7) 靈宮(영궁): 신령한 묘우(廟宇). 사당.

8) 鬼物圖畫(귀물도화): 기괴한 귀신들의 벽화.

9) 廟令(묘령): 묘축(廟祝). 제사를 관장하는 정구품상(正九品上) 관직.

10) 睢盱(휴우): 눈을 크게 떠서 봄. 鞠躬(국궁): 구부리고 예(禮)를 행하는 것.

11) 杯珓(배교): 복교(卜敎). 신(神) 앞에서 길흉을 점치는 용기. 2개 조개껍질이나 대나무 조각을 용기에 넣고 땅에 던져서 그 뒤집힌 모양을 보고 길흉을 점침.

12) 竄逐(찬축): 유찬방축(流竄放逐). 蠻荒(만황): 남만(南蠻)의 황량한 지역. 한유가 양산령(陽山令)으로 쫓겨났던 양산(陽山)을 말함.

13) 朣朧(동롱): 모호하여 밝지 않은 모양.

14) 杲杲(고고): 아침 해가 밝은 모양.

석고 노래 石鼓歌[1]

張生手持石鼓文[2]	장생이 손에 <석고문>을 들고 와서
勸我試作石鼓歌	나에게 <석고가>를 지어보라 권하네
少陵無人謫仙死[3]	소릉엔 사람 없고 적선도 죽었는데
才薄將奈石鼓何	재능 없는 내가 장차 <석고가>를 어찌하랴?

周綱陵遲四海沸[4]　　　　주나라 기강이 무너져 사해가 들끓더니

宣王憤起揮天戈[5]　　　　선왕이 분발하여 일어나 천과를 휘둘러

大開明堂受朝賀[6]　　　　명당을 크게 열고 조하를 받으니

諸侯劍佩鳴相磨[7]　　　　제후들의 검패가 울리며 서로 부딪쳤네

蒐於岐陽騁雄俊[8]　　　　기양의 봄 사냥에 영웅준걸들 내달리며

萬里禽獸皆遮羅　　　　　만 리의 새와 짐승을 모두 그물 쳐 잡았네

鐫功勒成告萬世[9]　　　　공을 새겨 만 세대에 알리고자

鑿石作鼓隳嵯峨　　　　　바위 깎아 북을 만들려고 높은 바위 깨뜨렸네

從臣才藝咸第一　　　　　종신들의 재예가 모두 제일이라서

揀選撰刻留山阿　　　　　가려 뽑아 새겨서 산기슭에 두었네

雨淋日炙野火燎　　　　　비에 젖고 볕에 쬐고 들불에 그을려도

鬼物守護煩攜呵[10]　　　귀신들이 수호하여 번거로움 물리쳤네

公從何處得紙本　　　　　그대는 어디에서 탁본을 얻었는가?

毫髮盡備無差訛　　　　　호발도 다 갖추어 착오가 없네

詞嚴義密讀難曉　　　　　말이 엄격하고 뜻이 깊어 읽어도 알기 어렵고

字體不類隸與科[11]　　　글씨체는 예서와 과두문과는 다르네

年深豈免有缺畫　　　　　세월 깊은데 어찌 획이 깎임을 면했던가?

快劍斫斷生蛟鼉[12]　　　예리한 검이 생동하는 교타를 절단하고

鸞翔鳳翥衆仙下　　　　　난새 날고 봉황 날며 여러 신선 내려오고

珊瑚碧樹交枝柯[13]　　　산호의 푸른 나무들 가지를 교차했네

金繩鐵索鎖紐壯　　　　　황금 줄과 쇠 노끈으로 묶어놓음이 견고한데

古鼎躍水龍騰梭[14]　　　고정이 물을 튀기고 용으로 날아올랐네

陋儒編詩不收入[15]　　　비루한 유자가 〈시경〉 편찬에 넣지 못하여

二雅褊迫無委蛇[16]　　　　<대아>와 <소아>가 협소해서 장엄함이 없네
孔子西行不到秦　　　　　공자가 서행하여 진나라에 이르지 못하여
掎摭星宿遺羲娥[17]　　　　별들만 모아오고 해와 달은 버려놓았네
嗟予好古生苦晚[18]　　　　아! 나는 옛것을 좋아한데 태어남이 너무 늦어서
對此涕淚雙滂沱[19]　　　　이를 대하고 눈물만 두 줄기로 비 오듯 흘리네
憶昔初蒙博士徵[20]　　　　지난날 처음 박사로 부름 받은 때를 생각하니
其年始改稱元和　　　　　그해는 연호를 바꿔 원화라고 불렀네
故人從軍在右輔[21]　　　　벗이 종군하여 우보에 있었는데
爲我度量掘臼科[22]　　　　나를 위해 계획하여 석고를 발굴했네
濯冠沐浴告祭酒[23]　　　　관을 씻고 목욕하고 좨주에게 알리니
如此至寶存豈多　　　　　이 같은 지보가 어찌 많이 있으리오?
氈包席裹可立致　　　　　양탄자로 포장하면 즉시 가져올 수 있으니
十鼓祇載數駱駝　　　　　열 석고를 다만 몇 마리 낙타에 실으면 되리
薦諸太廟比郜鼎[24]　　　　태묘에 올린 고정에 비한다면
光價豈止百倍過　　　　　빛나는 가치가 어찌 백배에 그치겠는가?
聖恩若許留太學　　　　　성은이 태학에 머물러둠을 허락한다면
諸生講解得切磋　　　　　제생들이 연구하여 절차탁마를 얻으리라
觀經鴻都尚塡咽[25]　　　　홍도문에서 경서를 볼 때 오히려 길을 메웠는데
坐見舉國來奔波[26]　　　　곧 온 나라에서 달려오는 물결을 보리라
剜苔剔蘚露節角[27]　　　　이끼를 긁어내어 글자 획을 드러내고
安置妥帖平不頗　　　　　안정된 곳에 안치하여 기울지 않게 하고
大廈深簷與蓋覆　　　　　큰 건물 깊은 처마 아래 덮어둔다면
經歷久遠期無佗　　　　　오랜 세월은 겪어도 다른 탈이 없으리라

中朝大官老於事　　중조의 대관들은 일에 노련한데
詎肯感激徒媕婀[28]　어찌 감격하지 않고 다만 망설이고 있는가?
牧童敲火牛礪角　　목동이 불 피우고 소가 뿔을 가는데
誰復著手爲摩挲[29]　누가 다시 수습하여 어루만지겠는가?
日銷月爍就埋沒　　날이 가고 달이 가서 매몰되어가니
六年西顧空吟哦[30]　육년간 서쪽을 바라보며 공연이 탄식했네
羲之俗書趁姿媚　　왕희지의 속된 서체는 아름다움만 추구했건만
數紙尚可博白鵝[31]　몇 장 글씨로 오히려 흰 거위와 바꿀 수 있었네
繼周八代爭戰罷[32]　주나라를 이어 팔대의 전쟁이 끝났는데
無人收拾理則那　　수습할 사람이 없으니 도리가 어떠한가?
方今太平日無事　　지금은 태평시대로 무사하여
柄任儒術崇丘軻[33]　유술을 존숭하여 공구와 맹가를 숭배하니
安能以此上論列　　어떻게 이것을 조정의 의론으로 올려서
願借辯口如懸河[34]　현하와 같은 변론을 빌리기를 바라겠는가?
石鼓之歌止於此　　석고 노래 여기에서 그치는데
嗚呼吾意其蹉跎[35]　아! 내 뜻이 아마 어긋나고 말리라!

주석 ⌒

1) 당나라 초 천흥(天興: 섬서성 寶鷄市) 삼치원(三畤原)에서 열 덩이 북 모양의
바위를 출토했는데, 위에 주문(籀文: 大篆)으로 각각 4언시 10수가 새겨있었
다. 시의 내용은 대략 춘추시대 진(秦)나라 왕들(文公·穆公·獻公 등)의 유
렵(遊獵)의 정황을 기술하고 있는데, 그래서 '엽갈(獵碣)'이라 부른다. 이는
중국에서 가장 오래된 각석문자(刻石文字)이다. 당나라 때부터 이에 대한 연
구와 고증이 시작되었는데, 위응물(韋應物) 등은 주(周)나라 선왕(宣王)의 유

물로 인정했다. 한유 또한 주나라 선왕 때의 유물로서 선왕의 신하 사주(史
籀)가 지은 것으로 생각했다.

2) 張生(장생): 장적(張籍).

3) 少陵(소릉): 장안현(長安縣) 남쪽 40십 리에 있음. 두보(杜甫)가 일찍이 이곳
에서 살았기 때문에 소릉야로(少陵野老)라고 자칭했음. 謫仙(적선): 이백(李
白)을 말함.

4) 周綱(주강): 주나라의 기강(紀綱). 陵遲(능지): 쇠퇴함. 四海(사해): 천하.

5) 宣王(선왕): 여왕(厲王)의 아들. 험윤(獫狁)을 북벌하고, 형만(荊蠻)·회이(淮
夷)·서융(徐戎)을 남정(南征)하여 중흥을 이루었음. 天戈(천과): 천자의 창.
제왕이 천토(天討)를 행함을 말함.

6) 明堂(명당): 고대 천자가 정교(政敎)를 펴는 장소. 朝賀(조하): 조근(朝覲)하
여 경하(慶賀)를 올리는 것.

7) 劍佩(검패): 검 위에 장식으로 매단 패옥(佩玉).

8) 蒐(수): 춘렵(春獵). 봄에 행하는 사냥. 진병(陳兵)하여 시위(示威)함을 말함.
岐陽(기양): 기산(岐山: 섬서성 기산현)의 남쪽 일대.

9) 鐫功勒成(전공륵성): 공적을 돌에다 새기는 것.

10) 撝呵(휘가): 질책하여 물리치는 것.

11) 隸與科(예여과): 예서(隸書)와 과두문(科斗文). 과두문(蝌蚪文)과 같음. 모두
상고의 서체들.

12) 두보의 〈李潮八分小篆歌〉시의 "快劍長戟森相向, 八分一字直百金, 蛟龍盤拏
肉屈强"을 사용했음. 蛟鼉(교타): 흉포한 악어 같은 수중 괴물.

13) 장형(張衡)의 〈서도부(西都賦)〉에 "珊瑚碧樹, 周柯而生"이라 했음.

14) 古鼎(고정): 전설에 의하면, 하우(夏禹)가 구정(九鼎)을 주조하여 구주(九州)
를 상징했는데, 삼대(三代) 때 나라를 전하는 보물로 삼았음. 후에 진(秦)나
라가 서주(西周)를 공격하여 구정을 취했는데 그 중 하나를 사수(泗水)에 빠
뜨렸다고 함. 진시황(秦始皇) 때 사수에서 고정이 드러나자 수천 명을 물속
으로 들어가게 하여 묶어서 건져내려 했으나, 용이 이빨로 묶은 끈을 끊어서

실패했다고 함. 騰梭(등사): 교룡이 수중에서 도약하는 모습. 『진서(晉書)·도간전(陶侃傳)』에 "도간이 젊었을 때 뇌택(雷澤)에서 물고기를 잡았는데, 그 물로 한 직사(織梭)를 얻어, 벽에 걸어두었는데 곧 천둥이 치고 비가 내리며 스스로 용이 되어 떠나갔다"고 했다.

15) 陋儒(누유): 천박한 유자(儒者). 송나라 육유(陸游)는 『시경』을 편찬했다는 공자(孔子)로 여겼음.

16) 二雅(이아): 『시경』의 〈대아(大雅)〉와 〈소아(小雅)〉. 褊迫(편박): 협소박애(狹小迫隘)함. 委蛇(위사): 장중(莊重)하면서 종용자득(從容自得)함.

17) 掎摭(기척): 적취(摘取). 羲娥(희아): 희화(羲和)와 항아(姮娥). 해와 달을 말함.

18) 苦晚(고만): 태만(太晚). 몹시 늦음.

19) 滂沱(방타): 큰 비가 내리는 모양.

20) 한유는 헌종(憲宗) 원화 원년에 강릉(江陵)에서 국자박사(國子博士)로 소환되었음.

21) 右輔(우보): 우부풍(右扶風)을 말함. 즉 봉상부(鳳翔府).

22) 臼科(구과): 절구 속 모양의 갱혈(坑穴).

23) 祭酒(좨주): 국자감좨주(國子監祭酒). 당시 정여경(鄭餘慶)이 국자감좨주로서 한유의 상사(上司)였음.

24) 郜鼎(고정): 고(郜)는 옛 나라의 이름. 산동성 성무(成武) 동쪽. 『春秋·桓公二年』에 "取郜大鼎于宋, 戊申, 納于太廟"라고 했음.

25) 觀經鴻都(관경홍도): 홍도(鴻都)는 장안(長安)의 문(門) 이름. 한(漢)나라 영제(靈帝) 광화(光和) 원년 2월에 처음 홍도문학생(鴻都門學生)을 설치했다. 희평(熹平) 4년에 육경문자(六經文字)를 정정(訂正)하라 명하고, 채옹(蔡邕)이 경서의 정문(正文)을 석비(石碑)에 쓰고 석공에게 새기게 하여 태학문(太學門) 밖에 세워놓게 했다. 그것을 보고 베끼려는 사람들로 매일 수천 대의 수레가 거리를 메웠다고 함. 塡咽(전인): 거리를 막아 통행하지 못하는 것.

26) 坐見(좌견): 선견(旋見).

27) 節角(절각): 글자의 획을 말함.

28) 媕婀(암아): 결단하지 못하고 망설이고 있는 모양.

29) 摩挲(마사): 무모(撫摸). 아끼며 완상함을 말함.

30) 원화(元和) 원년에서 6년까지, 당시 한유는 하남령(河南令)이었음.

31) 동진(東晉) 왕희지(王羲之)는 평소 거위를 좋아했는데, 산음(山陰)의 한 도사(道士)가 좋은 거위를 키우고 있다는 말을 듣고 가서 팔라고 했다. 그 도사가 『도덕경』을 써주기를 요구하여 그것을 써주고 거위를 가져왔다고 함.

32) 繼周八代(계주팔대): 주나라 이후 진(秦)·한(漢)·위(魏)·진(晉)·북위(北魏)·제(齊)·주(周)·수(隋) 등 8대(代)를 말함.

33) 柄任(병임): 원래는 임용(任用)의 의미이나 여기서는 존숭함을 말함. 丘軻(구가): 공구(孔丘)와 맹가(孟軻).

34) 『세설신어(世說新語)·상예(賞譽)』에 "왕태위(王太尉: 衍)가 말하기를 '곽여현(郭予玄: 象)이 의론함은 높은 은하수[懸河]에서 물이 쏟아지는 듯하여 쏟아짐이 마르지 않는다'고 했다"고 했음.

35) 蹉跎(차타): 실족(失足). 소망이 이루어지지 않을 거라는 것.

평설

- 『시변저』에 "〈석고가〉는 완전히 산문법(散文法)으로 시를 지어서 풍아(風雅)를 크게 어그러뜨렸다. 당음(唐音)을 망하게 한 것인데, 송향(宋響)이 점차 머물렀으니, 이는 죄를 묻지 않을 수 없는 자이다. 비루한 유자들은 떠들썩하게 한유의 시를 칭송하는데, 또한 그 명성에 놀라서일 뿐이다"라고 했다.

- 『대경당시화』에 "『필묵한록(筆墨閑錄)』에 '퇴지의 〈석고가〉는 완전히 자미(子美: 두보)의 〈이조팔분소전가(李潮八分小篆歌)〉를 배운 것이라고 했다. 이 논의는 옳지 않다. 두보의 이 노래는 오히려 패필(敗筆)이 있지만, 한유의 〈석고〉시는 웅기괴위(雄奇怪偉)하여 그것보다 다섯 배나 뛰

어날 뿐이 아니니, 어찌 후인은 전인(前人)에게 미칠 수 없다고 하겠는가! 나중에 자첨(子瞻)이 지은 〈봉상팔관(鳳翔八觀)〉시 가운데 〈석고〉 1편이 있는데, 별도로 스스로의 기이함을 내었으니, 곧 한공(韓公)의 칙적(勅敵)이다"라고 했다.

● 『시법이간록』에 "제2자가 평(平)인데, 통편(通篇)의 기세를 제기하여 성조(聲調)를 크게 떨쳤다"고 했다.

● 『구북시화』에 "반공경어(盤空硬語)는 반드시 정밀히 생각하여 결찬(結撰)해야 한다. 만약 기이한 글자를 찾고, 그 사(詞)를 힐곡(詰曲)하게 하고, 힘써 읽을 수 없도록 지어서 남의 이목을 놀라게 하고자 한다면, 이는 참된 경책(警策)이 아니다. …… 그 실로 〈석고가〉 등의 걸작에 어찌 한 마디라도 오삽(奧澁)함이 있던가? 그러나 뇌락호횡(磊落豪橫)하여 자연스럽게 만유(萬有)를 결박했다"고 했다.

영사가 금을 타는 것을 듣다 聽穎師彈琴[1]

昵昵兒女語[2]	친밀한 젊은 남녀의 속삭임
恩怨相爾汝[3]	은애하고 원망하며 서로 너라고 부르네
劃然變軒昂[4]	갑자기 높은 소리로 변하여
勇士赴敵場	용사가 적진으로 달려가네
浮雲柳絮無根蒂[5]	뜬 구름과 버들솜이 뿌리나 꽃받침도 없이
天地闊遠隨飛揚	천지가 넓고 먼데 서로 따르며 날아오르고
喧啾百鳥羣[6]	시끄럽게 우짖는 온갖 새들의 무리
忽見孤鳳皇	문득 외로운 봉황을 보네

躋攀分寸不可上[7]　　가락의 오름이 일분 일촌도 올라 갈 수 없는데
失勢一落千丈強　　세력 잃고 한 번 떨어지니 천 길이 넘네
嗟余有兩耳　　아! 내 두 귀를 가졌지만
未省聽絲篁[8]　　음악소리를 살펴 들은 적이 없는데
自聞穎師彈　　영사의 탄주를 듣고서는
起坐在一旁　　한쪽 옆에 일어나 앉았네
推手遽止之　　손을 밀쳐 급히 중지시키니
濕衣淚滂滂[9]　　옷자락 축축하게 눈물이 줄줄 흐르네
穎乎爾誠能　　영사여! 당신은 참으로 잘 타시구려
無以冰炭置我腸　　내 오장에 얼음과 숯불을 넣지 말구려

주석 ∽

1) 穎師(영사): 인도 출신 승려 음악가. 원화(元和) 연간에 장안에 와서 한 때 음악으로 명성을 날렸다. 이하(李賀)의 〈聽穎師琴歌〉에서 "竺僧前立當吾門, 梵宮眞相眉稜尊. 古琴大軫長八尺, 嶧陽老樹非桐孫"이라고 했음.

2) 昵昵(닐닐): 친밀한 모양. 兒女(아녀): 젊은 남녀.

3) 爾汝(이여): 친밀한 사이에 예절을 차리지 않고 부르는 말. 두보의 〈醉時歌〉에 "忘形到爾汝, 痛飮眞吾師"라고 했음.

4) 劃然(획연): 홀연(忽然). 軒昂(헌앙): 고양(高揚).

5) 根蔕(근체): 뿌리와 꽃받침.

6) 喧啾(훤추): 여러 새들이 일제히 시끄럽게 우짖는 소리.

7) 躋攀(제반): 위로 올라감. 음악가락이 절정에 오름을 말함.

8) 絲篁(사황): 현악기와 관악기. 음악을 말함.

9) 滂滂(방방): 큰물이 흘러내리는 모양.

- 『동파제발』에 "이는 퇴지의 〈청영사금〉 시인데, 구양충공(歐陽忠公: 歐陽修)이 일찍이 나에게 묻기를 '금시(琴詩) 중에 어느 것이 가장 훌륭한가?'라고 했다. 나는 이 시로써 대답했다. 공이 말하기를 '이 시는 참으로 기려(奇麗)하지만, 본래 비파(琵琶)를 듣고 지은 시이다'라고 했다"라고 했다.

- 『초계어은총화』에 "『서청시화(西淸詩話)』에 '삼오(三吳)의 승려 의해(義海)가 금(琴)으로써 세상에서 명성이 있었는데, 육일거사(六一居士: 구양수)가 일찍이 동파(東坡)에게 「금시(琴詩) 중에 어느 것이 가장 우수한가?」라고 묻자, 동파가 퇴지의 〈청영사금〉이라고 대답하니, 공이 「이는 다만 비파를 들었을 뿐이다」라고 했다. 어떤 이가 의해에게 물어보니, 의해가 말하기를 「구양공은 한 시대의 웅위(雄偉)이지만 이 말은 잘못되었다. 「昵昵兒女語, 恩怨相爾汝」는 경유세설(輕柔細屑)함에 진정(眞情)이 출현함을 말한 것이고, 「劃然變軒昂, 勇士赴敵場」은 정신이 넘쳐나서 놀라서 듣는 것을 말한 것이다. 「浮雲柳絮無根蔕, 天地闊遠隨飛揚」은 종횡하는 변태(變態)가 드넓게 자연스러움을 잃지 않음을 말한 것이다. 「喧啾百鳥羣, 忽見孤鳳皇」은 또한 영사의 고절(孤絶)함이 세속의 비리한 소리와 함께 흐르지 않음을 보인 것이다. 「躋攀分寸不可上, 失勢一落千丈强」은 기복과 억양이 고상(故常)을 주로 하지 않음을 말한 것이다. 모두가 손가락 아래의 현 소리의 묘처인데, 오직 금(琴)만이 그럴 수 있다. 비파의 격상(格上)의 소리가 어찌 그럴 수 있겠는가? 퇴지는 그 아취를 깊이 터득했는데, 쉽게 기평(譏評)할 수는 없다'고 했다"고 했다.

- 『당풍정』에 "〈청영사탄금〉은 이기(李頎)의 〈호가(胡笳)〉와 비교하면 몹시 뒤지지만, 향산(香山: 白居易)의 〈비파(琵琶)〉와 비교하면 기골(奇骨)이 쟁영(崢嶸)하다"고 했다.

● 『일표시화』에 "〈영사탄금〉은 한 곡의 범음(泛音)이 일어난 것을 창려가
모사(摹寫)함이 입신(入神)했다. '昵昵' 2어(語)를 비파소리 같다고 여겼
는데, '躋攀分寸不可上, 失勢一落千丈强'의 경우는 음유작주(吟猱綽注)
를 제거한다면 다시 형용할 수 가 없으니, 비파소리 중에도 또한 이런
것이 있던가?"라고 했다.

좌천 가며 남관에 이르러 조카손자 상에게 보이다 左遷至藍
關示姪孫湘[1]

一封朝奏九重天[2]	한 상소를 아침에 구중 하늘에 올리고
夕貶潮陽路八千[3]	저녁에 조양으로 좌천되니 길이 팔천 리이네
欲爲聖明除弊事[4]	성명을 위해 폐단을 제거하려 했으니
肯將衰朽惜殘年[5]	어찌 노쇠한 몸으로 남은 목숨을 애석해하랴?
雲橫秦嶺家何在[6]	구름은 진령에 비껴있는데 집은 어디쯤인가?
雪擁藍關馬不前[7]	눈이 남관을 에워싸서 말이 전진하지 못하네
知汝遠來應有意	네가 멀리 따라옴은 마땅히 뜻이 있으리니
好收吾骨瘴江邊[8]	내 해골을 장강 가에서 잘 거두어다오

주석

1) 헌종(憲宗)은 불교에 심취했는데, 원화(元和) 14년(819) 정월, 태감(太監)과
   궁인(宮人)들에게 향화(香花)를 들고 봉상(鳳翔) 법문사(法門寺)의 불골(佛
   骨)을 모셔오게 했다. 경성의 남녀들이 모두가 구경을 했는데, 한유는 평소
   불교를 좋아하지 않아서 상소하여 간(諫)했다. 헌종은 분노하여 극형에 처하

려 했으나 여러 신하들의 간청으로 한유를 형부시랑(刑部侍郞)에서 조주자사(潮州刺史)로 좌천시켰다. 湘(상): 한상(韓湘). 한유의 형 회(會)의 손자, 조카 한로성(韓老成)의 큰 아들. 대리승(大理丞)을 지냄.

2) 九重天(구중천): 조정의 심궁(深宮)을 말함. 황제를 지칭함.

3) 潮陽(조양): 조주(潮州)를 말함. 지금의 광동성 해양현(海陽縣) 동쪽.

4) 聖明(성명): 성스럽고 총명한 황제라는 뜻. 황제의 대칭.

5) 肯(긍): 기(豈)와 같음.

6) 秦嶺(진령): 섬서성 남부. 종남산(終南山)을 말함.

7) 藍關(남관): 남전관(藍田關). 섬서성 남전현(藍田縣) 남쪽.

8) 瘴江(장강): 남방의 습하고 무덥고, 전염병이 도는 강.

평설 〰

● 『영규율수휘평』에 "기윤(紀昀)이 '말이 지극히 처절한데, 도리어 쇠삽(衰颯)하지 않다. 3·4구는 일편(一篇)의 골(骨)인데, 끝 2구는 곧 이 뜻을 되돌려 엮었다"고 했다.

● 『시식』에 "헌종(憲宗)이 불골(佛骨)을 대궐 안으로 맞이할 때, 창려가 표(表)를 올려 간절히 간(諫)했다. 헌종이 노하여 창려를 조주자사로 좌천시켰다. 발구(發句)는 곧 여기에 근거한 것이다. 함련(頷聯)의 상구(上句)는 발구의 상구를 계승했는데, 불골을 맞이함을 간한 것을 말했다. 하구는 발구의 하구를 계승하여, 조주로 좌천된 것을 말했다. 경련(頸聯)은 중도(中途)를 절단하여 나누어 경(景)을 그려서 정(情)을 겸하게 한 것이다. 낙구(落句)는 상(湘)의 말에 대한 대답이다. 시품은 웅건하다"고 했다.

상중에서 장십일 공조와 수창하다 湘中酬張十一功曹[1]

休垂絶徼千行淚[2]	먼 변방의 천 줄기 눈물을 거두고
共泛淸湘一葉舟[3]	함께 맑은 상수에 일엽주를 띄웁시다
今日嶺猿兼越鳥[4]	오늘은 고개 원숭이소리가 월조소리를 겸하여
可憐同聽不知愁[5]	기쁘게 함께 들으니 근심을 모르겠소

주석

1) 한유가 장서(張署)와 함께 사면되어 북쪽 경사로 돌아가며 지은 작품임. 湘中(상중): 상수(湘水).

2) 絶徼(절요): 절새(絶塞)와 같음. 먼 변새(邊塞).

3) 一葉舟(일엽주). 한 나뭇잎 같이 작은 배.

4) 嶺猿兼越鳥(영원겸월조): 고개 위의 원숭이소리와 월땅의 새소리. 원래 이 두 소리는 슬픔을 상징하는 것이나 여기서는 반대로 사용하여 사면의 기쁜 심회를 표현하였음.

5) 可憐(가련): 가희(可喜)와 같음.

평설

● 『당시절구류선』에 "만난 경치는 달라지지 않았으나, 감개한 정은 달라졌다"고 했다.

저녁에 선계에 묵었는데, 소주 장단공 사군이 보낸 이별의 편
지를 받고, 절구 2장으로 답했다 晩次宣溪, 辱韶州張端公使
君惠書叙別, 酬以絶句二章[1]

韶州南去接宣溪	소주 남쪽으로 가서 선계에 이르니
雲水蒼茫日向西	구름과 물이 아득하고 해는 서쪽을 향했네
客淚數行先自落	나그네의 눈물 몇 줄기가 먼저 절로 떨어지니
鷓鴣休傍耳邊啼	자고새가 다시 귓가에서 울 필요가 없네

주석 ఱ

1) 조주(潮州)로 좌천 갈 때 지은 작품임. 宣溪(선계): 소주성(韶州城) 남쪽 80리
   에 있음. 소주는 지금의 광동성 곡강현(曲江縣) 서쪽. 張端公(장단공): 장개
   (張蓋). 당시 시어사(侍御史)로서 소주자사(韶州刺史)가 되었음. 단공(端公)
   은 시어사의 별칭. 사군(使君)은 자사를 말함.

평설 ఱ

● 『당시선맥회통평림』에 "주경(周敬)이 '평담(平淡)하면서 비창(悲愴)하다'
  고 했다. 주정(周挺)이 '자고새의 소리는 나그네가 가장 들을 수 없는 슬
  픈 소리인데, 이것을 빌려다가 편지 속의 말을 비유했다. 묘절(妙絶)하
  다'고 했다"라고 했다.

● 『당인만수절구선평』에 "철석인(鐵石人)이 진실의 정경(情景)을 말하니,
  자연스럽고 심묘(深妙)하다"고 했다.

유종원 柳宗元

유종원(773-819), 자는 자후(子厚), 하동(河東: 산서성 永濟縣 일대) 사
람. 정원(貞元) 9년(793)에 진사가 되고, 또 박사굉사과(博學宏辭科)에
올랐다. 교서랑(校書郞)이 되고, 남전위(藍田尉)를 지냈다. 정원 19년,
감찰어사(監察御史)가 되었다. 왕숙문(王叔文)과 위집의(韋執誼)가 집정
하자, 유종원을 더욱 우대하여 상서예부원외랑(尙書禮部員外郞)으로 발
탁했다. 왕숙문이 패하자, 유종원은 영주사마(永州司馬)로 좌천되었다.
원화(元和) 10년에 유주자사(柳州刺史)로 옮겨서, 14년에 병사했다.

유종원은 한유와 함께 고문운동에 앞장서서 문풍의 쇄신에 힘을 써서
당시 산문가로서 명성을 떨쳤다. 시 또한 독자적인 경계를 열어서 높은
평을 받았다.

송나라 소식(蘇軾)은 「서황자사시집후(書黃子思詩集後)」에서 "이백과 두
보 이후 시인들이 계속 나왔는데, 비록 간혹 원운(遠韻)은 있었으나 재
능이 뜻에 미치지 못했다. 다만 위응물(韋應物)과 유종원이 간고(簡古)
함에다 섬농(纖穠)함을 펴고, 담박(澹泊)함에다 지미(至味)를 붙였으니,
나머지 사람들이 미칠 바가 아니다"라고 했다. 또 「평한류시(評韓柳詩)」

에서 "귀한 바는 고담(枯澹)함인데, 그것은 밖으로는 말랐으나 안에는 기름지고, 담박한 것 같으나 실로 아름다운 것을 말한다. 연명(도연명) 과 자후(유종원)의 무리가 이들이다"라고 했다.

초가을 밤에 앉아 오무릉에게 주다 初秋夜坐贈吳武陵[1]

稍稍雨侵竹[2]	쏴아쏴아 빗발이 대숲에 몰아치니
翻翻鵲驚叢[3]	퍼덕퍼덕 까치가 수풀에서 놀라네
美人隔湘浦[4]	고운사람 상수의 포구 너머에 있는데
一夕生秋風	하룻밤에 가을바람 일어나네
積霧杳難極	짙은 안개 멀리 끝이 없고
滄波浩無窮	푸른 물결 드넓어 아득하네
相思豈云遠	그리운 사람이 멀다고 하겠는가만
卽席莫與同	당장 자리를 함께 할 수가 없네
若人抱奇音	이 사람이 기이한 음률을 지녔으니
朱絃絙枯桐[5]	붉은 현을 슬에 팽팽히 매어
淸商激西顥[6]	맑은 소리 가을에 울려나서
泛灩凌長空[7]	환하게 날아 긴 하늘로 오르리라
自得本無作	자득은 본래 작위적으로 얻을 수 없고
天成諒非功[8]	천성은 참으로 인공으로 이룰 수 없네
希聲閟大樸[9]	오묘한 소리 대박에 갇혀있는데
聾俗何由聰[10]	어리석은 속인이 어떻게 들으리오?

주석 ∽

1) **吳武陵**(오무릉): 신주(信州) 사람. 원화(元和) 2년(807)에 진사에 급제하고, 원화 3년에 유원종과 함께 영주(永州)로 좌천되었음.

2) **稍稍**(초초): 초초(梢梢)와 같음. 비바람 소리.

3) **翻翻**(번번): 새가 날개 치는 모양.

4) 美人(미인): 오무릉을 말함. 湘浦(상포): 상수(湘水)의 포구.

5) 朱絃(주현): 『예기(禮記)·악기(樂記)』에 "청묘(淸廟)의 슬(瑟)은 주현(朱絃)
   으로 하고 소월(疏越)하게 한다"라고 했음. 絚(긍): 현을 팽팽하게 맴. 枯桐
   (고동): 슬(瑟)을 말함.

6) 淸商(청상): 맑은 상음(商音). 슬의 소리를 말함. 西顥(서호): 가을을 말함.
   서쪽을 호천(顥天)이라 하고, 가을은 서쪽에 속함. 『漢書·禮樂志』〈郊祀歌〉:
   "西顥沆碭, 秋氣肅殺"이라 했음.

7) 泛灧(범염): 달빛 따위가 환하게 떠 있는 모양.

8) 天成(천성): 천연(天然)하여 인공(人工)을 빌리지 않는 것.

9) 希聲(희성): 『老子』에 "大器晚成, 大音希聲"이라 했음. 閟(비): 폐(閉). 大樸
   (대박): 원시(原始)적 질박(質朴)한 대도(大道). 혜강(嵇康)의 「難自然好學論」
   에 "洪荒之世, 大樸未虧"라고 했음.

10) 聾俗(농속): 어리석은 속인(俗人).

평설 ෴

• 왕삼(王森)의 『한류시선(韓柳詩選)』에 "유종원의 오언고시는 청형절진
  (淸逈絶塵)하여서, 사람들은 도연명에 가깝다고 여기지만, 대사(大謝: 謝
  靈運)와 같음을 겸했음을 모른다"고 했다.

• 『당시별재』에 "천고(千古)의 문장의 신경(神境)이다"라고 했다.

새벽에 초사원에 가서 선경을 읽다 晨詣超師院讀禪經[1]

汲井漱寒齒	우물물 길러 시린 이를 닦고
淸心拂塵服	맑은 마음으로 옷 먼지를 터네

閒持貝葉書[2]	한가히 불경을 들고
步出東齋讀	동제로 걸어 나가 읽네
眞源了無取[3]	진원은 취하지 않고
妄跡世所逐[4]	망적을 세상에서 좇네
遺言冀可冥[5]	유언에 감통하기를 바라는데
繕性何由熟[6]	심성 닦음을 어떻게 익히리오?
道人庭宇静	도인의 집 마당 조용한데
苔色連深竹	이끼 색이 깊은 대숲에 이어졌네
日出霧露餘	해 뜨고도 안개 이슬 남아서
青松如膏沐[7]	푸른 솔은 기름칠을 한 듯하네
澹然離言說	고요히 언설을 떠나니
悟悅心自足	깨달음의 기쁨에 마음으로 자족하네

주석 ∽

1) **超師**(초사): 영주(永州)의 승려. **禪經**(선경): 불경(佛經).

2) **貝葉書**(패엽서): 불경(佛經)을 말함. 고대 인도에서 종이 대신 다라수(多羅樹)의 잎을 사용했는데, 초기 불경 역시 이를 사용했다. 패엽은 범어(梵語) 파트라(Pattra)의 한어 역어인 패다라엽(貝多羅葉)의 준말.

3) **眞源**(진원): 불교의 진제(眞諦). 불교의 참된 이치.

4) **妄跡**(망적): 그릇된 망상(妄想).

5) **遺言**(유언): 부처가 남긴 말. 불경(佛經)을 말함. **冥**(명): 계합(契合).

6) **繕性**(선성): 심성을 수양하는 것.

7) **膏沐**(고목): 고대 여인이 머리를 윤택하게 하는 데 사용하는 유지(油脂). 윤택함을 말함.

- 『언주시화』에 "유유주(柳柳州)의 시에 대해 동파(東坡: 蘇軾)가 말하기를 '도연명의 아래, 위응물의 위에 있다'고 했다. 이 시를 보면 곧 그 말이 공론(公論)이다"라고 했다.

- 『당시품휘』에 "유(劉)가 말하기를 '묘처를 말로 다 할 수가 없다. 그러나 도연명과의 거리가 오히려 먼데, 이는 당시 중의 전환(轉換)일 뿐이다'라고 했다.

- 『당시경』에 "기어(起語)는 종종 정책(整策)이다. 도인(道人) 4어(語)는 경색(景色)이 머리감은 것처럼 짙은 검은빛이 감돈다"라고 했다.

- 『당시선맥회통평림』에 "양신(楊愼)이 '선어(禪語)를 짓지 않고 도리어 말이 선(禪)으로 들어갔다. 묘하고 묘하다!'고 했다"라고 했다.

남쪽 개울에서 적다 南澗中題[1]

秋氣集南磵	가을기운이 남쪽 개울에 어려
獨遊亭午時	정오에 홀로 유람하네
迴風一蕭瑟	돌개바람이 한차례 소슬하니
林影久參差[2]	숲 그림자가 오래 출렁이네
始至若有得	처음 이르러 얻음이 있는 듯했는데
稍深遂忘疲	차츰 깊어지니 마침내 피로도 잊었네
羈禽響幽谷	철새소리 깊은 골짜기에 울리고
寒藻舞淪漪	찬 물풀은 물결 속에서 춤추네

去國魂已遊	고향을 떠나오니 혼은 이미 떠나갔고
懷人淚空垂	사람들 생각하니 눈물이 공연히 떨어지네
孤生易爲感	외로운 생이 쉽게 감개를 하고
失路少所宜	길을 잃으니 마땅한 바가 적네
索寞竟何事	삭막함은 끝내 무엇 때문인가?
徘徊祇自知	배회하며 다만 스스로 깨닫네
誰爲後來者	누가 뒤에 올 사람인가?
當與此心期	마땅히 이 마음의 기약을 주리라

주석

1) 한순(韓醇)의 『고훈유집(詁訓柳集)』에 "공의 영주(永州)의 여러 기(記)를 보면, 조양(朝陽) 동남으로부터 물이 원가갈(袁家渴)로 흐르고, 원가갈로부터 서남으로 백보를 못가서 석거(石渠)가 있다. 석거가 다하면, 석간(石澗)을 이루는데, 석간은 남쪽에 있다. 곧 이 시가 제목으로 삼은 것이다"라고 했다. 원가갈(袁家渴)은 영주부(永州府) 영릉현(零陵縣) 남쪽에 있음. 유종원에게는 또한 산문 「석거기(石渠記)」가 있다.

2) 參差(참치): 들쭉날쭉 고르지 않은 모양.

평설

● 『동파제발』에 "유의조(柳儀曹: 유종원)의 〈남간시〉는 근심 가운데 즐거움이 있고, 즐거움 가운데 근심이 있어서 고금에서 절묘한 작품이다"라고 했다.

● 송나라 하계문(何谿汶)의 『죽장시화(竹莊詩話)』에 "『필묵한록(筆墨閑錄)』

에 '〈남간시〉는 평담함이 천공(天工)에 있어서, 〈與崔策登西山〉의 위에 있는데 말이 기이하기 때문이다'라고 했다"고 했다.

- 『당시직해』에 "이러한 경색(景色)으로는 기뻐할 수도 있고, 슬퍼할 수도 있다"고 했다.

- 『당시경』에 "말마다 깊은 하소연인데, 도리어 하소연할 수 없는 정이 있어서 쓸쓸하게 배회한다. 말구 2어는 몹시 탄식할 만하다"고 했다.

- 『당풍정』에 "각골투수(刻骨透髓)함이 참으로 마음의 곡절을 표명한 듯하다"고 했다.

- 『한류시선』에 "기결(起結)이 지극히 원대한 신(神)이 있다. 바로 평담(平淡) 중에 우서(紆徐)가 이르렀기 때문이다"라고 했다.

- 『당시별재』에 "말마다 독유(獨游)한다. 동파(東坡)가 '유의조(柳儀曹)의 〈남간시〉는 근심 속에 즐거움이 있어서 고금에서 묘절하다'고 했다. 그 뜻을 얻었다"라고 했다.

시냇가에 살다 溪居[1]

久爲簪組累	오래 벼슬에 얽매었는데
幸此南夷謫[2]	다행히 이곳 남이로 귀양왔네
閒依農圃鄰	한가히 농삿집과 이웃하니
偶似山林客	우연히 산림의 은자 같네
曉耕翻露草	새벽 밭갈이는 이슬 맺힌 풀을 뒤엎고
夜榜響溪石	저녁 노질소리는 개울 바위에 울리네

來徃不逢人　　　오고가며 사람을 마주치지 않고
長歌楚天碧　　　긴 노래에 초땅 하늘이 푸르네

주석 ◌◌

1) 유종원의 「여양회지서(與楊誨之書)」에 "지금 우계(愚溪) 동남쪽에 집을 짓고,
들밭을 갈고, 당(堂) 아래에 채소를 심고, 지극한 도리를 읊으니, 나에게 충족
한 즐거움이 있습니다"라고 했다. 우계(愚溪)는 여주(永州)의 영릉현(零陵縣)
서남에 있음.

2) 南夷(남이): 남만(南蠻)과 같음. 남쪽 지역인 영주(永州)를 말함.

평설 ◌◌

● 『당시품휘』에 "유(劉)가 말하기를 '경(境)과 신(神)이 만났는데, 사색으
로부터 얻은 것이 아니다. 다시 보이려고 하면 스스로도 어려울 뿐이다'
라고 했다"라고 했다.

● 『당시선맥회통평림』에 "고린(顧璘)이 '초일(超逸)하다'고 했다. 육시옹
(陸時雍)이 '음(音)이 옥을 쪼는 듯하다'고 했다. 주정(周挺)이 '적거(謫
居)로 인하여 낙취(樂趣)를 찾아내었다. 〈雨後尋愚溪〉와 〈曉行至愚溪〉
두 시의 점염(點染)인데, 정흥(情興)이 날 듯하다'고 했다"라고 했다.

● 『당시별재』에 "우계(愚溪) 여러 시는 연건곤액(連蹇困厄)한 경우에 처하
여 청이담박(淸夷淡泊)한 뜻을 폈다. 원망하지 않으면서도 원망하고, 원
망하면서도 원망하지 않음을 행간(行間)과 언외(言外)에서 때때로 간혹
마주친다"고 했다.

초여름 비 내린 후 우계를 찾다 夏初雨後尋愚溪

悠悠雨初霽	끝없는 비 처음 갠 후
獨繞淸溪曲	홀로 맑은 개울의 굽이를 도네
引杖試荒泉	지팡이 끌고 무너진 샘물도 마셔보고
解帶圍新竹	허리띠 풀고 새 대숲에 둘러싸이네
沈吟亦何事	깊은 읊조림 또한 무엇 때문인가?
寂寞固所欲	적막함을 참으로 이루려고 하네
幸此息營營[1]	다행히 이곳에서 왕래함을 끊고
嘯歌靜炎燠	노래하며 더위를 삭이고 싶네

주석

1) 營營(영영): 분주히 왕래하는 모양.

가을 아침 남곡으로 가면서 외딴 마을을 지나가며 秋曉行南谷經荒村

杪秋霜露重[1]	늦가을 서리 이슬 무거운데
晨起行幽谷	아침에 일어나 깊은 골짜기로 가네
黃葉覆溪橋	누런 잎 개울 다리를 덮고
荒村惟古木	외딴 마을엔 고목들뿐이네
寒花疎寂歷[2]	찬 꽃은 성글어 적막하고
幽泉微斷續	깊은 샘물 가늘게 끊겼다 이어지네

機心久已忘[3] 기심을 잊은 지 오래인데

何事驚麋鹿[4] 어찌 고라니 사슴을 놀라게 하겠는가?

주석

1) 杪秋(초추): 만추(晩秋).

2) 寂歷(적력): 시들어 성긴 모양.

3) 機心(기심): 교묘하게 속이는 마음. 『莊子・天地』에 "爲圃者, 忿然作色而笑曰: ‘吾聞之吾師, 有機械者, 必有機事; 有機事者, 必有機心. 機心存於胸中, 則純白不備'라고 했음.

4) 고보영(高步瀛)의 『당송시거요(唐宋詩擧要)』에서 "금루자(金樓子)의 『흥왕편(興王篇)』에 ‘백이(伯夷)와 숙제(叔齊)는 수양산(首陽山)에서 굶어죽었는데, 미록(麋鹿)과 더불어 무리를 이루었다. 숙제가 헤칠 마음을 일으키자 사슴이 죽었다. 백이가 그것에 화를 내고 죽었다'고 했다. 이는 『열사전(列士傳)』에서 ‘백이와 숙제가 먹지 못한 지가 7일이 지났는데, 하늘이 백록(白鹿)을 보내어 젖을 먹이게 했다. 백이와 숙제가 「이 사슴을 육식하면 반드시 맛이 있을 것이다」고 속으로 생각했는데, 사슴이 그 뜻을 알고서 다시 오지 않자 두 사람은 마침내 굶주려 죽었다'고 한 것과 동일하게 괴탄하여 믿을 수 없다. 그러나 진정 기심(機心)이 사슴을 놀라게 한다는 한 증거일 것이다"라고 했다.

평설

● 『당시선맥회통평림』에 "고린(顧璘)이 ‘뜻이 고묘(高妙)하다'고 했다. 당여순(唐汝洵)이 ‘이는 산행의 경치를 서술하다가 기심(機心)을 이미 잊었다고 말한 것이다. 그렇다면 마땅히 짐승들의 무리에 들어가도 어지럽지 않은 것이니, 어찌 이런 고라니와 사슴을 놀라게 하겠는가?'라고 했다"라고 했다.

비 내린 후 아침에 떠나서 홀로 우계 북지에 이르다 雨後曉
行, 獨至愚溪北池

宿雲散洲渚	저녁구름 물섬 물가로 흩어지고
曉日明村塢[1]	아침 해가 마을 집들에 밝네
高樹臨清池	높은 나무는 맑은 못에 임했는데
風驚夜來雨	바람이 밤에 내린 빗방울을 떨구네
予心適無事	내 마음 흡족하고 일도 없는데
偶此成賓主	이곳을 짝하여 빈객과 주인을 이루네

주석 ⟋

 1) 村塢(촌오): 촌장(村莊).

평설 ⟋

● 『당시선맥회통평림』에 "고린(顧璘)이 '성도(性道)가 자족(自足)하다'고
  했다. 오산민(吳山民)이 '경(境)이 맑고 마음이 비어있다'라고 했다. 곽준
  (郭濬)이 '한적(閑寂)의 흥(興)이고, 적오(寂悟)의 말이다'라고 했다. 육
  시옹(陸時雍)이 「高樹」2어는 고운(高韻)이 탁출(卓出)했다'고 했다"라
  고 했다.

이른 매화 早梅

早梅發高樹	이른 매화가 높은 나무에 피어
迥映楚天碧	초땅 하늘의 푸름에 멀리 비추는데
朔吹飄寒香[1]	북풍에 찬 향기 날리고
繁霜滋曉白[2]	많은 서리엔 아침 햇살 자욱하네
欲爲萬里贈	만 리 멀리 주고 싶은데
杳杳山水隔[3]	아득히 산과 물로 막혔네
寒英坐銷落[4]	찬 꽃이 곧 시들어 떨어지면
何用慰遠客[5]	무엇으로 먼 곳의 객을 위로할까?

주석 ꙮ

1) 朔吹(삭취): 삭풍(朔風).

2) 曉白(효백): 일작 효일(曉日).

3) 杳杳(묘묘): 먼 모양.

4) 坐(좌): 선(旋)과 같음. 곧.

5) 何用(하용): 하이(何以).

어옹 漁翁

漁翁夜傍西巖宿[1]	어옹이 밤에 서암 가에서 묵고
曉汲淸湘燃楚竹[2]	아침에 맑은 상수를 길러 초죽으로 불 때네
煙銷日出不見人	안개 걷히고 해 떠도 사람을 볼 수 없는데
欸乃一聲山水綠[3]	어기어차 한 소리에 산수가 푸르러지네

迴看天際下中流　　하늘 끝을 돌아보며 중류로 내려가니
巖上無心雲相逐　　바위 위 무심한 구름이 서로 좇아가네

주석 ✑

1) 西巖(서암): 서산(西山).

2) 淸湘(청상): 맑은 상수(湘水). 楚竹(초죽): 초(楚) 땅의 대나무.

3) 欸乃(애내): 발음은 오애(襖靄)라고 하고, 배를 젓는 소리라고 함. 원결(元結)
   의 〈애내곡(欸乃曲)〉 자주에 “欸音襖, 乃音靄. 棹船之聲”이라 했음.

평설 ✑

● 『냉재시화』에 “유자후의 시 ‘漁翁夜傍西巖宿……’에 대해 동파((東坡: 蘇
  軾)가 평하기를 「기취(奇趣)를 종(宗)으로 삼아야 하는데, 도리어 항상
  합도(合道)를 아취로 삼는다. 이 시는 깊이 음미해 보면, 기취가 있다.
  그 끝 두 구는 비록 필요 없다고 해도 될 것이다」라고 했다”라고 했다.

● 『창랑시화』에 “유자후의 〈漁翁夜傍西巖宿〉 시에 대해 동파가 마지막 두
  구절을 삭제하여 자후를 다시 살려냈는데, 반드시 심복할 만하다”고 했다.

● 『당시품휘』에 “유(劉)가 ‘어떤 이가 소식(蘇軾)의 평을 타당하다고 하는데,
  말을 아는 자가 아니다. 이 시는 기가 혼융하여 만당(晩唐)과 같지 않다.
  바로 의지함이 뒤 양구에 있으니, 사족이 아니다’라고 했다”고 했다.

● 『당시정성』에 “무색무상(無色無相)함을 쇄연(灑然)히 스스로 얻었다”고
  했다.

● 『비점당시정성』에 “‘煙銷日出不見人’ 2구는 고금에서 절창이다”라고 했다.

- 『당풍정』에 "높은 곳은 바로 결구에 있는데, 2어(語)를 삭제하려는 자와는 함께 시를 말하기가 어렵다"고 했다.

- 『어양시화』에 "유자후의 〈漁翁夜傍西巖宿〉시에 대해 말한 적이 있는데, 이를 절구로 만들어 '欸乃一聲山水綠'을 결구로 한다면 수준 높은 작품이 될 것이다. 끝 두 구절은 진정 사족일 뿐이다. 그런데 눈 먼 자들은 자못 그것을 칭찬한다. 무엇 때문인가?'라고 했다.

- 『당시별재』에 "동파가 말구 2어를 삭제하면 남은 정이 다하지 않는다고 했는데, 참으로 그러하다"고 했다.

- 『한류시선』에 "가행단장(歌行短章)과 절구(絕句)는 다만 한 예(例: 법식)일 뿐이다. 이 시는 본래 단편(短篇)으로 가져온 것이다. 마땅히 끝 두 구를 제거해야 한다는 여부는 모두 우활한 논의에 속한다"라고 했다.

유주 성루에 올라 장주·정주·봉주·연주 등 사주에 부치다
登柳州城樓寄漳汀封連四州[1]

城上高樓接大荒[2]	성 위 높은 누대는 대황에 닿았고
海天愁思正茫茫	해천에서의 근심이 진정 망망하네
驚風亂颭芙蓉水[3]	거센 바람이 부용의 물에 어지럽게 물결 일으키고
密雨斜侵薜荔牆	억수의 비가 벽려의 담에 비껴 몰아치네
嶺樹重遮千里目	고개의 숲은 천리의 시야를 두텁게 막고
江流曲似九迴腸	강 흐름은 아홉 번 도는 창자처럼 굽었네
共來百越文身地[4]	함께 백월의 문신하는 지역에 와서

猶自音書滯一鄕　　오히려 스스로 소식을 한 고을에 체류시키네

주석

1) 『구당서(舊唐書)·헌종기(憲宗記)』에 “(원화(元和) 10년(815) 3월)을유(乙酉), 건주사마(虔州司馬) 한태(韓泰)를 장주자사(章州刺史)로 삼고, 영주사마(永州司馬) 유종원(柳宗元)을 유주자사(柳州刺史)로 삼고, 요주사마(饒州司馬) 한엽(韓曄)을 정주자사(汀州刺史)로 삼고, 낭주사마(朗州司馬) 유우석(劉禹錫)을 파주자사(播州刺史)로 삼고, 태주사마(台州司馬) 진간(陳諫)을 봉주자사(封州刺史)로 삼았다. 어사중승(御史中丞) 배도(裴度)가 우석(禹錫)은 어머니가 늙었기 때문에 근처로 옮겨주기를 청하여, 연주자사(連州刺史)로 고쳐서 임명했다”고 했다. 유주(柳州)는 지금의 광서성 유주(柳州) 서쪽, 장주(章州)는 복건성 용해현(龍海縣) 서쪽, 정주(汀州)는 복건성 장정현(長汀縣), 봉주(封州)는 광동성 봉천현(封川縣), 연주(連州)는 광동성 양산현(陽山縣)이다.

2) 大荒(대황): 황량하고 먼 지역.

3) 驚風(경풍): 급풍(急風). 颭(점): 물결을 일으킴. 芙蓉(부용): 연꽃[荷]의 별칭.

4) 薜荔(벽려): 상록 덩굴식물.

5) 百越(백월): 만이(蠻夷)의 지역을 말함. 남방지역을 말함. 文身(문신): 고대 중국 남방 사람들은 문신하는 풍속이 있었는데, 물가의 생활이 많았기 때문에 교룡 따위를 문신하고 물에 들어가면 교룡에게 해를 입지 않는다고 생각했음. 『莊子·逍遙遊』에 “越人短髮文身”이라 했음.

평설

● 『당시직해』에 “묘함이 교경(巧景)으로 들어갔다”고 했다.

● 『당시해』에 “이 같은 풍경을 대하면 정을 감당할 수 있겠는가?”라고 했다.

- 『한류시선』에 "유주(柳州)의 여러 율시는 격률(格律)이 한아(嫻雅)하여 가장 완상할 만하다. 결어가 지극히 능한데 괄(括)을 겸하여 도리어 절로 정(情)으로 들어갔다"고 했다.

- 『위로시화』에 "성당(盛唐)은 공교롭게 짓지 않았는데, 대력(大曆) 이후 역량이 전인(前人)에게 미치지 못하여, 진탁마림(陳濁麻林)의 병(病)을 피하려고 점차 공교로움으로 들어갔다. …… 유자후의 '驚風亂颭芙蓉水'와 '桂嶺瘴來雲似墨'은 다시 색상(色相)으 붙였다"고 했다.

- 『당시별재』에 "성으로 올라가는 것으로부터 일으켜서, 백단(百端)이 교차하여 모이는 감개이다. '驚風'과 '江流'는 말은 이곳에 있지만 뜻은 이곳에 있지 않다"고 했다.

- 『소매첨언』에 "6구가 등루(登樓)이고, 2구는 남에게 부친 것인데, 일기(一氣)로 혼척(渾斥)하여, 크고 작은 정경(情景)이 분명하다"고 했다.

아우 종일과 이별하다 別舍弟宗一[1]

零落殘魂倍黯然	영락하니 잔혼이 배나 암담하고
雙垂別淚越江邊[2]	두 줄기 이별의 눈물 월강 가에 있네
一身去國六千里	한 몸이 고향 떠나 육천 리인데
萬死投荒十二年	만사 겪으며 황량한 곳에 머문 지 십이 년이네
桂嶺瘴來雲似墨[3]	계령의 장기가 오니 구름이 먹물 같고
洞庭春盡水如天	동정호의 봄이 다하니 물빛이 하늘 같네
欲知此後相思夢	이 이별 후를 알려고 그리워하는 꿈이

長在荊門郢樹烟[4]　　오래 형문 영수의 안개 속에 있으리라

주석

1) 宗一(종일): 유원종의 종제(從弟). 행적은 미상.

2) 越江(월강): 남방 월(越) 지역의 강.

3) 桂嶺(계령): 영남도(嶺南道) 하주(賀州) 계령현(桂嶺縣) 동쪽 15리. 瘴(장): 장기(瘴氣): 남방의 습하고 전염병이 있는 기운.

4) 荊門(형문): 형주(荊州). 郢樹(영수): 영(郢) 지역의 나무. 영은 춘추시대 초(楚)나라 수도. 지금의 호북성 강릉현(江陵縣) 기남성(紀南城).

평설

● 『당시품휘』에 "이는 유주(柳州)에 도착한 후인데, 그 아우가 한수(漢水)와 영(郢) 사이로 돌아갈 때 이 시를 지어서 작별한 것이다. '投荒十二年' 구는 슬픈데, 그러나 스스로 취한 것이다. 태수가 되었어도 오히려 이처럼 원망스러운데, 큰 부귀가 아니라면 만족하지 않을 것이니, 또한 조급하다!"고 했다.

● 『비점당음』에 "자후는 지나치게 단정하여, 특히 기격이 원대하지 못함을 깨닫는다"고 했다.

● 『당시평선』에 "정은 깊고 글은 분명하다"고 했다.

● 『일표시화』에 "이별이 족히 시를 이루었다. 말은 직설인데 뜻은 슬퍼서 가장 법으로 삼을 만하다. 이 한 수를 보면 이보다 더 나은 것이 나올 수 없다"고 했다.

유주성 서북 모퉁이에 감귤나무를 심다 柳州城西北隅種甘樹

手種黃甘二百株	손수 노란 감귤 이백 주를 심으니
春來新葉遍城隅	봄 되어 새 잎이 성 모퉁이를 덮었네
方同楚客憐皇樹[1]	지금 초객이 황수를 사랑함을 함께 하고
不學荊州利木奴[2]	형주에서 목로로 이익 취함은 배우지 않네
幾歲開花聞噴雪	몇 해만에 꽃 피워 품어내는 백설의 향을 맡고
何人摘實見垂珠	누가 과일 따며 드리운 구슬을 볼까?
若教坐待成林日	숲을 이룰 날을 장차 기다리게 해준다면
滋味還堪養老夫	자미가 도리어 노부를 봉양할 수 있으리라

주석 ⟿

1) 楚客(초객): 굴원(屈原)을 말함. 굴원의 〈구장(九章)·귤송(橘訟)〉에 "后皇嘉樹, 橘徠服兮, 受命不遷, 生南國兮"라고 했음. 皇樹(황수): 후황가수(后皇嘉樹)를 말함. 후황은 황천후토(皇天后土).

2) 삼국(三國) 오(吳)나라 이형(李衡)이 자손을 위해 천 그루 귤을 심어놓고, 목노(木奴)라고 불렀다는 고사.

평설 ⟿

• 『영규율수』에 "'后皇嘉樹'는 굴원(屈原)의 말이다. 두 글자를 적출하여 '木奴'에 대하게 한 것이 몹시 기이하다. 종편(終篇)이 글자마다 진밀(縝密)하다"고 했다.

• 『소매첨언』에 "후반은 진술하지만 법으로 삼을 수 없다"고 했다.

강의 눈발 江雪

千山鳥飛絶   온 산에 새 나는 것 끊기고
萬逕人蹤滅   온 길엔 인적이 없어졌네
孤舟蓑笠翁   외로운 배에 도롱이 삿갓 쓴 노인
獨釣寒江雪   찬 강의 눈발 속에 홀로 낚시하네

평설

- 소식(蘇軾)의 「서정곡시(書鄭谷詩)」에 "정곡의 시에 '江上晚來堪畫處, 漁人披得一蓑歸'라고 했는데, 이는 시골 학동의 말이다. 유자후의 '孤舟蓑笠翁, 獨釣寒江雪'은 거의 하늘이 준 것으로서 미칠 수가 없을 뿐이다"라고 했다.

- 『동파제발』에 "유자후가 '千山鳥飛絶……'이라고 했는데, 인성(人性)과 격절(隔絶)함이 있다! 거의 하늘이 부여한 것으로서 미칠 수가 없다"라고 했다.

- 『당시품휘』에 "유수계(劉須溪)가 '천취(天趣)'를 얻었다. 다만 낙구(落句) 5자에서 말이 끝났다'라고 했다"라고 했다.

- 『비점당시정성』에 "절창이다. 설경이 눈앞에 있는 듯하다"고 했다.

- 『시수』에 "'千山鳥飛絶' 20자는, 골력(骨力)이 호상(豪上)하고, 구격(句格)이 천성(天成)이다. 그러나 〈輞川〉 여러 작품과 비교하면, 곧 지나치게 떠들썩함을 깨닫는다. 청련(青蓮: 이백)의 '明月出天山, 蒼茫雲海間. 長風幾萬里, 吹度玉門關'은 혼융(渾融)함 중에 다소 한아(閒雅)하다"고 했다.

- 『당시해』에 "칠고 〈漁翁〉 또한 지극히 포미(褒美)를 받는데, 아마 자후가

무료함의 극치를 여기에 의탁하여 스스로 높아진 것이던가?"라고 했다.

- 『당시별재』에 "청초(淸峭)함이 몹시 빼어난데, 왕완정(王阮亭: 王士禎) 상서(尙書)가 유독 이 시를 폄하했던 것은 무슨 이유인가?"라고 했다.

- 『시법이간록』에 "앞 2구는 '설(雪)'자를 첨가하지 않았어도 확실히 설경으로서 공령(空靈)하다고 칭할 만하다. 말구는 일점(一點)이 곧 부족하다. 완정(阮亭)이 전인들의 설시를 논할 때, 이 시에 대하여 오히려 유감(遺憾)이 있었다. 참으로 시란 어려운 것이다!"라고 했다.

유주의 이월에 용나무 잎이 다 떨어져서 우연히 적다 柳州二月榕葉盡落偶題[1]

宦情羈思共悽悽	벼슬의 정과 나그네 생각이 모두 처량한데
春半如秋意轉迷	봄의 반이 가을 같아 뜻이 더욱 혼미하네
山城過雨百花盡	산성의 지나는 비에 모든 꽃 지고
榕葉滿庭鶯亂啼	용나무 잎 뜰에 가득하고 꾀꼬리 어지럽게 우짖네

주석

1) 榕(용): 열대 상록교목. 거목(巨木)으로서 황색 혹은 담홍색 꽃이 핌. 약용식물로 이용함.

평설

- 『당시품휘』에 "유(劉)가 '이 정경은 스스로 감당할 수 없다'고 했다"라고

했다.

- 『당인절구정화』에 "이 시는 원적(遠謫)의 고통을 말하지 않았으나, 일종의 어찌 할 수 없는 정을 28자 안에서 보였다"라고 했다.

조시어가 상현을 지나가다 부친 시에 답하다 詶曹侍御過象縣見寄[1]

破額山前碧玉流[2]	파액산 앞 벽옥의 물줄기
騷人遙駐木蘭舟[3]	소인이 목란주를 멀리서 멈췄네
春風無限瀟湘意[4]	봄바람에 끝없는 소상의 뜻이 있어
欲采蘋花不自由[5]	빈화를 따려는데 자유롭지 못하네

주석

1) 曹侍御(조시어): 미상. 象縣(상현): 광서성 상현(象縣).

2) 破額山(파액산): 미상.

3) 騷人(소인): 시인(詩人). 여기서는 조시어를 지칭함. 木蘭(목란): 목련(木蓮)의 별칭.

4) 瀟湘意(소상의): 굴원의 〈상군(湘君)〉과 〈상부인(湘夫人)〉 등의 작품을 말함.

5) 蘋花(빈화): 전자초(田字草). 네가래. 다년생 수초. 굴원의 〈상부인〉 "白蘋兮騁望" 구절을 이용했음.

- 『당시절구류선』에 "고동교(顧東橋)가 '뜻이 활발하여 미치기 어려운 바이다'라고 했다"고 했다.

- 『당시선맥회통평림』에 "주필(周弼)이 '실접체(實接體)를 이루었다'라고 했다. 하중덕(何仲德)이 '경책체(警策體)를 이루었다'고 했다. 주정(周挺)이 '섭몽득(葉夢得)의 사(詞)에서 「誰采蘋花寄取, 但目送蘭舟容與」라고 했는데, 말의 뜻이 여기에 근거를 두었다'고 했다"고 했다.

- 『당시만수절구평선』에 "풍인(風人)의 소사(騷思)로서 백 번 읽어도 맛이 무궁하여 참으로 걸작이다"라고 했다.

노동(771-?), 자호는 옥천자(玉川子), 하남(河南) 제원(濟源) 사람. 정원(貞元) 연간에 양주(揚州)에 우거(寓居)했다. 원화(元和) 5년에 빈곤으로 인하여 낙양(洛陽)으로 옮겨 살았는데, 당시 하남윤(河南尹)이었던 한유(韓愈)와 수창했다. 나중에 상주(常州)로 가서 자사(刺史) 맹간(孟簡)과 혜산사(慧山寺)의 승려 약빙(若氷)과 교유했다. 낙양으로 돌아와 제원(濟源)에 은거하려고 했으나, 뜻을 이루지 못하고 죽었다.

『시학연원』에 "노동의 시는 기벽(奇僻)함을 숭상했는데, 고시는 더욱 기괴하다. 다만 악부는 대략 이익(李益)과 비슷하고, 근체는 간혹 경어(硬語)를 넣었는데, 대략 맹교(孟郊)와 서로 같다"고 했다.

맹간의께서 새 차를 보내주어서, 곧장 시를 지어 사례하다 走
筆謝孟諫議寄新茶[1]

日高丈五睡正濃	해가 높이 떠서 대낮 졸음이 진정 깊은데
軍將打門驚周公	장군이 문을 두들겨 주공을 놀라게 하네
口云諫議送書信	간의께서 서신을 보냈다고 하는데
白絹斜封三道印	흰 비단에 비스듬히 삼도 인장으로 봉해놓았네
開緘宛見諫議面	편지를 여니 완연히 간의의 얼굴을 보는 듯한데
手閱月團三百片[2]	손으로 월단 삼백 편을 매만져 보네
聞道新年入山裏	신년에 산 속으로 들어갔다고 들었는데
蟄蟲驚動春風起	겨울잠 자던 벌레들을 놀래키며 봄바람 일어나니
天子須嘗陽羨茶[3]	천자께서 반드시 양선차를 맛보셨으리
百草不敢先開花	모든 초목들은 감히 먼저 꽃피우지 못하는데
仁風暗結珠琲瓃[4]	인풍이 남몰래 구슬꿰미의 덩어리를 맺어놓으니
先春抽出黃金芽	봄날 이전에 황금빛 싹을 뽑아냈네
摘鮮焙芳旋封裹	신선한 잎을 따서 향기를 덖어 곧 봉하여 싸니
至精至好且不奢	지극한 정성과 호사를 또한 자랑하지 않네
至尊之餘合王公	지존께서 남은 것은 왕공들에게 하사하는데
何事便到山人家	어찌하여 곧 산인의 집에 이르렀는가?
柴門反關無俗客	사립문은 도리어 닫혀서 속객이 없는데
紗帽籠頭自煎喫	사모를 머리에 쓰고 스스로 끓여 마시니
碧雲引風吹不斷	푸른 구름이 바람을 끌고 끊임없이 불어가고
白花浮光凝椀面	흰 꽃에 뜬 빛이 사발 표면에 엉기네
一椀喉吻潤	한 주발은 목구멍과 입술을 적시고

兩椀破孤悶　두 주발은 외로운 근심을 깨뜨리고
三椀搜枯腸　세 주발은 마른 창자를 수색하니
唯有文字五千卷　다만 문자가 오천 권이 있네
四椀發輕汗　네 주발은 가볍게 땀을 나게 하니
平生不平事　평생의 불평스런 일이
盡向毛孔散　모두 털구멍으로 흩어져 나가네
五椀肌骨淸　다섯 주발은 피부와 뼈까지 적시어지고
六椀通仙靈　여섯 주발은 선령과 통해져서
七椀喫不得也　일곱 주발은 마실 수가 없는데
唯覺兩腋習習淸風生[5]　다만 양쪽 겨드랑이에 살랑살랑 맑은 바람이

일어남을 깨닫네

蓬萊山[6]　봉래산은
在何處　어디에 있는가?
玉川子　옥천자가
乘此淸風欲歸去　이 맑은 바람을 타고 돌아가고자 하네
山上羣仙司下土　산위의 여러 신선들이 하토를 관리하는데
地位淸高隔風雨　땅의 위치가 맑고 높아서 풍우와 격해있네
安得知百萬億蒼生命　어떻게 백만 억의 창생의 운명을 알아서
墮在巓崖受辛苦　높은 절벽에 떨어뜨려 고통을 받게 하는가?
便爲諫議問蒼生　곧 간의를 위해 창생의 일을 물어보려는데
到頭還得蘇息否[7]　끝내 다시 소생할 수 있겠는가?

1) **孟諫議**(맹간의): 맹간(孟簡: ?-824), 덕주(德州) 평창(平昌) 사람. 헌종(憲宗) 원화(元和) 연간에 간의대부(諫議大夫)를 지내고, 상주자사(常州刺史)로 나갔다. 나중에 어사중승(御史中丞)을 지냈다.

2) **月團**(월단): 단차(團茶)의 일종.

3) **陽羨茶**(양선차): 강소성 의흥(宜興)에서 생산되는 차. 의흥의 옛 이름이 양선이기 때문에 양선차라고 하였음.

4) **珠琲瓃**(주배뢰): 구슬꿰미의 덩어리. 배(琲)는 구슬 10개를 꿰어놓은 것. 뢰(瓃)는 옥그릇. 차나무 꽃봉오리를 말함.

5) **習習**(습습): 바람이 부는 모양.

6) **蓬萊山**(봉래산): 전설 속의 신선이 산다는 삼신산(三神山)의 하나.

7) **到頭**(도두): 결국. **蘇息**(소식): 부활(復活). 소생(蘇生).

- 『성재시화』에 "동파(東坡: 蘇軾)의 시 '枯腸未易禁三椀, 臥聽山城長短更'은 또한 노동의 공안(公案)을 번각(翻却)한 것이다. 노동은 7완(椀)까지 마신다고 했는데, 동파는 3완을 금하지 않았다"고 했다.

- 『초계어은총화』에 "『예원자황(藝苑雌黃)』에 '옥천자에게는 〈謝孟諫議惠茶歌〉가 있고, 범희문(范希文)에게는 〈鬪茶歌〉가 있는데, 이 두 편은 모두 가작이어서 거의 우열을 논할 수 없다. 그러나 옥천자는 「至尊之餘合王公, 何事便到山人家」라고 했고, 희문은 「北苑將期獻天子, 林下雄豪先鬪美」라고 했는데, 만약 선후의 순서를 논한다면, 옥천자의 말이 약간 낫다'고 했다. 초계어은이 '〈예원자황〉에서 노동과 범희문의 두 편의 차가(茶歌)가 모두 가작이어서 거의 우열을 논할 수 없다고 했다. …… 나는 옥천자의 시가 희문의 노래보다 낫다고 여긴다. 옥천자는 스스로 흉억(胸

臆)을 내어서, 조어(造語)가 온첩(穩貼)하여 시인의 구법을 얻었다. 희문은 고실(故實)을 늘어놓고, 교묘하게 형용하려 했으나, 완연히 운(韻)이 있는 산문을 이루었으니, 과연 우열이 없겠는가?'라고 했다"고 했다.

기쁘게 정삼을 만나서 산을 유람하다 喜逢鄭三遊山

相逢之處花茸茸[1]	상봉한 곳에 꽃이 우거졌는데
石壁攢峰千萬重	석벽에 솟아난 봉우리가 천만 겹이네
他日期君何處好	훗날 그대와 만남은 어디가 좋을까?
寒流石上一株松	찬물 흐르는 바위 위 한 그루 소나무 아래이리라

주석

1) 茸茸(용용): 총집(叢集)한 모양.

평설

● 『당시선맥회통평림』에 "주경(周敬)이 '세상에서 노동의 시는 이치를 짓고 뜻을 짓는 것이 험괴함이 백출하여 거의 이해할 수가 없다고 한다. 이와 같은 시는 스스로 염담(恬淡)하니, 어찌 험괴함이 있는가!'라고 했다. 당맹장(唐孟莊)이 '기구가 예스럽다'고 했다. 오영(敖英)이 '낙구(落句)는 화의(畵意)이다'고 했다. 주정(周挺)이 '이시의 양 「處」 자를 음미하면, 모두 금일 상봉한 곳으로 나가서, 훗날의 동심으로 귀숙할 것을 증명했다'고 했다. 당중언(唐仲言)이 '꽃이 비록 번다하지만 쉽게 시들

고, 산이 비록 깊지만 쉽게 헤매게 된다. 서로 기약할 수 있는 곳으로
믿을 곳은 다만 천석(泉石)의 고송(孤松)일 뿐인데, 그 세한(歲寒)에 수
려함을 뽑아냄을 말한 것이다'고 했다"고 했다.

백로사 白鷺鷥[1]

刻成片玉白鷺鷥	옥 조각으로 깎아놓은 백로사
欲捉纖鱗心自急	작은 물고기를 잡으려고 마음이 다급하네
翹足沙頭不得時	모래밭에서 발을 든 채 기회를 얻지 못하는데
傍人不知謂閑立	옆 사람은 알지 못하고 한가롭게 서있다고 하네

주석 ⌒

1) 白鷺鷥(백로사): 백로(白鷺).

평설 ⌒

● 『당시귀』에 "종성이 '명리(名利)에 열중하는 사람을 비웃은 것이다'라고
했다"라고 했다.

● 『당인절구정화』에 "칠언절구는 평운(平韻)을 많이 사용하는데, 그 측운
(仄韻)을 사용한 것은 음절이 고시에 가까워서, 선발하는 사람들이 매번
고시에다 넣는다"고 했다.

이하 李賀

이하(790-816), 자는 장길(長吉), 복창(福昌: 하남성 宜陽縣) 창곡(昌谷) 사람. 정왕(鄭王: 唐高祖의 아들 亮)의 후손. 그의 부친의 이름이 진숙(晉肅)이었는데, 진(晉)과 진사(進士)의 진(進)이 발음이 같아서 부친의 이름을 피휘(避諱)하여 진사시(進士試)에 응하지 않았음. 나중에 협률랑(協律郎)을 지냈음. 27세에 요절했음.

『구당서(舊唐書)』에 "이하는 …… 수필(手筆)이 민질(敏疾)하고, 더욱 가편(歌篇)에 뛰어났다. 그 문사(文思)와 체세(體勢)는 높은 바위산과 가파른 절벽이 만 길로 굴기(屈起)하는 듯하다. 당시 문사들이 좇아서 본받았으나 비슷할 수 있는 자가 없었다. 그 악부(樂府) 수십 편은 운소(雲韶: 敎坊)의 악공(樂工)들이 풍송(諷誦)하지 않음이 없었다. 태상시협률랑(太常寺協律郎)에 보임(補任)되었다"고 했다.

엄우(嚴羽)의 『창랑시화(滄浪詩話)』에 "사람들은 태백(太白: 李白)은 선재(仙才)이고, 장길(長吉)은 귀재(鬼才)라고 말하지만, 그렇지 않다. 태백은 천선(天仙)의 사(詞)이고, 장길은 귀선(鬼仙)의 사일 뿐이다"라고 했다.

『당시품휘』에 "원화(元和) 연간에는 가시(歌詩)가 성행했는데 …… 한유(韓愈)와 이하의 문체(文體)는 같지 않았으나 모두 기골(氣骨)을 지녔다. 퇴지(退之)의 여러 작품은 전현(前賢)들이 그 상세함을 칭찬했다. 장길의 경우는 천종기재(天縱奇才)가 당시 무리들보다 빼어났고, 얻은 바가 범근(凡近)함을 완전히 제거해서 필묵의 휴경(畦徑)을 멀리 벗어났다"고 했다.

이빙의 공후 노래 李憑箜篌引[1]

吳絲蜀桐張高秋[2]	오사촉동의 공후를 가을에 타는데
空白凝雲頹不流[3]	하늘 하얗고 뭉친 구름은 머물러 흐르지 않네
江娥啼竹素女愁[4]	강아는 대나무에 눈물 뿌리고 소녀는 수심 짓고
李憑中國彈箜篌[5]	이빙은 나라 안에서 공후를 타네
崑山玉碎鳳皇叫[6]	곤산의 옥이 부서지고 봉황이 울부짖고
芙蓉泣露香蘭笑[7]	부용은 울어 이슬 떨구고 향란은 웃네
十二門前融冷光[8]	십이문 앞에 찬 빛이 풀리고
二十三絲動紫皇[9]	이십 삼 현이 자황을 감동시키네
女媧鍊石補天處[10]	여와가 돌을 단련하여 하늘 구멍 막아놓은 곳
石破天驚逗秋雨	돌 부서져서 하늘 터져 두루 가을비가 쏟아지네
夢入神山教神嫗[11]	꿈속에서 신산에 들어가 신구를 가르치니
老魚跳波瘦蛟舞[12]	늙은 물고기 물결 위로 뛰고 수척한 용이 춤추네
吳質不眠倚桂樹[13]	오질은 잠 못 이루고 계수나무에 기대고
露脚斜飛溼寒兎[14]	이슬이 비껴 날아 추운 토끼를 적시네

주석 ⟨∿⟩

1) 李憑(이빙): 중당(中唐) 때 공후를 잘 탔던 이원제자(梨園才子). 양거원(楊巨源)의 〈聽李憑彈箜篌〉시에는 "聽奏繁弦玉殿淸, 風傳曲度禁林明. 君王聽樂梨園煖, 翻到雲門第幾聲"이라 했고, 고황(高況)에게도 〈聽李供奉彈箜篌歌〉가 있음. 箜篌引(공후인): 악부 〈상화가(相和歌)·슬조곡(瑟調曲)〉의 곡명. 공후(箜篌)는 현악기인데, 한무제(漢武帝)가 악인(樂人) 후조(侯調)에게 만들게 하여 태을(太乙)을 제사지내게 했다고 함. 당제(唐製)의 공후는 슬(瑟)과 같

으면서 보다 작으며 현이 7줄이고, 목발(木撥)을 사용하여 탄주했고, 대공후
와 소공후가 있었음.

2) 吳絲蜀桐(오사촉동): 오사는 오(吳) 지역인 절강(浙江) 일대에서 생산되는
잠사(蠶絲)로 만든 현. 촉동은 촉(蜀) 지역인 사천(四川) 일대에서 생산되는
오동나무. 高秋(고추): 깊은 가을.

3) 진(秦)나라 진청(秦青)은 노래를 잘 불렀는데, 그가 슬픈 노래를 부르자 소리
가 숲을 진동하고 음향이 흘러가던 구름을 막았다고 함. 『列子‧湯問』에 “薛
譚學謳於秦青, 未窮青之技, 自謂盡之, 遂辭歸. 秦青弗止, 餞於郊衢, 撫節悲
歌, 聲振林木, 響遏行雲. 二人並秦國之善歌者”라고 했음.

4) 江娥(강아): 상아(湘娥). 전설 속의 상수(湘水)의 여신인 상비(湘妃). 아황(娥
皇)과 여영(女英)은 요(堯)의 딸들로서 순(舜)의 비(妃)가 되었는데, 순이 남
순(南巡)을 하다가 죽자, 상수 가의 대나무에 피눈물을 흘리고 상수에 투신했
다고 함. 그 피로 얼룩진 대나무를 반죽(斑竹)이라 함. 素女(소녀): 전설 속
의 여신. 슬(瑟)을 처절하게 잘 탔다고 함. 『史記』에 “泰帝使素女鼓五十弦瑟,
悲. 帝禁不止, 故破其瑟爲二十五弦”이라 했음.

5) 中國(중국): 국중(國中).

6) 崑山(곤산): 곤륜산(崑崙山). 옥(玉)의 생산지로 유명함.

7) 양(梁)나라 유협(劉勰)의 『신론(新論)』에 “秋葉泫露如泣, 春葩含日似笑”라고
했음.

8) 十二門(십이문): 당시 장안성문(長安城門)의 숫자. 『三輔黃圖』에 “長安城面
三門, 四面十二門”이라 했음.

9) 二十三絲(이십삼사): 호악기(胡樂器) 수공후(豎箜篌). 23현이었음. 『통전(通
典)』에 “수공후(豎箜篌)는 호악기(胡樂器)이다. 한(漢)나라 영제(靈帝)가 그
것을 좋아했는데, 몸체가 굽어있고, 길며, 22현이며, 가슴 안에 세워서 껴안
고, 양손을 사용하여 나란히 연주한다. 세속에서 벽공후(擘箜篌)라 부른다”라
고 했음. 紫皇(자황): 『비요경(秘要經)』에 “태청구궁(太清九宮)에는 모두 요
속(僚屬)이 있는데, 그 최고자를 태황(太皇)‧자황(紫皇)‧옥황(玉皇)이라 칭
한다”라고 했음. 여기서는 당시 황제를 지칭함.

10) 女媧(여와): 전설 속의 여신. 하늘의 구멍을 오색석(五色石)을 단련하여 보완
해 막았다고 함.

11) 神嫗(신구): 늙은 선녀를 말함.『수신기(搜神記)』에 "영가(永嘉) 중에 어떤 신선
이 곤주(兗州)에 나타났는데, 자칭 번도기(樊道基)라고 했다. 어떤 노파가 있었
는데 성부인(成夫人)이라 했다. 부인은 음악을 좋아하여 능히 공후를 탄주했는
데, 남들에게 현가(弦歌)를 듣게 하여 곧 일어나 춤추게 했다"라고 했다.

12)『열자』에 "瓠巴鼓瑟而鳥舞·魚躍"이라 했음.

13) 吳質(오질): 오강(吳剛)의 잘못. 죄를 짓고 달에서 월계수를 베어내는 벌을
받고 있다고 함.『서양잡조(西陽雜俎)』에 "월계(月桂)의 높이는 5백 장(丈)이
다. 그 아래 어떤 사람이 있어서 항상 그것을 잘라내고 있는데, 나무는 베어
지면 곧 다시 합쳐졌다. 그 사람의 성은 오(吳)이고 이름은 강(剛)인데, 서하
(西河) 사람으로서 신선술을 배우다가 잘못을 저질러서 귀양 보내 나무를 베
도록 했다고 한다"라고 했음.

14) 露脚(노각): 우각(雨脚). 이슬방울을 말함. 寒兎(한토): 전설에 달에는 토끼
와 두꺼비가 있다고 함.『오경통의(五經通義)』에 "달 속에 토끼와 두꺼비가
있다"라고 했음.

평설

●『성재시화』에 "시에는 경인구(驚人句)가 있는데, 두보의 〈산수장(山水
障)〉에는 '堂上不合生楓樹, 怪底江山起烟霧'라고 했고, …… 이하는 '女
媧鍊石補天處, 石破天驚逗秋雨'라고 했다"고 했다.

● 청나라 섭교연(葉矯然)의『용성당시화(龍性堂詩話)』에 "장길(長吉: 이하)
은 기이함에 탐닉하여 착공(鑿空)하는데, 참으로 '石破天驚'의 묘가 있다.
그 어머니가 이른바 '이 아이는 노래하지 않고, 심장을 토해낼 뿐이다'라
는 것이라 하겠다. 그러나 그 지극히 지은 뜻을 알기 어려운 곳은 남들은
배울 수 없고, 또한 배울 필요가 없다. 의산(義山: 李商隱)의 고체(古體)

는 때때로 이러한 조(調)를 배웠으나 도리어 공교롭게 할 수가 없었는데, 요컨대 그 지극한 것이 아니었다"라고 했다.

- 청나라 방부남(方扶南)의 『이장길시집비주(李長吉詩集批注)』에 "백향산(白香山: 白居易)의 '江上琵琶'와 한퇴지(韓退之: 韓愈)의 〈영사금(穎師琴)〉과 이장길의 〈이빙공후〉는 모두 성음(聲音)을 베껴낸 지극한 글들이다. 한유는 하늘을 놀라게 할 수 있고, 이하는 귀신을 울릴 수 있고, 백거이는 사람을 감동시킬 수 있다"고 했다.

큰소리로 노래하다 浩歌[1]

南風吹山作平地	남풍이 산에 불어 평지를 만들고
帝遣天吳移海水[2]	천제가 천오을 보내 바닷물을 옮기네
王母桃花千遍紅[3]	서왕모의 복사꽃 천 번 붉어지고
彭祖巫咸幾回死[4]	팽조와 무함은 몇 번이나 죽었던가?
青毛驄馬參差錢[5]	푸른 털 총마의 들쭉날쭉한 동전문양
嬌春楊柳含細烟	아름다운 봄의 버들은 옅은 안개 머금고
箏人勸我金屈卮[6]	쟁인이 나에게 황금술잔 권하네
神血未凝身問誰	신혈이 엉기기 전에 몸소 먼저 누구냐고 물으니
不須浪飮丁都護[7]	반드시 마구 술 마시는 정도호가 필요 없으리라
世上英雄本無主	세상의 영웅은 본래 주군이 없으니
買絲繡作平原君[8]	명주실을 사서 평원군을 수로 놓고
有酒唯澆趙州土[9]	술이 있어 다만 조주땅에 따르네

漏催水咽玉蟾蜍[10]　누수를 재촉하니 옥두꺼비 오열하고
衛娘髮薄不勝梳[11]　위랑은 머리털 적어 빗질을 할 수 없네
看見秋眉換新綠[12]　가을 눈썹 새로 검게 바뀜을 보는데
二十男兒那刺促[13]　이십 남아가 어찌 재촉을 당하는가?

주석

1) 浩歌(호가): 대가(大歌). 방가(放歌). 『楚辭』에 "臨風怳兮浩歌"라고 했는데, 그 주에 "大歌欲神聞之"라고 했음.

2) 天吳(천오): 『산해경(山海經)』에 "조양(朝陽)의 곡신(谷神)을 천오(天吳)라고 하는데, 이는 수백(水伯)이며, 그 짐승의 모습은 8개의 머리와 얼굴을 지녔고, 8개의 발과 8개의 꼬리가 있고, 등은 청황(靑黃)색이다"라고 했음.

3) 王母桃花(왕모도화): 『한무내전(漢武內傳)』에 "왕모(王母)의 선도(仙桃)는 3천 년에 한 번 꽃이 피고, 3천 년에 한 번 열매가 열린다"고 했음.

4) 彭祖(팽조): 『열선전(列仙傳)』에 "팽조는 은(殷)나라 대부(大夫)이다. 성은 전(錢)이고 이름은 갱(鏗)이며, 천제 전욱(顓頊)의 손자이고, 육종씨(陸終氏)의 아들인데, 하(夏)나라를 거쳐 은(殷)나라 말까지 8백여 세를 살았다. 항상 계지(桂枝)를 먹고, 행기(行氣)를 잘 이끌어서 나중에 신선이 되어 올라가 떠났다"고 했음. 巫咸(무함): 은(殷)나라의 신무(神巫).

5) 靑毛驄馬(청모총마). 청총마(靑驄馬). 청백색 털의 알록달록한 문양이 동전을 이어놓은 듯하여 연전총(連錢驄)이라고도 함.

6) 筝人(쟁인): 쟁을 연주하는 악인(樂人). 金屈卮(금굴치): 술잔의 일종. 채완(菜碗) 모양인데, 파수(把手)가 있다고 함.

7) 『통전(通典)』에 "독호가(督護歌)는 팽성내사(彭城內史) 서규지(徐逵之)가 노궤(魯軌)에게 피살되자, 송고조(宋高祖)가 내직독호(內直督護) 정오(丁旿)를 시켜 거두어 빈렴(殯殮)하게 했다. 규지의 처는 황제의 장녀(長女)이다. 오(旿)를 부르며 각(閣) 아래에 와서 스스로 염송(殮送)의 일을 물었는데, 물을

때마다 곧 탄식하며 소리치기를 '정독호(丁督護)!'라고 했다. 그 소리가 애절
하여 후인들이 그 소리로써 그 곡을 넓게 했다"고 했음.

8) 平原君(평원군): 전국시대 조(趙)나라 공자(公子) 조승(趙勝). 현량하여 따랐
던 빈객이 수천 명이었다고 함.

9) 평원군의 묘는 조주(趙州)에 있지 않고, 낙주(洛州) 비양현(肥陽縣) 동남 7리
에 있음.

10) 玉蟾蜍(옥섬서): 물시계를 말함. 구리로 만든 항아리에 위는 용 모양으로 만
들고 아래는 두꺼비 모양으로 만들었음. 『西京雜記』에 "廣川王, 發晉靈公冢,
得玉蟾蜍一枚. 大如拳, 腹空容五合水, 光潤如新玉, 取以盛書滴"이라고 했음.

11) 衛娘(위랑): 한(漢)나라 효무제(孝武帝)의 위후(衛后)를 말함. 아름다움 머리
털 때문에 총애를 받았다고 함. 『문선(文選)·서경부(西京賦)』에 "衛后興於鬢
髮"라고 했는데, 그 주에 "『漢書』曰: '孝武衛皇后, 字子夫.'『漢武故事』曰: '子
夫得幸頭解, 上見其美髮, 悅之"라고 했음.

12) 綠(녹): 흑(黑). 녹발(綠髮)은 흑발(黑髮).

13) 刺促(자촉): 겨를 없이 분주함. 세상에서 부림을 당한다는 것. 진(晉)나라 반
악(潘岳)의 〈각도요(閣道謠)〉에 "和嶠刺促不得休"라고 했음.

평설

● 원나라 오사도(吳師道)의 『오예부시화(吳禮部詩話)』에 "모택민(毛澤民)
의 시 '不須買絲繡平原, 不用黃金鑄子期'는 이하와 관휴(貫休)의 시화(詩
話)에 근거했다"고 했다.

●『당시평선회통』에 "서위(徐渭)가 '이 편은 조솔(雕率)이 서로 반반이다'고
했다. 주정(周挺)이 '한 알의 혜주(慧珠)가 유리법계(琉璃法界)를 깨뜨렸
다. 참으로 뱃속에는 책 상자가 있고, 팔에는 귀신이 있고, 혀에는 병장기
가 있어서 곧 이 시가 있게 되었다'고 했다. 육시옹(陸時雍)이 '「買絲」
2어는 고음에서 해탈했다'고 했다"고 했다.

- 『용성당시화』에 "장길의 '買絲繡作平原君, 有酒唯澆趙州土'는 말이 지극히 상쾌(爽快)하다. 그러나 고달부(高達夫: 高適)의 '只今肝膽向誰是, 令人却憶平原君'의 담박함이 오랫동안 없어지지 않음만 못하다"고 했다.

- 『일표시화』에 "買絲繡作平原君, 有酒唯澆趙州土'는 읽으면 눈물을 나오게 한다. 다만 이씨 왕손(王孫)이 어찌 이런 말을 짓게 되었던가? 김뇌관(金雷琯)의 이분(李汾)을 전송한 시에 '明日春風一杯酒, 與君同酹信陵墳'은 비록 이 같은 기축(機軸)을 사용했으나, 또한 스스로 슬퍼할 만하다"고 했다.

- 『이장길시집비주』에 "이 편은 〈천상요(天上謠)〉와는 같지 않다. 저것은 인간사는 무상하니 세상을 버리고 신선을 구함만 못하다고 했는데, 이것은 신선 또한 존재하지 않으니 또한 때맞춰 행락함만 못하다고 한 것이다. 다만 한 사람의 지기를 얻으면 죽어도 또한 무슨 한이 있겠는가? 때는 기다릴 수 없고 사람은 서로 만날 수 없으니, 또한 잠시의 자견(自遣)일 뿐이다"라고 했다.

금동선인이 한나라를 떠나는 노래 金銅仙人辭漢歌[1] 병서 幷序

위명제(魏明帝) 청룡(靑龍) 9년 8월, 궁관(宮官)을 시켜 수레를 끌고 한(漢)나라 효무제(孝武帝)의 봉로반선인(捧露盤仙人)을 서쪽에서 가져다가 전전(前殿)에 세워두려고 했다. 궁관이 반(盤)을 잘라내고, 선인(仙人)이 수레에 임했을 때 곧 줄줄 눈물을 흘렸다. 당(唐)나라 제왕손(諸王孫) 이장길은 마침내 〈금동선인사한가〉를 지었다.

(魏明帝靑龍九年八月[2], 詔宮官牽車西取漢孝武捧露盤仙人, 欲立置前殿.

宮官旣折盤, 仙人臨載, 乃潸然淚下[3], 唐諸王孫李長吉遂作〈金銅仙人辭漢歌〉.)

茂陵劉郎秋風客[4]	무릉 유랑은 추풍객이어서
夜聞馬嘶曉無跡	밤에 말울음 들었는데 아침엔 흔적 없네
畵欄桂樹懸秋香	고운 난간가 계수나무엔 가을 향기 걸려있고
三十六宮土花碧[5]	삼십육궁엔 이끼가 푸르네
魏官牽車指千里	위나라 궁관이 수레 끌며 천리를 가리키는데
東關酸風射眸子[6]	동관의 모진 바람이 눈동자를 쏘네
空將漢月出宮門	쓸쓸히 한나라 달빛 끌고 궁문을 나서며
憶君淸淚如鉛水[7]	임금을 추억하니 맑은 눈물이 납물과 같구나
衰蘭送客咸陽道[8]	시든 난이 함양도에서 객을 전송하니
天若有情天亦老	하늘이 정이 있다면 하늘 또한 늙어지리라
攜盤獨出月荒涼	봉로반을 이끌고 홀로 나서니 달빛 황량하고
渭城已遠波聲小[9]	위성은 이미 멀어져 물결소리 작네

주석 ᑲ

1) 金銅仙人(금동선인): 『삼보황도(三輔黃圖)』에 "신명대(神明臺)는 무제(武帝)
   가 만들었는데, 선인(仙人)이 있는 곳에 제사하고, 위에 승로반(承露盤)을 두
   었다. 동선인(銅仙人)이 손바닥을 펴서 동반(銅盤)과 옥배(玉杯)를 받들고 구
   름 표면의 이슬을 받았는데, 이슬을 옥가루와 섞어 복용하여 선도(仙道)를 구
   했다. 『장안기(長安記)』에 '선인장(仙人掌)은 크기가 7위(圍)이고 동(銅)으로
   만들었다. 위문제(魏文帝)가 동반(銅盤)을 옮기려고 잘랐더니 소리가 수십
   리까지 들렸다'고 했다"고 했음.

2) 靑龍九年(청룡구년): 경초(景初) 원년(元年)의 착오. 『위략(魏略)』에 “경초 (景初) 원년(元年)에 장안(長安)의 여러 종거(鐘虡)·낙타(駱駝)·동인승로반 (銅人承露盤)을 옮겼는데, 반(盤)을 잘랐는데도 동인(銅人)이 무거워 가져올 수 없어서 패성(霸城)에 머물러두었다”고 했다.

3) 『한위춘추(漢魏春秋)』에 “명제(明帝)가 반(盤)을 옮기려고 반을 잘라내자, 소 리가 수십 리까지 들리고, 금적(金狄: 銅人)이 간혹 울어서 패성(霸城)에 머 물러 두었다”고 했다.

4) 茂陵劉郎(무릉유랑): 한무제(漢武帝) 유철(劉徹). 무릉은 무제의 능침(陵寢). 秋風客(추풍객): 무제는 〈추풍사(秋風辭)〉 1편을 지었음.

5) 三十六宮(삼십륙궁): 한무제의 궁전을 말함. 『반고(班固)의 〈서도부(西都 賦)〉에 “이궁과 별관이 36소이다(離宮別館三十六所)”라고 했음. 土花(토화): 이끼.

6) 東關(동관): 함양성(咸陽城) 동문(東門). 酸風(산풍): 처풍(凄風).

7) 君(군): 한무제를 말함.

8) 客(객): 금동선인을 말함. 咸陽道(함양도): 지금의 섬서성 장안현(長安縣) 동쪽.

9) 渭城(위성): 진(秦)나라 때 함양(咸陽)이었음. 여기서는 장안(長安)을 말함.

평설 ❧

• 『죽장시화』에 “『양위록(梁魏錄)』에 ‘이하의 노래는 조어(造語)가 기특(奇 特)한데, 「茂陵劉郎秋風客」은 한나라 무제를 지적하여 말했다. 「魏官牽 車指千里」는 위나라 명제가 사람을 보내 금동선인을 업(鄴)으로 옮겨오 도록 한 것을 말했다. 또 「空將漢月出宮門, 憶君淸淚如鉛水」는 더욱 경 발(警拔)한데, 필묵의 휴경(畦經)을 뽑아버림이 없다면 어떻게 여기에 이를 수 있겠는가!’라고 했다”고 했다.

● 『당시품휘』에 “두목지(杜牧之)가 ‘이 편은 정상(情狀)을 구하여 취했는데, 필묵의 휴경(畦逕)을 완전히 제거했다’고 했다. 유(劉)가 ‘이러한 의사(意思)는 장길이 아니면 읊을 수가 없으니, 고금에서 이러한 신묘(神妙)함은 없다’라고 했다. 신응의암(神凝意黯)하여 동선(銅仙)이 말할 수 있음을 깨닫지 못한다. 기이한 일과 기이한 말이 언어에 있지 않다. 「三十六宮土花碧」에 이르면 동인이 눈물을 흘림을 이미 믿을 수 있다. 끝의 3구는 단장(斷腸)을 이루니, 후래의 작가들은 이와 같은 침착(沈着)이 없다면, 또한 그 묘를 지극히 말할 수 없을 것이다’고 했다”라고 했다.

● 『당시귀』에 “종성(鍾惺)이 ‘사가(詞家)의 묘어(妙語)이디 고 했다’라고 했다.

● 『당시선맥회통평림』에 “동무책(董懋策)이 ‘고금의 기어(奇語)이다’라고 했다”고 했다.

● 『당시평선』에 “뜻을 붙임이 좋은데, 치자(稚子)의 기(氣)가 없지 않다. 그러나 신준(神俊)이 이미 천리이다”라고 했다.

● 『이장길시잡비주』에 “선필(仙筆)이다”라고 했다.

안문태수행 雁門太守行[1]

黑雲壓城城欲摧[2]	검은 구름 성을 누르니 성이 무너지려하고
甲光向日金鱗開[3]	갑옷 광채가 해를 향해 금린이 열리네
角聲滿天秋色裏	뿔피리소리 하늘에 가득하여 가을 색 속에 있고
塞上燕脂凝夜紫[4]	변새 위 연지 빛엔 밤의 자색이 엉기었네
半卷紅旗臨易水[5]	반 말린 붉은 깃발은 역수에 임했고

霜重鼓寒聲不起　　서리 무겁고 북 차거워 소리가 울려나지 않네
報君黃金臺上意[6]　임금의 황금대의 뜻에 보답하고자
提携玉龍爲君死[7]　옥룡검을 들고 임금 위해 죽으리라

주석 ᘉ

1) 雁門太守行(안문태수행): 악부 〈상화가(相和歌·슬조곡(瑟調曲))의 곡명.
   안문은 북방 일대의 주군(州郡)들. 『유한고취(幽閒鼓吹)』에 "이하가 시가(詩歌)를 가지고 한유(韓愈)를 알현했을 때, 마침 한유는 객을 전송하고 돌아와서 피곤하여 허리띠를 풀고 있었는데, 그 첫 편 〈안문태수행〉을 읽고는 즉시 허리띠를 매고서 그를 만나보았다"고 했음.

2) 黑雲壓城(흑운압성): 『진서(晉書)』에 "대개 견성(堅城)의 위에 검은 구름이 지붕처럼 덮여있으면, 군정(軍情)이라 부른다"고 했음. 전쟁의 형세가 매우 긴박함을 말함.

3) 金鱗(금린): 갑옷의 고기비늘 같은 철편.

4) 『고금주(古今注)』에 "진(秦)나라가 쌓은 장성(長城)은 흙색이 모두 자색이어서 자새(紫塞)라고 한다"고 했음.

5) 易水(역수): 하북성 역현(易縣)에서 발원하여 바다로 흘러감.

6) 黃金臺(황금대): 연(燕)나라 소왕(昭王)이 황금대를 세우고 그 위에 천금을 매달아 놓고 천하의 인재들을 모았음. 역수의 동남 80리에 있음.

7) 玉龍(옥룡): 보검의 이름.

평설 ᘉ

● 『지봉유설』에 "이하의 시에 '黑雲壓城城欲摧, 甲光向日金鱗開'라고 했는데, 왕형공(王荊公)이 기롱하기를 '이미 검은 구름이 성을 눌렀다고 말했

는데, 어떻게 갑옷의 빛을 얻을 수가 있단 말인가?'라고 했다. 양신(楊愼)이 형공의 말을 옳지 않다고 여겼다. 나도 양신의 설을 옳다고 여긴다. 『당류함(唐類函)』을 살펴보니, '성안에 검은 구름이 있어서, 크기가 화성(火星)과 같았다. 군정(軍精)이라고 불렀는데, 갑자기 범(犯)했다'고 했다. 또 채염(蔡琰)의 시에 '金甲曜日光'이라고 했다. 대개 광색(光色)이 성대함을 말한 것이다. 시어(詩語)는 여기에 근거했다"고 했다.

- 『정재시화』에 "이하의 〈안문태수행〉은 말이 기이하다"고 했다.

- 『승암시화』에 "어떤 이가 묻기를 '이 시에 대해 한유와 왕안석(王安石)이 취하고 버림이 같지 않았는데, 누가 옳습니까?'라고 했다. 내가 대답하기를 '송나라 노인은 두건(頭巾)으로서 시를 알지 못한다. 대개 군대가 성을 포위하면, 반드시 괴이한 구름의 변화하는 기색이 있게 된다. 옛사람이 홍문(鴻門)을 읊은 것에 「東龍白日西龍雨」라는 구가 있는데, 이러한 뜻을 이해한 것이다'라고 했다. 내가 전(滇)에 있을 때는 안봉(安鳳)의 변화를 만났는데, 거위성(居圍城) 안에서는 햇무리가 중첩되고, 교룡은 같은 검은 구름이 그 옆에 있는 것을 목격하고, 비로소 이하의 시가 사물을 잘 형상함을 믿게 되었다"고 했다.

- 『당시선맥회통평림』에 "유진옹(劉辰翁)이 '말은 적지만 굳세고, 적진에서 죽을 뜻을 옮겨내었으니, 분열(憤咽)하다'고 했다. 범팽(范梈)이 '시를 지음에는 경인구(驚人句)가 있어야 한다. 말이 험(險)하면, 시가 곧 사람을 놀라게 한다. 이하의 「黑雲壓城城欲摧, 甲光向日金鱗開」 등의 말은 다른 사람이 내놓지 못할 말들이다'고 했다. 주경(周敬)이 '정밀함을 모으고 기이함을 구하여 각화점철(刻畫點綴)하여 참으로 좋은 기골(氣骨)이고, 좋은 재사(才思)이다'라고 했다. 고린(顧璘)이 '말이 기이하면서 준발하여 전배들이 칭송한 바이다'라고 했다. 육시옹(陸時雍)이 '「塞上燕脂凝夜紫」에서 「臙脂」 2자는 쓰기가 어려운 말이고, 「霜重鼓寒聲不起」는

말에 몹시 생색이 있다'고 했다. 주정(周挺)이 '지금 그 전수(全首)를 보니, 중당에서 별도로 기고(旗鼓)를 수립한 자 같다. 끝 2구는 웅혼하여 더욱 초당과 성당의 풍격에 뒤지지 않는다. …… 장길의 시는 대저 뜻을 창조함이 깊고, 상상해냄이 심오한데, 정밀함을 모으고 기이함을 구하여, 스스로도 고고괴괴(古古怪怪)함을 이루게 됨을 알지 못함이 있다. 〈검자(劍子)〉와 〈동선(銅仙)〉 등의 가집(歌什)은 곧 심어(心語)를 읊음이 많은데, 마땅히 창려공(昌黎公: 韓愈)에게 지우를 받게 된 까닭이다'고 했다"라고 했다.

- 『일표시화』에 "이봉례(李奉禮)의 '黑雲壓城城欲摧, 甲光向日金鱗開'는 진영 앞의 사실로서 천고의 묘어(妙語)이다. 왕형공(王荊公: 王安石)이 그것을 비난하기를 '그 검은 구름과 갑옷의 빛이 서로 이어질 수 없음을 어찌 의심하지 않았는가? 유자가 군대를 모르는 것은 곧 하나의 큰 우환이다'라고 했다"라고 했다.

- 『당시별재』에 "검은 구름이 하늘을 가렸는데, 갑자기 붉은 해를 드러냈다고 했는데, 실재로 이러한 광경이 있다. 글자마다 추련(錘煉)하여 이루었는데, 『창곡집(昌谷集)』 중에서 진정 노성(老成)한 작품으로 추대해야 한다"라고 했다.

대제곡 大堤曲[1]

妾家住橫塘[2]	첩의 집은 횡당에 있는데
紅紗滿桂香[3]	붉은 비단옷엔 계수향기 가득하답니다
青雲教綰頭上髻[4]	푸른 구름을 구름머리로 묶었고

明月與作耳邊璫⁵⁾ 밝은 달을 귀걸이로 달았지요

蓮風起 연꽃바람 일어나니

江畔春 강가의 봄인데

大堤上 대제 위에

留北人⁶⁾ 북쪽사람 머물러두었네

郎食鯉魚尾⁷⁾ 낭군께서는 잉어꼬리를 드세요

妾食猩猩脣⁸⁾ 첩은 성성이의 입술을 먹겠어요

莫指襄陽道 양양 길을 가리키지 마세요

綠浦歸帆少 초록 포구엔 돌아가는 배도 드물리라

今日菖蒲花 오늘은 창포꽃이 피었지만

明朝楓樹老 내일 아침엔 단풍나무가 늙으리라

주석

1) 大堤曲(대제곡): 악부 〈서곡가(西曲歌)〉의 곡명. 〈옹주곡(雍州曲)〉과 함께 〈양양악(襄陽樂)〉에서 비롯되었음. 대제(大堤)는 양양부성(襄陽府城) 밖에 있음.

2) 妾(첩): 고대 여성의 겸칭. 橫塘(횡당): 대제 근처에 있음.

3) 紅紗(홍사): 붉은 비단옷. 혹은 창문이나 커튼으로 해석해도 가할 것임.

4) 靑雲(청운): 흑발(黑髮). 푸른 구름과 중의적으로 사용했음. 髻(계): 상투처럼 위로 솟게 묶은 머리 형태.

5) 明月(명월): 명월주(明月珠). 밝은 달과 중의적으로 사용했음. 璫(당): 귀걸이로 다는 주(珠).

6) 北人(북인): 북쪽으로 떠나려는 사람.

7) 鯉魚尾(이어미): 잉어꼬리 요리. 진기한 요리였음.

8) 猩猩脣(성성순): 성성이의 입술요리. 진기한 요리였음. 성성이는 원숭이의
   일종.

평설 ᔑᔐ

● 청나라 요문섭(姚文燮)의 『창곡집주(昌谷集注)』에 "이는 초(楚)로 여행간
  벗을 그리워한 것이다. 여기에 기탁하여 풍자하였다. 초희(楚姬)는 요려
  (妖麗)하고, 그 거처와 장식은 지극히 화미(華美)하고, 연꽃 바람은 향기
  로워서 더욱 머물려 사모할 생각을 배나 더하게 한다. 잉어꼬리와 성성이
  입술 지극한 맛의 진미이다. …… 그래서 북쪽사람이 남쪽으로 여행하면,
  매번 머물러서 돌아올 생각을 잊는데, 봄과 가을이 바뀌고, 밤낮이 어느
  새 지나감을 깨닫지 못한다. 창포는 모든 풀 중에서 먼저 자라나는데,
  갑자기 단풍이 추위로 낙엽진다. 곧 가인(佳人)은 만나기 어렵고, 또한
  아름다운 안색도 쉽게 시듦을 알아야 한다고 말한 것이다"라고 했다.

소소소묘 蘇小小墓[1]

幽蘭露	유란에 맺힌 이슬은
如啼眼	울고 있는 그대 눈동자 같고
無物結同心[2]	사랑을 맺을 정표도 없는데
煙花不堪翦[3]	안개꽃은 잘라낼 수도 없네
草如茵	풀밭은 자리 같고
松如蓋	소나무는 양산 같네
風爲裳	바람을 치마로 걸치고

水爲佩   샘물소리를 패옥으로 찼네

油壁車[4]   그대의 유벽거를

夕相待   석양에 기다리는데

冷翠燭[5]   차갑고 파란 귀신불이

勞光彩   수고롭게 광채를 발하네

西陵下[6]   서릉 아래

風吹雨   바람이 비를 불어가네

주석 ～

1) 蘇小小(소소소): 남제(南齊) 때 전당(錢塘)의 명창(名娼). 고악부(古樂府)
   〈소소소가(蘇小小歌)〉에 "妾乘油壁車, 郎騎靑驄馬. 何處結同心? 西陵松柏下"
   라고 했음. 『방여승람(方輿勝覽)』에 "소소소의 묘는 가흥현(嘉興縣) 서남 60
   보(步)에 있다. 곧 진(晋)의 가희(歌姬)인데, 지금 편석(片石)이 통판청(通判
   廳)에 있고, '소소소묘'라고 적혀 있다"라고 했다. 이신(李紳)의 〈蘇小小墓詩
   序〉에서 "가흥현(嘉興縣) 앞에 오(吳)의 기인(妓人) 소소소묘가 있는데, 비바
   람 치는 밤이면 간혹 그 위에 노랫소리가 있음을 듣는다"고 했다.

2) 結同心(결동심): 화초나 옥 같은 물건으로 만든 애정을 표하는 정표.

3) 煙花(연화): 무덤에 서려있는 안개를 말함.

4) 油壁車(유벽거): 향료로 벽을 칠한 수레. 귀부인용임.

5) 冷翠燭(냉취촉): 묘지의 인불[燐火]을 말함.

6) 西陵(서릉): 지금의 항주(杭州) 서령교(西泠橋) 일대.

꿈속에서 하늘에 오르다 夢天

老兔寒蟾泣天色¹⁾　늙은 토끼 추운 두꺼비가 우는 하늘색
雲樓半開壁斜白²⁾　구름누대 반 열려 벽으로 스며 나온 흰 달빛
玉輪軋露溼團光³⁾　옥륜이 이슬에 구르자 둥근 달무리 축축하고
鸞佩相逢桂香陌⁴⁾　난새 패옥들은 계수향기의 길에서 서로 만나네
黃塵淸水三山下⁵⁾　누런 먼지와 맑은 물이 삼신산 아래 있고
更變千年如走馬⁶⁾　다시 변한 천년이 달리는 말처럼 빠르네
遙望齊州九點烟⁷⁾　제주의 아홉 점 연기를 멀리 바라보니
一泓海水杯中瀉　넓은 바닷물도 한잔 물을 쏟은 것이네

주석 ∽

1) 밝은 달빛의 하늘색이 늙은 토끼와 추운 두꺼비의 눈물로 깨끗이 씻어진 듯 맑다는 것.

2) 雲樓(운루): 월궁(月宮)을 말함.

3) 玉輪(옥륜): 달을 말함. 團光(단광): 월훈(月暈). 달무리.

4) 鸞佩(난패): 난새로 장식한 패옥(佩玉). 이를 착용한 선녀들을 말함. 桂香(계향): 전설 속에 달에 계수나무가 있다고 함.

5) 黃塵淸水(황진청수): 육지와 바다를 말함. 三山(삼산): 전설 속의 바다에 떠 있다는 삼신산(三神山). 봉래(蓬萊)·방장(方丈)·영주(瀛洲) 등.

6) 『신선전(神仙傳)』에 "마고(麻姑)가 스스로 말하기를 '접대한 후 이미 동해(東海)가 세 차례 상전(桑田)이 됨을 보았으니, 봉래(蓬萊)에 도달하면, 물 또한 왔을 때 보다 얕아져서, 만날 때의 반 정도입니다. 어찌 다시 산릉과 평지가 되겠습니까?'라고 했다"라고 했음.

7) 齊州(제주): 제(齊)는 중(中). 즉 중주(中州)는 중국(中國). 중국은 구주(九州)

로 나뉨.

가을이 오다 秋來

桐風驚心壯士苦[1]	오동잎 바람에 놀란 선비가 고뇌하고
衰燈絡緯啼寒素[2]	희미한 등불 아래 귀뚜라미가 가을에 우네
誰看靑簡一編書[3]	누가 청간 한 편의 글을 읽어주어서
不遣花蟲粉空蠹[4]	좀벌레가 좀 쓸지 않게 하겠는가?
思牽今夜腸應直[5]	사념에 잠겨 오늘밤 창자가 곧추서는데
雨冷香魂弔書客[6]	찬 빗발 속에 향혼들이 서객을 위로해주네
秋墳鬼唱鮑家詩[7]	가을 묘지에선 귀신들이 포조의 시를 합창하고
恨血千年土中碧[8]	한 맺힌 피는 천 년 만에 흙속에서 파래졌네

주석

1) 桐風(동풍): 가을바람을 말함. 壯士(장사): 장한 포부를 지닌 인사.

2) 衰燈(쇠등): 잔등(殘燈). 絡緯(낙위): 귀뚜라미. 寒素(한소): 가을.

3) 靑簡(청간): 죽간(竹簡).

4) 花蟲(화충): 두충(蠹蟲) 혹은 두어(蠹魚)라고 함. 좀벌레. 粉(분): 청간(靑簡)
을 좀벌레가 쏠아서 떨어진 분가루.

5) 腸應直(장응직): 내장이 꼿꼿해짐. 마음의 고통을 말함.

6) 香魂(향혼): 옛날의 시인과 재사(才士)들의 혼. 書客(서객): 작자 자신.

7) 鮑家詩(포가시): 송(宋)나라 포조(鮑照)의 〈호리행(蒿里行)〉을 말함.

8) 『장자(莊子)』에 "장홍(萇弘)이 촉(蜀)에서 죽었는데, 묻힌 피가 3년 만에 푸르

게 변했다"고 했음.

평설 ᕳᕲ

● 『당시품휘』에 "유(劉)가 '장길 자신의 만사(輓詞)가 아니겠는가?'라고 했다.

공후인 箜篌引[1]

公乎公乎	공이시어! 공이시어!
提壺將焉如[2]	술병 들고 장차 어디를 가시렵니까?
屈平沈湘不足慕[3]	굴평이 상수에 빠져죽은 것은 사모할 수 없고
徐衍入海誠爲愚[4]	서연이 바다로 들어간 것은 참으로 어리석었소
公乎公乎	공이시어! 공이시어!
牀有菅席盤有魚	침상엔 골풀자리가 있고 소반엔 물고기가 있고
北里有賢兄	북쪽 마을엔 어진 형이 있고
東鄰有小姑	동쪽 이웃엔 소고가 있고
隴畝油油黍與菰[5]	밭에는 기장과 마늘이 기름지고
瓦甀濁醪蟻浮浮[6]	술동이엔 막걸리 흰 거품 둥둥 떠서
黍可食醪可飮	기장밥도 먹을 수 있고 막걸리도 마실 수 있는데
公乎公乎其奈居	공이시어! 공이시어! 그것을 어찌 하리오?
被髮奔流竟何如	머리 풀고 강으로 달려가니 끝내 어찌 하리오?
賢兄小姑哭嗚嗚	어진 형과 소고는 통곡하며 울부짖네

1) 원래 고조선(古朝鮮)의 〈공무도하가(公無渡河歌)〉에서 나왔음.

2) 如(여): 왕(往). 가다.

3) 屈平(굴평): 굴원(屈原). 평은 굴원의 이름. 상수(湘水) 멱라수(汨羅水)에 투신하여 죽었음.

4) 徐衍(서연): 주(周)나라 말 사람으로 바위를 등에 지고 바다에 투신하여 죽었음.

5) 油油(유유): 식물의 어린 묘(苗)가 기름지게 윤택한 것.

6) 瓦甒(와무): 5두(斗)들이 술동이. 蟻浮浮(의부부): 술 표면에 하얗게 뜬 거품을 부의(浮蟻)라고 함.

공막무가 公莫舞歌[1] 병서 幷序

〈공막무가(公莫舞歌)〉라는 것은 항백(項伯)이 유패공(劉沛公: 劉邦)을 보호한 것을 노래한 것이다. 연회 중의 장사(壯士)는 사람들에게 잘 알려져 있기 때문에 다시 쓰지 않는다. 또한 남북의 악부에 대략 가인(歌引)이 있지만, 하(賀)는 제가(諸家)를 비루하게 여기고, 지금 다시 〈공막무가〉를 짓는다.

(公莫舞歌者, 詠項伯翼蔽劉沛公也. 會中壯士[2], 灼灼於人, 故無復書. 且南北樂府率有歌引, 賀陋諸家, 今重作〈公莫舞歌〉云.)

方花古礎排九楹[3]　　네모 화문의 옛 주춧돌에 아홉 기둥 배열되고

刺豹淋血盛銀甖[4]　　표범을 찔러 뿜는 피를 은 술동이에 채우네

華筵鼓吹無桐竹[5]　　화려한 연회에 연주할 악기도 없는데

長刀直立割鳴箏[6]　　긴 칼을 바로 세워 명쟁을 다투네

橫楣粗錦生紅緯[7]	가로 문미의 거친 비단에 붉은 문양 돋아나고
日炙錦嫣王未醉[8]	햇살 쬐어 비단 빛 연이어도 왕은 취하지 않았네
腰下三看寶玦光[9]	허리 아래 보결의 빛을 세 번이나 보고
項莊掉箭攔前起	항장이 검을 빼들고 앞을 막고 일어나니
材官小臣公莫舞[10]	재관과 소신들이 공은 춤추지 말라 하네
座上眞人赤龍子[11]	좌상의 진인 적룡자는
芒碭雲端抱天迴[12]	망산 탕산의 구름 상서로워 천운 안고 돌아왔네
咸陽王氣淸如水[13]	함양의 왕기가 물처럼 맑아져
鐵樞鐵楗重束關[14]	쇠 지도리와 빗장으로 겹겹이 문을 걸었지만
大旗五丈撞雙鐶[15]	큰 깃발 오장이 문고리를 쳤네
漢王今日頒秦印[16]	한왕이 금일 진인을 반포하는 것은
絶臏刳腸臣不論[17]	절빈고장 형벌을 신하가 무릅썼기 때문이네

주석 〰

1) 『진서(晉書)』에 "〈공막무(公莫舞)〉는 지금의 〈건무(巾舞)〉이다. 서로 전해오
기를 항장(項莊)이 검무(劍舞)를 출 때 항백(項伯)이 소매로 그것을 막아 한
고조(漢高祖)를 해칠 수 없게 하고, 항장에게 말하기를 '공은 그만 두시오[公
莫]'라고 했다. 옛 사람들은 서로 부를 때 공(公)이라 했는데, 한왕(漢王)을
해치지 말라고 한 것이다. 지금 건(巾)을 사용하는 것은 대개 항백의 옷소매
의 유식(遺式)을 형상한 것이다"라고 했음.

2) 會中壯士(회중장사): 홍문연(鴻門宴)에서 유방을 구해냈던 유방의 장군 번쾌
(樊噲).

3) 方花古礎(방화고초): 네모 화문(花紋)의 오래된 주춧돌.

4) 짐승의 피를 술에 타서 마시는 것을 말함. 동맹을 과시하고 용맹을 북돋는

행위.

5) 鼓吹(고취): 음악 연주. 桐竹(동죽): 오동나무로 만든 현악기와 대나무로 만든 관악기.

6) 鳴箏(명쟁): 쟁을 타는 것. 쟁은 원래 12현이었으나 나중에 13현으로 바꾸었음. 『인화록(因話錄)』에 "진(秦)나라 사람이 슬(瑟)을 연주하려 할 때, 형제가 그것을 다투다가 부서져서 두 쪽이 되었다. 쟁의 이름은 여기에서 비롯되었다"고 했음. 여기서는 긴 칼을 세워놓고 서로 다투어 두드리는 것을 말함.

7) 橫楣(횡미): 가로의 문미(門楣). 문 위에 가로 댄 상인방. 紅緯(홍위): 붉은 가로 문양.

8) 王(왕): 항우(項羽).

9) 玦(결): 한쪽이 트인 고리모양의 옥인데 허리에 참. 『사기』에 "항왕(項王)이 즉일 패공(沛公)을 머물러 두고 술을 마셨다. …… 범증(范增)이 여러 번 항왕에게 눈짓을 하고, 패용한 옥결(玉玦)로 보인 것이 세 번이었다. 항왕은 묵묵히 응하지 않았다. 범증이 일어나 나가서 항장(項莊)을 불러 말하기를, '군왕이 차마 결단을 내리지 못하고 있다. 네가 들어가서 축수를 하고, 검무를 청하여서 좌석에 있는 패공을 쳐서 죽여라. 성공하지 못하면 너희들은 모두 포로가 될 것이다'라고 했다. 항장이 들어가서 축수를 하고, 축수가 끝나자 말하기를 '군왕과 패공이 술을 마시는데, 군중에 음악으로 삼을 것이 없으니, 검무를 청합니다'라고 했다. 항왕이 좋다고 하니, 항장이 검을 뽑아들고 일어나 춤을 추었다. 항백(項伯) 또한 검을 빼들고 일어나 춤추면서 항상 몸으로 패공을 보호했다. 항장은 칠 수가 없었다"라고 했음.

10) 材官(재관): 용력(勇力)이 있는 신하를 말함.

11) 眞人赤龍子(진인적룡자): 유방(劉邦)을 말함. 진인(眞人)은 원래 신인(神人)이나 선인(仙人)을 말하는데, 왕(王)을 또한 진인으로 지칭하였음. 赤龍子(적룡자): 적제자(赤帝子)를 말함.

12) 芒碭(망탕): 망산(芒山)과 탕산(碭山). 안휘성 탕산현(碭山縣) 동남. 유방의 거처에 항상 상서로운 구름기운이 있어서, 유방은 망산과 탕산의 늪과 바위 사이에 숨었다고 함.

13) 咸陽(함양): 진(秦)나라의 수도. 진나라의 국운이 쇠약해졌음 말함.

14) 鐵樞鐵楗(철추철건): 쇠로 만든 문지도리와 문빗장.

15) 雙鐶(쌍환): 문고리를 말함.

16) 秦印(진인): 진나라 옥쇄.

17) 絶臏刳腸(절빈고장): 정강이뼈를 절단하고 내장을 갈라내는 형벌. 번쾌가 죽음을 무릅쓰고 유방을 구해낸 것을 말함.

평설

● 『당시품휘』에 "유(劉)가 '조용히 모방(模倣)했는데, 정이 있어서 가장 묘하다'고 했다"고 했다.

● 『승암시화』에 "사고우(謝皐羽)의 『희발집(晞髮集)』의 시는 모두 정치기초(精致奇峭)하여 당인의 풍이 있는데, 송나라의 예(例)로서만 볼 수 없다. 나는 더욱 그의 〈홍문연(鴻門宴)〉 1편을 좋아하는데, '天雲屬地汗流宇, 杯影龍蛇分漢楚. 楚人起舞本爲楚, 中有楚人爲漢舞. 鷺鶿淬光雌不語, 楚國孤臣泣俘虜. 君看楚舞如楚何, 楚舞未終聞楚歌'라고 했다. 이 시는 비록 이하가 다시 살아나더라도 또한 마땅히 심복(心服)해야 할 것이다. 이하이 시 중에도 또한 〈鴻門讌〉 1편이 있는데, 여기에 몹시 미칠 수 없으니, 청출어람(靑出於藍)이라 할 만하다. 원나라 양염부(楊廉夫)의 악부는 힘써 이하를 추구했는데, 또 한 이 편이 있지만 더욱 사고우에게 미치지 못한다"고 했다.

신현곡 神絃曲[1]

西山日沒東山昏　　서산에 해 지고 동산 어두운데
旋風吹馬馬踏雲[2]　돌개바람 말에 부니 말이 구름을 밟네
畫絃素管聲淺繁[3]　현악기 관악기 음악소리 소란한데
花裙綷縩步秋塵[4]　꽃 치맛자락 사르르 가을 먼지 위를 걷네
桂葉刷風桂墜子　　계수 잎에 바람 불어 계수 열매 떨어지고
靑狸哭血寒狐死　　푸른 삵은 피 토하며 곡하고 추운 여우는 죽었네
古壁彩虬金帖尾　　옛 벽의 채색 규룡의 금박 꼬리
雨工騎入秋潭水[5]　우공은 말을 타고 가을 못물로 들어가네
百年老鴞成木魅　　백년 묵은 늙은 올빼미는 나무도깨비가 되고
笑聲碧火巢中起　　웃음소리 푸른 귀신불이 둥지 속에서 일어나네

주석

1) 神絃曲(신현곡): 악부의 옛 제목. 신기(神祇)에게 제사할 때 연주하고 노래하
　며 신을 즐겁게 하는 곡.
2) 신이 말을 타고 강림함을 말함.
3) 畫絃(화현): 화려하게 장식한 현악기. 素管(소관): 장식이 없는 관악기.
4) 花裙(화군): 여무(女巫)를 말함. 綷縩(최체): 옷자락이 끌리는 소리.
5) 雨工(우공): 뇌정(雷霆)의 신.

평설

● 『창곡집주』에 "당나라 풍속이 무(巫)를 숭상했는데, 숙종조(肅宗朝)에서

왕여(王璵)가 도사(禱祠)로써 총애를 받았다. 황제가 그 말을 사용하여
여무(女巫)를 파견하여 전하게 했는데, 천하의 명산과 대천(大川)에서
나누어 기도했다. 무들은 모두 아름다운 용모에 화려하게 성장하고 가
는 곳마다 방자하게 뇌물을 주면서 화복을 망령되게 말했다. 해내가 모
두 숭상했는데, 진(秦)의 풍속이 더욱 심했다. 이하의 작품 3수는 모두
그것을 조롱한 것이다. 이는 여무가 신을 맞이할 때 석양이 어둑어둑하
고, 은은(隱隱)하게 신이 말을 타고 이르는 것을 말한 것이다. 음악소리
가 가볍게 울려나고, 여무가 기세 있게 걸어오고, 계수나무의 어둠이 짙
고, 바람이 슬픈 소리를 일으킨다. '고벽(古壁)'은 곧 여무가 걸어놓은 그
림이다. 기신(奇神)과 이귀(異鬼)가 빛으로 사람들을 놀라게 한다. 음기
가 어둡게 엉기고, 올빼미가 인불을 보이는 것은 여무가 신이 이른 징후
로 여기는 것들이다"고 했다.

장진주 將進酒[1]

琉璃鍾	유리 술잔
琥珀濃[2]	호박빛 짙은 술
小槽酒滴眞珠紅	작은 술동이의 술방울은 진주빛이 붉고
烹龍炮鳳玉脂泣	용을 삶고 봉황을 구우니 옥빛 기름이 눈물짓네
羅屛繡幕圍香風	비단 병풍 자수 장막엔 향풍이 감돌고
吹龍笛	용 새긴 적을 불고
擊鼉鼓	악어가죽 북을 치고
皓齒歌	하얀 이의 미녀가 노래하고

細腰舞　　　　　　가는 허리의 무희가 춤추네
況是靑春日將暮　　하물며 푸른 봄이 날로 저물어
桃花亂落如紅雨　　복사꽃 붉은 비처럼 어지럽게 날림에랴!
勸君終日酩酊醉[3]　그대에게 권하니 종일 만취하구려
酒不到劉伶墳上土[4]　술은 유령의 묘지 흙에 다다르지 않는다오

주석

1) **將進酒**(장진주): 악부 옛 제목. 음주방가(飮酒放歌)의 노래.

2) **琥珀**(호박): 송진과 같은 수지(樹脂)가 화석화하여 생겨난 보석. 주로 황금색임.

3) **酩酊**(명정): 술에 취한 모양.

4) **劉伶**(유령): 진(晉)나라 죽림칠현 중의 한 사람. 자는 백륜(伯倫), 패국(沛國) 사람. 술을 좋아하여 〈주덕송(酒德頌)〉을 지었음. 그의 묘는 광주(光州: 하남성 湟川) 북쪽에 있다고 함.

평설

● 『초계어은총화』에 "『복재만록(復齋漫錄)』에 '장길에게 「桃花亂落如紅雨」 구가 있는데, 이것으로써 세상에 명성이 있었다. 내가 유우석(劉禹錫)의 「花枝滿空迷處所, 搖動繁英墮紅雨」를 보니, 유우석과 이하는 한 때에 나왔으나 결코 서로 표절하지 않았다"고 했다.

● 『승암시화』에 "동파의 시 '山中古人應有招我歸來篇'은 11언이다. '我不敢效我支自逸'은 또한 두 구로 지을 수 있다. 장길의 '酒不到劉伶墳上土'는 8언인데, 1구가 혼전(渾全)하다"고 했다.

● 『당시선맥회통평림』에 "주정(周挺)이 '나는 「花落如雨」는 기이하고 했는

데, 「亂如紅雨」는 더욱 기이하다. 사의(詞意)가 비록 같더라도, 간련(簡練)은 이하가 뛰어남을 깨닫는다. 「酒不到劉伶墳上土」는 인간세상의 시절의 물건이 쉽게 시드니, 생시에 즐거움을 얻어서 즐겨야 하고, 헛되게 죽은 후의 고적함을 지하에서 넓히지 말아야 한다는 것을 말했다'고 했다"고 했다.

- 『당시별재』에 "'桃花亂落如紅雨' 구는 가구인데, 반드시 조각(雕刻)하지는 않았다. 끝 2구는 달인(達人)의 말이다"라고 했다.

- 『양일재시화』에 "微雨從東來, 好風與之俱'는 고시인데, 상(上)이다. '珠簾暮卷西山後'는 율시 가운데 고시로서 차(次)이다. '桃花亂落如紅雨'와 '梨花一枝春帶雨'는 사(詞) 가운데 시로서 하(下)이다"라고 했다.

창곡 북원의 새 죽순 昌谷北園新筍[1]

斫取靑光寫楚辭[2]	푸른 빛 죽순껍질을 벗겨다가 <초사>를 베끼니
膩香春粉黑離離[3]	짙은 향기 봄 분가루에 검은 글씨 선명하네
無情有恨何人見	무정하지만 한이 있음을 누가 보아줄 것인가?
露壓烟啼千萬枝	이슬이 안개를 누르며 울고 있는 천만 가지이네

주석 ❧

1) 昌谷(창곡): 지금의 하남성 의양현(宜陽縣). 이하의 고향.

2) 靑光(청광): 푸른빛의 죽순의 껍질을 말함.

3) 膩香(이향): 농향(濃香)과 같음. 粉(분): 대나무 껍질의 백색분말. 黑(흑): 먹

으로 쓴 글씨 **離離**(이리): 선명한 모양.

평설 ⌬

- 『승암시화』에 "육노망(陸魯望: 陸龜蒙)의 〈白蓮詩〉 '素蘤多蒙別艷欺, 此
花端合在瑤池. 無情有恨何人覺, 月曉風淸欲墮時'는 동파(東坡)가 아들에
게 첩(帖)으로 주었는데, 이 시의 묘를 볼 수 있다. 그러나 육구몽(陸龜
蒙)의 이 시는 이장길을 본뜬 것이다. 장길이 읊은 〈죽〉시에 '斫取靑光寫
楚辭, 膩香春粉黑離離. 無情有恨何人見, 露壓烟啼千萬枝'라고 했다. 어
떤 이가 '無情有恨'은 대나무를 읊을 수 없는 것이라고 의심하며 잘못이
라 했다. 맹동야(孟東野: 孟郊)의 시에 '竹嬋娟, 籠曉烟'이라 했고, 좌태충
(左太冲: 左思)이 〈오도부(吳都賦)〉에서 대나무를 읊기를 '嬋娟檀欒, 玉
潤碧鮮'이라 했는데, 모두 합쳐서 보면, 비로소 이장길의 시의 공교함을
알 수 있다. 두자미(杜子美)의 〈죽〉시는 '雨洗娟娟淨, 風吹細細香'이라
했는데, 이장길의 〈신순(新筍)〉시는 '斫取靑光寫楚辭, 膩香春粉黑離離'
라고 했다. 또 창곡(昌谷)의 시에 '竹香滿凄寂, 粉節涂生翠'라 했는데, 대
나무 또한 향이 있어서 자세히 맡아보면 곧 알 수 있다"라고 했다.

- 『당인절구정화』에 "또한 문인이 당시에 뜻을 얻지 못하여 지은 것이다.
……시에 억색(抑塞)한 말과 감개의 말과 세상을 기롱하고 세속을 질시
하는 말이 많다. 정사(情辭)는 더욱 그 괴궤(瑰詭)함을 극대로 하여서,
시가(詩家)에서 끝내 귀재(鬼才)라고 지목했는데, 혹은 험괴(險怪)하고,
우귀사신(牛鬼蛇身)이라고 비난했다. 또한 시인 가운데 가장 불행한 자
였다"고 했다.

백거이 白居易

백거이(772-846), 자는 낙천(樂天), 하봉(下封: 섬서성 渭南縣) 사람. 정관(貞觀) 15년(800)에 진사가 되어, 원진(元稹)과 함께 비서성교서랑(秘書省校書郞)에 임명되었다. 그 후 한림학사(翰林學士)와 좌습유(左拾遺)를 지냈다. 원화(元和) 5년(810) 상소하여 원진을 구원하려 한 일로 인하여 경조부조참군(京兆府曹參軍)으로 좌천되었다. 원화 10년(815) 강도에게 피살 된 재상 무원형(武元衡)에 대한 상소를 올렸다가 강주(江州: 강서성 九江市)사마(司馬)로 좌천되었다. 나중에 지제고(知制誥)·중서사인(中書舍人)·형부시랑(刑部侍郞) 등을 거쳐 태자소부(太子少傅)에 임명되었다. 회창(會昌) 2년(842)에 형부상서(刑部尙書)로서 관직을 마쳤다. 만년에 낙양(洛陽) 향산사(香山寺)에 우거(寓居)했는데 자호(自號)를 향산거사(香山居士)라고 했다.

『구당서·백거이전』에 "계림(鷄林: 新羅)의 상인들이 (백거이의 시를) 사서 구하려 함이 몹시 간절했다. 스스로 말하기를 '본국의 재상께서 항상 일금(一金)으로 시 한 편(篇)과 바꾸는데, 심하게 위작된 것은 재상께서 금방 판별해 낼 수 있습니다'라고 했다. 편장(篇章)이 있은 이후로 이처럼 널리 유전(流傳)된 것은 없었다"고 했다.

고보영(高步瀛)의 『당송시거요(唐宋詩擧要)』에 "향산(香山: 백거이)의 시는, 그것을 존숭하는 사람은 광대교화주(廣大敎化主)(張爲『詩人主客圖』)라고 칭찬하고, 비난하는 사람은 원경백속(元輕白俗: 元稹은 경솔하고 백거이는 속되다)(蘇子瞻「題柳子玉文」)이라고 배척했다. 설생백(薛生白: 雪)이 말하기를 '그 말은 천(淺)하지만 사상은 깊고, 의미는 은미하지만 사(詞)는 현저하다. 속대(屬對)는 정경(精驚)하고, 사사(使事)는 엄절(嚴絶)하고, 장법(章法)은 변화가 많고, 조리(條理)는 정연(井然)하다'(『一瓢詩話』)고 했다. 거의 공평한 논의이다. 그러나 그것을 잘 배우지 않는다면, 끝내 흘러가서 솔이(率易)하게 될 것이다. 소자첨(蘇子瞻: 소식)은 천재(天才)가 탁월하고, 변화가 종행하여 그 청출어람이 열 배일 뿐만이 아니다. 그러나 다른 사람은 바랄 수 있는 바가 아닐까 싶다"고 했다.

진랑묘 眞娘墓[1]

眞娘墓	진랑의 묘는
虎丘道[2]	호구 길에 있는데
不識眞娘鏡中面	진랑의 거울 속 얼굴은 알지 못하고
唯見眞娘墓頭草	다만 진랑의 묘지의 풀만 보네
霜摧桃李風折蓮	서리는 복사꽃 오얏꽃 꺾고 바람은 연꽃을 꺾네
眞娘死時猶少年	진랑은 죽을 때 아직 젊어서
脂膚蒻手不牢固[3]	매끄러운 피부 하얀 손 단단해지지 못했네
世間有尤物難留連[4]	세간의 빼어난 미녀는 머물러 두기 어려우니
難留連	머물러 두기 어려우니
易銷歇	쉽게 소멸되어버리네
塞北花	새북엔 꽃 피었는데
江南雪	강남엔 눈 내리네

주석 ༄

1) 원주에 "묘는 호구사(虎丘寺)에 있다"라고 했다. 진랑은 당나라 때의 오국(吳國)의 명기(名妓). 『당시기사(唐詩紀事)』에 "진랑(眞娘)은 오궁(吳宮) 옆에 장례했는데, 행객들이 시를 지음이 많았다. 담주(譚銖)가 한 절구를 쓰자, 시를 적는 사람이 마침내 그쳤다. 그 시는 '武丘山下冢纍纍, 松栢蕭條盡可悲. 何事世人偏重色? 眞娘墓上獨題詩'라 했다"고 했다.

2) 虎丘(호구): 강소성 소주(蘇州) 오현(吳縣) 서남쪽 8리에 호구산(虎丘山)이 있음.

3) 脂膚(지부): 매끄럽고 아름다운 피부. 蒻手(이수): 띠풀처럼 부드럽고 하얀 손. 牢固(뇌고): 단단함.

4) 尤物(우물): 절색(絶色)의 미녀.

평설

● 『당시별재』에 "적상(迹象)을 붙이지 않았는데, 여러 작품들보다 높다. 몽득(夢得: 劉禹錫)은 '香魂雖死人不怕'라고 했는데, 참으로 가소로운 인간이다"고 했다.

장한가 <長恨歌>

『백씨장경집(白氏長慶集)』에 실려 있는 「장한가전(長恨歌傳)」은 다음과 같다. "개원(開元) 연간에는 태계(泰階: 조정)가 평안하고, 사해(四海: 천하)가 무사했다. 명황(明皇)은 재위한 지 세월이 오래되어서 밤늦어서야 식사하고 한밤중에 옷을 걸쳐야 하는 일에 싫증이 났다. 크고 작은 정사를 모두 처음으로 우승상(右丞相)에게 맡겨놓았다. 깊은 거처에서 연회하고 놀면서 음악과 여색으로 스스로 즐겼다. 이보다 먼저 원헌황후(元獻皇后)와 므숙비(武淑妃)가 모두 총애를 받았는데, 서로 차례로 세상을 떠났다. 궁중에 비록 양가의 딸들이 수천 명이었으나 눈을 즐겁게 할 수 없었다. 황제의 마음은 홀홀(忽忽)히 즐겁지 않았다. 당시 해마다 10월이면 왕은 화청궁(華淸宮)에 행차했는데, 내외의 명부(命婦)들이 화려한 차림으로 뒤따라갔고, 목욕날에 남은 온천물을 내려주어 목욕하도록 했다. 봄바람 속에 영액(靈液)이 그 사이에서 맑게 찰랑댔다. 왕의 마음이 유연(油然)하여 총애할 사람이 있는 듯했다. 좌우와 전후를 둘러보아도 분색(粉色)이 흙빛 같았다. 고력사(高力士)를 시켜서 몰래 외궁(外宮)에서 찾아보게 하여 홍농(弘農)의 양현염(楊玄琰)을 딸을 수왕(壽王)의 저택(邸宅)에서 찾아냈다. 이미 계례(笄禮)를 올렸는데, 검은 머리와 매끄러운 피부 결을 지니고, 섬세함과 풍만함이 잘 어울리고, 행동거지는 아리따워서 한무제(漢武帝)의 이부인(李夫人) 같았다. 별도로 온천을 마련해서 맑게 씻도록 했다. 목욕하고 물에서 나오니 몸이 약하고 힘이 미약하여 비단옷도 걸치지 못할 듯 했다. 광채가 환하게 발하여 걸어 움직일 때마다 사람을 비추었다. 왕이 몹시 기뻐했다. 나아가 왕을 알현하는 날에 <예상우의곡(霓裳羽衣曲)>을 연주하여 인도했다. 정을 나누던 밤에 금비녀와 전합(鈿合)을 주어서 굳게 사랑을 표했다. 또 보요(步搖: 떨잠)

를 머리에 얹게 하고, 금당(金璫: 금귀거리)을 늘어뜨리게 했다. 이듬해 귀비(貴妃)로 책봉하고 의복과 일용품은 황후의 절반을 주도록 했다. 이로부터 그 용모를 꾸미고, 그 말을 민첩하게 하고, 아리따움을 만태(萬態)로 지어서 왕의 뜻에 맞추니, 왕은 더욱 사랑했다.

때때로 구주(九州)의 풍속을 살피고, 오악(五嶽)에 이금(泥金: 封禪)을 할 때, 여산(驪山)의 눈 오는 밤과 상양궁(上陽宮)의 봄날 아침에 왕과 함께 가서 함께 방을 쓰고, 연회에서는 자리를 독점하고, 침석에서는 방을 독점하니, 비록 세 명의 부인(夫人)·아홉 명의 빈(嬪)·스물일곱 명의 세부(世婦)·팔십일 명의 어처(御妻)와 후궁재인(後宮才人)·악부기녀(樂府伎女)가 있었지만, 천자로 하여금 돌아볼 뜻이 없게 했다. 이로부터 육궁(六宮)에서는 다시 시침에 올라간 사람이 없었다. 빼어난 미모와 뛰어난 자태가 그렇게 했을 뿐만 아니라, 대개 재능과 지혜가 총명하고, 교묘하게 말하고 아부를 잘하고, 황제의 마음을 먼저 알아차리는 등 형용할 수 없는 것을 지니고 있었다. 숙부와 형제들은 반열(班列)이 청귀(淸貴)하였고, 작위는 통후(通侯)였고, 자매들은 국부인(國夫人)에 봉해졌다. 부유함은 왕실과 비슷하고, 수레와 의복과 저택은 대장공주(大長公主)와 같았으나 은택과 세력은 또한 그것을 뛰어넘었다. 금문(禁門)을 출입할 때는 검문도 하지 않았고, 경사의 장리(長吏)들도 감히 마주 보지 못했다. 그래서 당시 민요에서 노래하기를 '딸 낳았다고 슬퍼 말고, 아들 낳았다고 기뻐하지 말라'고 했고, 또 '아들은 봉후(封侯)가 못 되지만, 딸은 비(妃)가 될 수 있으니, 딸을 보기를 도리어 문설주로 여기네'라고 했다. 그 인심들이 선모함이 이와 같았다.

천보(天寶) 말에 오빠 국충(國忠)이 승상(丞相)의 자리를 도둑질하여 국병(國柄)을 어리석게 농단했는데, 안록산(安祿山)이 군대를 끌고 대궐로 향할 때 양씨(楊氏)를 토벌함을 구실로 삼았다. 동관(潼關)을 지키지 못하여, 취화(翠華: 왕의 수레)가 남쪽으로 향했는데, 함양도(咸陽道)를 나와 마외정(馬嵬亭)에 이르렀을 때 육군(六軍)은 배회하며 창을 들고 나아가지 않고, 종관(從官)과 낭리(郎吏)들은 왕의 말 앞에 엎드려 조착(晁錯)을 죽여서 천하에 사죄할 것을 청하였다. 국충은 이영(氂纓: 털 갓끈)과 반수(盤水)를 받들고서 길가에서 죽었는데, 좌우(左右)의 뜻은 만족하지 않았다. 왕이 그 까닭을 물어보았다. 당시에 과감히 아뢰는 자가 귀비로써 천하의 분노를 막아야 한다고 청했다. 왕은 면하지 못할 것을 알았는데, 차마 그 죽음을 볼 수 없어서 소매를 뒤집어 얼굴을 가린 채 끌고 가게 하였다. 창황(蒼黃)하게 끌려나가 마침내 한 가닥 밧줄 아래서 목숨이 끊기고 말았다. 이미 현종이 성도(成都)로 피난하자, 숙종(肅宗)이 영무(靈武)에서 왕위를 계승했다. 이듬해 대흉(大兇)이 죽자, 대가(大駕: 왕의 수레)가 도성으로 돌아왔다. 현종을 높이어 태상황(太上皇)으로 삼고, 남궁(南宮)에서 봉양하다가 서내(西內)로 옮겼다. 세월이 흘러 사건도 지나가 버리자, 즐거움이 다하고 슬픔이 왔다. 매번 봄날과 겨울밤, 못의 연꽃이 여름에 피고, 궁중의 홰나무가 가을에 낙엽이 질 때, 이원제자(梨園弟子)가 옥피리로 음악을 연주했는데 〈예상우의(霓裳羽衣)〉 한 가락을 들으면, 천안(天顔)이 기뻐하지 않아서 좌우에서 탄식을 했다. 3년 동안 한 마음이었는데, 그 마음이 조금도 줄어들지 않았다. 혼몽(魂夢) 속에서 귀비를 찾아보려 했으나 아득하여 찾을 수가 없었다.

때마침 촉(蜀)에서 온 도사(道士)가 있었는데, 상황(上皇)이 마음속으로 양귀비를 생각함이 이와 같음을 알았다. 스스로 말하기를 이소군(李少君)의 술(術)을 지니고 있다고 했다. 현종이 크게 기뻐하며 그 신(神)을 불러오도록 명했다. 방사(方士)가 곧 그 술(術)을 다하여 찾았으나 오지 않았다. 또 능히 자신의 신(神)을 보내어 기(氣)를 타고, 천계(天界)로 올라가고, 지부(地府)로 들어가서 찾았으나 나타나지 않았다. 또 널리 사허(四虛)의 위아래를 찾았는데, 동쪽으로 큰 바다에 이르러 봉호(蓬壺)로 건너갔다. 가장 높은 선산(仙山)을 보니 위에 누궐(樓闕)이 많았다. 서상(西廂) 아래에 동호(洞戶)가 있었고, 동쪽을 향해 그 문을 닫아 놓았는데, 문 위에 '옥비태진원(玉妃太眞院)'이라고 써있었다. 방사가 비녀를 뽑아서 문을 두드리니 두 갈래머리의 동녀(童女)가 나와서 응대했다. 방사가 당황하여 미처 말을 꺼내지도 못했는데, 두 갈래머리는 다시 들어가 버렸다. 이윽고 푸른 옷을 입은 시녀가 또 와서 어디서 왔느냐고 물었다. 방사가 당나라 천자의 사자라고 말하고, 그 명을 전했다. 푸른 옷의 시녀가 '옥비(玉妃)께서는 지금 주무시고 계시니, 조금만 기다려주시기를 바랍니다'라고 했다. 이 때 구름바다가 침침(沈沈)하고, 동천(洞天)의 날이 저물어 옥문은 겹겹이 닫히고 적막하게 아무 소리도 없었다. 방사는 숨소리를 죽이고 발을 모은 채 문 아래 공수(拱手)하고 있었다. 시간이 오래되어 푸른 옷의 시녀가 안으로 인도하더니, '옥비께서 나오십니다'라고 했다. 한 사람을 보니, 금련(金蓮) 모자를 쓰고, 붉은 비단 옷을 걸치고, 홍옥(紅玉)을 차고, 봉황 무늬 신발을 신고 있었는데, 좌우의 시녀들이 칠팔 명이었다. 방사에게 읍(揖)을 하고, 황제의 안부를 물었다. 다음으로 천보(天寶) 14년 이후의 일을 물었다. 말을 마치자, 슬픈 표정으로 침묵했다. 푸른 옷의 시녀에게 금차(金釵)와 전합(鈿合)을 가져오게 하여 각각 그 반을 쪼개어 사자에게 주면서 말하기를 '태상황(太上皇)께 감사드리기 위해 삼가 이 물건을 올리니, 옛 정을 찾게 해주십시오'라고 했다. 방사가 그 부탁 말과 신표를 받고 장차 떠나려는데 그 안색에 뭔가 부족한 점이 있었다. 옥비가 굳이 그 까닭을 물어보니, 다시 앞으로 나와 꿇어앉아서 말하기를 '바라건대 당시의 한 가지 일 가운데 다른 사람이 듣지 못했던 것으로써 태상황께 증거로 삼게 해주십시

오. 그렇지 않는다면 전합과 금차도 신원평(新垣平)의 거짓처럼 오인될까 싶습니다'라고 했다. 옥비는 망연(茫然)히 물러나 서 있다가, 생각나는 바가 있는 듯했다. 천천히 그것을 말하기를, '지난날 천보 십년에 황제의 수레를 모시고 여산궁(驪山宮)으로 피서(避暑)을 갔을 때, 가을 칠월 달 견우(牽牛)와 직녀(織女)가 서로 만나는 저녁이었는데, 진(秦)나라 사람들 풍속에는 그날 밤에 비단 자수를 펼쳐놓고, 음식을 차리고, 여러 과일들을 쌓아놓고, 마당에 향을 피우는데, 이것을 걸교(乞巧)라고 부른답니다. 궁중 안에서는 더욱 그것을 숭상했지요. 밤이 거의 반이 지났을 때 시위(侍衛)들을 동쪽 서쪽 곁채에서 쉬게 하고, 혼자 황제를 모시고 있었지요. 황제께서 내 어깨에 기대고 서있었는데, 하늘을 우러러보며 견우와 직녀의 일에 감동하고, 남몰래 서로 맹세하기를 「영원히 부부가 되기를 바랍니다」라고 했습니다. 맹세를 마치고 손을 잡고 각자 오열했지요. 이 일은 오직 군왕만이 알고 있을 뿐입니다'라고 했다. 그리고 스스로 슬퍼하며 '이 일념(一念)으로 말미암아 또한 이곳에서 살 수 없게 되었습니다. 다시 하계(下界)로 떨어진다면 장차 내세의 인연을 맺을 것입니다. 천선이 되거나 인간이 되거나 간에 반드시 서로 만나서 옛날처럼 다정하게 지낼 것입니다'라고 하고, 또 말하기를 '태상왕 또한 인간세상에 오래 있지 못할 것인데, 부디 편안하고 괴로움이 없기를 바랄 뿐입니다'라고 했다. 사자가 돌아와서 태상황에게 그것들을 아뢰었다. 황제의 마음은 너무 슬퍼서 매일매일 편안하지 않았다. 그 해 여름 사월에 남궁(南宮)에서 세상을 떠났다.

원화 원년 12월, 태원(太原) 백락천(白樂天)이 교서랑(校書郎)에서 주질(盩厔)의 현위(縣尉)가 되어서 왔다. 홍(鴻)과 낭야(琅邪) 왕질부(王質夫)의 집이 이 읍(邑)에 있어서, 한가한 날이면 서로 함께 선유사(仙遊寺)에서 놀았는데, 대화가 이 일에 미치자 서로 감탄했다. 질부가 술잔을 들고 낙천 앞에서 말하기를 '대저 희대(希代)의 일은 세상에서 뛰어난 재능 있는 사람이 윤색(潤色)해 주지 않는다면, 세월 따라 소멸되어서 세상에 알려지지 않을 겁니다. 낙천은 시에 심오하고, 정이 많은 사람이니, 시험 삼아 노래로 지어봄이 어떠합니까?'라고 했다. 낙천이 그로 인하여 〈장한가(長恨歌)〉를 지었다. 그 노래를 지은 뜻은 그 일에 대해 감동해서 일뿐만 아니라, 또한 미인을 경계하여 나라가 어지러워지는 것을 막아야 한다는 교훈을 후세에 전하려는 것이었다. 노래가 이미 완성되자, 홍(鴻)에게 전(傳)을 지어라고 했다. 세상에 알려지지 않은 일에 대해서는 내가 개원(開元) 연간의 유민(遺民)이 아니기 때문에 알 수가 없다. 세상에서 알고 있는 일들은 「현종본기(玄宗本紀)」 안에 있다. 지금 여기서는 다만 〈장한가(長恨歌)〉의 전(傳)을 짓는데 그칠 뿐이다. 전진사(前進士) 진홍(陳鴻)이 짓다"

漢皇重色思傾國[1]	한 황제가 미색을 좋아해 절세미인을 바랐는데
御宇多年求不得[2]	즉위한 지 여러 해 동안 구할 수가 없었네
楊家有女初長成[3]	양씨 집에 딸이 있어 이제 장성했는데
養在深閨人未識	깊은 규방에서 키워 사람들은 몰랐네
天生麗質難自棄[4]	하늘이 낸 미모는 스스로 버리기 어려우니
一朝選在君王側[5]	하루아침에 뽑혀서 군왕 옆에 있게 됐네
回眸一笑百媚生[6]	눈을 돌려 한 번 웃으면 온갖 아름다움 피어나서
六宮粉黛無顏色[7]	육궁의 비빈들은 안색을 잃었네
春寒賜浴華淸池[8]	봄날 추우면 화청지에서 목욕을 하게 하니
溫泉水滑洗凝脂[9]	온천물 매끄러워 고운 피부 씻어내고
侍兒扶起嬌無力	시녀가 부축해 일으키니 아리땁게 힘이 없는데

始是新承恩澤時[10]　처음 새로 은택을 받든 때였네
雲鬢花顔金步搖[11]　구름머리 어여쁜 얼굴에 금보요를 꽂고
芙蓉帳暖度春宵[12]　부용장막 따뜻하여 봄밤을 지내네
春宵苦短日高起　봄밤의 짧음이 괴로워 해가 높아서야 일어나니
從此君王不早朝　이로부터 군왕은 일찍 조회하지 않네
承歡侍宴無閒暇[13]　환심 사서 연회 모심에 겨를 없는데
春從春遊夜專夜　봄에 봄놀이 좇음이 밤마다 이어지고
後宮佳麗三千人　후궁 미인들이 삼천 명인데
三千寵愛在一身　삼천 명의 총애가 한 몸에 있네
金屋妝成嬌侍夜　금옥에서 화장하고 아리땁게 밤을 모시고
玉樓宴罷醉和春[14]　옥루에서 연회 파하고 취하여 즐거움을 나눴네
姊妹弟兄皆列土[15]　자매와 형제들이 모두 토지를 하사받고
可憐光彩生門户　아름다운 광채가 문호에 생겨나니
遂令天下父母心　마침내 천하의 부모들 마음을
不重生男重生女　아들 대신 딸 낳기를 바라게 했네
驪宮高處入青雲[16]　여궁 높은 곳은 푸른 구름으로 들어가고
仙樂風飄處處聞　선악소리 바람에 날려 곳곳에서 들리네
緩歌慢舞凝絲竹　느린 노랫가락 고운 춤사위엔 음악소리 엉기고
盡日君王看不足　군왕은 종일 보면서도 만족할 줄 모르네
漁陽鞞鼓動地來[17]　어양의 북소리가 땅을 진동하며 몰려와서
驚破霓裳羽衣曲[18]　갑자기 <예상우의곡>을 깨뜨리니
九重城闕煙塵生　구중 성궐에 연기 먼지 일어나고
千乘萬騎西南行　천 수레 만 기마가 서남으로 피난했네

翠華搖搖行復止[19]　　취화 수레 겨를 없이 가다가 멈추니

西出都門百餘里[20]　　도성 문을 서쪽으로 나와 백여 리인데

六軍不發無奈何[21]　　육군이 출발하지 않으니 어찌하리오?

宛轉蛾眉馬前死[22]　　처연한 미인이 말 앞에서 죽으니

花鈿委地無人收[23]　　화전이 땅에 떨어져도 주을 사람 없어

翠翹金雀玉搔頭[24]　　취요와 금작과 옥소두가 흩어졌네

君王掩面救不得　　군왕은 얼굴 가린 채 구할 별 수가 없어

回看血淚相和流　　돌아보며 피눈물만 서로 흘리네

黃埃散漫風蕭索　　누런 먼지 어지럽고 바람 처량한데

雲棧縈紆登劍閣[25]　　구름사다리 구불구불한 검각을 넘었네

峨嵋山下少人行[26]　　아미산 아래는 사람통행이 적고

旌旗無光日色薄　　깃발은 빛이 없고 햇살 어두운데

蜀江水碧蜀山青[27]　　촉강의 물 푸르고 촉산도 푸르네

聖主朝朝暮暮情　　성주는 아침마다 저녁마다 정에 잠겨

行宮見月傷心色[28]　　행궁에서 보는 달빛은 상심한 기색이고

夜雨聞鈴腸斷聲[29]　　밤비 속 방울소리는 애끊는 소리이네

天旋日轉廻龍馭[30]　　하늘 돌고 해가 돌아 용수레 되돌려서

到此躊躇不能去　　이곳에 도착하여 주저하며 떠나갈 수 없네

馬嵬坡下泥土中[31]　　마외파 아래 진흙 속에

不見玉顏空死處　　옥안은 보지 못하고 공연히 죽은 곳만 보네

君臣相顧盡霑衣　　군신들 서로 돌아보며 모두 옷자락 적시고

東望都門信馬歸　　동쪽으로 도성 문 바라보며 말을 따라 돌아가네

歸來池苑皆依舊　　돌아오니 연못과 원림은 예전 그대로고

太液芙蓉未央柳[32)	태액지의 부용과 미앙궁의 버들이 있어
芙蓉如面柳如眉	부용은 그 얼굴 같고 버들은 그 눈썹 같네
對此如何不淚垂	이를 대하고서 어찌 눈물 흘리지 않으랴?
春風桃李花開夜	봄바람 불어 복사꽃 오얏꽃 핀 저녁
秋雨梧桐葉落時	가을비 내려 오동잎 떨어질 때
西宮南內多秋草[33)	서궁 남내에 가을 풀 많고
落葉滿階紅不埽	낙엽이 섬돌에 가득히 붉어도 쓸지 않네
梨園弟子白髮新[34)	이원제자는 백발이 새롭고
椒房阿監靑娥老[35)	초방의 아감 시녀는 늙었네
夕殿螢飛思悄然	저녁 궁전에 반딧불이 날고 생각은 근심뿐이니
孤燈挑盡未成眠	외로운 등불 다 타도 잠 못 이루네
遲遲鐘鼓初長夜	더딘 종고소리 긴 밤 처음에 들었는데
耿耿星河欲曙天	반짝이는 은하수에 날이 밝으려 하네
鴛鴦瓦冷霜華重[36)	원앙기와 차갑게 서리가 무겁고
翡翠衾寒誰與共[37)	비취이불 찬데 누구와 함께 덮을까?
悠悠生死別經年	오래도록 생사의 이별이 여러 해가 지났건만
魂魄不曾來入夢	혼백이 꿈속으로 들어온 적이 없네
臨卭道士鴻都客[38)	임공도사로서 장안에 온 객이
能以精誠致魂魄	정성으로 혼백을 부를 수가 있는데
爲感君王展轉思	군왕의 잠 못 이루는 근심에 감동하니
遂敎方士殷勤覓[39)	마침내 방사를 시켜 은근히 혼을 찾게 하였네
排雲馭氣奔如電[40)	구름 헤치고 안개 타고 번개처럼 내달려
升天入地求之徧	하늘에 오르고 땅에 들어가서 두루 찾으며

上窮碧落下黃泉[41]　　위로 벽락에 가고 아래로 황천까지 갔으나
兩處茫茫皆不見　　두 곳 망망하고 모두 찾을 수 없었네
忽聞海上有仙山　　문득 바다 위에 선산이 있다고 들으니
山在虛無縹緲間[42]　　산은 천공의 아득한 사이에 있었는데
樓閣玲瓏五雲起　　누각에선 영롱하게 오색구름 일어나고
其中綽約多仙子　　그 안에는 아리따운 선자들이 많았네
中有一人字太眞　　그 가운데 한 사람이 자가 태진인데
雪膚花貌參差是[43]　　백설의 피부 꽃 같은 얼굴이 방불했네
金闕西廂叩玉扃[44]　　금궐 서상의 옥문을 두들겨서
轉敎小玉報雙成[45]　　소옥에게 쌍성에게 알리라고 하니
聞道漢家天子使[46]　　한나라 천자의 사자라고 듣고서
九華帳裏夢魂驚[47]　　구화장 속 몽혼이 놀라서
攬衣推枕起裵回　　옷 걸치고 베개 밀치고 일어나 배회하니
珠箔銀屛邐迤開　　구슬발과 은 병풍 연이어 열리고
雲鬢半偏新睡覺　　구름머리 반쯤 치우치고 새로 잠을 깨어나
花冠不整下堂來　　화관도 바르게 쓰지 않고 당을 내려오네
風吹仙袂飄飖舉　　바람이 선녀의 소매를 날리어 올리니
猶似霓裳羽衣舞　　마치 예상우의 춤과 같네
玉容寂莫淚闌干[48]　　옥용이 적막하게 눈물 줄줄 흘리니
梨花一枝春帶雨　　배꽃 한 가지가 봄비에 젖은 듯하고
含情凝睇謝君王　　정 품고 응시하며 군왕에게 감사해 하네
一別音容兩渺茫　　한 번 이별로 소식이 양쪽에 아득하여
昭陽殿裏恩愛絕[49]　　소양전 안의 은애가 끊기고

蓬萊宮中日月長[50]　봉래궁 안의 세월만 오래였네

回頭下望人寰處　머리 돌려 인간세상을 아래로 내려다보니

不見長安見塵霧　장안은 보이지 않고 먼지 안개만 보이네

唯將舊物表深情　오직 옛 물건으로 깊은 정을 표하니

鈿合金釵寄將去[51]　나전 합과 금비녀를 가지고 가라 하네

釵留一股合一扇[52]　비녀 한 조각 합 한 조각을 남겨두고

釵擘黃金合分鈿　금비녀를 쪼개주고 나전 합을 나눠주며

但敎心似金鈿堅　다만 마음이 금과 나전처럼 견고함을

天上人間會相見　천상과 인간세상에서 서로 볼 수 있을 거라네

臨別殷勤重寄詞　이별할 때 은근히 거듭 말을 전하니

詞中有誓兩心知　말 속에 두 마음이 알고 있는 맹세가 있었으니

七月七日長生殿[53]　칠월 칠일 장생전에서

夜半無人私語時　한밤중 아무도 없을 때 서로 속삭이며

在天願作比翼鳥[54]　하늘에서는 비익조가 되고

在地願爲連理枝[55]　땅에서는 연리지가 되자고 했었네

天長地久有時盡　영원한 하늘과 땅도 언젠가 없어질 때가 있겠지만

此恨緜緜無絶期　이 한은 끊임없어 끊어질 때가 없으리라

주석

1) **漢皇**(한황): 당나라 현종(玄宗) 이융기(李隆基)를 말함. 그는 양귀비(楊貴妃)를 총애하여 국정을 돌보지 않다가, 안사지란(安史之亂)을 초래하여 당나라 국운을 쇠퇴기로 이끈 장본인이었음. **傾國**(경국): 경국지색(傾國之色). 절세미인(絶世美人)을 말함. 한(漢)나라 이연년(李延年)의 〈북방유가인(北方有佳

人))에 "北方有佳人, 絶世而獨立. 一顧傾人城, 再顧經人國"이라 했음.

2) 御宇(어우): 국가를 통치하는 것. 황제위(皇帝位)를 말함.

3) 楊家有女(양가유녀): 양귀비(楊貴妃)를 말함. 이름은 옥환(玉環), 처음에는 수왕(壽王: 현종의 아들 李瑁)의 비(妃)였는데, 나중에 여도사(女道士)로 나갔다가 현종의 총애를 받아 귀비(貴妃)가 되었음. 그로 인해 집안 모두가 부귀를 누렸는데, 안사의 난 때 현종을 따라 촉(蜀)으로 피난 가던 도중 마외역(馬嵬驛: 섬서성 興平縣)에서 군사들의 강요에 의해 스스로 목매달아 죽었음.

4) 麗質(여질): 미색(美色). 미모(美貌).

5) 개원(開元) 23년(735), 양옥환을 수왕(壽王)의 비로 책봉했다. 28년에 현종이 그녀를 도사(道士)가 되게 하여 태진궁(太眞宮)에 살게 하고, 호를 태진(太眞)이라 했다. 천보(天寶) 4년(745)에 귀비(貴妃)로 책봉했음. 여기서의 군왕은 수왕을 말함.

6) 眸(모): 눈동자. 百媚(백미): 온갖 아름다운 자태.

7) 六宮(육궁): 황후의 침궁(寢宮). 정침(正寢)이 하나, 연침(燕寢)이 다섯이었음. 粉黛(분대): 화장하는 분과 눈썹을 그리는 먹. 육궁에 거주하는 비빈(妃嬪)들을 말함.

8) 華淸池(화청지): 온천 이름. 여산(驪山: 섬서성 臨潼縣 동남) 화청궁(華淸宮) 안에 있음.

9) 凝脂(응지): 하얗고 부드럽고 매끄러운 피부를 말함. 『詩經 · 衛風 · 碩人』에 "膚如凝脂"라고 했음.

10) 수왕 대신 현종에게 새로 승은을 받은 것을 말함.

11) 雲鬢(운환): 여인의 머리가 구름처럼 말려서 굽은 모양의 머리 형태. 花顔(화안): 꽃처럼 아름다운 얼굴. 金步搖(금보요): 금으로 만든 떨잠. 걸어가면 비녀의 장식이 흔들림.

12) 芙蓉帳(부용장): 부용꽃(연꽃) 수가 놓아진 장막.

13) 承歡(승환): 황제의 환심을 사는 것. 『신당서 · 양귀비전』에 "태진(太眞)이 총애를 얻었는데, 노래와 춤을 잘하고, 음률을 깊이 깨치고, 지혜롭게 헤아리고

민첩하고 총명하여, 황제의 뜻을 금방 깨달았다. 황제가 몹시 기뻐하여 마침내 방연(房宴)을 전담시켰다"고 했다.

14) 和春(화춘): 남녀가 즐거움을 나누는 것.

15) 列土(열토): 토지를 분봉(分封)함. 천보(天寶) 4년 양옥환이 귀비에 책봉되자, 부친 현염(玄琰)은 태위(太尉)와 제국공(齊國公)에 추증되고, 세 자매는 한국부인(韓國夫人), 괵국부인(虢國夫人), 진국부인(秦國夫人)이 되고, 종형(從兄) 괄(刮)은 홍려경(鴻臚卿), 기(錡)는 시어사(侍御史) 등이 되고, 쇠(釗)는 국충(國忠)이란 이름을 받고 좌승상(左丞相)이 되었다.

16) 驪宮(여궁): 여산 화청궁.

17) 漁陽(어양): 지금의 하북성 북계현(北薊縣). 동한(東漢) 때 팽룡증(彭龍曾)이 어양을 근거지로 하여 반란을 일으켰음. 당나라 때 어양은 범양(范陽)절도사 관할이었기 때문에 팽로(彭盧)·범양·하동(河東) 삼절도사였던 안록산(安綠山)의 반란을 대표하여 말한 것임. 鼙鼓(비고): 비고(鼙鼓). 기병(騎兵)용 작은 북.

18) 霓裳羽衣曲(예상우의곡): 법곡(法曲)의 이름. 서량(西涼)절도사 양경충(楊慶忠)이 올린 것인데 초명은 〈바라문곡(婆羅門曲)〉이었음. 전설에 의하면 현종이 삼향역(三鄕驛)에 올라 여아산(女兒山)을 바라보고 돌아와 작곡했다고 함. 또 일설에는 현종이 천상의 광한전(廣寒殿)에서 노닐고 돌아와 지었다고도 함. 백거이의 〈예상우의무가(霓裳羽衣舞歌)〉시에서 그 춤동작을 "飄然轉旋迴雪輕, 嫣然縱送游龍驚, 小垂手後柳無力, 斜曳裾時雲欲生"이라고 표현했음.

19) 翠華(취화): 푸른 새 깃털로 장식한 황제의 수레. 搖搖(요요): 경황없는 모양.

20) 都門(도문): 장안(長安) 궁중의 연추문(延秋門)을 말함.

21) 六軍(육군): 천자의 군대. 매 군은 1만 2천5백 명이었음.

22) 宛轉(완전): 근심 띤 모양. 蛾眉(아미): 미인을 말함.

23) 花鈿(화전): 금과 보옥 등으로 상감(象嵌)한 머리장식.

24) 翠翹(취요): 취조(翠鳥)의 긴 꼬리 모양의 머리장식. 金雀(금작): 참새 모양의 금비녀. 玉搔頭(옥소두): 옥비녀의 종류.

25) 雲棧(운잔): 높이 구름 속으로 들어가는 잔도(棧道). 縈紆(영우): 구불구불한 모양. 劍閣(검각): 검문관(劍門關). 사천성 검각현(劍閣縣) 북쪽.

26) 峨嵋山(아미산): 사천성 아미현(峨嵋縣) 경계에 있음.

27) 蜀江(촉강): 촉(蜀)지역의 강. 蜀山(촉산): 촉지역의 산.

28) 行宮(행궁): 황제가 도성 밖에 출입할 때 거처하는 궁전.

29) 夜雨聞鈴(야우문령): 『명황잡록(明皇雜錄)』에 "명황이 이미 촉(蜀)으로 행차하여 서남으로 갈 때 처음 사곡(斜谷)으로 들어가 서리와 빗속을 열흘이나 지나갔는데, 잔도(棧道)의 빗속으로 들어가니 방울소리가 들렸는데 산과 서로 응했다. 상(上)은 곧 귀비를 슬프게 생각하며, 그 소리를 취해다가 〈우림령곡(雨淋鈴曲)〉을 지어서 한(恨)을 붙였다"고 했다.

30) 天旋日轉(천선일전): 시국이 크게 바뀜을 말함. 지덕(至德) 2년 9월에 곽자의(郭子儀) 등이 장안을 수복하고, 12월에 현종은 촉에서 경사로 돌아갔음. 龍馭(용어): 황제의 수레.

31) 馬嵬坡(마외파): 양귀비가 죽은 곳. 섬서성 홍평현(興平縣) 서쪽. 『신당서・후비전(后妃傳)』에 "현종이 촉에서 경사로 돌아올 때 마외파 귀비의 장지(葬地)를 지나왔는데, 사람을 시켜 관곽(棺槨)을 갖추어 개장(改葬)하게 했다. 흙을 파니 향낭(香囊)이 여전히 남아있는 것을 보고 비통하여 혼절하려고 했다"고 했음.

32) 太液(태액): 장안성 동북 대명궁(大明宮) 내에 있는 연못. 未央(미앙): 궁전 이름. 장안성 밖 서북쪽에 있음.

33) 西宮南內(서궁남내): 궁궐 내를 대내(大內)라고 하는데, 대명궁을 동내(東內), 흥경궁(興慶宮)을 남내(南內), 태극궁(太極宮)을 서내(西內)라고 했음.

34) 梨園弟子(이원제자): 송나라 정대창(程大昌)의 『옹록(雍錄)』에 "이원(梨園)은 태극궁(太極宮) 서금원(西禁苑)의 안에 있다. 개원(開元) 2년, 봉래궁(蓬萊宮)에 교방(敎坊)을 설치하고 상(上)이 스스로 법곡(法曲)을 가르쳤는데 이들을 이원제자(梨園弟子)라고 한다. 천보(天寶) 중에 동궁(東宮)에 의춘북원(宜春北苑)을 설치하고 궁녀 수백 인을 이원제자로 삼았다. 곧 이원(梨園)이란 것은 안악(按樂)하는 곳이고, 가르침에 참여한 자를 제자라고 이름 불렀을 뿐

이다"고 했다.

35) 椒房(초방): 황후의 거처. 산초를 진흙과 합하여 벽에 발라 그 따뜻함과 향을 취했고, 자손이 번창하라는 의미도 취했음. 阿監(아감): 궁내의 여관(女官). 靑娥(청아): 나이어린 예쁜 궁녀.

36) 鴛鴦瓦(원앙와): 두 조각의 기와가 위아래로 합쳐진 모양의 기와 이름. 霜華(상화): 상화(霜花). 서리.

37) 翡翠(비취): 비취새가 수놓아진 이불. 비취새는 물총새.

38) 臨卭(임공): 사천성 공래현(邛崍縣). 鴻都(홍도): 낙양(洛陽) 궁문(宮門) 이름. 장안(長安)을 지칭함. 『양태진외전(楊太眞外傳)』에 "도사(道士) 양통유(楊通幽)는 촉(蜀)에서 왔는데, 상황(上皇: 현종)이 양귀비를 생각하고 있음을 알고, 스스로 말하기를 '이소군(李少君)의 술(術)을 지니고 있다'고 했다. 상황이 크게 기뻐하고 그 신(神)을 불러오게 했다"라고 했음.

39) 方士(방사): 도사(道士).

40) 排雲馭氣(배운어기): 구름을 헤치고 안개를 타고 감.

41) 碧落(벽락): 천상(天上). 黃泉(황천): 지하(地下).

42) 虛無(허무): 천공(天空).

43) 參差(참치): 방불(彷彿).

44) 金闕(금궐): 선경(仙境) 상청궁(上淸宮) 좌측에는 금궐이 있고, 우측에는 은궐(銀闕)이 있다고 함. 玉扃(옥경): 옥으로 만든 문.

45) 小玉(소옥): 오(吳)나라 부차(夫差)의 딸 이름. 선녀가 되었다고 함. 雙成(쌍성): 전설 속의 서왕모(西王母)를 모시고 있는 선녀 동쌍성(董雙成).

46) 漢家(한가): 당나라를 말함.

47) 九華帳(구화장): 구화도안(九花圖案)을 수놓은 채색 휘장.

48) 闌干(난간): 눈물이 줄줄 흐르는 모양.

49) 昭陽殿(소양전): 한(漢)나라 조비연(趙飛燕)이 거주했던 궁전 이름. 양귀비가 거주하는 선경의 처소를 말함.

50) 蓬萊宮(봉래궁): 전설 속의 동해 선산(仙山)에 있다는 궁전.

51) 鈿合金釵(전합금차): 나전 합(盒)과 금비녀.

52) 차(釵)에는 양고(兩股)가 있고, 합(合)에는 양선(兩扇)이 있음.

53) 長生殿(장생전): 『당회요(唐會要)』에 "천보(天寶) 원년 11월에 화청궁(華淸宮)에 장생전을 지어 집령대(集靈臺)라고 이름 짓고 신(神)에게 제사지냈다"고 했음.

54) 比翼鳥(비익조): 암수가 서로 나란히 나는 새.

55) 連理枝(연리지): 뿌리가 같지 않은 나무의 가지가 서로 얽혀 한 가지처럼 성장하는 나무.

평설 ⟋

- 『역옹패설』에 "백낙천의 〈장한가〉에 '黃埃散漫風蕭索, 雲棧縈紆登劍閣. 峨嵋山下少人行, 旌旗無光日色薄'이라고 했다. 이는 명황(明皇)이 성도(成都)에 갔을 때 거쳐 간 곳이다. 만일 그 말한 바와 같다면, 아미산은 마땅히 검문과 성도 사이에 있어야 하는데, 지금 보니 곧 그렇지 않다. 나중에 『시화총구(詩話總龜)』를 얻었는데, 옛 사람에게 이미 이러한 논의가 있었음을 보았다. 대개 낙천은 일찍이 촉중(蜀中)에 간 적이 없는 것이다"라고 했다.

- 조선 권응인(權應仁)의 『송계만록(松溪漫錄)』에 "백난천의 〈장한가〉에 '夜雨聞鈴腸斷聲'이란 말이 있는데, 『좌전주(左傳注)』에 '화(和)는 거형(車衡)에 있고, 영(鈴)은 깃발 위에 있는데, 움직이면 모두 울리는 소리가 있다'고 했다. 대개 화령(和鈴)이란 난조(鸞鳥)를 형상한 소리이다. 명황(明皇)이 촉(蜀)에 갈 때 장맛비가 열흘에 이어졌는데, 잔도(棧道) 안에서 방울소리를 듣고 귀비를 슬프게 생각하여 〈우림령곡(雨淋鈴曲)〉를 지었다. 낙천이 말한 바 영(鈴)이란 것은 이것을 지적한 것이다. 우리

나라 사람은 영(鈴)을 우령(雨鈴)이라고 여긴다. 대개 비가 내릴 때 수기(水氣)가 둥근 형상을 이루는데 금령(金鈴)과 같다. 그래서 우령이라고 말하는데 곧 우리나라 방언(方言)이다. 중원(中原) 사람에게 또한 어찌 이런 말이 있겠는가? 하물며 영 위에 '문(聞)'자를 붙여놓았으니, 우리가 말하는 우령이 아닌 것이 분명하다. 우령이 어찌 소리가 있겠는가? 비록 식자(識者)라 할지라도 습관을 일상으로 여기고, 도리어 내말을 괴이하게 여긴다. 여러 번 설관(舌官)에게 질문했는데, '중국인은 본래 이런 말으 사용하지 않는다'고 했다. 그래서 내가 들은 바를 기록해두고 널리 전해지기를 기다린다"고 했다.

- 황도(黃滔)의 「답진번은론시서(答陳磻隱論詩序)」에 "대당(大唐)에서는 앞에는 이백과 두보가 있고, 뒤에는 원진과 백거이가 있었는데, 참으로 큰 바다가 끝이 없고, 화악(華岳)이 하늘로 솟은 것 같았다. 그러나 이비(李飛) 등 여러 사람은 분대(粉黛)로써 낙천(樂天)의 죄로 삼음이 많았는데, 다만 『삼백오편(三百五篇): 시경』에도 여자가 많은 것은 언급하지 않았다. 대개 지적하여 말하는 바가 어떠한가에 달려있을 뿐이다. 〈장한가〉에서 '遂令天下父母心, 不重生男重生女'라고 했는데, 이는 남녀가 불상(不常)하고, 음양이 순서를 잃음을 풍자한 것이다. 그 뜻은 험(險)하고 기이하고, 그 글은 평범하고 쉬운데, 이른 바 말하는 죄가 없고, 듣는 자는 스스로 경계로 삼을 만하다는 것이 아니겠는가!"라고 했다.

- 『잠계시안』에 "백낙천의 〈장한가〉는 훌륭하다. 그러나 용사(用事)는 오히려 잘못되었다. '蛾眉山下少人行'이라 했는데, 명황(明皇)이 촉(蜀)으로 갈 때 아미산을 지나가지 않았으니, 마땅히 '검문산(劍門山)'으로 고쳐야 한다. '七月七夕長生殿, 夜半無人私語時'라 했는데, 장생전은 재계(齋戒)하는 장소이지, 사어(私語)를 나누는 장소가 아니다. 화천궁(華泉宮)에 본래 비상전(飛霜殿)이 있는데, 곧 침전(寢殿)이므로 마땅히 장생

전을 비상전으로 고친다면 완전해질 것이다”라고 했다.

● 『당시선맥회통평림』에 “당여순(唐汝詢)이 ‘백낙천이 「한 편의 〈장한〉에
는 풍정(風情)이 있다」고 했는데, 이는 스스로 그 시를 칭찬한 것이다.
지금 그 글을 읽어보니, 격은 지극히 비용(卑庸)하고, 말은 몹시 교염(嬌
艶)하다. 비록 기자(譏刺)를 주로 했다고 하더라도, 실은 일을 빌려다가
필간(筆間)의 풍류를 붙인 것이다. 그가 「풍정(風情)」이라고 스스로 평한
것은 또한 타당하다. 『당시품휘』에서 〈비파행〉을 거두고 이 작품을 내친
것은 그것이 육(肉)이 많고, 골(骨)이 적기 때문이다’고 했다. 당진이(唐
陳彝)가 ‘백난천은 부연(敷衍)을 잘하는데, 참으로 장편수(長篇手)이다.
「死別經年」과 「不曾入夢」 2구는 아래의 영신(迎神)하는 화두(話頭)를 일
으켰다. 「攬衣推枕」 4어는 모두 「驚」 자로부터 뜻을 내었다. 「臨別慇懃」
이하에서 천자가 사어를 나눌 때 옆에 어찌 사람이 없었던가? 차전(釵鈿)
에 의지하여 믿을 수 있다. 이 단(段)의 문인의 장점(裝點)은 알 수가
없다’고 했다. 당맹장(唐孟莊)이 ‘「旌旗無光」 구는 참담하다. 「夜雨聞鈴」
구는 실사(實事)이다. 「春風桃李」 2구는 냉어(冷語)가 정을 머금었고, 모
사(模寫)가 세밀함으로 들어갔다. 「忽聞」 2자는 그 진실을 장점(裝點)했
다. 「虛無縹緲」는 명백히 그 거짓을 보였다. 「風吹仙佩飄飆擧」 4어는 모
두 아름다운 말로 묘사했는데, 이는 법 밖에서 붓을 놀린 것이다. 「舊物
表深情」은 방사(方士)가 소지한 것으로서 상황(上皇)을 기만한 것이다.
장생전에서 「夜半私語」는, 방사가 근신(近臣)과 서로 통한 것이니, 이런
말이 누설되었음을 믿을 수 있다’고 했다”고 했다.

● 『위로시화』에 “〈연창(連昌)〉·〈장한〉·〈비파행〉은 전인(前人)의 법을
지극히 변화시켰다”고 했다.

● 『당시별재』에 “미리홀황(迷離忽恍)한데, 수결(收結)을 사용하지 않았다.
이것이 바로 작법의 묘이다. 시는 진홍(陳鴻)의 〈장한전〉에 근거하여 지

은 것인데, 끊임없이 나부끼면서, 정은 지극하고 글은 생기가 있다. 왕발·양형·노조린·낙빈왕에 근거하여 또한 변화를 가한 것이다. 당시 어떤 기녀가 남들에게 자랑하기를 '나는 능히 백학사(白學士)의 〈장한가〉를 암송할 수 있으니, 어찌 다른 기녀들과 함께 할 것인가!'라고 했다고 한다. 이처럼 당시에 시가 중시되었다"고 했다.

● 『구북시화』에 "향산(香山)은 시명(詩名)으로 가장 저명한데, 생전에 이미 해내에 두루 유행하였으니, 이적선(李謫仙: 이백) 이후의 한 사람일 뿐이다. …… 대개 그가 명성을 얻은 것은 〈장한가〉 1편에 있었다. 그 사건은 본래 널리 전해진 것인데, 널리 전해진 일로써 절묘한 말을 만들어 소리가 있고 정이 있어서, 노래하게 할 수 있고, 울게 할 수 있었다. 문인 학사들이 감탄하면서 미칠 수 없는 것이라고 여겼고, 부인 여자들 또한 기쁘게 듣고 즐겁게 암송했다. 이 때문에 발이 없어도 내달려서 천하에 멀리 전해졌다. 또한 〈비파행〉 1수가 그것을 보조했다. 이는 전편(全篇)이 없더라도, 두 시로써 스스로 불후(不朽)한데, 하물며 3천 8백 4십 수가 공교로우면서도 많음에 있어서랴! 〈장한가〉는 스스로 천고의 걸작이다. 양귀비가 입궁한 것을 서술한 것은 진홍이 전한 바의 수저(壽邸)에서 선발했다고 한 것과는 다른데, 문자의 화(禍)를 두려워했을 뿐만 추악함을 피하려는 뜻이 본래 이처럼 마땅하다. 다만 방사가 봉래(蓬萊)를 방문하여 귀비의 비밀의 말을 얻어서 상황에게 전했다는 1절(節)은 대개 당시 세속에서 완전(訛傳)된 것으로, 본래 사실이 아니다. …… 향산이 끝내 시로 지어서 사실로 여기게 했는데, 마침내 천고를 이루었을 뿐이다"라고 했다.

● 『현용설시』에 "향산의 〈장한가〉는 고금에서 전송하는데, 그러나 말이 체(體)를 잃음이 많다. '漢王重色思傾國'은, 분명히 당나라를 말하면서 하필 한나라라고 했는가? '春宵苦短日高起, 從此君王不早朝'는, 어찌 군

부(君父)를 비방할 수가 있는가? '孤燈挑盡未成眠'은 또한 한사(寒士)의 광경(光景) 같다. 남내(南內)의 처량함도 또한 이에 이르지 못한다. 〈公孫大娘弟子舞劍器〉시를 읽어보면, 천보(天寶)의 사건을 서술함이 단지 몇 마디인데 무한하게 처량하다. 〈장한가〉의 번용(繁冗)함을 깨달을 수 있다"고 했다.

비파행 琵琶行 병서 幷序

원화(元和) 10년(815), 나는 구강군사마(九江郡司馬)로 좌천되었다.[1] 이 듬해 가을, 분포구(湓浦口)[2]에서 객을 전송하는데 배 안에서 비파(琵琶)를 탄주하는 것을 들었다. 그 음률이 쟁쟁(錚錚)하여 경도(京都)의 가락이 있었다. 그 사람에게 물어보니, 본래 장안(長安)의 창녀(倡女)[3]로서 일찍이 목(穆)과 조(曹) 두 선재(善才)[4]에게서 비파를 배웠다고 했다. 나이가 들고 미색이 쇠퇴하자, 몸을 의탁하여 상인(商人)의 부인이 되었다고 했다. 마침내 술을 주문하고 몇 곡을 연주하게 했는데, 곡을 마치고는 상심해 하며 침묵하다가 스스로 젊은 시절의 즐거웠던 일들을 말하고서, 지금은 표륜(漂淪)[5]하며 초췌(顦顇)한데 다시 강호(江湖) 간으로 옮겨왔다고 한다. 나는 지방관으로 나온 지 2년이건만 염연(恬然)히 스스로 편안했는데, 이 여인의 말에 감개하여 오늘 밤 비로소 좌천된 심회를 깨달았다. 그로 인해 장구(長句)를 지어, 노래[歌]로서 그녀에게 주었는데, 모두 612글자이고, 〈비파행(琵琶行)〉이라 이름 지었다.

元和十年, 予左遷九江郡司馬. 明年秋, 送客湓浦口, 聞船中夜彈琵琶者, 聽其音錚錚然有京都聲. 問其人, 本長安倡女, 嘗學琵琶於穆・曹二善才. 年

長色衰, 委身爲賈人婦. 遂命酒使快彈數曲, 曲罷憫默, 自叙少小時歡樂事,
今漂淪顦顇, 轉徙於江湖間. 予出官二年, 恬然自安, 感斯人言, 是夕始覺有
遷謫意. 因爲長句, 歌以贈之, 凡六百一十二言, 命曰〈琵琶行〉.

주석 ☙

1) 원화 9년(814) 백거이는 태자좌찬선선대부(太子左贊善大夫)에 임명되었다.
   원화 10년 9월에 재상 무원형(武元衡)이 강도에게 피살되자, 빨리 강도를 잡
   아 그 원통함을 풀어달라고 상소했는데, 그것이 직분에 어긋난 행위라고 하
   여 강주사마(江州司馬)로 좌천되었다. 사마는 종오품하(從五品下) 벼슬.

2) 湓浦口(분포구): 강서(江西) 서창(瑞昌) 청분산(靑盆山)에서 발원하여 구강
   (九江)에 이르러 서쪽으로 장강(長江)으로 들어감.

3) 倡女(창녀): 악기(樂妓).

4) 『악부잡록(樂府雜錄)』에 "정원(貞元) 중에 왕분(王芬)과 조보(曹保), 조보의
   아들 선재(善才)와 그 손자 강(綱)과 배흥노(裴興奴)가 비파를 잘 탔다. 조강
   (曹綱)은 운발(運撥)을 잘했는데 소리가 비바람소리 같았고, 구현(扣絃)을 사
   용하지 않았다. 배흥노(裴興奴)는 용현(攏撚)을 잘했다. 당시 사람들이 조강
   에게는 우수(右手)가 있고, 배흥노에게는 좌수(左手)가 있다고 했다"고 했음.
   선재(善才)는 당시 곡사(曲師)에 대한 통칭.

5) 漂淪(표륜): 전패유리(顚沛流離)함.

潯陽江頭夜送客[1]	심양강 가에서 밤에 객을 전송하는데
楓葉荻花秋瑟瑟[2]	단풍잎 갈대꽃에 가을바람소리 슬슬하네
主人下馬客在船	주인은 말에서 내리고 객은 배에 있는데
擧酒欲飮無管絃	술잔 들어 마시려 해도 음악이 없네

醉不成歡慘將別　　취해도 즐겁지 않아서 참담하게 이별하려는데
別時茫茫江浸月　　이별할 때 끝없이 달빛만 강물에 잠기네
忽聞水上琵琶聲　　문득 물위의 비파소리를 듣고
主人忘歸客不發　　주인은 돌아가길 잊고 객은 출발하지 못하네
尋聲暗問彈者誰　　소리 찾아 탄주자가 누구냐고 나직이 물어보니
琵琶聲停欲語遲　　비파소리 멈추고 대답소리 더디네
移船相近邀相見　　배를 저어 가까이 가서 서로 보기를 요청하고
添酒回燈重開宴[3]　　술 차리고 등불 켜서 다시 연회를 열었네
千呼萬喚始出來　　천 번 부르고 만 번 부르니 비로소 나왔는데
猶抱琵琶半遮面　　여전히 비파 껴안고 얼굴 반을 가리었네
轉軸撥絃三兩聲[4]　　축으로 현을 퉁겨 두세 소리 울려보는데
未成曲調先有情　　곡조를 이루기도 전에 감정이 뭉클하네
絃絃掩抑聲聲思[5]　　현들을 감싸누르니 소리마다 감정이 있어
似訴平生不得意　　평생 뜻을 이루지 못한 한을 호소하는 듯한데
低眉信手續續彈　　고개 숙이고 손 따라 연이어 퉁겨내니
說盡心中無限事　　심중의 무한한 일들을 다 말하는 듯하네
輕攏慢撚抹復挑[6]　　가볍게 두드리고 느리게 휘게 하고 누르고 당겨
初爲霓裳後六么[7]　　처음엔 <예상곡>을 다시 <육요곡>을 이루니
大絃嘈嘈如急雨[8]　　대현은 조조하여 소낙비소리 같고
小絃切切如私語[9]　　소현은 절절하여 속삭이는 소리 같네
嘈嘈切切錯雜彈　　조조하고 절절한 소리를 섞어서 탄주하니
大珠小珠落玉盤　　큰 구슬 작은 구슬들이 옥반에 떨어지고
間關鶯語花底滑[10]　　우짖는 꾀꼬리소리가 꽃 아래서 매끄럽네

幽咽泉流氷下灘　　오열하는 샘물소리 얼음 아래 여울에 있고
氷泉冷澁絃凝絶　　언 샘물소리 차고 거칠어 현에 엉기어 끊기고
凝絶不通聲暫歇　　엉겨 끊기어 통하지 않아 소리가 잠시 사라지네
別有幽愁暗恨生　　특별히 깊은 수심과 한이 일어나니
此時無聲勝有聲　　이때의 고요함이 소리가 울릴 때보다 낫네
銀缾乍破水漿迸　　은 항아리가 갑자기 깨지며 물이 쏟아지고
鐵騎突出刀槍鳴　　철기가 돌출하여 칼과 창날소리 울려나네
曲終收撥當心畫[11]　곡이 끝나고 발을 거두며 중심을 힘껏 그으니
四絃一聲如裂帛　　사현의 소리가 비단 찢기 듯 일제히 울려나네
東舟西舫悄無言　　동쪽 배 서쪽 배들 조용하게 말이 없고
唯見江心秋月白　　다만 강 가운데에 가을달만 밝네
沈吟放撥插絃中　　한숨 쉬며 발을 현 안에 꽂아놓고
整頓衣裳起斂容　　의상을 정돈하고 일어나 얼굴을 가다듬네
自言本是京城女　　"저는 본래 경성 여자인데
家在蝦蟇陵下住[12]　집은 하마릉 아래 있었지요
十三學得琵琶成　　열세 살에 비파를 배워 성취하여
名屬敎坊第一部[13]　이름이 교방 제일부에 속했답니다
曲罷曾敎善才伏　　곡을 마치면 으레 악사들을 탄복시켰고
妝成每被秋娘妒[14]　화장하면 항상 추랑의 질투를 받았지요
五陵年少爭纏頭[15]　오릉의 청년들은 전두를 다투었고
一曲紅綃不知數　　한 곡에 붉은 비단이 셀 수도 없었지요
鈿頭雲篦擊節碎[16]　전두와 운비는 박자 치다가 깨트렸고
血色羅裙翻酒汙　　붉은 비단치마는 술 엎질러 더럽혔고

今年歡笑復明年　　금년의 즐거움이 명년에 이어져서
秋月春風等閒度　　가을 달 봄바람에 한가하게 보냈지요
弟走從軍阿姨死　　아우가 종군하고 이모가 죽고 나서
暮去朝來顔色故　　저녁 가고 아침 오니 안색이 시들어
門前冷落鞍馬稀　　문전엔 영락하게 찾는 말도 드물게 되어
老大嫁作商人婦　　나이 먹어 시집가서 상인의 부인이 되었지요
商人重利輕別離　　상인은 이익만 중시하고 이별은 가볍게 여겨
前月浮梁買茶去[17]　　전 달에 부량으로 차를 사러 갔답니다
去來江口守空船　　오고가는 강나루에서 빈 배만 지키는데
繞船月明江水寒　　뱃전에 도는 달빛 밝고 강물은 차갑군요
夜深忽夢少年事　　밤 깊어 문득 젊은 시절을 꿈꾸고
夢啼妝淚紅闌干　　꿈속에 울면 화장으로 눈물이 붉게 흐릅니다"
我聞琵琶已歎息　　나는 비파소리를 듣고 이미 탄식했는데
又聞此語重唧唧　　또 이 말을 듣고 거듭 한탄하네
同是天涯淪落人　　함께 하늘 끝에서 떠도는 사람인데
相逢何必曾相識　　상봉함에 반드시 이전에 알아야만 하랴?
我從去年辭帝京　　나는 작년에 경성을 떠나와
謫居臥病潯陽城　　심양성에 귀양 살며 병들어 누웠는데
潯陽小處無音樂　　심양은 작은 고을이라 음악이 없어
終歲不聞絲竹聲　　일 년 내내 음악소리를 듣지 못했네
住近湓江地低濕　　거처가 분강에 가까워 땅이 낮고 습한데
黃蘆苦竹繞宅生　　누런 갈대와 고죽이 집을 둘러 자라고
其間旦暮聞何物　　그 사이에서 밤낮으로 무슨 소리를 듣는가?

杜鵑啼血猿哀鳴　　두견이의 피울음과 원숭이의 슬픈 울음소리네
春江花朝秋月夜　　봄 강의 꽃 핀 아침과 가을 달의 밤엔
往往取酒還獨傾　　종종 술을 가져와 혼자 마실 때
豈無山歌與村笛　　어찌 산 노래와 시골 피리소리가 없겠는가만
嘔啞嘲哳難爲聽　　왁자지껄한 노랫가락이 듣기가 어렵다네
今夜聞君琵琶語　　오늘 저녁 그대의 비파소리를 들으니
如聽仙樂耳暫明　　선악을 듣는 것처럼 귀가 잠시 밝아졌네
莫辭更坐彈一曲　　사양 말고 다시 앉아 한 곡 더 타주구려
爲君翻作琵琶行　　그대 위해 악보 채워 <비파행>을 지으리라
感我此言良久立　　내 말에 감동하여 오래 서 있더니
却坐促絃絃轉急　　다시 앉아 현을 재촉하니 현 소리 더욱 급해지네
凄凄不似向前聲　　처절함이 이전의 소리와 같지 않으니
滿座重聞皆掩泣　　온 좌석이 다시 듣고 모두 소리 죽어 흐느끼네
座中泣下誰最多　　좌중에서 누가 가장 많이 눈물 흘렸던가?
江州司馬青衫濕　　강주사마의 청삼이 젖었다네

주석 ⌘

1) 潯陽江(심양강): 심양군(潯陽郡) 경내를 흘러가는 구강(九江)에 대한 명칭.

2) 瑟瑟(슬슬): 초목에 바람이 부는 소리.

3) 添酒回燈(첨주회등): 술을 다시 준비하고 등불을 밝힘.

4) 축으로 현을 퉁기며 소리를 시험해 봄을 말함.

5) 掩抑(엄억): 현을 눌러 저음을 내는 것.

6) 攏(농): 손가락으로 현을 두드리는 것. 撚(연): 손가락으로 현을 휘게 하는

것. 抹(말): 손가락으로 아래로 누르는 것. 挑(조): 손가락을 뒤집어 현을 위로 당겨 올리는 것. 농과 연은 왼손의 탄주법이고 말과 조는 오른손의 탄주법임.

7) 霓裳(예상): 예상우의곡(霓裳羽衣曲). 六幺(육요): 비파곡의 이름. 일명 녹요(綠要), 녹요(錄要)라고도 함.

8) 大絃(대현): 비파의 조현(粗絃). 嘈嘈(조조): 침중유장(沈重悠長)한 소리.

9) 小絃(소현): 비파의 세현(細絃). 切切(절절): 미세급촉(微細急促)하여 비절(悲絶)한 소리.

10) 間關(간관): 새가 우는 소리.

11) 撥(발): 발자(撥子). 현악기를 타는 채. 當心畫(당심화): 비파의 중심에 힘껏 획(畫)을 긋는 것. 곡이 끝났음을 말함.

12) 蝦蟆陵(하마릉): 장안성(長安城) 동남 곡강(曲江) 부근. 동중서(董仲舒)를 이곳에 장례하였는데, 문인들이 그 마을 지날 때면 모두 말에서 내렸기 때문에 하마릉(下馬陵)이라 했는데, 와전되어 하마릉(蝦蟆陵)이 되었다고 함.

13) 敎坊(교방): 국가에서 가무(歌舞)를 교습시키는 관청. 그 가운데 내인(內人)은 궁중의 가무기(歌舞妓)이고, 궁중 밖에는 공봉(供奉)이 있었음.

14) 秋娘(추랑): 당시의 명기(名妓) 이름.

15) 五陵年少(오릉년소): 부호가의 자제들을 말함. 오릉은 한(漢)나라 황제들의 능침으로 장안 북쪽에 있는데, 왕공과 귀족들의 집단 거주지였음. 纏頭(전두): 가녀(歌女)나 무녀(舞女)들에게 지급하는 비단 등을 말함.

16) 鈿頭(전두): 금옥이나 구슬 등으로 장식한 머리장식품. 雲篦(운비): 머리빗.

17) 浮梁(부량): 강서성 경덕진(景德鎭). 당시 차의 집산지였음.

평설

● 『주자어류』에 "백낙천의 〈비파행〉에 '嘈嘈切切錯雜彈, 大珠小珠落玉盤'이라고 운운했는데, 이는 화합하지만 지나치다. '凄凄不似向前聲, 滿座

重聞皆掩泣'은 담박하지만 슬프다"라고 했다.

• 『당시경』에 "낙천은 간련법(簡煉法)이 없었기 때문에 돈좌격앙(頓挫激昻)을 난해함으로 삼았음을 깨닫는다"고 했다.

• 『당시해』에 "〈연창(連昌)〉의 기사(紀事), 〈비파〉의 서정(敍情), 〈장한〉의 풍자(諷刺)는 모두 장편 중에서 뛰어난 것이다"라고 했다.

• 『당시별재』에 "동병상련의 뜻을 그려냈는데, 슬프게 사람을 감동시킨다"고 했다.

• 『현용설시』에 "〈비파행〉은 비교적 정미(情味)가 있으나, '我從去年' 1단(段)은 또한 번용(繁冗)함이 싫증난다. 노파가 사람들에게 옛일을 말하는 것은 도도서서(叨叨絮絮)하여 실컷 읽어도 그만둘 수가 없다"고 했다.

경비 輕肥[1]

意氣驕滿路	의기의 교만함이 길에 가득하고
鞍馬光照塵[2]	안마들의 화려한 빛이 먼지에 비추네
借問何爲者	물어보자 뭘 하는 자들인가?
人稱是內臣[3]	사람들이 내신들이라 하네
朱紱皆大夫[4]	주불이 모두 대부들이고
紫綬或將軍[5]	자수를 찬 장군도 있네
誇赴軍中宴	자랑스레 군중의 연회로 달려가니
走馬去如雲	달리는 말들 구름처럼 지나가네
尊罍溢九醞[6]	술동이엔 구온 술이 넘치고

水陸羅八珍[7]　　　바다와 육지의 팔진미를 차려놓았네

果擘洞庭橘[8]　　　과일은 동정귤을 쪼개고

膾切天池鱗[9]　　　회는 천지의 물고기를 절단하네

食飽心自若　　　　배불리 먹으니 마음이 편안하고

酒酣氣益振　　　　술에 취하니 기운이 더욱 등등하네

是歲江南旱[10]　　 이 해에는 강남에 가뭄이 들어

衢州人食人[11]　　 구주 사람들은 사람고기를 먹는다는구나!

주석 ∽

1) **輕肥**(경비): 〈진중음(秦中吟)〉 10수 중 1수. 그 서문에 "정원(貞元)과 원화(元和) 연간에 나는 장안(長安)에 있었는데, 보고 들은 것 가운데 슬퍼할 만한 일들이 있어서, 곧 그 일들을 노래로 지어서 〈진중음〉이라고 명명했다"고 했음. 『논어 · 옹야(雍也)』에 "乘肥馬, 衣輕裘"라고 했음. 사치스러운 달관(達官)과 현신(顯臣)을 말함.

2) **鞍馬**(안마): 기마(騎馬).

3) **內臣**(내신): 황제의 근신(近臣)들.

4) **朱紱**(주불): 관원의 인(印)을 매는 붉은 끈.

5) **紫綬**(자수): 관원의 인(印)을 매는 자색 끈.

6) **九醞**(구온): 미주(美酒)의 이름. 『서경잡기(西京雜記)』에 "정월 초하루에 술을 담가 8월에 익는데, 이름을 '주(酎)'라고 하는데, 일명 '구온(九醞)'이라 한다"고 했음.

7) **八珍**(팔진): 8가지 진기한 음식. 그 설이 다양한데, 일설에는 용간(龍肝) · 봉수(鳳髓) · 이미(鯉尾) · 효자(鴞炙) · 성순(猩脣) · 표태(豹胎) · 웅장(熊掌) · 수락선(酥酪蟬) 등이라 함.

8) **洞庭橘**(동정귤): 강소성 태호(太湖) 동정산(洞庭山)에서 생산되는 귤.

9) 天池鱗(천지린): 바닷물고기를 말함.

10) 사서에 의하면, 원화(元和) 4년(809)에 남방에 가뭄으로 기근이 들었다고 함.

11) 衢州(구주): 절강성 구현(衢縣).

평설 ◎

• 『위로시화』에 "시는 화완우유(和緩優柔)함을 귀하고 여기고, 솔직박절
(率直迫切)함은 피해야 한다. …… 〈경비〉의 '是歲江南旱, 衢州人食人'과
〈매화(買花)〉의 '一叢深色花, 十戶中人賦' 등은 솔직함이 더욱 심하다"고
했다.

• 청나라 어선(御選) 『당송시순(唐宋詩醇)』에 "결구의 두절(斗絶)함은 천
장(丈) 아래로 한 번 떨어지는 기세가 있다"고 했다.

모란꽃 사기 買花[1]

帝城春欲暮	서울거리에 봄이 저물어 갈 때
喧喧車馬度	소란하게 수레와 말들이 지나가네
共道牡丹時	사람마다 모란 철이라며
相隨買花去	서로 줄지어 꽃을 사러 간다하네
貴賤無常價	귀한 것 천한 것 정해진 가격도 없어
酬直看花數	꽃송이 숫자로만 값을 치르네
灼灼百朶紅	눈부시게 붉은 백송이 꽃값으로
戔戔五束素[2]	층층이 쌓은 다섯 묶음의 비단을 내라하네

上張幄幕庇	위에는 장막을 쳐서 가리고
旁織笆籬護	주위엔 대나무 발을 둘러쳐 보호하고
水洒復泥封	물 뿌리고 다시 진흙으로 봉하니
移來色如故	옮겨와도 꽃 색은 본래 그대로이네
家家習爲俗	집집마다 익숙하여 풍속을 이루고
人人迷不悟	사람마다 미혹되어 깨닫지 못하는데
有一田舍翁	한 시골 늙은이가
偶來買花處	우연히 꽃시장에 왔다가
低頭獨長歎	고개 숙이고 홀로 길게 탄식하는데
此歎無人喻	이 탄식을 아무도 알지 못하네
一叢深色花	"한 떨기 짙은 색 꽃값이
十戶中人賦	열 집의 세금과 맞먹는구나!"

주석 ⌒

1) 〈진중음〉 10수 중 1수.

2) 戔戔(전전): 많은 모양.

평설 ⌒

● 『재주원시화』에 "〈진중음(秦中吟)〉·〈희우시(喜雨詩)〉·〈곡공감(哭孔戡)〉
·〈숙자각촌(宿紫閣村)〉 등은 모두 낙천의 득의의 작품이다. 〈자각촌〉
은 오히려 〈석호리(石壕吏)〉의 유의(遺意)가 있다. 〈진중음〉의 끝 편의
'一叢深色花, 十戶中人賦'는 약간 풍영(諷詠)하였다. 나머지는 모두 골
(骨)이 약하고 뜻이 천(淺)하다. 비록 신총(宸聰)을 넓혀서 우근(憂勤)을

돕고자 했더라도 '말에 문식(文飾)이 없으면, 전해짐이 멀지 못한다'고
했으니, 〈기초(祈招)〉의 뜻과 거리가 멀다. …… 나는 백거이의 풍유시
(諷諭詩)를 읽으면서, 매번 아름다운 뜻은 있지만 좋은 말이 없음을 탄
식하였다"고 했다.

숯 파는 늙은이　賣炭翁[1]

賣炭翁	숯 파는 늙은이
伐薪燒炭南山中	남산에서 나무 베어 숯을 굽네
滿面塵灰烟火色	얼굴엔 재 먼지 가득하고 그을린 안색인데
兩鬢蒼蒼十指黑	양 귀밑머리 희끗하고 열 손가락은 새까맣네
賣炭得錢何所營	숯 팔아 돈 벌면 어디에 쓸 것인가?
身上衣裳口中食	몸에 걸칠 옷과 먹을 식량을 산다네
可憐身上衣正單	불쌍하게 몸에 걸친 옷은 홑옷인데
心憂炭賤願天寒	속으로 숯 값 떨어질까 걱정해 날 춥기를 바라네
夜來城外一尺雪	밤에 성 밖에 한 자의 눈이 내려
曉駕炭車輾氷轍	새벽에 숯 수레를 매어 언 길을 굴러가네
牛困人饑日已高	소는 지치고 사람은 배고프고 해는 이미 높아
市南門外泥中歇	시장 남문 밖 진창에서 쉬고 있는데
翩翩兩騎來是誰	내달려오는 두 기마는 누구인가?
黃衣使者白衫兒[2]	황색 옷의 사자와 백삼을 걸친 하인이네
手把文書口稱敕	손에 문서를 들고 칙령이라 외치고서

迴車叱牛牽向北　　수레 돌려 소를 질타하며 북쪽으로 끌고 가네
一車炭　　　　　　한 수레의 숯이
千餘斤　　　　　　천여 근이나 되는데
宮使驅將惜不得　　궁전 사자가 끌어가니 아까워도 어찌하랴!
半疋紅紗一丈綾　　반 필 붉은 비단과 한 장의 능라비단을
繫向牛頭充炭直　　소머리에 묶어주며 숯 값이라 하네

주석 ∽

1) 〈신악부〉 50수 중의 1수. 원주에 "관시(官市: 宮市라고도 함)를 괴로워한 것
   이다"고 했음.

2) 黃衣使者(황의사자): 환관(宦官)을 말함. 白衫兒(백삼아): 품계가 없는 하급
   환관.

평설 ∽

● 『당송시순』에 "그 사건을 직서(直書)하여 그 뜻이 절로 드러났는데, 한
  마디의 단언하는 말도 붙이지 않았다"고 했다.

옛 들판의 풀을 읊어 송별하다 賦得古原草送別[1]

離離原上草[2]　　　무성한 들판의 풀
一歲一枯榮　　　　한 해에 한 번씩 시들고 번성하네
野火燒不盡　　　　들불도 다 태우지 못하여

春風吹又生　　　봄바람 불면 다시 자라나네
遠芳侵古道　　　먼 방초들이 옛길까지 침범하고
晴翠接荒城³⁾　　밝은 비취빛은 황량한 성에 이어졌네
又送王孫去⁴⁾　　또 왕손의 떠남을 전송하니
萋萋滿別情⁵⁾　　우거진 풀처럼 이별의 정이 가득하네

주석

1) 제목은 일작 〈초(草)〉라고도 함. 백거이가 16살 때 지은 작품임.

2) **離離**(이리): 무성하게 자란 모양.

3) **晴翠**(청취): 햇살에 비친 밝은 비취빛의 풀빛.

4) **王孫**(왕손): 귀한 손님이라는 의미로 사용됨.

5) **萋萋**(처처): 무성한 모양. 『楚辭・招隱士』에 "王孫游兮不歸, 春草生兮萋萋"라고 했음.

평설

● 우무(尤袤)의 『전당시화(全唐詩話)』에 "낙천(樂天)이 미관(未冠) 때 글을 가지고 고황(高況)을 알현했는데, 고황이 성명(姓名)을 보고서 응시하며 말하기를 '장안(長安)에는 쌀이 귀하니, 살기[居]가 몹시 쉽지[易] 않을 것이다'라고 했다. 시권을 펼쳐 그 방초(芳草)시를 읽다가 '野火燒不盡, 春風吹又生'에 이르자, 감탄하면서 '나는 이런 시는 마침내 끊어졌다고 여겼는데, 지금 다시 그대를 얻게 되는구나. 앞서 한 말은 농담이었을 뿐이다'라고 했다"고 했다.

● 『당시별재』에 "이 시는 고황에게서 칭찬을 받은 것인데, 그로써 명성을

얻었다. 그러나 노성(老成)하지만 원신(遠神)이 적다. 백거이 시의 아름다움은 진정 이런 것에 있지 않다"고 했다.

소주자사에 임명되어 낙성 동쪽의 꽃과 이별하다 除蘇州刺史別洛城東花[1)]

亂雪千花落	어지러운 눈발처럼 천 꽃잎 떨어지니
新絲兩鬢生	새 흰머리가 양 귀밑머리에 돋아났네
老除吳郡守[2)]	늙어서 오군의 수령에 임명되어
春別洛陽城	봄에 낙양성을 이별하네
江上今重去[3)]	강가를 지금 거듭 떠나가며
城東更一行	성 동쪽에서 다시 한차례 행락을 하네
別花何用伴	꽃과 이별하면서 하필 사람만 동반하랴?
勸酒有殘鶯	술 권하는 남은 꾀꼬리소리가 있네

주석

1) 경종(敬宗) 보력(寶曆) 원년(825) 3월에 소주자사(蘇州刺史)에 임명되어 5월에 부임하면서, 백거이가 54세 때 지은 작품임.

2) 吳郡(오군): 소주의 치소(治所)가 있는 곳. 지금의 강소성 오현(吳縣).

3) 백거이는 이미 목종(穆宗) 장경(長慶) 2년에 항주자사(杭州刺史)가 되어 낙양을 떠난 적이 있음.

전당호 봄나들이 錢唐湖春行[1]

孤山寺北賈亭西[2]	고산사 북쪽 가공정 서쪽에
水面初平雲脚低	수면이 비로소 차올라 구름 나직하네
幾處早鶯爭暖樹	어느 곳의 이른 꾀꼬리가 따뜻한 나무를 다투며
誰家新燕啄春泥	누구 집의 새 제비가 봄 진흙을 쪼는가?
亂花漸欲迷人眼	어지러운 꽃들은 점차 사람 시야를 가리려 하고
淺草纔能沒馬蹄	얕은 풀밭은 이제 말발굽을 빠뜨리려 하네
最愛湖東行不足	가장 좋은 호수 동쪽은 행락을 다하지 못했는데
綠楊陰裏白沙隄	푸른 버들 그늘 속에 흰 모래 제방이 있네

주석 ❧

1) 장경(長慶) 3년(823) 백거이가 항주자사(杭州刺史)일 때 지은 작품. **錢唐湖**(전당호): 항주(杭州) 서호(西湖).

2) **孤山寺**(고산사): 고산(孤山)은 서호 안에 있는데 그 정상에 고산사가 있음. 진(陳)나라 천가(天嘉) 초년에 건축되었음. **賈亭**(가정): 가공정(賈公亭). 정원(貞元) 중에 가전(賈全)이 항주자사로 있을 때 세운 정자.

평설 ❧

● 『당시평선』에 "대력(大曆)의 시가 변하여 장경(長庚)이 되었는데, 스스로 검중(黔中)의 계책(溪簀)에서 나와서 전남(滇南)의 가처(佳處)로 들어간 듯하다. 원진과 백거이가 함께 동시에 풍미(風味)로써 천하의 심비(心脾)를 우탕(流蕩)시켜서 몹시 운(韻)으로써 서로 칭찬했다. 미묘한 것을 은괄(檃括)함은 스스로 잘한 바가 아니었다. 그러나 마땅히 저것으로

써 이것을 책망해서는 안 된다"고 했다.

서호에서 저녁에 돌아오며 고산사를 바라보고, 여러 객들에게 주다 西湖晚歸, 回望孤山寺, 贈諸客[1]

柳湖松島蓮花寺	버들 호수 소나무 섬 연꽃 절간
晚動歸橈出道場	저녁에 배를 돌려 도장을 나왔네
盧橘子低山雨重[2]	노귤 열매 나직하고 산비는 무겁고
棕櫚葉戰水風涼	종려 잎들 펄렁이고 호수바람 서늘하네
烟波澹蕩搖空碧	연파가 맑게 출렁거려 허공의 푸름을 흔들고
樓殿參差倚夕陽	누대와 전각들 들쭉날쭉 석양에 기대었네
到岸請君回首望	연안에 도착해 그대들에게 돌아보길 청하니
蓬萊宮在海中央	봉래궁이 바다 가운데에 있지 않소

주석 ∽

1) 백거이의 「화엄경사시(華嚴經社記)」에 의하면, 항주 용홍사(龍興寺) 승려 남조(南操)가 장경(長慶) 2년 여름부터 매년 법회를 여러 차례 거행했는데, 백거이 또한 그 법회에 참석했다고 했음.

2) 盧橘(노귤): 귤의 일종.

평설 ∽

● 『당시별재』에 "고산 한 길의 풍경은 곧 명화가라도 또한 능히 이를 수

없다"고 했다.

- 『당송시순』에 "구법이 정건(挺健)함은 자법(字法)으로부터 신선해 것이다. '重'자, '哉'자, '搖'자, '倚'자가 모두 은미하고 묘하다. 어찌 노파가 다시 이해할 수가 있겠는가?"라고 했다.

몽득과 함께 술을 사서 한가히 마시며 다시 만나기로 약속하다 與夢得沽酒閒飮, 且約後期[1]

少時猶不憂生計	젊을 때도 오히려 생계를 걱정하지 않았는데
老後誰能惜酒錢	늙은 후에 누가 술값을 아끼겠는가?
共把十千沽一斗	함께 만전으로 한 말 술을 사고
相看七十欠三年	서로 보니 칠십 세에서 삼년이 부족하네
閑徵雅令窮經史[2]	한가히 아령을 정하려고 경사 문구를 뒤적이고
醉聽淸吟勝管絃	취하여 맑은 읊조림을 들으니 음악보다 낫네
更待菊黃家醞熟[3]	다시 국화 노랄 때 가양주가 익기를 기다려
共君一醉一陶然	그대와 함께 취해 한차례 도연해지리라

주석

1) 개성(開成) 3년(838) 백거이가 태자소부(太子少傅)로 낙양에 있을 때 지은 작품임. 夢得(몽득): 유우석(劉禹錫)의 자(字). 당시 태자빈객분사(太子賓客分司)로 역시 낙양에 있었음.

2) 雅令(아령): 주령(酒令). 술 마실 때 놀기 위해 만드는 규칙. 어기면 벌주를 먹임. 당나라 때는 간혹 경사(經史)의 문구를 주령으로 삼았음.

3) 家醞(가온): 가양주(家釀酒).

평설 ⌇

● 『소매첨언』에 "기구는 돌올하게 노기(老氣)를 얻었고, 기경(奇警)함을 휘척(揮斥)했는데, 두공(老公: 杜甫)에게 비할 만하다. 묘함은 제4구에 있는데, 밖으로부터 불러들여 동반시킨 것이다. 융흡(融洽)하게 일편(一片)을 이루었기 때문에 묘하다. 후반은 평범하게 부연해 나갔을 뿐인데, 도리어 본색이다"라고 했다.

유십구에게 묻다 問劉十九[1]

綠螘新醅酒[2]	푸른 거품의 새로 거른 술
紅泥小火壚	붉은 진흙의 작은 화로
晚來天欲雪	저녁에 하늘에서 눈이 내리려는데
能飮一杯無	한잔 술을 마시지 않겠는가?

주석 ⌇

1) 원화(元和) 12년(817) 년 강주(江州)에서 지은 작품임. 劉十九(유십구): 미상.

2) 綠螘(녹의): 녹의(綠蟻). 술이 익을 때 위에 뜨는 푸른 거품.

평설 ⌇

● 『당시삼백수』에 "손 따라 집어왔는데, 모두 묘체(妙諦)를 이루었다. 시

가(詩家)의 삼매(三昧)는 이와 같고 이와 같다"고 했다.

- 『당인절구정화』에 "이 두 시를 읽어보면 백거이가 객을 좋아함을 알 수 있다. 술이 있으면 곧 벗을 불러서 함께 마신다"고 했다.

후궁사 後宮詞

淚盡羅巾夢不成	눈물을 비단 수건에 다 쏟고 꿈 못 이루는데
夜深前殿按歌聲	밤 깊어 앞 전각에선 음악소리 울려나네
紅顔未老恩先斷	고운 얼굴 늙지 않았는데 은애 먼저 끊기니
斜倚薰籠坐到明[1]	훈롱에 비스듬히 기대 앉아 날을 새우네

주석

1) **薰籠**(훈롱): 향을 피워 옷에 쬘 때 사용하는 죽롱(竹籠).

평설

- 『시인옥설』에 "시에 구가 함축(含蓄)된 것이 있는데, 노두(老杜)의 '勳業頻看鏡, 行藏獨倚樓' …… 은 구의(句意)가 모두 함축된 것들이다. 〈구일(九日)〉시 '明年此會知誰健, 更把茱萸仔細看' …… 또 백낙천의 '淚盡羅巾夢不成' 등이다"라고 했다.

- 『당인만수저구선평』에 "지극히 직설로 이르렀는데, 맛은 덜하지 않는 것이 묘가 되는 이유이다"라고 했다.

저무는 강에서 읊다 暮江吟

一道殘陽鋪水中	한 줄기 석양빛 물속에 퍼지니
半江瑟瑟半江紅[1]	반강은 푸르고 반강은 붉네
可憐九月初三夜	아름다운 구월 초의 삼경에
露似眞珠月似弓	이슬은 진주 같고 달은 활 같네

주석 ᒎ

1) 瑟瑟(슬슬): 『승암시화(升庵詩話)』에 "슬슬(瑟瑟)은 진보(珍寶)의 이름이다. 그 색이 푸르기[碧] 때문에 슬슬의 그림자로 벽자(碧字)를 지적한 것이다. 이는 석양빛이 강을 비추어 반은 붉고 반은 푸르다는 것을 말한 것이다"라고 했음.

평설 ᒎ

● 『당송시순』에 "사경(寫景)이 기려(奇麗)한데, 이는 한 폭의 채색한 추경도(秋景圖)이다"라고 했다.

● 『당인만수절구선평』에 "화려함이 빼어나고 운치가 빼어나서, 사람의 신(神)을 가게 한다"고 했다.

양류지사 楊柳枝詞[1]

一樹春風萬萬枝	봄바람 속 한 그루 수많은 가지들
嫩於金色軟於絲	황금색보다 더 옅고 명주실보다 더 부드럽네

永豊西角荒園裏²⁾　　영풍 서쪽 모퉁이 황량한 동원 안에서
盡日無人屬阿誰　　종일 사람도 없는데 누구에게 의지하는가?

주석 ⌒

1) 『악부시집』에 "〈양류지(楊柳枝)〉는 백거이가 낙중(洛中)에서 지은 것이다. 『본
   사시(本事詩)』에 '백상서(白尙書)에게 기녀(妓女)가 있는데, 번소(樊素)는 노
   래를 잘하고, 소만(小蠻)은 춤을 잘 췄다. 일찍이 시를 짓기를 「櫻桃樊素口,
   楊柳小蠻腰」라고 했다. 나이가 이미 높은데도 소만은 바야흐로 풍염(豊豔)
   하였으므로 이에 〈양류지사(楊柳枝辭)〉를 지어 뜻을 붙이기를 「永豊西角荒
   園裏, 盡日無人屬阿誰」라고 했다. …… 선종조(宣宗朝)에 이르러 국악(國樂)
   에서 이 가사를 부르자, 황제가 누구의 가사냐고 묻고, 영풍은 어느 곳이냐
   고 물었다. 좌우에서 상세하게 대답했다. 마침내 그로 인하여 동쪽으로 사신
   을 보내 영풍의 버들가지를 취해오게 하여 금중(禁中)에 심었다'고 했다"라
   고 했음.

2) 永豊(영풍): 영풍방(永豊坊). 낙양(洛陽)의 마을 이름.

평설 ⌒

● 『당시선맥회통평림』에 "주정(周挺)이 '一樹春風' 4자는 곧 버드나무를 위
  해 신(神)을 그려냈다. '嫩・軟・金絲'는 지극히 그 용태(容態)의 요나(妖
  娜)함을 그려냈다. 뒤 2어는 곧 '君王行幸少, 閑却舞時衣'의 뜻이다"라고
  했다.

● 『당송시순』에 "풍치(風致)가 편편(翩翩)하다"고 했다.

● 『당인절구정화』에 "이는 현재(賢才)가 있을 곳을 얻지 못함을 비유한 것
  이다. 이와 같은 아나(婀娜)한 버들이 남들이 알지 못하는 황량한 동원

에 있느니, 어찌 애석하지 않겠는가? 다만 시에서는 '盡日無人屬阿誰'라
고 말했는데, 애석해 하는 뜻이 스스로 언외에 있다. 『본사시』에서 번소
(樊小)를 내보내기 위해 지었다고 했는데, 잘못이다"고 했다.

원진 元稹

원진(779-831), 자는 미지(微之), 하남(河南) 하내(河內: 하남성 沁陽縣 일대) 사람. 15세에 명경과(明經科)에 합격하여 교서랑(校書郎)이 되었다. 원화 원년(806), 제과대책(制科對策)에 일등으로 합격하고, 우습유(左拾遺)가 되었다. 감찰어사(監察御史)를 지내고 사건에 연좌되어 강릉 사조참군(江陵士曹參軍)로 좌천되었다. 장경(長慶) 초에 사부랑중(祠部郎中)과 지제고(知制誥)를 지냈다. 곧 중서사인(中書舍人)·승지학사(承旨學士)·공부시랑(工部侍郎)·동평장사(同平章事)를 지냈다. 다시 파직되어 동주자사(同州刺史)·월주자사(越州刺史) 겸 어사대부(御史大夫)·절동관찰사(浙東觀察使) 등을 지냈다. 태화(太和) 3년에 소환되어 상서 좌승(尙書左丞)이 되고, 무창군절도사(武昌軍節度使)를 지내다가 53세에 죽었다.

원진은 젊어서부터 백거이(白居易)와 창화(倡和)했는데, 당시에 두 사람을 '원백(元白)'으로 병칭하고, 그들의 시를 '원화체(元和體)'라고 했다.

슬픈 회포를 적다 遣悲懷[1]

1

謝公最小偏憐女[2]	사공이 가장 어린 딸을 편애했는데
嫁與黔婁百事乖[3]	검루에게 시집와서 온갖 일이 어긋났네
顧我無衣搜畵篋	내가 옷이 없음을 보고는 옷상자를 뒤지고
泥他沽酒拔金釵[4]	그녀에게 술 사오라 조르면 금비녀를 뽑았네
野蔬充膳甘長藿	들나물로 반찬 만들고 긴 콩잎도 달게 여기고
落葉添薪仰古槐	낙엽을 땔감하려고 늙은 홰나무를 올려다보았네
今日俸錢過十萬	지금은 봉급이 십만 전을 넘으니
與君營奠復營齋[5]	그대를 위해 제사하고 또 재도 올리리라

주석 ↜

1) 원화(元和) 4년(809), 원진이 27세 때, 첫 부인 위씨(韋氏)를 상처하고 그 죽
음을 애도한 시임. 위씨는 공부상서(工部尙書) 위하경(韋夏卿)의 딸로서, 자
는 혜총(惠叢)인데, 결혼한 지 4년 만에 타개했음.

2) 謝公(사공): 동진(東晉)의 재상 사안(謝安)이 질녀(姪女) 사도온(謝道韞)을
지극히 사랑했었음. 偏憐(편련): 편애(偏愛).

3) 黔婁(검루): 춘추시대 제(齊)나라 사람. 몹시 빈궁했지만 고결한 인물이었음.

4) 泥(니): 은근히 요구함.

5) 營齋(영재): 죽은 자의 명복을 빌기 위해 승려에게 재를 올리게 하는 것.

2

昔日戲言身後意	지난날 죽은 후의 일을 장난삼아 말했는데
今朝皆到眼前來	오늘 아침 모든 것이 눈앞에 이르렀네
衣裳已施行看盡[1]	옷가지는 이미 나눠줬건만 다시 살펴보고
針線猶存未忍開	바늘 실 상자가 아직 남았지만 차마 열 수가 없네
尚想舊情憐婢僕	오히려 옛정이 비복들을 동정함을 상상하는데
也曾因夢送錢財	또한 일찍이 꿈속에서 돈과 재물을 보내왔네
誠知此恨人人有	참으로 이 한은 사람들 모두에게 있지만
貧賤夫妻百事哀	빈천한 부부에겐 모든 일이 슬프기만 하네

주석 ⟋

1) 施(시): 남에게 베풀어 줌. 行看(행간): 차간(且看). 다시 살펴봄.

3

閒坐悲君亦自悲	한가히 앉아 그대 슬퍼하고 또 나를 슬퍼하는데
百年都是幾多時	백년인생이 모두 얼마나 되던가?
鄧攸無子尋知命[1]	등유는 자식이 없었으나 곧 운명을 알았고
潘岳悼亡猶費詞[2]	반악은 〈도망시〉는 오히려 말을 낭비했네
同穴窅冥何所望	죽어서 함께 묻힘을 어떻게 바랄 것인가?
他生緣會更難期	내세의 인연의 만남은 더욱 기대하기 어렵네
唯將終夜長開眼	다만 밤새 오래 눈을 뜨고서

報答平生未展眉　　평생 미간을 펴지 못했던 것에 보답하리라

주석 ⁓

1) 鄧攸(등유): 진(晉)나라 사람. 아들과 조카를 데리고 피란을 가다가, 둘 다
   보호할 수가 없어서 아들을 버리고 조카를 보호했는데 결국 후사가 끊기었음.
2) 潘岳(반악): 진(晉)나라 문인. 일찍이 처를 여의고 〈도망시(悼亡詩)〉를 지었
   는데, 후세에 많은 영향을 끼쳤음.

주택을 낙천에게 자랑하다 以州宅夸於樂天[1]

州城迴遶拂雲堆　　고을의 성곽들이 둘러서 구름 떨치며 쌓여 있고
鏡水稽山滿眼來[2]　경호의 물과 회계산이 온 시야로 들어오네
四面常時對屛障　　사방으로 언제나 병장을 대하고
一家終日在樓臺　　한 가족이 종일 누대에 있네
星河似向簷前落　　은하수가 처마 앞을 향해 떨어질 듯하고
鼓角驚從地底迴　　북소리 호각소리 땅 밑에서 울려나서 맴도네
我是玉皇香案吏[3]　나는 옥황의 향안리였는데
謫居猶得住蓬萊[4]　유배소가 오히려 봉래에 있는 듯하네

주석 ⁓

1) 원진이 장경(長慶) 3년에 절동관찰사(浙東觀察使)로 있을 때 지은 작품임. 그
   치소(治所)는 월주(越州)였음. 월주의 치소는 회계현(會稽縣)이었는데, 지금의
   절강성 소흥현(紹興縣)임. 이 당시 백거이는 항주자사(杭州刺史)로 있었음.

2) **鏡水稽山**(경수계산): 경호(鏡湖)와 회계산(會稽山). 『청통지』에 "절강(浙江)
   소흥부(紹興府): 경호(鏡湖)는 산음현(山陰縣) 남쪽 3리에 있다. 회계산(會稽
   山)은 회계현(會稽縣) 남쪽 13리에 있다"고 했음.

3) 원진은 일찍이 문하성기거랑(門下省起居郎)을 지냈는데, 기거랑은 천자가 자신
   내전(紫宸內殿)에 있을 때는 향안(香案)을 끼고 전(殿) 아래에 나뉘어 섰음.

4) 원주에 "월지(越地)는 또한 봉래(蓬萊)라고 부른다"고 했음.

평설

● 『당시별재』에 "주택(州宅)은 곧 월왕대(越王臺)이데, 와룡산(臥龍山) 위
  에 있다. 인민들의 성곽은 그 아래에 있다"라고 했다.

행궁 行宮[1]

寥落古行宮	영락한 옛 행궁에
宮花寂寞紅	궁궐 꽃이 적막히 붉게 피었네
白頭宮女在	백발의 궁녀가 남아있어
閒坐說玄宗[2]	한가히 앉아 현종 시절을 말하네

주석

1) 行宮(행궁): 황제가 순행할 때 잠시 머무는 궁전.

2) 玄宗(현종): 현종의 개원(開元)과 천보(天寶) 연간의 사건들을 말함.

- 『귀전시화』에 "〈장한가〉는 120구인데, 독자는 그 긴 것을 싫증내지 않고, 미지의 〈행궁〉은 말이 겨우 4구인데, 독자는 그 짧음을 깨닫지 못하는 것은 문장의 묘 때문이다"라고 했다.

- 『당시정성』에 "오일일(吳逸一)이 평하기를 '냉어(冷語)에 사람을 두렵게 하고 깊이 반성하게 하는 곳이 있다. 「說」자는 서법(書法)을 얻었다"고 했다.

- 『시수』에 "왕건(王建: 元稹의 잘못)의 '寥落古行宮'은 어의(語意)가 묘절(妙絶)하다. 7언의 〈궁사(宮事)〉 1백 수를 세우더라도 이 20자를 당할 수 없다"라고 했다.

- 『당시별재』에 "현종을 말했는데, 현종의 장단점을 말하지 않았다. 아름다움이 빼어나다"고 했다.

- 『양일재시화』에 "'寥落古行宮' 20자는 〈연창궁사(連昌宮詞)〉 6백여 자를 충족하는데, 더욱 묘경(妙境)이다"라고 했다.

양주에서의 꿈 梁州夢[1]

夢君同遶曲江頭	그대 꿈꾸며 함께 곡강 가를 둘러보고
也向慈恩院院遊	또 자은사로 가서 여러 원에서 노닐었네
亭吏呼人排去馬	정리가 소리치며 가는 말을 밀쳐서
忽驚身在古梁州	문득 깨어나니 몸이 옛 양주에 있었네

주석 ⟡

1) 자주에 "이날 밤 한천역(漢川驛)에서 숙박했는데, 꿈에서 표직(杓直: 李建)과
   낙천(樂天: 白居易)과 함께 곡강(曲江)을 유람하고 또 자은사(慈恩寺)의 여러
   원(院)으로 들어갔는데, 문득 깨어나니 체승(遞乘)이 계단에 와 있고, 우리(郵
   吏)가 소리쳐 전하기를 날이 샜다고 했다"고 했다. 梁州(양주): 섬서(陝西)
   남정현(南鄭縣)의 옛 이름.

평설 ⟡

● 『당인만수절구선평』에 "포치(布置)가 법을 얻었고, 정미(情味)를 조도
   (調度: 按排)함이 백거이가 부친 것보다 낫다"고 했다.

이신 李伸

이신(772-846), 자는 공수(公垂), 박주(亳州) 초현(譙縣: 안휘성 亳縣)
사람. 젊어서 부친의 벼슬길을 따라 강남으로 가서 무석(無錫)에서 살았
다. 원화(元和) 원년(809)에 진사에 합격했다. 교서랑(校書郞)과 국자조
교(國子助敎)를 지냈다. 원화 말에 우습유(右拾遺)에서 한림학사(翰林學
士)로 옮기고, 중서사인(中書舍人)이 되었다. 보력(寶曆) 중에 강주장사
(江州長史) 및 저주(滁州)와 수주(壽州)자사를 거쳐 태자빈객(太子賓客)
으로 옮겼다. 무종(武宗)이 즉위하자, 회남절도사(淮南節度使)가 되었다.
회창(會昌) 중에 상(相)이 되었다.

이신은 사람됨이 단소(短小)하고 정한(精悍)하여 당시에 '단리(短李)'라
고 불렸는데, 원화 연간에 현실을 반영한 〈신제악부(新題樂府)〉 20수를
지어서, 원진과 백거이의 신악부(新樂府)의 선구가 되었다. 그는 당시
이덕유(李德裕)와 원진과 더불어 '삼준(三俊)'이라 불렸고, 백거이와도
절친했다.

농부를 불쌍히 여기다 憫農[1]

1

春種一粒粟	봄에 한 톨 곡식을 뿌리면
秋成萬顆子	가을에 만 톨이 여무네
四海無閒田	천하에 노는 밭이 없건만
農夫猶餓死	농부는 오히려 굶주려 죽네

2

鋤禾日當午	논에 김매다 해가 정오가 되니
汗滴禾下土	땀방울이 논바닥을 적시네
誰知盤中餐	누가 소반 안의 밥이
粒粒皆辛苦	한 톨 한 톨 모두가 쓰라린 고통임을 알까?

주석

1) 제목을 〈고풍(古風)〉이라고도 함.

평설

● 『당시선맥회통평림』에 "오산민(吳山民)이 '인애(仁愛) 중에서 베껴내어 가련함을 정밀하게 투영하였으니, 어찌 풍월어(風月語)로서 볼 수 있겠는가? 농사의 간난(艱難)함을 안다면 반드시 황음(荒淫)으로써 백성들의 고지(膏脂)를 차마 탕진하지 못할 것이다. 지금 물가의 전각과 바람 부

는 정자에 편히 누워있는데도 오히려 무더위가 괴로운데, 정오의 땀방울 속에 있음을 어떻게 당할 수 있겠는가?'라고 했다"고 했다.

- 『재주원시화』에 "'시에는 별취(別趣)가 있고, 이치와는 관계가 없다'고 했다. 그러나 이치는 본래 시의 묘를 막을 수 없다. 원차산(元次山: 元結)의 〈용릉행(春陵行)〉·맹동야(孟東野: 孟郊)의 〈유자음(游子吟)〉·한퇴지(韓退之: 韓愈)의 〈구유조(拘幽操)〉·이공수의 〈민농〉시는 참으로 육경(六經)의 고취(鼓吹)이다"고 했다.

- 『시법이간록』에 "이런 종류의 시는 순전히 뜻으로써 뛰어나고, 언어의 공교함에 있지 않다. 〈빈(豳)〉의 변풍(變風)이다"고 했다.

- 『당인절구정화』에 "이 두 시는 농민의 수탈당하는 고통과 수탈계급이 농가의 간난한 사정을 모름을 다 말했다. 왕사정(王士禎)의 『당인만수절구선(唐人萬首絶句選)』에서 이 시를 선발하지 않은 것은, 다만 부확(膚廓)을 공령(空靈)으로 삼고, 표묘(縹緲)함을 신운(神韻)으로 삼았기 때문인데, 마땅히 사람들에게 불만스런 논의가 많다"고 했다.

장호(?-859?), 자는 승길(承吉), 청하(淸河: 하북성 청하현) 사람. 궁사(宮詞)로써 이름을 얻었다. 장경(長慶) 중에 영호초(令狐楚)가 추천했으나 임명받지 못하고, 대신 제후부(諸侯府)에 임명했으나 뜻에 맞지 않아서 스스로 물러났다. 회남(淮南) 단양(丹陽) 곡아(曲阿)에서 은거하다가 생을 마쳤다.

궁사 宮詞[1]

故國三千里	고국은 삼천리 밖인데
深宮二十年	심궁에서 이십 년을 보냈네
一聲河滿子[2]	한 곡조 <하만자>를 부르고서
雙淚落君前	두 줄기 눈물을 군왕 앞에 떨구었네

주석 ⁀

1) 원래 2수임.

2) 河滿子(하만자): 『당시기사(唐詩紀事)』에 "장호가 지은 궁사는 궁금(宮禁)으로 전해져 들어갔다. 무종(武宗)이 질병이 위독하자, 맹재인(孟才人)을 보면서 '나는 곧 죽을 것인데, 너는 어찌할 것이냐?'고 하니, 생낭(笙囊)을 가리키며 울면서 말하기를 '청하건대 이것으로 목을 매겠습니다'라고 했다. 황제가 측은해했다. 다시 말하기를 '첩은 일찍이 노래를 익혔는데, 바라건대 상(上)을 대하고서 한 곡을 불러서 그 분(憤)을 풀어낼까 합니다'라고 했다. 황제가 허락하니, 곧 한 가락 <하만자(河滿子)>를 불렀는데, 기(氣)가 빨라져서 곧 운명했다. 황제가 의원에게 살펴보라고 하니, '맥이 아직 따뜻한데 내장이 이미 끊어졌습니다'라고 했다. 황제가 붕어했을 때 관이 무거워서 들 수가 없었다. 누군가가 말하기를 '재인(才人)을 기다리는 것이 아니겠는가!'라고 했다. 이에 그 관을 가져오라고 명하여, 관이 이르자 곧 들어 올릴 수가 있었다. 장호가 <맹재인탄(孟才人嘆)>을 지었는데, 그 서문에 '재인은 성사(誠死)로써 했고, 상(上)은 성명(誠命)으로써 했으니, 옛 의격(義激)으로도 넘을 수 없다'고 했다. 그 노래는 '偶因歌態詠嬌嚬, 傳唱宮中十二春. 却爲一聲河滿子, 下泉須弔孟才人'라고 했다"고 했다.

평설 ⁀

● 『운어양추』에 "장호의 시에 '故國三千里, 深宮二十年'이라고 했는데, 두

목(杜牧)이 그것을 칭찬하고는 시를 짓기를 '可憐故國三千里, 虛唱歌詞滿六宮'이라고 했다. 정곡(鄭谷)도 '張生故國三千里, 知者唯應杜紫微'라고 했다. 제현(諸賢)들의 품제(品題)가 이와 같았으니, 장호의 시명(詩名)이 어찌 무겁지 않았겠는가!"라고 했다.

우림령 雨淋鈴[1]

雨淋鈴夜却歸秦	빗속 방울소리 나던 밤에 다시 진으로 돌아오니
猶見張徽一曲新	오히려 장휘의 한 곡이 새로움을 보네
長說上皇垂淚教	상황을 눈물 나게 했다고 오래토록 말하는데
月明南內更無人[2]	달 밝은 남내엔 다시 사람이 없네

주석

1) 『악부시집』에 "『명황별록(明皇別錄)』에 '황제가 촉(蜀)으로 갈 때 남쪽으로 사곡(斜谷)으로 들어갔는데 장마가 열흘이나 이어졌다. 도중에 방울소리가 빗소리와 서로 응하는 것을 들었다. 그로 인하여 그 소리를 채집하여 〈우림령곡(雨淋鈴曲)〉을 지어 한(恨)을 붙였다. 이때 이원악공(梨園樂工) 장휘(張徽)가 필률(觱篥)을 잘 불었는데, 촉도(蜀都)까지 따라왔다. 황제가 그에게 곡(曲)으로 취하게 했다. 지덕(至德) 연간에 이르러 화청궁(華淸宮)에 행차했는데 좌우(左右)가 모두 예전 사람들이 아니었다. 황제가 망경루(望京樓)에서 장휘에게 이 곡을 연주하게 했는데, 자신도 모르게 슬퍼하며 눈물을 흘렸다'고 했다"고 했음.

2) 南內(남내): 흥경궁(興慶宮)을 말함.

<h1>가도 賈島</h1>

가도(779-843), 자는 낭선(浪仙), 혹은 낭선(閬仙), 범양(范陽: 하북성 涿縣) 사람. 처음에는 출가하여 부도(浮屠)가 되어 이름을 무본(無本)이라 했다. 동도(東都)에 왔을 때 낙양령(洛陽令)이 승려를 금하여 오후에는 나오지 못하도록 하니, 가도는 시를 지어 스스로를 슬퍼했다. 한유(韓愈)가 그를 환속시켜 과거에 응하게 했는데 여러 번 응시했으나 합격하지 못했다. 문종(文宗) 때 시를 지어 비방했다는 죄로 장강주부(長江主簿)로 쫓겨났다. 회창(會昌) 초에 진주사창참군(普州司倉參軍)을 지내고 사호(司戶)로 옮겼으나 미처 임명을 받지 못한 채 죽었다.

『당재자전(唐才子傳)』에 "원화(元和) 중에 원진(元稹)과 백거이(白居易)가 시를 변화시켜 경천(輕淺)함을 숭상했는데, 가도가 홀로 격(格)을 살피는 것을 벽(癖)으로 삼아서 부염(浮艶)한 것을 교정했다. 깊이 시상을 찾을 때에는 앞에 왕공(王公)이나 귀인(貴人)들이 있어도 전혀 깨닫지 못했다. 마음을 쏟음이 천 길이고, 염려함이 끝이 없었다"고 했다.

당환이 부수 가의 별장으로 돌아감을 전송하다 送唐環歸敷水莊[1]

毛女峰當戶[2]	모녀봉이 문에 마주하고
日高頭未梳	해가 높아도 머리를 빗지 않네
地侵山影掃[3]	땅을 쓸어내는 산 그림자가 침범하고
葉帶露痕書[4]	나뭇잎에 글을 쓰는 이슬흔적을 띠고 있네
松徑僧尋藥	솔숲 오솔길에선 중이 약초를 찾고
沙泉鶴見魚	모래밭 샘물에선 학이 물고기를 엿보고 있네
一川風景好	한 냇물의 풍경이 좋은데
恨不有吾廬	내 여막이 없는 것이 한스럽네

주석 ❧

1) **敷水**(부수): 섬서성 화음현(華陰縣)을 흘러 위수(渭水)로 들어가는 물 이름.

2) **毛女峰**(모녀봉): 화음현 태화산(太華山)의 서북 정상. 『열선전(列仙傳)』에 "모녀(毛女)는 자가 옥강(玉姜)이고, 화음(華陰)의 산중에 있는데, 엽사(獵師)들이 대대로 그를 보았다. 온몸에는 털이 나 있었는데, 스스로 말하기를 진시황(秦始皇)의 궁인(宮人)이라 했다. 진나라가 망하자 산속으로 도망하여 피난하였는데, 도사 곡춘(谷春)을 만났다. 그가 솔잎 먹는 것을 가르쳐서 굶주림도 추위도 잊게 되었고, 몸은 나는 것처럼 가볍게 되었다고 했다"고 했음.

3) **地侵山影掃**(지침산영소): 掃地侵山影의 의미.

4) **葉帶露痕書**(엽대로흔서): 書葉帶露痕의 의미.

- 『영규율수』에 "8구가 모두 좋은데, 3·4구는 더욱 정치(情致)하다. 무중 (無中)에 만들어져 있게 된 것인 '산 그림자'를 쓸어낸다고 하였고, 은미 함 중에 와서 드러난 것인 '이슬흔적'에 글을 쓴다고 했다. 다른 사람이 이런 1연을 지을 수 있다면 또한 세상에 명성을 떨칠 것이다"라고 했다.

- 『영규율수휘편』에 "기윤(紀昀)이 '3·4구는 유곡(幽曲)함이 지극하다. 그 러나 유곡하지만 자연스럽게 내었기 때문에 무공(武功: 姚合)의 쇄설(瑣 屑)함과는 다르다. 결구는 혼성(渾成)하지 못하다'고 했다. 허인방(許印 芳)이 '결구는 병이 없는데, 이는 가혹한 논의이다'라고 했다"고 했다.

- 『재주원시화』에 "낭선(閬仙)의 다섯 글자의 시는 참으로 청절(清絶)한 데, '空巢霜葉落, 疏牖水螢穿'은 곧 맹양양(孟襄陽: 孟浩然)의 '鳥過煙樹 宿, 螢傍水軒飛'도 멀리 뛰어넘을 수 없다. 또 '地侵山影掃, 葉帶露痕書' 와 '移居見山燒, 買樹帶巢鳥'는 모두 깊은 사색과 고요한 깨달음 속에서 얻은 것이다"라고 했다.

강 위의 오처사를 생각하다 憶江上吳處士

閩國揚帆去[1]	민국으로 돛을 올려 떠나가니
蟾蜍虧復團[2]	달이 이지러졌다가 다시 둥그네
秋風生渭水	가을바람 위수에 부니
落葉滿長安[3]	낙엽이 장안에 가득하네
此地聚會夕	이곳에서 모였던 밤
當時雷雨寒	당시 천둥치며 비가 차가웠네

蘭橈殊未返　　　　　목란 삿대는 아직 돌아오지 않고
消息海雲端　　　　　소식이 바다구름 끝에 있네

주석 ᕮᕳ

 1) 閩國(민국): 복건성 민후현(閩侯縣) 동북.

 2) 蟾蜍(섬서): 두꺼비. 달의 이칭.

 3) 蘭橈(난요): 목란주(木蘭舟)를 말함.

평설 ᕮᕳ

● 『당척언(唐撫言)』에 "원화(元和) 중에 원진과 백거이가 경천(輕淺)함을 숭상했는데, 가도가 홀로 격(格)을 변화시켜 벽(僻)으로 들어가서, 부염(浮艶)함을 교정했다. 비록 가고 앉으며 자고 먹을 때라도 음영(吟咏)을 그치지 않았다. 일찍이 나귀를 타고 양산을 펼치고 서울 길을 가로질러 가고 있을 때 가을바람이 매섭게 불어 누런 잎을 쓸어낼 만했다. 가도가 문득 읊기를 '落葉滿長安'이라고 했는데, 속으로 거듭 그 입으로 읊으면서 그 한 연(聯)을 구하려 했으나 아득하여 얻을 수 없었다. 자신이 어디로 가고 있는지도 몰랐다. 그로 인하여 대경조(大京兆) 유서초(劉栖楚)의 행차에 부딪히게 되어, 하룻저녁 묶여 있다가 석방되었다. 또 일찍이 정수정사(定水精舍)에서 무종황제(武宗皇帝)를 만났는데, 가도는 더욱 멋대로 굴었다. 황제가 그것을 의아하게 여겼다. 나중에 뜻에 맞음이 있어서, 한 관직을 주어 귀양 가게 했다. 이에 장강현위(長江縣尉)에 임명했는데 곧 보천사창(普州司倉)으로 옮겼다가 죽었다"고 했다.

● 『예원치언』에 "'秋風生渭水, 落葉滿長安'은 성당(盛唐)에 놓아두더라도 구별할 수 없을 것이다"라고 했다.

- 『사명시화』에 "한퇴지(韓退之: 韓愈)가 가도의 '鳥宿池邊樹, 僧敲月下門'을 칭찬했는데, '秋風生渭水, 落葉滿長安'의 기상이 웅혼한 것만 못하다. 몹시 성당과 같다"고 했다.

- 『시원변체』에 "오히려 초당과 성당의 기격(氣格)이 있는데, 애석하게 완벽하지 못하다. 그의 시에 '秋風生渭水, 落葉滿長安'이 있는데, 고금의 빼어난 말인데도 스스로 사랑할 줄 몰랐다"라고 했다.

- 『당시경』에 "3·4구는 흥치(興致)가 자연스럽다"고 했다.

- 『설시수어』에 "가장강(賈長江)의 '秋風生渭水, 落葉滿長安'과 온비경(溫飛卿: 溫庭筠)의 '古戍落黃葉, 浩然離故關'은 비미(卑微)한 때에 곧 이런 격이 있었다! 뒤에는 다만 마대(馬戴)에게 간혹 이런 것이 있다"고 했다.

산사에 묵다 宿山寺

衆岫聳寒色[1]	많은 산이 추운 하늘색에 솟아있고
精廬向此分[2]	정려가 이 분야를 향해 있네
流星透疎木	흐르는 별이 성긴 숲을 통과하고
走月逆行雲	달리는 달이 지나는 구름을 거슬러가네
絶頂人來少	꼭대기엔 오는 사람이 적고
高松鶴不羣	높은 소나무엔 학이 무리 짓지 못하네
一僧年八十	한 승려가 나이 팔십인데
世事未曾聞	세상일은 들은 적이 없다 하네

1) 岫(수): 혈(穴)을 지닌 산을 말함.

2) 精廬(정려): 정사(精舍). 절을 말함.

● 『당시구』에 "미련(尾聯)은 우의격(寓意格)이다. 3·4구의 사경(寫景)은 극히 정확하다. 자미(子美: 두보)의 '飛星過水白, 落月動沙虛'는 비록 지극히 각화(刻畵)했으나 각화의 흔적이 없으니, 또한 동일(同日)로써 논할 수 없다"고 했다.

● 『한수집』에 "수련(首聯) 10자는 모두 눈앞의 평상(平常)의 경치인데, 한 번 거수(巨手)를 거쳐 나오자, 곧 사람을 놀라게 했다"고 했다.

● 『당시별재』에 "가는 구름을 따라가면 달은 가려지게 되는데, 묘처는 오로지 '逆' 자에 있다"고 했다.

무가상인을 전송하다 送無可上人[1]

圭峰霽色新[2]	규봉의 맑게 갠 색이 새로운데
送此草堂人[3]	이 초당사의 사람을 전송하네
麈尾同離寺[4]	주미가 함께 절을 떠나니
蛩鳴暫別親	귀뚜라미소리가 잠시 친한 것과 이별하네
獨行潭底影	홀로 가니 못 아래 그림자 있고
數息樹邊身[5]	여러 번 쉬니 나무 옆에 몸이 있네

終有煙霞約⁶⁾　　　끝내 연하의 약속이 있으니
天台作近隣⁷⁾　　　천태산에서 이웃이 되리라

주석

1) **無可上人**(무가상인): 가도의 종제(從弟). 상인은 상덕(上德)의 사람이란 뜻으로 승려를 말함.

2) **圭峰**(규봉): 섬서성 호현(戶縣) 서남쪽 자각봉(紫閣峰)과 백각봉(白閣峰) 서쪽에 있음.

3) **草堂**(초당): 초당사(草堂寺). 규봉 산기슭에 있음.

4) **麈尾**(주미): 불진(拂塵) 혹은 불자(拂子)라고도 함. 실이나 양털 혹은 말꼬리 등으로 만드는데 먼지를 털거나 파리 등을 쫓는 도구. 위진(魏晉) 이래 승려나 도사가 항상 지니고 다녔음.

5) 자주(自注)에 "두 구절을 삼년 만에 얻고 한 번 읊조리며 두 줄기 눈물 흘리네. 지음이 칭찬해주지 않는다면, 고향의 가을 산으로 돌아가 누우리라(二句三年得, 一吟雙淚流. 知音如不賞, 歸臥故山秋)"라고 했음.

6) **煙霞約**(연하약): 은거(隱居)하겠다는 약속.

7) **天台**(천태): 절강성 천태산(天台山).

평설

● 송나라 위태(魏泰)의 『임계은거시화(臨溪隱居詩話)』에 "사람들이 어찌 스스로 깨닫지 못하겠는가? 스스로 자신의 문장을 아끼게 되면 곧 큰 오류가 된다. 무엇 때문인가? …… 가도가 '獨行潭底影, 數息樹邊身'이라고 했는데, 그 자주에 '二句三年得, 一吟雙淚流. 知音如不賞, 歸臥故山秋'라고 했다. 이 두 구에 무슨 말하기 어려운 점이 있어서, 3년 만에 비로소

완성하여 한 번 읊어보고 눈물을 흘렸는지를 알 수 없다"고 했다.

- 명나라 도목(都穆)의 『남호시화(南濠詩話)』에 "세상 사람들은 시를 지을 때 민첩한 것을 기특하게 여기고, 연이은 시편을 책으로 쌓아놓는 것을 풍부한 것으로 여긴다. 노두(老杜: 두보)는 '語不驚人死不休'라고 했는데, 대개 시는 반드시 고음(苦吟)을 해야만 말이 비로소 묘하게 되는 것이므로 두보만 그런 것이 아니다. 가낭선이 '二句三年得, 一吟雙淚流'라고 했는데 …… 나는 이로부터 시가 공교롭지 않은 것은 마음을 쏟지 않았기 때문이고, 대개 고음하지 않으면 좋은 시가 없다는 것을 깨달았다"고 했다.

- 『영규율수』에 "5·6구가 절창이다"라고 했다.

- 『사명시화』에 "손헌자(遜軒子)가 '대개 작시(作詩)에는 봉범(鋒犯)을 아는 것을 귀하게 여기지만 가장 편집(偏執)을 피해야 한다. 편집은 노심초사의 우환이 있을 뿐만 아니라, 시인의 우유(優柔)한 뜻을 잃게 한다. 가도의 「獨行潭底影」은 그 사의(詞意)가 한아(閒雅)한데, 반드시 우연히 얻었을 것이다. 그러나 구로써 짝지우기 어려웠다. 마땅히 오언고체에 넣거나, 혹은 측운절구(仄韻絶句)에 넣었다면 금방 지을 수 있었을 것이다. 그러나 가도가 3년간 생각한 것은 성률(聲律)에 구속되어서였는데, 마침내 「數息樹邊身」으로써 대(對)를 삼았다. 도리어 전구의 허물이 됨을 몰랐다. 그가 「二句三年得, 一吟雙淚流」라고 한 것은 비록 스스로 애석해 한 것이지만, 실은 스스로 인정한 것이다. 봉범을 알지 못하고, 편집이 이와 같음에 이르렀다'고 했다"라고 했다.

이응의 깊은 거처에 적다 題李凝幽居[1]

閒居少鄰並	고요한 거처는 이웃이 적고
草徑入荒園	풀길은 황량한 동원으로 들어가네
鳥宿池邊樹	새는 못 가의 나무에 깃들고
僧敲月下門[2]	승려는 달빛 아래 문을 두드리네
過橋分野色	다리를 건너니 들 색이 나뉘고
移石動雲根[3]	바위를 옮겨 밟아가니 운근이 움직이네
暫去還來此	잠시 갔다가 다시 이곳에 왔으니
幽期不負言	그윽한 약속을 어기지 않았네

주석 ᕫᕫ

1) 李凝(이응): 미상. 幽居(유거): 조용한 거처. 은거하는 거처를 말함.

2) 추고(推敲)의 고사를 만들어낸 구절임. 가도가 하루는 나귀 위에서 읊조리다가 문득 '鳥宿池中樹, 僧敲月下門'이란 구를 얻었다. 처음에는 '추(推)' 자를 쓰려다가, 다시 '고(敲)' 자를 쓰면서, 글자를 결정하지 못했다. 그러다가 경조윤(京兆尹) 한유(韓愈)의 행차에 부딪혀서 끌려가게 되었는데, 한유가 그 사정을 듣고 골똘히 생각하다가 '고' 자가 낫다고 하여서, '고' 자로 정했다고 함.

3) 雲根(운근): 바위. 바위에서 구름이 나온다고 생각하여 운근이라 했다고 함.

평설 ᕫᕫ

● 구한말 황현(黃玹)의 〈同海史安上舍重燮遊道林寺〉시에 "平生到寺心空折, 五字僧敲月下門"이라 했다.

●『영규율수』에 "이 시는 췌설(贅說)이 필요 없다. '敲'와 '推' 2자는 창려

(昌黎: 韓愈)를 기다린 후에 정해졌는데, 만고의 시인의 미혹을 열었다.
배우는 자는 반드시 이와 같이 힘을 써야 하는데, 어찌 ‘吟安一个字, 捻
斷數莖須’에서 그치는가?”라고 했다.

- 『당시품휘』에 “유진옹(劉辰翁)이 ‘「敲」의 뜻이 절묘하다. 「下」의 뜻은 더
  욱 좋다. 결구 또한 노성(老成)하다’고 했다”라고 했다.

- 『비점당음』에 “이 편은 전중(典重)한데, 또한 약간 우유(優遊)하여 중당
  으로 들어갈 수 있다. 한공(韓公: 韓愈)의 안력(眼力)이 어긋나지 않았
  다. 여기에서 고인(古人)의 마음은 편언(片言)도 남기지 않음을 보는데,
  또한 그 침사고삭(沈思苦索)이 세속을 속이지 않음을 본다”고 했다.

- 『시수』에 “가도의 ‘鳥宿池邊樹, 僧敲月下門’은 비록 유기(幽奇)하지만,
  기격(氣格)이 그래서 ‘過橋分野色, 移石動雲根’만 못하다”고 했다.

- 『당시경』에 “3·4구는 고음(苦吟)이지만 어리석어서 전혀 생운(生韻)이
  적다. 늙은 중의 흥미(興味)와 혹사하다”고 했다.

- 『당시선맥회통평림』에 “주경(周敬)이 ‘차련(次聯)은 유연(幽然)한 일이
  고, 우연(偶然)한 뜻이다’고 했다. 당여순(唐汝詢)이 ‘「僧敲」 구는 퇴지
  (退之: 韓愈)로 인하여 전해졌는데, 끝내 제3연의 유활(幽活)함만 못하
  다. 기련은 이응이 홀로 가서 은거한 것을 보였다. 중련은 유정(幽情)과
  유경(幽景)을 읊었는데 묘하다. 결구는 스스로 연연(戀戀)히 함께 은거
  할 뜻을 말했다’고 했다”라고 했다.

- 명나라 왕부지(王夫之)의 『강재시화(薑齋詩話)』에 “‘僧敲月下門’은 다만
  망상췌마(妄想揣摩)로서 다른 사람의 꿈 이야기를 말하는 듯하다. 설령
  형용을 혹사(酷似)하게 하더라도, 어찌 추호라고 관심을 둘 것인가? 그
  런 것을 아는 사람은 그 침음했던 ‘推’와 ‘敲’ 2글자는 곧 그가 상상한 것
  이라고 여긴다. 만약 즉경(卽景)에서 깨우쳤다면 ‘추’나 ‘고’ 자 중 반드시

하나가 결정되어, 경(景)과 정(情)으로 인하여 자연스럽게 영묘(靈妙)했을 것이니, 어찌 수고스럽게 비교하여 의론했을 것인가?"라고 했다.

● 『위로시화』에 "鳥宿池邊樹, 僧敲月下門'은 유거(幽居)를 그려냈다"고 했다.

저녁에 산촌을 지나가다 暮過山村

數里聞寒水	몇 리 동안 찬 물소리만 들리고
山家少四鄰	산가엔 사방 이웃이 적네
怪禽啼曠野	괴상한 새가 광야에서 울고
落日恐行人	지는 해는 나그네를 두렵게 하네
初月未終夕	막 달이 떠서 석양이 다하지 않았는데
邊烽不過秦[1]	변방의 봉홧불은 진땅을 넘지 않았네
蕭條桑柘外[2]	적막한 뽕밭 너머로
煙火漸相親[3]	인가의 연기가 점차 가까워지네

주석

1) 秦(진): 서북 변방 지역을 말함.

2) 桑柘(상자): 뽕나무와 산뽕나무.

3) 煙火(연화): 산가의 밥 짓는 연기와 등불.

평설

- 송나라 구양수(歐陽修)의 『육일시화(六日詩話)』에 "성유(聖兪: 梅堯臣)가 '작자는 마음에서 얻고, 유람자는 뜻으로써 깨치는데, 거의 말로써 지적하여 진술하기는 어렵다. 비록 그러하지만 또한 대략 그 방불함을 말할 수 있는데 …… 온정균(溫庭均)의 「鷄聲茅店月, 人跡板橋霜」과 가도의 「怪禽啼曠野, 落日恐行人」은 도로(道路)의 신고(辛苦)와 나그네의 근심을 어찌 언외에서 보지 못하겠는가?'라고 했다"고 했다.

- 송나라 범희문(范晞文)의 『대상야어(對牀夜語)』에 "잠삼(岑參)의 시 '疲馬臥長坡, 夕陽下通津. 山風寒空林, 颯颯如有人'와 가도의 '數里聞寒水, 山家少四鄰. 怪禽啼曠野, 落日恐行人'의 먼 길의 처참한 뜻을 마침내 여기에서 보였다"라고 했다.

- 『영규율수』에 "'怪禽'과 '落日' 1연은 여행의 맛을 잘 말하여서 시에 다시 보탤 것이 없다. '初月未終夕'은 촌락의 어둠이 오히려 이른 것이고, '邊烽不過秦'은 서쪽 변방의 난리가 비로소 종식된 듯하여 처음으로 인가의 연기가 있는 곳이 있게 된 것이다"라고 했다.

- 『용성다시화속집』에 "가도가 '怪禽啼曠野, 落日恐行人'라고 했는데, 석양의 나귀 등 위에서 참으로 이런 광경이 있음을 상상해보면 마음이 조급하게 움직인다"라고 했다.

한조주 유에게 부치다 寄韓潮州愈[1]

此心曾與木蘭舟[2]	이 마음 일찍이 목란주에 부쳐
直到天南潮水頭	곧장 하늘 남쪽 조수 머리에 이르네

隔嶺篇章來華岳[3]　　고개를 격하여 편장이 화악으로 오고
出關書信過瀧流[4]　　관문을 나와 서신이 농유를 넘어왔네
峰懸驛路殘雲斷　　봉우리에 매달린 역로엔 잔운이 끊기고
海浸城根老樹秋　　바닷물이 침범한 성 밑엔 늙은 나무가 가을이네
一夕瘴煙風卷盡　　하룻밤에 장기의 안개를 바람이 거둬가니
月明初上浪西樓　　달 밝아 비로소 물결 서쪽 누대로 오르네

주석

1) 원화 14년 정월에 한유(韓愈)는 조주자사(潮州刺史)로 좌천되어, 3월에 조주에 이르렀고, 10월에 원주자사(袁州刺史)로 바뀌었다. 따라서 이 시는 원화 14년 가을에 지은 것임.

2) 木蘭舟(목란주): 목란으로 건조한 배. 흔히 배의 미칭으로 쓰임. 목란은 목련(木蓮)의 별칭.

3) 嶺(령): 오령(五嶺)을 말함. 대유령(大庚嶺)·월성령(越城嶺)·기전령(騎田嶺)·맹저령(萌渚嶺)·도방령(都龐嶺) 등. 이들은 모두 남방의 험요지임. 화악(華岳): 화산(華山). 관중(關中)의 경사(京師)를 지칭한 것임.

4) 瀧流(농류): 농수(瀧水). 『청통지』에 "광동(廣東) 소주부(韶州府): 무계수(武谿水)의 옛 이름은 호계(虎溪)이고, 또 농수(瀧水)이다. 당나라에서 무계(武谿)로 고쳤고, 또 무양계(武陽溪)라고 부른다. 곡강현(曲江縣) 동북에 있다"고 했다.

평설

● 『용성당시화』에 "가낭선의 '峰懸驛路殘雲斷, 海浸城根老樹秋'와 '山鐘夜渡空江水, 汀月寒生古石樓' 등의 말은 참으로 부처로 주조하여 예배를

드릴 만하다"고 했다.

- 청나라 호이매(胡以梅)의 『당시관주(唐詩貫珠)』에 "국법(局法)이 고초(高超)하고, 용부(庸膚)함을 다 깎아냈다. 기구는 단도직입이다. 아래 6언은 모두 마음이 이른 경계에 말을 붙였다"라고 했다.

- 『시법이간록』에 "필세가 돌올하게 이르렀는데, 그러나 용법이 약간 변화했다"고 했다.

은자를 찾아갔으나 만나지 못했다 尋隱者不遇

松下問童子	소나무 아래서 동자에게 물었다
言師採藥去	"스승님은 약초 캐러 가셨는데
只在此山中	다만 이 산중에 계신데
雲深不知處	구름 깊어 있는 곳을 모르겠군요"

평설

- 『당시정성』에 "오일일(吳逸一)이 '스스로 묘음(妙音)인데, 이른바 의도하지 않고 얻은 것이다'라고 했다"고 했다.

- 『당시광선』에 "유중울(兪仲蔚)이 '의미가 한아(閒雅)하여 인구에 회자된다'라고 했다"라고 했다.

- 『강재시화』에 "〈十九首〉와 〈山上採蘼蕪〉 등 편은 다만 일필(一筆)로써 성증(聖證)으로 들어갔다. 반악(潘岳)이 능잡(凌雜)한 마음으로 무란(蕪

亂)한 음조(音調)를 지은 이후부터 원래의 소리는 거의 없어졌다. 당나라 이후에는 간혹 이것에 능한 자가 있는데, 절구에서 얻은 것이 많다. 1장(章) 중에 다만 1구만을 취할 수 있는데, '松下問童子'가 그것이다. '怪來妝閣閉'는 또한 단지 반구에 그치는데, 더욱 화경(化境)으로 들어갔다"고 했다.

- 청나라 황숙찬(黃叔璨)의 『당시전주(唐詩箋注)』에 "어의(語意)가 진솔한데, 다시 인간의 연화기(煙火氣)가 없다"고 했다.

- 『시법이간록』에 "1구는 질문이고, 아래 3구는 답변인데, 은자의 고치(高致)를 그려냈다"고 했다.

검객 劍客

十年磨一劍	십년 동안 한 검을 갈았는데
霜刃未曾試[1]	새하얀 칼날을 시험해보지 못하고
今日把似君[2]	오늘 당신에게 드립니다
誰爲不平事	누구에게 원한이 있었던가?

주석

1) 霜刃(상인): 서리 빛으로 새하얀 칼날.

2) 把似(파사): 봉증(奉贈).

● 청나라 유방언(劉邦彦)의 『당시귀절충(唐詩歸折衷)』에 "당여순(唐汝詢)이 '〈검객〉은 진정한 정신이다'라고 했다. 오경부(吳敬夫)가 '〈자객열전(刺客列傳)〉을 다 읽어도 이 20글자가 마음을 놀라게 하고 혼은 움직이게 하는 소리만 못하다'고 했다"라고 했다.

● 『시법이간록』에 "호협한 기운이 행간에서 넘쳐난다. 제2구는 일돈(一頓)이고, 제3구의 급박한 전환은 힘이 있다. 말구의 조어(措語)는 함축인데, 곧 범(犯)함을 다하지 않았다"고 했다.

● 『한수집』에 "통수(通首)가 웅장하고, 갑자기 질문의 말로 결구를 지어서 더욱 의미가 무궁함을 깨닫는다"라고 했다.

상건수를 건너다 渡桑乾[1]

客舍幷州巳十霜[2]	병주의 객사에서 이미 십년을 보내니
歸心日夜憶咸陽[3]	고향생각에 밤낮으로 함양을 생각하네
無端更渡桑乾水	무단히 다시 상건수를 건너서
却望幷州是故鄕	도리어 병주를 바라보니 고향과 같네

1) 『전당시』에 유조(劉皂)의 〈旅次朔方〉시라고 실어놓고, 일작(一作) 가도시(賈島詩)라고 했음. 또 『전당시』의 가도의 시집에도 같은 시를 실어놓았음. 桑乾(상건): 물 이름. 옛 이름은 누수(灤水). 지금의 영정하(永定河)의 상류.

2) 幷州(병주): 산서성 태원현(太原縣).

3) 咸陽(함양): 장안(長安)을 말함. 장안 동쪽에 위성(渭城)의 고성(故城)이 있는
   데, 진(秦)나라가 도읍했던 함양임.

● 『당풍정』에 "운(韻)이 높고 조(調)가 빼어나고, 뜻은 성당(盛唐)으로 들
  어갔다"고 했다.

● 『한수집』에 "기구에서 결구까지 구마다 상생(相生)하고, 글자마다 서로
  응하여, 장(章)·구(句)·자(字) 삼법(三法)이 하나라도 묘하지 않은 것
  이 없다"라고 했다.

석무가 釋無可

무가, 범양(范陽) 사람. 성은 가씨(賈氏). 가도(賈島)의 종제(從弟). 천선
사(天仙寺)에 거주했는데, 시명(詩名)이 또한 가도와 나란했다.

가을에 종형 가도에게 부치다 秋寄從兄賈島[1]

暗蟲喧暮色	어두운 벌레소리 저녁 색에서 소란하고
默思坐西林	묵묵히 생각하며 서림에 앉았네
聽雨寒更盡	빗소리 들으니 추위가 더욱 끼치고
開門落葉深	문을 여니 낙엽이 깊네
昔因京邑病	지난날 경읍에서의 병 때문에
併起洞庭心	함께 동정호로 은거할 마음을 일으켰네
亦是吾兄弟	또한 우린 형제들인데
遲回共至今	지체하며 함께 지금에 이르렀네

주석 ⟋

1) 제목이 〈秋夜宿西林寄賈島〉로 된 판본도 있음.

평설 ⟋

● 『시인옥설』에 "당나라 승려에게는 가구(佳句)가 많다. 그 탁구법(琢句法)은 사물에 비유하여 뜻을 부칠 때 한 사물을 지적하여 말하지 않는다. 이를 상외구(象外句)라고 한다. 무가상인(無可上人)의 시에 '聽雨寒更盡, 開門落葉深'이라 했는데, 이 낙엽은 빗소리를 비유한 것이다. 또 '微陽下喬木, 遠燒入秋山'이라 했는데, 이 미양(微陽)은 원소(遠燒)를 비유한 것이다. 용사(用事)와 탁구(琢句)의 묘(妙)는 그 용사를 말하면서 그 이름을 말하지 않는 데에 있다"고 했다.

요합 姚合

요합(775-855?), 섬주(陝州) 협석(硤石) 사람. 재상(宰相) 숭(崇)의 증손
(曾孫). 원화(元和) 11년(816)년에 진사에 합격하여, 무공현주부(武功縣
主簿)에 임명되었다. 보력(寶曆) 중에 감찰어사(監察御史)와 호부원외랑
(戶部員外郎)을 지내고, 나가서 형주(荊州)와 항주자사(杭州刺史)를 지냈
다. 개성(開成) 말에 비서소감(秘書少監)으로 관직을 마쳤다.

요합은 마대(馬戴)·비관경(費冠卿)·은요번(殷堯藩)·장적(張籍) 등과 친
했고, 당시에 시명(詩名)이 있어서 사람들이 요무공(姚武功)이라 불렀다.
『영규율수(瀛奎律髓)』에서 방회(方回)가 말하기를 "시가(詩家)에는 대판
단(大判斷)이 있고, 소결리(小結裹)가 있다. 요합의 시는 오로지 소결리
에 있다. 그래서 사령(四靈)이 그것을 배운 것이다. 오언팔구(五言八句)
는 그 취(趣)를 얻을 수 있지만, 칠언율(七言律)과 고체(古體)는 쇠락(衰
落)하여 진작되지 못할 것이다. 사용하는 자료는 화(花)·죽(竹)·학
(鶴)·승(僧)·금(琴)·약(藥)·다(茶)·주(酒)에 불과하여, 이 몇 가지
사물에서 한 걸음도 떨어질 수 없으니 기상(氣象)이 작다. 이런 까닭에
시를 배우는 자는 반드시 노두(老杜: 두보)를 조(祖)로 삼아야만 곧 편벽

(偏僻)한 병(病)이 없을 것이다"라고 했다.

『사고전서총목(四庫全書總目)』에 "요합의 시집은 북송(北宋)에서는 그다지 알려지지 않았고, 남송(南宋)에 이르러 영가사령(永嘉四靈)이 비로소 받들어 종(宗)으로 삼았다. 그 말류(末流)는 瑣屑(쇄설)한 데에 경(景)을 그리고, 편벽(偏僻)함에 정(情)을 붙여서 마침내 논자들에게 배척받았다. 그러나 모방(摹倣)자들은 일가(一家)에 침체되어 나아갈수록 더욱 낮아졌다. 요컨대 반드시 허물을 추궁하여 시작할 필요가 없으니, 갑자기 뜨거운 국물에 입을 데면 찬 나물도 식혀가며 먹게 되는 것이다"라고 했다.

한가하게 지내다 閒居

不自識疎鄙	스스로 소활하고 비루함을 알지 못하고
終年住在城	일 년 내내 성에서 머무네
過門無馬跡	문을 지나는 말 자취도 없고
滿宅是蟬聲	집안 가득히 매미소리만 있네
帶病吟雖苦	병들어 신음함이 비록 괴롭지만
休官夢已淸	관직을 그만두니 꿈이 매우 맑네
何當學禪觀[1]	언제나 선관을 배워서
依止古先生	옛 선생에게 의지할 건가?

주석

1) 何當(하당): 하시(何時). **禪觀**(선관): 선리(禪理)에 의거하여 수행을 궁구함.

평설

● 『영규율수』에 "중간 구가 모두 아름답다. 사령(四靈) 또한 배워서 이런 곳에 이르렀다. 그러나 단지 도리어 가도(賈島)를 배웠으나, 그 당(堂)에도 올라가지 못했는데 하물며 그 실(室)에 들어갔겠는가?"라고 했다.

● 『영규율수휘평』에 "기윤(紀昀)이 '무공(武功: 요합)의 시 중에서 아순(雅馴)한 것이다'라고 했다.

두목(803-852), 자는 목지(牧之), 경조(京兆) 만년(萬年: 섬서성 西安市)
사람. 두우(杜佑)의 손자. 태화(太和) 2년(828)에 진사에 합격하고, 다시
현량방정(賢良方正)에 올랐다. 감찰어사(監察御史)와 전중시어사(殿中侍
御史)를 지내고 좌보궐(左補闕)로 옮기고, 비부원외랑(膳部員外郎)을 지
냈다. 황주(黃州)·지주(池州)·목주(睦州) 등의 자사(刺史)를 역임한
후, 들어와서 사훈원외랑(司勳員外郎)이 되었다. 고공랑중지제고(考功郎
中知制誥)에서 중서사인(中書舍人)으로 옮겨서 관직을 마쳤다.

두목의 시는 정치(情致)가 호매(豪邁)했는데, 사람들이 소두(小杜)라고
부르며 두보와 구별했다. 번천(樊川)이라고도 한다.

두목의 「헌시계(獻詩啓)」에서 "저는 고심하여 시를 짓는데, 다만 고절
(高絶)만을 구하고, 기려(奇麗)함에는 힘쓰지 않고, 습속(習俗)을 따르지
않고, 지금도 아니고 옛날도 아니고, 중간에 처해 있습니다"라고 했다.
『시원변체』에서 "두목의 재력(才力)은 간혹 허혼(許渾)보다 우수한데,
그러나 기벽처(奇僻處)는 원화(元和)에서 나음이 많다. 오언과 칠언고시
는 자의기벽(恣意奇僻)하고 또한 체재(體裁)를 잃음이 많아서 한유의 공

미(工美)처럼 할 수 없었다. 끌어온 논의처(論議處)는 산문으로써 시를 지은 것이 닮다. 그 측운(仄韻) 또한 상성(上聲)과 거성(去聲)을 잡용(雜用)한 것이 많다"고 했다.

양주 선지사에 적다 題揚州禪智寺[1]

雨過一蟬噪	비 지나자 한 매미소리 요란하고
飄蕭松桂秋[2]	바람소리 나는 솔과 계수나무의 가을이네
靑苔滿階砌	푸른 이끼가 섬돌에 가득하여
白鳥故遲留	흰 새가 일부러 오래 머무네
暮靄生深樹	저녁놀은 깊은 숲에서 피어나고
斜陽下小樓	기운 햇살 작은 누대로 내려오네
誰知竹西路	누가 죽서사 길을 아는가?
歌吹是揚州[3]	노랫가락 울리는 양주땅이네

주석 ⸂⸃

1) 揚州(양주): 지금의 강소성 강도현(江都縣). 禪智寺(선지사): 양주 부성(府
   城) 동쪽 15리에 있음. 일명 상방사(上方寺) 혹은 죽서사(竹西寺)라고 함.

2) 飄蕭(표소): 바람소리.

3) 歌吹(가취): 노랫소리와 악기소리.

평설 ⸂⸃

● 『당송시거요』에 "결필(結筆)은 절의 유정(幽靜)함을 그렸는데, 더욱 신
  (神)을 얻었다"고 했다.

선주 개원사 물가 누각에 적다. 누각 아래 완계가 있는데, 개울을 끼고 사람들이 산다 題宣州開元寺水閣, 閣下宛溪, 夾溪居人[1]

六朝文物草連空[2]	육조 문물에 풀만 하늘에 이어졌지만
天澹雲閒今古同	하늘 맑고 구름 한가함은 고금이 같네
鳥去鳥來山色裏	새들의 오고감은 산색 속에 있고
人歌人哭水聲中	사람들 노래와 통곡은 물소리 안에 있네
深秋簾幕千家雨	깊은 가을 주렴장막 속 천 집에 비 내리고
落日樓臺一笛風	석양의 누대에선 한 피리소리 바람에 날리네
惆悵無因見范蠡[3]	슬프게 범려를 볼 수 없는데
參差煙樹五湖東[4]	들쭉날쭉한 안개 낀 숲만 오호의 동쪽에 있네

주석 ⌒

1) 宣州(선주): 안휘성 선성현(宣城縣). 開元寺(개원사): 동진(東晋) 때 건립된 영안사(永安寺)가 당나라 때 개원사로 개명되었고, 나중에 경덕사(景德寺)로 개명되어 지금에 이르고 있음. 宛溪(완계): 일명 동계(東溪).

2) 六朝(육조): 오(吳)·동진(東晋)·송(宋)·제(齊)·양(梁)·진(陳)나라. 모두 건강(建康: 南京市)에 도읍하였음.

3) 范蠡(범려): 춘추시대 월(越)나라 대부(大夫). 월왕 구천(句踐)을 보좌하여 오(吳)나라를 멸망시켰음. 공을 이룬 후 편주(扁舟)를 타고 오호(五湖)로 떠나갔다고 함.

4) 五湖(오호): 태호(太湖)의 별칭.

- 『사명시화』에 "이것의 위 3구의 낙각자(落脚字)는 모두 스스로 그 소리
  를 삼켜버려서, 운(韻)이 짧고 조(調)가 촉박하여 억양의 묘가 없다"고
  했다.

- 『일표시화』에 "두목은 만당의 교초(翹楚)로서 명작이 자못 많은데, 재능
  을 믿고 붓을 마구 휘두른 곳이 또한 적지 않다. 〈題宣州開元寺水閣〉은
  곧장 노두(老杜: 杜甫)의 문장(門墻)에 이르렀으니, 어찌 다만 사람들이
  소두(小杜)라고만 부를 것인가?"라고 했다.

- 굴복(屈復)의 『당시성법(唐詩成法)』에 "1·2구는 선주(宣州)에서 고금을
  개탄하며 일으켰는데 비동(飛動)하는 기세가 있다. 한적(閑適)하게 시를
  지었는데, 도리어 옛일을 슬퍼했다. 흉중(胸中)과 안중(眼中)에 별도로
  연고(緣故)가 있다. 기(氣)가 몹시 호방하여 만당에서 쉽게 얻지 못한다"
  라고 했다.

- 『당시전주』에 "이는 당말(唐末)의 난리를 슬퍼한 것인데, 그로 인하여
  육조를 생각하게 되어서 '今古同'이라 했다"라고 했다.

선주에서 배탄 판관이 서주로 가는 것을 전송하다. 이때 나는 관직에 부임하기 위해 경사로 돌아가려 했다 宣州送裴坦判官往舒州, 時牧欲赴官歸京[1]

日暖泥融雪半銷	날 따뜻해 진흙 풀리고 눈이 반이나 녹았는데
行人芳草馬聲驕	행인이 방초 길을 가니 말울음이 교만하네
九華山路雲遮寺[2]	구화산 길엔 구름이 절을 가리고

清弋江村柳拂橋[3]　　청익강 마을엔 버들이 다리에 드리웠네
君意如鴻高的的[4]　　그대의 뜻은 기러기처럼 높이 떠서 밝고
我心懸旆正搖搖[5]　　내 마음은 매달린 깃발처럼 진정 나부끼네
同來不得同歸去　　함께 왔다가 함께 돌아가지 못하니
故國逢春一寂寥　　서울에서 봄을 만나도 한결같이 적막하리라

주석

1) 裴坦(배탄): 자는 지진(知進). 舒州(서주): 안휘성 잠산현(潛山縣).

2) 九華山(구화산): 안휘(安徽) 지주부(池州府) 청양현(靑陽縣) 남쪽 20리.

3) 淸弋江(청익강): 청익강(靑弋江). 안휘 지주부 선성현(宣城縣) 서쪽.

4) 的的(적적): 밝은 모양.

5) 搖搖(요요): 나부끼는 모양.

평설

● 『당송시거요』에 "격조가 이미 높고, 말이 모두 준발(儁拔)하다"고 했다.

중구일에 제산을 오르다 九日齊山登[1]

江涵秋影雁初飛　　강이 가을 그림자 머금고 기러기 처음 날 때
與客携壺上翠微[2]　　객과 함께 술병 들고 산기슭에 올랐네
塵世難逢開口笑　　속세에선 활짝 웃는 것을 만나기 어려운데

菊花須插滿頭歸　　국화를 머리에 가득히 꽂고 돌아오네
但將酩酊酬佳節　　다만 만취하여 가절을 보내고
不用登臨歎落暉[3]　등림하여 지는 햇살을 탄식하지 않네
古往今來只如此　　옛날은 가고 지금이 오는 것이 단지 이와 같건만
牛山何必獨霑衣[4]　우산에서 하필 홀로 옷자락을 적셨던가?

주석

1) 九日(구일): 음력 9월 9일 중구일(重九日). 예로부터 이날은 수유향낭을 차
   고, 높은 곳에 올라 국화주를 마시며 벽사하는 풍속이 있었음. 齊山(제산):
   안휘성 귀지현(貴池縣) 동남.

2) 翠微(취미): 푸른 산기슭.

3) 登臨(등림): 송옥(宋玉)의 〈구변(九辯)〉에 "登山臨水兮將歸"라고 했음.

4) 牛山(우산): 제(齊)나라 수도였던 임치(臨淄: 지금의 산동성 임치현) 남쪽에
   있음. 제나라 경공(景公)이 우산에 유람을 갔다가 인생의 생사에 감회가 있
   어서 눈물을 흘렸다고 함.

평설

● 『영규율수』에 "이는 '塵世'로써 '菊花'를 대(對)했는데, 개합억양(開合抑
  揚)에 특히 부착흔(斧鑿痕)이 없어서 또한 변체 중에서 뛰어난 것이다.
  후인들이 그 법을 얻으면 시가 선가(禪家)의 산경(散經)과 같을 것이다"
  라고 했다.

● 『비점당음』에 "이는 한 뜻으로 아래로 내려왔는데, 중당(中唐)과 근사
  (近似)하다. 대개 만당 중에서 배울 만한 것이다"라고 했다.

- 『당시별재』에 "말구 2구는 제산을 절실하게 모사했으니, 범연(泛然)하게 붓을 댄 것이 아니다"라고 했다.

- 『당시전주』에 "통편(通篇)의 기체(氣體)가 호매(豪邁)하여 곧장 소릉(少陵: 두보)에 핍진했다"고 했다.

상산 마간 商山麻澗[1]

雲光嵐彩四面合	구름 빛과 이내 빛깔 사면에서 합하고
柔柔垂柳十餘家	부드럽게 드리운 버들가지 십여 채의 집들
雉飛鹿過芳草遠	꿩 날고 사슴 지나가는 방초는 멀고
牛巷鷄塒春日斜	소 있는 거리 닭의 횃대에 봄 해가 기우네
秀眉父老對罇酒	수려한 눈썹의 부로들이 술잔을 마주하고
蒨袖女兒簪野花	붉은 소매의 계집애들은 들꽃을 비녀로 꽂았네
征車自念塵土計	수레 타고 스스로 진토의 계책의 염려하다가
惆悵溪邊書細沙	슬프게 개울가의 가는 모래에 글을 적네

주석

1) 商山(상산): 섬서성 상현(商縣) 동남. 麻澗(마간): 상주(商州)의 단수(丹水)가 마간을 지나갈 때 마간하(麻澗河)라고 함.

강의 누대 江樓

獨酌芳春酒	향기로운 봄 술을 홀로 마시고
登樓已半醺	누대에 오르니 이미 반은 취했네
誰驚一行鴈	누가 한 행렬의 기러기에 놀라는가?
衝斷過江雲	강 구름을 부딪쳐 끊으며 지나가네

평설

● 『당시전주』에 "홀로 술을 마시며 봄을 상심해하다가 누대에 올라가서 스스로 위로하는데, 문득 끊어지는 기러기소리를 듣고 또한 근심이 촉발되었다. 신(神)이 먼 전망을 따라가고, 정서는 더욱 깊은데, 다만 '獨酌' 2글자로 기구를 이끈 것이 묘하다"고 했다.

● 『당인만수절구선평』에 "소두의 절구는 호준(豪俊)한데, 이는 5글자에서 얻은 것인데도, 그 기격이 더욱 성대하다"고 했다.

낙유원에 오르다 登樂遊原[1]

長空澹澹孤鳥没[2]	긴 허공 광막한데 외로운 새가 사라지고
萬古銷沈向此中	만고의 몰락이 이 안에 있네
看取漢家何似業[3]	한나라를 보면 무슨 공업이었던가?
五陵無樹起秋風	오릉엔 나무도 없는데 가을바람 일어나네

1) 樂遊原(낙유원): 고원(古苑)의 이름. 한(漢)나라 선제(宣帝)가 장안(長安) 만
   년현(萬年縣: 섬서성 西安市 남쪽 교외)에 건립한 낙유묘(樂遊廟). 낙유원(樂
   遊苑)이라그도 함.

2) 澹澹(담담): 광막(廣漠)한 모양.

3) 看取(간취): 보다. 취(取)는 의미 없는 조사.

평설 ᧫

● 『비점당음』에 "만당에서는 다만 두목의 절구가 약간 온려(溫麗)하여 법
  으로 삼을 만한 것이 있다"고 했다.

● 『비점당시정성』에 "지극히 비감(悲感)한데, 그러나 '長空'과 '孤鳥'가 흥
  을 일으켜서 더욱 빼어나게 되었다"고 했다.

● 『당시별재』에 "나무마다 가을바람이 일어나면 이미 고개를 돌려볼 수 없
  는데, 하물며 나무도 없음에 있어서랴?"라고 했다.

● 『시법이간록』에 "붙인 감개가 심원하고, 한나라를 빌려서 설법한 것은
  곧 은감(殷鑑)이 멀리 있지 않다는 뜻이다"라고 했다.

● 『당인만수절구선평』에 "침울돈좌(沈鬱頓挫)하여 감개가 끝이 없다"고
  했다.

● 『현용설시』에 "소두(小杜)의 '看取漢家何似業, 五陵無樹起秋風'은 사법
  (寫法)을 배(倍)나 가한 것이다. 능의 나무와 가을바람은 몹시 처참함을
  깨닫게 하는데, 하물며 나무마저 없음에랴! 용의(用意)와 용필(用筆)이
  몹시 곡진하다"고 했다.

강남의 봄에 절구를 짓다 江南春絶句

千里鶯啼綠映紅	천 리에 꾀꼬리소리 녹음이 붉은 꽃 비추고
水村山郭酒旗風	강마을 산마을엔 술집깃발 나부끼네
南朝四百八十寺	남조의 사백 팔십 사찰과
多少樓臺煙雨中	다소의 누대들이 안개비 속에 있네

평설 ～

- 『승암시화』에 "'천리의 꾀꼬리소리'를 누가 들을 수가 있겠는가? 천리의 '녹음과 붉은 꽃'을 누가 볼 수가 있겠는가? 만약 십리라고 한다면, 꾀꼬리소리와 녹음과 붉은 꽃과 마을과 누대와 승사(僧寺)와 술집깃발이 모두 그 안에 있을 것이다"라고 했다.

- 『당인만수절구선평』에 "28자 중에 강남의 풍경을 그려냈는데, 참으로 오도자(吳道子)가 대동전(大同殿)에 가릉(嘉陵)의 산수를 그려놓은 솜씨이다. 오히려 그림이 여기에 미치지 못할까 싶다"고 했다.

초겨울 밤의 음주 初冬夜飮

淮陽多病偶求歡[1]	회양처럼 병이 많지만 우연히 즐거움을 찾아서
客袖侵霜與燭盤[2]	나그네 소매엔 서리 치는데 촛대와 함께 하네
砌下梨花一堆雪	섬돌엔 배꽃 같은 한 무더기 눈이 쌓였는데
明年誰此凭闌干	내년엔 누가 이곳에서 난간에 기댈 건가?

1) 淮陽多病(회양다병): 한(漢)나라 때 회양태수(淮陽太守)를 지냈던 급암(汲
黯)을 말함. 평소 강직하여 황제에게 직간을 서슴지 않다가 동해태수(東海太
守)로 쫓겨났는데, 병이 많아서 침실에 누워 밖으로 나오지 않았지만 동해가
잘 다스려졌다고 함. 또 회양태수에 임명되자, 병이 많다고 울면서 사양했는
데, 황제가 누워서 군을 다스리라고 했음.

2) 燭盤(촉반): 촛농을 받는 받침이 있는 촛대.

적벽 赤壁[1]

折戟沈沙鐵未銷	부러진 창날이 모래에 파묻혀 아직 삭지 않아서
自將磨洗認前朝	스스로 갈아 씻어보고 전조의 것임을 알았네
東風不與周郞便[2]	동풍이 주랑의 편에 불어주지 않았다면
銅雀春深鎖二喬[3]	동작대 깊은 봄에 이교가 갇혀있었으리라

1) 赤壁(적벽): 적벽산(赤壁山). 지금의 호북성 가어현(嘉魚縣) 동북. 삼국시대
적벽대전의 전장이었음.

2) 東風(동풍): 동남풍(東南風)을 말함. 건안(建安) 13년(208)에 조조(曹操)가 수
십만 대군을 거느리고 남하하여 동오(東吳)를 칠 때, 주유는 동남풍의 힘을
빌려 화공(火攻)으로 조조의 대군을 불태워 격파하였음. 周郞(주랑): 오나라
주유(周瑜).

3) 銅雀(동작): 동작대(銅雀臺). 조조(曹操)가 업성(鄴城: 하북성 臨漳縣 서쪽)에
세운 대(臺). 높이가 10장(丈)이고, 옥(屋)이 101칸, 위에 누(樓)가 있고, 누

정상에 1장 5척 높이의 큰 구리 공작(孔雀)이 있어서 동작대라고 명명했음.
조조의 희첩(姬妾)과 가기(歌妓)들이 모두 그 안에서 거주했음. 二喬(이교):
교(喬)는 교(橋)의 잘못. 교씨(橋氏)의 두 딸로서 대교(大橋)와 소교(小橋)라
고 함. 둘 다 국색(國色)을 지녀서 대교는 손책(孫策)의 부인이 되고, 소교는
주유의 부인이 되었음.

평설

- 『역옹패설』에 "옛사람들에게 역사를 읊은 작품이 많은데, 만약 쉽게 알
게 되면 쉽게 싫증이 나게 된다. 곧 그 사건을 직술(直述)하면 새 뜻이
없게 되는 것이다. 일찍이 두목의 〈적벽〉 '折戟沈沙鐵未銷……'와 〈오강
정(吳江亭)〉 '勝敗兵家事不期……'와 …… 등을 좋아했는데, 선가(禪家)
에서 이른바 활롱어(活弄語)라는 것이다"고 했다.

- 『언주시화』에 "두목의 작품 〈적벽〉시는 …… 적벽에서 화공(火攻)을 능
히 하지 못했다면, 조공(曹公: 曹操)이 이교(二喬)를 탈취해서 동작대 위
에 두었을 것이라는 것이다. 손씨(孫氏: 孫策)의 패업은 이 일전(一戰)에
달려있었는데, 사직의 존망과 생령(生靈)들의 도탄(塗炭)은 모두 묻지
않고, 다만 이교만 포착했으니, 조대(措大)가 좋고 나쁨을 알지 못함을
볼 수 있다"고 했다.

- 『시수』에 "만당의 절구 '東風不與周郎便, 銅雀春深鎖二喬'와 '可憐夜半虛
前席, 不問蒼生問鬼神'은 모두 송인(宋人)들의 의론(議論)의 조(祖)이다"
라고 했다.

- 『위로시화』에 "고인(古人)이 역사를 읊을 때, 다만 사건만 서술하고 자
기의 뜻을 내지 않는다면 곧 역사이지, 시가 아니다. 자기의 뜻을 내어
의론을 펴는데, 부착(斧鑿)이 쟁쟁(錚錚)하다면 또한 송인(宋人)들의 병

(病)으로 떨어진다. 두목의 〈적벽〉은 …… 용의(用意)가 은연(隱然)하여 가장 체(體)를 얻었다. …… 허언주(許彦周)가 '이 전쟁은 사직의 흥망과 관계되는데, 다만 이교만 포착하였으니, 조대가 좋고 나쁨을 모른다'고 했다. 송인(宋人)들은 이처럼 더불어서 시를 말할 수 없다"고 했다.

- 『당시별재』에 "두목의 절구는 원운(遠韻)과 원신(遠神)이다. 〈적벽〉시 '東風不與周郞便, 銅雀春深鎖二喬'는 경박한 소년의 말에 가까운데, 시가(詩家)들이 성대하게 칭송하는 것은 무엇 때문인가?'라고 했다.

- 『일표시화』에 "'春深' 2자는 아래에 의뢰함을 얻지 못했는데, 바로 시인이 조소(調笑)한 묘어(妙語)이다"라고 했다.

- 『사고전서총목』에 "허의(許顗)는 의론을 근저(根柢)로 삼음이 많고, 품제(品題) 도한 모두 별재(別裁)가 있다. 다만 두목의 〈적벽〉시가 사직의 존망은 말하지 않고, 이교만 말했다고 비난했는데, 대교는 손책의 부인이고, 소교는 주유의 부인임을 모른 것이다. 두 사람이 위나라로 갔다면 곧 오나라가 망했음을 알 수 있다. 이는 시인이 질언(質言)을 하지 않으려고 그 말을 바꾸었을 뿐이다. 허의가 성급하게 '좋고 나쁨을 모른다'고 비난한 것은 특히 두목의 뜻을 잃은 것이다"라고 했다.

진회에 정박하다 泊秦淮[1]

煙籠寒水月籠沙	안개가 찬 물을 감싸고 달빛이 모래밭을 감쌌는데
夜泊秦淮近酒家	밤에 진회에 정박하니 술집이 가깝네
商女不知亡國恨[2]	상녀는 망국의 한을 모르고서
隔江猶唱後庭花[3]	강 건너에서 여전히 〈후정화〉를 부르네

주석 ♋

1) **秦淮**(진회): 진회하(秦淮河). 강소성 율수현(溧水縣) 동북에서 발원하여 서북
   으로 금릉(金陵)을 통과하여 장강(長江)으로 들어감.

2) **商女**(상녀): 노래를 파는 가녀(歌女).

3) **後庭花**(후정화): 옥수후정화(玉樹後庭花). 진(陳)나라 후주(後主) 진숙보(陳
   叔寶)가 지은 악곡(樂曲). 후주는 성색(聲色)에 빠져서 비빈(妃嬪) 및 행신(倖
   臣)들과 환락을 즐기다가 망국에 이르렀음. 후세에 〈옥수후정화〉를 망국지
   음(亡國之音)이라고 했음. 『舊唐書·音樂志』에 "前代興亡, 實由於樂. 陳將亡
   也, 爲〈玉樹後庭花〉; 齊將亡也, 而爲〈伴侶曲〉. 行路聞之, 莫不悲泣, 所謂亡
   國之音也"라 했음.

평설 ♋

● 『당시정성』에 "오일일(吳逸一)이 '나라가 이미 망하면, 미미(靡靡)한 음
   률이 깊이 사람의 마음으로 들어오는데, 외롭게 정박하고 있다가 갑자기
   듣고서, 자연히 탄식을 일으켰다"고 했다.

● 『비점당시정성』에 "사경(寫景)과 명의(命意)가 모두 묘하다. 뛰어난 곳
   은 원체(怨體)의 반어(反語)인데, 여러 작품과는 다르다"고 했다.

● 『당시선맥회통평림』에 "주필(周弼)은 '용사체(用事體)'라 하고, 하중덕
   (何仲德)은 '용의체(熔意體)'라 했다"고 했다.

● 『당시별재』에 "절창이다"라고 했다.

● 『시법이간록』에 "수구(首句)는 진회의 야경을 그렸다. 차구는 밤의 정박
   을 밝혔는데, '近酒家' 3자가 기구 2구를 이끌었다. '不知' 2자는 감개가
   몹시 깊은데, 기탁은 매우 은미하다. 통수(通首)의 음절(音節)과 신운(神
   韻)이 입묘(入妙)가 아닌 것이 없어서, 심귀우(沈歸愚: 沈德潛)가 감탄하

며 절창이라고 한 것은 마땅하다"고 했다.

도화부인 사당에 적다 題桃花夫人廟[1]

細腰宮裏露桃新[2]	세요궁 안에 이슬 맺힌 복사꽃 새로운데
脈脈無言度幾春[3]	바라만 보며 말없이 몇 봄을 보냈던가?
至竟息亡緣底事	끝내 식나라가 망한 것은 무슨 일 때문이었나?
可憐金谷墜樓人[4]	불쌍하구나 금곡의 추루인이여!

주석 ✑

1) 桃花夫人(도화부인): 원주에 식부인(息夫人)이라고 했음. 식부인은 성이 규(嬀)이고, 춘추시대 진후(陳侯)의 딸로서 식국(息國)의 왕에게 시집갔기 때문에 식규(息嬀)라고 함. 『좌전』에 의하면, 초(楚)나라 문왕(文王)이 식요의 미모를 연모하여 식나라를 멸망시키고 식요를 시집오게 했다고 했음. 두 자식이 있었다고 함. 그런데 유향(劉向)의 『열녀전(列女傳)』에는 식요가 의로워서 욕을 당하지 않고 식나라 왕과 함께 자살했다고 했음. 『여지기승(輿地紀勝)』에 "형호북로(荊湖北路) 한양군(漢陽軍): 도화동(桃花洞)이 종수문(鍾秀門) 밖에 있다. 두목지(杜牧之)의 시가 있다"고 했음.

2) 細腰宮(세요궁): 초왕(楚王)의 궁전을 말함. 『후한서(後漢書)·마요전(馬廖傳)』에 "초왕(楚王)이 세요(細腰: 가는 허리의 미녀)를 좋아하자, 궁중에 굶어 죽은 사람이 많았다"고 했음.

3) 脈脈(맥맥): 말없이 바라보는 모양. 〈고시십구수(古詩十九首)〉에 "盈盈一水間, 脈脈不得語"라고 했음. 無言(무언): 『좌전』에 의하면, 식규가 강제로 초왕의 부인이 되어 두 아들을 두었으나 일체 말을 하지 않았다고 함. 초왕이

그 이유를 물어보니, 두 남편을 섬긴 몸으로 죽지도 못했는데 무슨 할 말이
있겠느냐고 했다고 함.

4) 金谷墜樓人(금곡추루인): 『진서(晉書)·석숭전(石崇傳)』에 "석숭에게 기녀
가 있었는데 녹주(綠珠)라고 했다. 아름다우면서 요염하며 적(笛)을 잘 불었
다. 손수(孫秀)가 사람을 시켜 구하려 했으나, 석숭이 화를 내며 '녹주는 내가
사랑하는 사람이니 줄 수가 없다'고 했다. 손수는 분노하여 가짜 조서를 꾸며
서 잡아들이려고 했다. 석숭이 누대 위에서 연회를 하고 있을 때 개사(介士)
가 문에 도착하자, 석숭이 녹주에게 '나는 지금 너를 위해 죄를 얻게 되었다'
고 하니, 녹주가 울면서 '마땅히 그대 앞에서 죽겠습니다'라고 하고서는 스스
로 누대 아래로 투신하여 죽었다"고 했음.

평설 ᴄ℈

● 『언주시화』에 "나는 이 시를 28자의 사론(史論)이라 하겠다"라고 했다.

● 『위로시화』에 "용의(用意)가 은연(隱然)하여 가장 체(體)를 얻었다. 식규
묘(息嬀廟)를 당나라 때는 도화부인묘(桃花夫人廟)라고 불렀는데, 그래
서 시에서 '露桃'를 사용한 것이다"고 했다.

● 『어양시화』에 "익도손(益都孫) 문정공(文定公)이 읊은 〈식부인(息夫人)〉
에 '無言空有恨, 兒女粲成行'이라 했는데, 해어(諧語)가 사람을 웃음 짓
게 한다. 두목지(杜牧之)의 '至竟息亡緣底事, 可憐金谷墜樓人'은 정언(正
言)이 대의(大義)로써 질책했다. 왕마힐(王摩詰: 王維)의 '看花滿眼淚,
不共楚王語'는 판단하는 말은 한 마디도 붙이지 않았는데, 이 때문에 성
당(盛唐)을 높다고 하는 것이다"라고 했다.

● 『양일재시화』에 "대의(大義)가 책책(責責)하고, 사색(詞色)이 늠름(凜凜)
하여, 참으로 서산(西山)이 '두목의 〈식규(息嬀)〉 작품은 천고의 시비를
논증할 수 있다'고 한 말은 믿을 수 있다. 나는 더욱 그 꼬리쳐서 일으킨

한 물결이 생기가 멀리 나오고, 전혀 산부(酸腐)한 자태가 없음을 사랑
한다. 왕우는 비록 논의를 붙이지는 않았지만, 끝내 깊은 맛을 씹어서
머금을 만한 것이 없으니, 나는 성당(盛唐)을 버리고 만당(晚唐)을 취하
고자 한다"고 했다.

참고 ᴄ춷

● 왕유의 〈息夫人〉: "莫以今時寵, 難忘舊日恩. 看花滿眼淚, 不共楚王言"

양주의 한작 판관에게 부치다 寄揚州韓綽判官[1]

靑山隱隱水迢迢	푸른 산은 은은하고 물은 아득한데
秋盡江南草木凋	가을 깊은 강남에 초목이 시들었네
二十四橋明月夜[2]	이십사교의 달 밝은 밤에
玉人何處敎吹簫[3]	옥인은 어디에서 소를 불게 하는가?

주석 ᴄ춷

1) **韓綽**(한작): 미상. **判官**(판관): 관찰사나 절도사의 소속 관리. 두목은 문종
   (文宗) 태화(太和) 7년(833)에서 9년(835)까지 양주 절도사의 장서기(掌書記)
   를 지냈음. 두목에게 〈哭韓綽〉시 가 있는데 "平明送葬上都門, 緋翠交橫逐去
   魂. 歸來冷笑悲身事, 喚婦呼兒索酒盆"이라고 했음.

2) **二十四橋**(이십사교): 여러 가지 설이 있어 정확하지 못함. 『청통지』에 "강소
   (江蘇) 양주부(揚州府): 옛 이십사교가 감천현(甘泉縣: 지금의 江都縣) 서문
   (西門) 밖에 있다"고 했음.

3) 玉人(옥인): 미인(美人)을 말함.

● 『비점당음』에 "우유평실(優柔平實)하여 중당(中唐)과 같음이 있다"고 했다.

● 『당선맥회통평림』에 "호차여(胡次焱)가 '초목이 시든 가을을 대하고, 달 밝은 다리에서 소를 부는 밤을 생각하면, 적막한 그리움이 요란하여 비로소 정을 이길 수 없다. 「何處」 2글자가 아름답다'고 했다. 육시옹(陸時雍)이 '두목의 칠언절구는 완전다정(婉轉多情)한데, 운(韻) 또한 부족하지 않아서, 유몽득(劉夢得: 劉禹錫) 이후의 일인(一人)이다. 두목의 시에 「十年一覺揚州夢」이란 구가 있는데, 평소에 그 경물(景物)의 기이하고 아름다움을 사랑했다. 이는 한판관이 이곳에 당도한 때가 영락(零落)의 계절이고, 달빛 속에 소를 불게 하는데, 이십사교의 밤의 어디인가를 말한 것에 불과한데, 무한한 뜻의 실마리를 머금고 있을 뿐이다'고 했다"고 했다.

● 『당인만수절구선평』에 "깊은 정의 고조(高調)인데, 만당(晚唐) 중에서 절작(絶作)이다. 완미(婉美)함은 성당(盛唐)의 명가(名家)라고 할 수 있다"고 했다.

이별시를 주다 贈別[1]

1

娉娉裊裊十三餘[2]　　여리고 아리따운 열세 살 남짓인데
荳蔲梢頭二月初[3]　　두구화가 가지 끝에 핀 이월 초이네

春風十里揚州路　　봄바람 부는 십 리의 양주길에
捲上珠簾總不如　　주렴을 걷어 올렸으나 모두가 그대만 못하네

주석 ⌘

1) 원화(元和) 9년(835), 두목은 나이 33세 때 회남절도부장서기(淮南節度府掌書記)에서 감찰어사(監察御使)로 승진했는데, 장안(長安)으로 부임하기 위해 양주(揚州)를 떠나올 때 기녀(妓女)에게 준 시이다.

2) 娉娉裊裊(빙빙뇨뇨): 자태가 가볍고 부드럽고 아름다운 모습.

3) 荳蔲(두구): 꽃 이름. 청나라 주량공(周亮工)의 『인수옥서영(因樹屋書影)』에서 『계해우형지(桂海虞衡志)』를 인용하여, "(두목의 시에 '娉娉裊裊十三餘, 荳蔲梢頭二月初……'라고 했는데,……) 홍두구(紅荳蔲)는 꽃이 총생(叢生)하고, 담홍(淡紅)색이 선명하고 아름다운데, 복사꽃 살구꽃의 색과 같고, 초두구(草荳蔲)와는 동종이 아니다. 매 꽃술에는 두 개의 꽃받침이 서로 나란한데, 사인(詞人)들이 흥을 붙여서 부르기를 '비목(比目)' 혹은 '연리(連理)'라고 한다"고 했다. 또 우인(友人)의 설을 인용하여 "이 꽃은 경구(京口)에 가장 많은데, 또 원앙화(鴛鴦花)라고 부른다. 대개 중매하는 사람이 낭가(郎家)에 알릴 때, 곧 한 가지를 주어서 신표로 삼는다"고 했다.

2

多情却似總無情　　다정함이 도리어 온통 무정한 것 같아
唯覺尊前笑不成[1]　　다만 술잔 앞에서 미소 짓지 못함을 깨닫는데
蠟燭有心還惜別　　남촉이 마음 있어 도리어 이별을 슬퍼하며
替人垂淚到天明　　사람 대신 눈물 흘리며 새벽에 이르네

1) 尊(준): 준(樽). 술동이.

● 『세한당시화』에 "두목지의 '多情却似總無情……'은 뜻이 아름답지 않음은 아니지만, 그러나 사의(詞意)가 얕게 드러나서, 대략 남은 온축함이 없다. 원진·백거이·장적 등은 그 병이 바로 여기에 있다. 다만 사람의 심중의 일을 얻어서 말할 줄만 알고, 다 말할 줄을 모르다면 또한 얕게 드러나게 된다"고 했다.

● 『당시전주』에 "'却似'와 '唯覺'은 형용이 묘하다. 아래에서는 도리어 납촉을 빌려다가 뜻을 붙였는데, '有心'과 '替人'은 더욱 묘하다. 송인(宋人)이 두목의 시를 평하여, 호방하면서도 농염(濃艶)하고, 질탕하면서 화려하다고 했는데, 그 절구는 만당과 중당 중에서 더욱 출색(出色)을 이루었다"고 했다.

화청궁 華淸宮[1]

零葉翻紅萬樹霜	지는 잎 날리는 붉은 꽃 온 나무에 서리 내리고
玉蓮開藥暖泉香	옥련이 꽃을 피워 따뜻한 온천에 향기 나네
行雲不下朝元閣[2]	지나는 구름도 조원각엔 내리지 않아서
一曲淋鈴淚數行[3]	한 곡조 〈우림령〉에 몇 줄기 눈물 흘리네

1) 華淸宮(화청궁): 장안(長安) 임동현(臨潼縣) 남쪽 여산(驪山) 서북에 있는 현종(玄宗)의 온천 궁전. 처음에는 온천궁(溫泉宮)이라 하였다가 천보(天寶) 6년에 화청궁으로 개명했음. 현종이 양귀비와 함께 유락하던 곳.

2) 行雲(행운): 송옥(宋玉)의 〈고당부(高唐賦)〉에서 언급한 운우지정(雲雨之情)의 고사 속의 조운(朝雲)을 말함. 여기서는 양귀비를 비유했음. 朝元閣(조원각):『옥해(玉海)·궁실(宮室)』에 "천보(天寶) 10년 10월 을축, 조원각에 행차했는데 경운(慶雲)이 나타나서, 황제가 시를 짓고, 군신(群臣)들이 모두 화답했다"고 했음.

3) 淋鈴(임령): 우림령(雨霖鈴). 현종이 촉(蜀)으로 피난할 때 장맛비 속에 잔도(棧道)를 지나다가 양귀비를 생각하고 지었다는 교방악곡(敎坊樂曲) 이름.

● 『당시경』에 "行雲' 2글자는 〈고당부(高唐賦)〉에서 취했다. 말구는 진정 절실할 필요가 없는데, 말이 스스로 읊을 만하다"고 했다.

금곡원 金谷園[1]

繁華事散逐香塵	번화한 일들은 사라져 향기로운 먼지를 좇고
流水無情草自春	흐르는 물은 무정한데 풀만 절로 봄이네
日暮東風怨啼鳥	날 저물고 봄바람 속 슬피 우는 새소리
落花猶似墮樓人[2]	낙화가 오히려 타루인과 같네

1) 金谷園(금곡원): 서진(西晉) 석숭(石崇)의 호화로운 개인 화원(花園). 낙양(洛陽) 서북쪽 금곡간(金谷澗)에 있음.

2) 墮樓人(타루인): 추루인(墜樓人)과 같음. 금곡원 청량대(清凉臺)에서 투신하여 자결한 석숭의 애첩 녹주(綠珠).

평설 ⌒

• 『당시선맥회통평림』에 "하중덕(何仲德)이 청신체(清新體)라고 했다. 서충(徐充)이 '말구의 비유한 뜻은 정절(精切)하다'고 했다"라고 했다.

• 『당인만수절구선평』에 "낙구(落句)는 의외(意外)의 신묘(神妙)함이 유연(悠然)이 다하지 않는다"고 했다.

청명 清明

清明時節雨紛紛	청명 시절에 빗줄기 분분한데
路上行人欲斷魂	길가의 행인은 애가 끊기려하네
借問酒家何處有	물어보자 술집이 어디 있는지?
牧童遙指杏花村	목동이 멀리 살구꽃 핀 마을을 가리키네

산행 山行

遠上寒山石徑斜	멀리 추운 산에 오르니 돌길 기울고

白雲深處有人家　　흰 구름 깊은 곳에 인가가 있네
停車坐愛楓林晩　　수레 세우고 단풍 숲 저물을 앉아서 즐기는데
霜葉紅於二月花　　서리 맞은 잎이 이월의 꽃보다 더 붉네

평설 ⌒

● 『당시전주』에 "'霜葉紅於二月花'는 참으로 명구이다. 시는 산행을 그렸
  는데, 경색(景色)이 유수(幽邃)하고, 아치가 호탕하다"고 했다.

● 『당시절구정화』에 "이 시를 읽어보면 시인의 고회(高懷)와 일치(逸致)를
  볼 수 있다. 서리 맞은 잎이 꽃보다 낫다고 한 말은 보통사람은 쉽게
  말할 수 없는 것인데, 한 번 시인의 말을 거쳐 나오니, 곧 천구(千口)에
  머물러 암송되게 되었다"고 했다.

오강정에 적다 題烏江亭[1]

勝敗兵家事不期　　승패의 일은 병가에서 기약할 수 없는데
包羞忍恥是男兒　　수치를 안고 치욕을 참는 것이 남아라네
江東子弟多才俊　　강동의 자제들은 준재가 많은데
卷土重來未可知　　권토중래를 미처 몰랐던가?

주석 ⌒

1) 烏江(오강): 안휘성 화현(和縣) 동북. 부근에 오강정이 있었음. 일찍이 초패
   왕(楚覇王) 항우(項羽)가 해하(垓下)에서 패전하고 오강정까지 도망 왔는데,

강을 건너 강동으로 돌아가서 훗날을 기약하자는 권고를 거절하고 자결했다
고 함.

평설 ↩

- ●『위로시화』에 "시는 무궁한 뜻을 함축하는 것을 귀하게 여기는데, 더욱
  의견·성색(聲色)·고사(故事)·의론을 붙이지 않는 것을 상(上)으로 삼
  는다. 의산(義山: 李商隱)의 '夜半宴歸宮漏永, 薛王沈醉壽王醒'이 그것인
  데 …… 규각(圭角)을 드러낸 것이고, 두목의 〈제오강정〉시의 '勝敗兵家
  事不期……'가 그것이다. 그러나 이미 송인(宋人)의 문경(門徑)을 열었
  다"고 했다.

허혼(?-858?), 자는 용회(用晦), 윤주(潤州) 단양(丹陽: 강소성 단양현) 사람. 태화(太和) 6년(832)에 진사에 합격하고, 당도(當塗)와 태평(太平) 두 현의 현령(縣令)을 지내고 병으로 사직했다. 다시 윤주사마(潤州司馬)를 거쳐서 감찰어사(監察御史)가 되었다. 목주(睦州)와 영주(郢州) 두 주의 자사(刺史)를 지내고, 단양(丹陽) 정묘동(丁卯洞) 교촌(橋村)에 은거했다. 이로 인해 자신의 시집을 『정묘집(丁卯集)』이라 했다.

가을날 대궐로 가면서, 동관현 역루에 적다 秋日赴關, 題潼關驛樓[1]

紅葉晩蕭蕭	붉은 잎에 저녁 바람소리 소소하고
長亭酒一瓢[2]	장정에서 술 한 잔을 하네
殘雲歸太華[3]	남은 구름 태화산으로 돌아가고
疎雨過中條[4]	성긴 비가 중조산을 지나가네
樹色隨山迥	수풀 색은 산을 따라 멀어지고
河聲入海遙	강물소리는 바다로 들어가 아련하네
帝鄕明日到[5]	서울에 내일 도착하면
猶自夢漁樵[6]	오히려 절로 은거생활을 꿈꾸게 되리라

주석 ♋

1) 潼關(동관): 섬서성 동관현(潼關縣).

2) 長亭(장정): 역(驛). 10리마다 장정(長亭)을 두고 5리마다 단정(短亭)을 두었음.

3) 太華(태화): 산 이름. 섬서성 화음현(華陰縣) 남쪽 8리에 있음.

4) 中條(중조): 산 이름. 산서성 영제현(永濟縣)에 있음. 일명 뇌수산(雷首山).

5) 帝鄕(제향): 경사(京師). 서울.

6) 漁樵(어초): 물고기 잡고 땔나무 하는 시골의 은거생활.

평설 ♋

● 『당시경』에 "말은 비록 천근(淺近)하지만, 아치는 각각 스스로 이루어졌다"고 했다.

- 『당시삼백수』에 "격(格)과 뜻이 곧장 성당(盛唐)을 추구했다"고 했다.

- 『양일재시화』에 "오율의 '紅葉晚蕭蕭'는 전체 국면에 모두 생동하여 만당의 교수(翹秀)이다"라고 했다.

- 『당송시거요』에 "오북강(吳北江)이 "고화(高華)하고 웅혼하여 정묘(丁卯)의 압권의 작품이다"고 했다"라고 했다.

금릉을 회고하다 金陵懷古[1]

玉樹歌殘王氣終[2]	＜옥수가＞ 사라지자 왕기가 끝나서
景陽兵合戌樓空[3]	경양전에 군사들 모이니 수루가 비었네
松楸遠近千官塚[4]	솔과 가래나무 숲 원근엔 관료들의 묘지가 있고
禾黍高低六代宮[5]	벼와 기장 밭 위아래엔 육대의 궁전들이 있네
石燕拂雲晴亦雨[6]	석연산은 구름에 솟아 맑은 날에도 비 내리고
江豚吹浪夜還風[7]	강돈이 물결 불어 밤에 다시 바람 부네
英雄一去豪華盡	영웅이 호화로움을 한 번 쓸어 없애니
唯有青山似洛中[8]	오직 청산만 남아 있는 것이 낙중과 같네

주석

1) 金陵(금릉): 남경시(南京市)의 옛 이름.

2) 玉樹歌(옥수가): 진(陳)나라 후주(後主)가 지은 악곡 〈옥수후정화(玉樹後庭花)〉: "麗宇芳林對高閣, 新粧豔質本傾城. 映戶凝嬌乍不進, 出帷含態笑相迎, 妖姬臉似花含露, 玉樹流光照後庭"

3) 景陽(경양): 진(陳)나라 궁전 경양전(景陽殿).

4) 松楸(송추): 소나무와 가래나무. 묘소에 심은 나무들을 말함.

5) 禾黍(화서): 벼와 기장. 「시서(詩序)」에 "〈서리(黍離)〉는 종주(宗周)를 슬퍼한 것이다. 주(周)나라 대부(大夫)가 행역(行役)을 가다가 옛 종묘(宗廟)와 궁실(宮室)을 지나가는데, 모두 벼와 기장밭이 되어서, 주실(周室)이 전복된 것을 슬퍼하여 이 시를 지은 것이다"라고 했음. 六代(육대): 금릉에 도읍했던 여섯 나라. 오(吳)·동진(東晉)과 남조의 송(宋)·제(齊)·양(梁)·진(陳).

6) 石燕(석연): 산 이름.

7) 江豚(강돈): 강돈(江㹠) 혹은 강저(江猪)라고 함. 강으로 올라오는 돌고래의 일종.

8) 洛中(낙중): 낙양(洛陽)을 말함. 낙양 또한 여러 왕조의 도읍지였으나 황폐화되고 말았음.

평설

• 『영규율수』에 "'禾黍高低六代宮' 1구는 좋은데, 위 구 '松楸遠近千官塚'은 잘못이다. 대저 나라가 망한 이후에 어찌 소나무와 가래나무가 천관의 무덤을 덮고 있을 수가 있겠는가? 5·6구는 도리어 강가의 풍경에 적절하다"고 했다.

• 『사명시화』에 "허용회의 〈금릉회고〉의 함련은 합당하지만, 판대(板對)일 뿐이다. 경련은 마땅히 먼 길 나그네에게 준 것인데, 경계하고 신중히 하라는 뜻이 있는 듯하다. 만약 그 두 연을 깎아내 버린다면, 기상이 웅혼하여 태백(太白: 이백)의 절구의 아래가 아닐 것이다"라고 했다.

• 『비점당음』에 "이 편의 앞 4구는 약간 웅혼한데, 의상(意象)은 합치하지 않는다. 차련은 조경(粗硬)하고, 결어는 외롭고 급하여서 노래가 중단된 듯하다. 그러나 다른 작품을 살펴보면 또한 이것에 미치지 못한다"고 했다.

● 『당시별재』에 "육조는 금릉에 수도를 세웠는데, 진후주(陳後主)에 이르러 비로소 멸망했기 때문에 이로써 발단을 삼았다"고 했다.

● 『당시전주』에 "이 시는 몽득(夢得: 劉禹錫)의 〈西塞山懷古〉에 미치지 못한 듯하다. 대개 유우석은 손오(孫吳)로부터 설을 일으켜서, 육조를 공허하게 띠고, 깊은 정을 붙여서, 절로 상하 천년의 감개를 지니게 되어서, 기백이 웅활(雄闊)하고 시 또한 심후하다. 이 시는 진후주가 남조의 종말임을 탄식하며 육조로 거슬러 올라갔는데, 국면을 세움이 또한 묘하다"고 했다.

옛 낙양성에 오르다 登故洛陽城[1]

禾黍離離半野蒿	벼와 기장만 무성하고 들 절반은 쑥대밭이니
昔人城此豈知勞	옛 사람들이 여기에 성 쌓은 수고를 어찌 알랴?
水聲東去市朝變	물소리 동으로 떠나가니 시장과 조정이 변하고
山勢北來宮殿高	산세가 북에서 와서 궁전이 높네
鴉噪暮雲歸古堞	까마귀 우짖고 저녁구름 옛 성가퀴로 돌아가고
鴈迷寒雨下空壕	기러기 헤매는데 찬비가 빈 해자에 내리네
可憐緱嶺登仙子[2]	가련하다 구령의 등선자여
猶自吹笙醉碧桃	오히려 스스로 생을 불며 벽도에 취했구나

주석

1) 故洛陽城(고낙양성): 하남(河南) 낙양현(洛陽縣) 동쪽 30리.

2) **緱嶺登仙子**(구령등선자): 구령(緱嶺)은 구씨산령(緱氏山嶺). **登仙子**(등선
    자): 『열선전(列仙傳)』에 "왕자교(王子喬)는 주영왕(周靈王)의 태자진(太子
    晉)이다. 생(笙)을 불기를 좋아했는데 봉황울음을 잘 냈다. 이수(伊水)와 낙
    수(洛水) 사이에서 노닐었는데, 도사(道士) 부구공(浮丘公)이 데리고 숭고산
    (崇高山)으로 올라갔다. 30여 년 후 산 위에서 찾았는데, 환량(桓良)을 보고
    서 말하기를 '내 집에다가 7월 7일 구씨산 고개에서 나를 기다리라고 알려주
    시오'라고 했다. 그 때가 되자 과연 백학(白鶴)을 타고 산 위에 머물렀다. 바
    라보면서도 다가갈 수 없었는데, 손을 들어 사람들에게 인사하고 며칠 후 떠
    나갔다"고 했다.

평설

- 『비점당음』에 "이 편은 큰 자병(疵病)이 없고, 다만 대략 천경(淺硬)하고
  우유(優遊)하지 못한데, 모르는 사람들은 웅거하다고 여긴다"고 했다.

- 『당송시거요』에 "용회의 남고(覽古) 작품은 후인들이 그 낙투(落套)를
  몹시 병으로 여기는데, 이 작품은 품격이 유독 높아서 다른 작품들보다
  낫다"고 했다.

새하곡 塞下曲

夜戰桑乾北[1]	상건하 북쪽 야간전투에서
秦兵半不歸	진병이 반이나 돌아오지 못했네
朝來有鄕信	아침에 고향편지가 왔는데
猶自寄寒衣	오히려 겨울옷을 부쳤다고 하네

주석 ⌘

1) **桑乾**(상건): 상건하(桑乾河). 옛 누수(灤水). 지금의 영정하(永定河)의 상류.

평설 ⌘

● 『당시해』에 "이것은 진도(陳陶)의 〈농서행(隴西行)〉과 뜻이 같다. 진도의 말은 신(神)이고, 허혼의 말은 질(質)이어서, 답습이 아니다"라고 했다.

● 『당시별재』에 "암연(黯然)이 애가 끊긴다"고 했다.

● 『시법이간록』에 "겨울옷을 부친 일을 빌려다가 병사들의 사별의 고통을 그렸는데, 도리어 묘를 다할 필요가 없다"고 했다.

● 『정일재시화』에 "(허혼의 칠율은 전편(全篇)이 또한 다 노성(老成)하지 않다. 오절의 '夜戰桑乾北'과 칠절 '勞歌一曲解行舟'와 오율의 '紅葉晩蕭蕭'는 전국(全局)이 모두 생동하여 만당의 교초(翹楚)가 된다"고 했다.

이상은 李商隱

이상은(813-858), 자는 의산(義山), 호는 옥계생(玉谿生), 회주(懷州) 하내(河內: 하남성 沁陽縣) 사람. 영호초(令狐楚)가 하양(河陽)을 진수(鎭守)하고 있을 때 그의 글을 기특하게 여기고 여러 아들들과 교유하게 했다. 문종(文宗) 개성(開成) 2년(837)에 진사에 합격했다. 회창(會昌) 2년에 또 판관발췌(判官拔萃)에 응시하여 합격했다. 왕무원(王茂元)이 하양을 진수할 때 장서기(掌書記)로 임명하고 그 딸을 처로 삼게 하였다. 왕무원은 이덕유(李德裕)와 친했는데, 영호초는 우승유(牛僧儒)의 당파로서 이덕유와는 서로 원수지간이었다. 그래서 영호초의 아들 도(綯)는 이상은을 배덕자라고 박대했다. 나중에 도가 재상이 되자, 이상은이 진정(陳情)하였으나 도는 끝내 화해하지 않았다. 이상은은 정아(鄭亞)와 노홍정(盧弘正)에게 의지했다. 나중에 유중영(柳仲郢)이 검남(劍南)과 동천(東川)절도사를 지낼 때 판관(判官)과 검교공부원외랑(檢校工部員外郎)으로 삼았다. 임기를 마치고 형양(滎陽)에서 머물러 살다가 죽었다. 송나라 초의 시단에서 이상은을 배웠는데, 그들을 서곤파(西昆派)라고 한다. 서곤체(西崑體)는 그들 시파의 시를 말함과 동시에 이상은의 시를 지칭하기도 한다.

『당재자전』에 "이상은은 시를 잘 지었는데, 지은 글은 괴매기고(瑰邁奇古)하고, 말은 난삽하고 사건은 은미했다. 영호초(令狐楚)에게서 여우장단(儷偶長短)을 배웠는데, 번욕(繁縟)함은 그를 뛰어넘었다. 매번 글을 지을 때는 서책을 검열함이 많았는데, 좌우에 고기비늘처럼 늘어놓아서 '달제어(獺祭魚)'라고 불렀다. 뜻이 사람들을 감동시켜서, 사람들이 그가 전후로 횡절(橫絶)했다고 말했다"고 했다.

유사호 분을 곡하다 哭劉司戶蕡[1]

路有論冤謫	길에서는 원통한 유배를 논하는데
言皆在中興	언론은 모두 중흥에 관한 것이었네
空聞遷賈誼[2]	다만 가의를 좌천했다고 들었으니
不待相孫弘[3]	손홍을 재상으로 삼음은 기대하지 않네
江闊惟回首	강 넓어서 오직 고개만 돌려보고
天高但撫膺	하늘 높아서 다만 가슴만 어루만지네
去年相送地	지난해 서로 전송했던 곳
春雪滿黃陵[4]	봄눈이 황릉산에 가득하네

주석 ◌

1) 劉司戶蕡(유사호분): 유분의 자는 거화(去華), 유주(幽州) 평창(平昌) 사람.
태화(太和) 2년 현량과(賢良科) 대책문(對策文)에서 간신과 환관들의 전횡을
직언으로 극간을 하였다. 비서랑(秘書郎)이 되었으나 환관의 무고로 유주사
호참군(柳州司戶參軍)으로 좌천되어 죽었다.

2) 空(공): 지(只). 賈誼(가의): 한(漢)나라 문제(文帝) 때 젊은 나이로 태중대부
(太中大夫)가 되었으나, 참소를 받아 장사왕태부(長沙王太傅)로 좌천되었다
가 그곳에서 죽었음.

3) 孫弘(손홍): 공손홍(公孫弘). 한무제(漢武帝) 때 박사로 불려가서, 승상까지
지냈음.

4) 黃陵(황릉): 호남성 상음현(湘陰縣)에 있는 산 이름.

● 『후촌시화』에 "의산(義山)은 용사(用事)를 잘했는데, 〈곡유분〉에 '空聞
遷賈誼, 不待相孫弘'은 제과(制科)에 응할 때부터 사지로 유배될 때까지
를 다만 10자로써 다 말했다"고 했다.

낙화 落花

高閣客竟去	높은 누대의 객들이 끝내 떠나가고
小園花亂飛	작은 정원엔 꽃잎이 어지럽게 날리네
參差連曲陌	들쭉날쭉 굽은 길에 이어지고
迢遞送斜暉[1]	아득히 석양빛을 전송하네
腸斷未忍掃	애 끊겨 차마 쓸어버리지 못하는데
眼穿仍欲歸	시야를 뚫어 오다 곧 되돌아가려 하네
芳心向春盡[2]	향기로운 꽃이 봄을 향해 다 저버리니
所得是沾衣	얻은 것은 젖은 옷자락뿐이네

주석 ⌒

1) 迢遞(초체): 요원(遙遠)한 모양.

2) 芳心(방심): 화예(花蕊).

● 청나라 육차운(陸次雲)의 『오조시선명집(五朝詩善鳴集)』에 "〈낙화〉시는 전혀 지분기(脂粉氣)가 없으니, 참으로 염시(艶詩)의 호수(好手)이다"고 했다.

● 『위로시화』에 "〈낙화〉의 기구는 기절(奇絶)한데, 통편(通篇)에 실어(實語)가 없는 것은 〈선(蟬)〉시와 같고, 결구 또한 기이하다"고 했다.

● 『당시성법』에 "사람들은 수구(首句)만 칭찬할 줄 알고, 결구를 칭찬하는 사람은 매우 적다. 1·2구는 곧 도서법(倒敍法)이기 때문에 경책(警策)인데, 그것을 순(順)하게 했다면 평용(平庸)했을 것이다. 수구는 채색 구름이 허공으로부터 추락하는 것처럼 사람을 망연하게 할 바를 모르게 한다. 결구는 섣달 23일 밤에 '儻若無心我便休'를 부르는 것처럼 사람의 마음을 죽고 싶게 한다"고 했다.

밤 술자리 夜飮

卜夜容衰鬢[1]	종일의 연회가 쇠한 머리를 용납하니
開筵屬異方[2]	술자리가 타향에 있네
燭分歌扇淚[3]	촛불은 가선에게 눈물을 나눠주고
雨送酒船香[4]	비는 주선의 향기를 보내오네
江海三年客	강해에서 삼년의 나그네살이 동안
乾坤百戰場	천지에서 백번의 전투를 치렀네
誰能辭酩酊[5]	누가 취함을 사양하랴?
淹臥劇清漳[6]	체류함이 청장에서보다 심하구나!

1) 卜夜(복야): 밤과 낮을 이어서 연회를 계속하는 것을 복주복야(卜晝卜夜)라고 함. 衰鬢(쇠빈): 쇠발(衰髮). 노년을 말함.

2) 開筵(개연): 자리를 펴는 것. 연회를 여는 것을 말함.

3) 歌扇(가선): 가수가 들고 있는 부채. 부채로 입을 가리고 노래를 부름. 전하여 가수를 말함.

4) 酒船(주선): 술을 나르는 배, 혹은 큰 술잔을 말함.

5) 酩酊(명정): 술에 취한 모양.

6) 劇(극): 우심(尤甚). 더욱 심함. 淸漳(청장): 장수(漳水). 하남(河南)과 하북(河北)의 경계에 있음. 일찍이 위(魏)나라 유정(劉楨)이 청장 물가로 쫓겨난 적이 있음.

평설 ☙

• 『당시경』에 "끝 4어가 풍미(風味)있다"고 했다.

• 『영규율수휘평』에 "풍서(馮舒)가 '지극히 소릉(少陵: 두보)같다'고 했다. 풍반(馮班)이 '어째서 노두(老杜) 같은가? 의산은 본래 두보에게서 나왔는데, 서곤(西崑) 여러 사람들이 그것을 배웠으나, 구격(句格)의 혼성(渾成)함은 ▯치지 못했다'고 했다. 기윤(紀昀)이 '3구는 섬세하고, 5·6구는 침웅(沈雄)하다. 왕형공(王荊公: 王安石)이 두보에 가깝다고 했는데, 참으로 그러하다. 끝 「淹臥」 구는 시집 중에서 모두 두 번 보였는데, 대개 유공간(劉公幹: 劉楨)의 「嗟余嬰痼疾, 竄身淸漳濱」의 말을 사용한 것이다. 그러나 끝내 견강부회이다'라고 했다"고 했다.

매미 蟬

本以高難飽	본래 높이 있기 때문에 배부르기 어려운데
徒勞恨費聲	헛되게 애쓰며 소리를 낭비함이 한스럽네
五更疎欲斷	새벽에야 소리 가늘어지며 끊기려 하는데
一樹碧無情	한 나무의 푸름은 무정하기만 하네
薄宦梗猶泛[1]	미천한 관직으로 정처 없이 떠도는데
故園蕪已平	고향 정원은 거친 풀만 이미 우거졌네
煩君最相警	번거롭게도 그대가 가장 경고해주지만
我亦擧家淸	나 또한 온 집안이 청빈하다네

주석 ⌒⌒

1) 梗猶泛(경유범): 경범(梗泛). 정처 없이 떠도는 것. 『戰國策・齊策三』에 “有
土偶人與桃梗相與語, …… 土偶曰: ‘子東國之桃梗也, 刻削子以爲人, 降雨下,
淄水至, 流子而去, 則子漂漂者將何如耳!’”라고 했음.

평설 ⌒⌒

● 『당시선맥회통평림』에 “주경(周敬)이 ‘우세남(虞世南)의 「居高聲自遠」과
낙빈왕(駱賓王)의 「淸畏人知」와 의산의 「本以高難飽」 등의 말은 모두
매미의 덕을 잘 말했다’고 했다”고 했다.

● 『오조시선명집』에 “청절(淸絶)하다”고 했다.

● 『위로시화』에 “의산의 〈선〉시는 묘사가 전혀 고사를 사용하지 않았는
데, 참으로 걸작이다”라고 했다.

● 『현용설시』에 "『삼백편』은 비흥(比興)으로 많이 지었는데, 당인(唐人)이 오히려 이 뜻을 얻었다. 동일하게 매미를 읊은 것 가운데, 우세남의 '居高聲自遠, 端不藉秋風'은 청화인(淸華人)의 말이고, 낙빈왕의 '露重飛難進, 風多響易沈'은 환난인(患難人)의 말이고, 이상은의 '居高聲自遠, 徒勞恨費聲'은 노소인(牢騷人)의 말이다. 비흥이 이처럼 같지 않다"고 했다.

금슬 錦瑟[1]

錦瑟無端五十絃[2]	금슬이 까닭 없이 오십 현이나 되어
一絃一柱思華年[3]	한 현과 한 기둥마다 젊은 시절을 생각게 하네
莊生曉夢迷蝴蝶[4]	장생의 새벽 꿈 속엔 호랑나비 헤매고
望帝春心託杜鵑[5]	망제의 춘심은 두견새에게 맡겼네
滄海月明珠有淚[6]	창해에 달 밝으면 진주가 눈물 흘리고
藍田日暖玉生煙[7]	남전에 햇볕 따뜻하면 옥에서 연기 피네
此情可待成追憶	이 정은 추억이 되기를 기대할 만한데
只是當時已惘然	다만 당시에 이미 망연자실했었네

주석

1) 錦瑟(금슬): 화려하게 장식한 슬(瑟).

2) 『사기(史記)·봉선서(封禪書)』에 "누군가 말하기를 '태제(太帝)가 곧 소녀(素女)에게 오십 현을 연주하라고 했는데, 슬 소리가 슬펐다. 태제가 금하여 중지시키고, 일부러 그 슬을 부수어서 이십 오 현으로 만들었다'고 한다"고 했다.

3) 華年(화년): 청년시절 아름다웠던 때.

4) 莊生(장생): 전국시대 초(楚)나라 장주(莊周). 『장자(莊子)·제물론(齊物論)』
  에서 장자가 호랑나비 꿈을 꾸었는데, 깨어나서는 자신이 호랑나비를 꿈꿨는
  지, 아니면 호랑나비가 자신을 꿈꾸고 있는지 몰랐다고 했음.

5) 望帝(망제): 주(周)나라 말 서촉(西蜀)의 군왕 두우(杜宇). 재상 별령(鼈靈)에
  게 치수사업을 시킨 후 그의 아내와 사통하고는, 덕이 그에게 미치지 못한다
  고 여겨서 별령에게 왕위를 위임하고 떠나갔는데, 나중에 죽어서 두견새가
  되었다고 함.

6) 『박물지(博物志)』에 "남해(南海) 밖에 교인(蛟人)이 있는데, 물고기처럼 물에
  서 살며, 베를 짜기를 그치지 않고, 그 눈이 눈물을 흘러서 진주를 낸다"고
  했음.

7) 藍田(남전): 산 이름. 옥산(玉山). 섬서성 남전현(藍田縣). 미옥(美玉)의 생산
  지였음.

평설

- 송나라 유반(劉頒)의 『중산시화(中山詩話)』에 "이상은에게 〈금슬〉시가
  있는데, 사람들은 그 의미를 알지 못한다. 어떤 이는 영호초(令狐楚) 집
  안의 청의(靑衣)의 이름이라고 했다"라고 했다.

- 송나라 황조영(黃朝英)의 『상소잡기(緗素雜記)』에 "동파(東坡)가 '이것
  은 『고금악지(古今樂志)』에서 나온 것인데, 「금슬 악기는 그 현이 오십
  이고, 그 주(柱)는 현과 같다. 그 소리는 적(適)·원(怨)·청(淸)·화(和)
  이다」라고 했다. 이상은의 시를 보니, 「莊生曉夢迷蝴蝶」은 적(適)이고,
  「望帝春心託杜鵑」은 원(怨)이고, 「滄海月明珠有淚」는 청(淸)이고, 「藍田
  日暖玉生煙」은 화(和)이다. 한 편 속에 그 뜻을 곡진하게 했다'고 했다"
  라고 했다.

- 『예원치언』에 "중간 2연은 아름다운 말인데, 적(適)·원(怨)·청(淸)·화

(和)로써 해석하면 몹시 통한다. 그러나 이해하지 않는다면 할 말이 없는데, 이해한다면 의미가 모두 드러나게 되니, 이로써 시가 어렵다는 것을 깨닫는다"라고 했다.

● 『비점당음』에 "이 시는 본래 규정(閨情)이며, 금슬에 뜻을 둔 것은 아닌 듯싶다"라고 했다.

● 『시수』에 "금슬을 청의(靑衣)의 이름이라고 한 것은 당인(唐人)의 소설(小說)에서 보이는데, 의산이 감정이 있어서 지은 것이라 했다. 이 시의 결구와 '효몽(曉夢)'·'춘심(春心)'·'남전(藍田)'·'주루(珠淚)' 등을 보면, 대개 제(題) 중의 말이 없다. 다만 수구(首句)에서 금슬을 끌어와서 일으켰을 뿐이다. 송인(宋人)은 영물(詠物)을 지은 것으로 알고서, 적(適)·원(怨)·청(淸)·화(和)자로써 부회천착(附會穿鑿)하여 마침내 본의(本意)를 몽연(懞然)하게 했다. 게다가 '此情可待成追憶'에 이르면 더욱 설명이 통하지 않게 된다. 배우는 사람들은 시험 삼아 이와 같은 의론들을 모두 치워놓고, 다만 제목을 청의(靑衣)로 하고, 시의 뜻을 추억(追憶)으로 하여 읽어본다면, 스스로 용약(踊躍)하게 될 것이다"라고 했다.

● 『오조시선명집』에 "의산은 만당의 가수(佳手)인데, 이 시에서 가장 아름다움을 폈다. 의치(意致)가 미리(迷離)하여, 이해할 수도 있고, 이해할 수도 없는 사이에 있다. 초당과 성당의 여러 사람 중에도 없는 것이다. 삼초(三楚)의 정신을 필단에서 홀로 터득했다"고 했다.

● 『위로시화』에 "시의 뜻은 대저 측면에서 나온다. 정중현(鄭仲賢)의 〈송별〉시에 '亭亭畫舸繫寒潭, 直到行人酒半酣. 不管烟波與風雨, 載將離恨過江南'이라고 했는데, 사람들이 스스로 이별한 것인데, 도리어 화가(畫舸)를 원망했다. 의산이 지난날을 추억하면서 금슬을 원망한 것도 또한 같은 것이다"라고 했다.

● 『일표시화』에 "이 시는 오로지 기구 '無端' 2글자에 있는데, 통체(通體)의 묘처는 모두 이로부터 나왔다. 금슬의 한 현과 한 기둥이 이미 사람을 젊은 시절을 슬퍼하도록 만드는데, 무슨 까닭으로 이렇게 허다한 현과 기둥이 있는지 알 수 없어서 사람을 끝없이 슬프게 한다는 것이다. 오로지 금슬이 무단히 이런 현과 기둥을 지닌 것을 책망한 듯한데, 마침내 무단히 이러한 슬픔이 있게 되었다. 저 장생에게 나아가도 새벽꿈에 헤매고, 혼이 두우(杜宇)가 되어도 오히려 춘심을 기탁하고, 창해의 주광(珠光)은 눈물이 아닌 것이 없고, 남전의 옥기(玉氣)는 황홀히 연기가 나는 것 같다. 이런 정회에 촉발되어 점점 추억하며 거슬러 가는데, 당시에도 종종 모든 것이 망연했다. 금슬을 대하고 슬픔을 일으키고, 무단히 감개가 절실함을 탄식했다. 이와 같이 깨닫는다면, 시의 정신과 시의 뜻이 종이 위로 뛰어오를 것이다"라고 했다.

● 『당시전주』에 "이는 의산이 나이 오십이 되어 평생을 추억하며 지은 것이다"라고 했다.

수궁 隋宮[1]

紫泉宮殿鎖烟霞[2]	자천궁전은 안개와 놀에 잠겼는데
欲取蕪城作帝家[3]	무성을 취하여 제가로 만들려했네
玉璽不緣歸日角[4]	옥쇄는 인연 없어 일각에게 돌아갔건만
錦帆應是到天涯[5]	비단 돛은 응당 하늘 끝에 이르렀으리라
于今腐草無螢火[6]	지금까지 썩은 풀에선 반딧불도 없고
終古垂楊有暮鴉[7]	예로부터 늘어진 버들엔 저녁 까마귀만 있네

地下若逢陳後主[8]　　지하에서 진나라 후주를 만난다면

豈宜重問後庭花[9]　　어찌 마땅히 거듭 〈후정화〉를 묻지 않겠는가?

주석 ♁

1) 수양제(隋煬帝) 양광(楊廣)은 즉위한 후 6년 동안 대운하 통제하(通濟河)를 파고, 동도(東都) 낙양(洛陽)에 대규모의 궁전과 서원(西苑)을 건축했다. 대업(大業) 원년(605)에서 12년(616) 동안 3차례 화려한 용주(龍舟)를 타고 남쪽 강도(江都)로 유람했다. 또 고구려와의 전쟁을 일으켜 패한 나머지, 결국 금군장령(禁軍將領) 우문화급(于文化及) 등에게 붙잡혀 액살(縊殺)당했다.

2) 紫泉宮殿(자천궁전): 장안성(長安城) 자천(紫泉) 남쪽 가의 궁전. 자천은 본 이름이 자연(紫淵)이고 장안 북쪽을 흐르는 물.

3) 蕪城(무성): 광릉(廣陵: 강소성 揚州市)의 별칭. 수나라 때는 강도(江都)라고 하였음. 帝家(제가): 도성(都城).

4) 日角(일각): 일각용정(日角龍庭)의 천자상(天子相)을 지닌 이연(李淵)을 말함. 일각은 이마 뼈가 해처럼 돌출한 관상을 말함. 대업 12년 수양제가 강도에 유람한 이듬해 이연과 이세민(李世民)이 태원(太原)에서 군사를 일으켰음.

5) 錦帆(금범): 수양제의 용선(龍船)을 말함.

6) 腐草無螢火(부초무형화): 옛 사람들은 반딧불이 썩은 풀에서 발생한다고 여겼음. 대업 말에 천하에 도둑이 이미 창궐했는데, 수양제는 경화궁(景華宮)에서 반딧불 수 곡(斛)을 잡아오게 하여 밤놀이를 하며 반딧불을 풀어놓고 즐겼다고 함.

7) 垂楊(수양): 수양제가 판저(板渚)로부터 하수(河水)를 끌어다가 어도(御道)를 만들어 버드나무를 심고, 수제(隋堤)라고 불렀음.

8) 陳後主(진후주): 성색(聲色)에 빠져 수나라에게 멸망당한 진숙보(陳叔寶).

9) 後庭花(후정화): 진후주가 지은 악곡 〈옥수후정화(玉樹後庭花)〉.

● 『영규율수』에 "'日角'과 '天涯'가 묘하다"고 했다.

● 『당시별재』에 "천명(天命)이 만약 당나라로 돌아가지 않았다면, 유행(遊幸)이 어찌 강도(江都)에서 그칠 것인가를 말했다. 용필이 영활(靈活)한데, 후인들은 다만 고실(故實)만 늘어놓기 때문에 판체(板滯)가 되는 이유이다"고 했다.

● 『시법이간록』에 "언외에 무한한 감탄이 있고, 무한한 경성(警醒)이 있다"고 했다.

● 『소매첨언』에 "선군(先君)이 '서사(敍事)에 의론을 붙였는데, 사사(使事)의 흔적이 없고, 논단(論斷)의 흔적이 없으니, 지극히 묘하고 지극히 묘하다'고 했다. 또 '순전히 허자(虛字)를 사용하여 지었는데, 5·6구는 흥(興)이 상외(象外)에 있어서, 활발함이 지극하고 묘함이 지극하여 걸작이라 말할 수 있다"고 했다"고 했다.

이월 이일 二月二日[1]

二月二日江上行	이월 이일 강가로 나가니
東風日暖聞吹笙	봄바람에 날 따뜻한데 생황소리를 듣네
花鬚柳眼各無賴[2]	꽃술과 버들잎이 각각 난만하고
紫蝶黃蜂俱有情	자색 나비 노란 벌 모두 정을 지녔네
萬里憶歸元亮井[3]	만 리 멀리 원량의 우물가로 돌아가길 생각하며
三年從事亞夫營[4]	삼년 동안 아부의 군영에서 종사했네

新灘莫悟遊人意　　　새 여울은 나그네의 심경을 깨닫지 못하고
更作風簷夜雨聲　　　다시 바람 부는 처마의 밤비소리를 짓네

주석

1) 二月二日(이월이일): 촉(蜀) 지역의 답청절(踏靑節). 강에 배를 띠우고 유락하며 봄을 즐기는 명절. 대중(大中) 7년, 이상은은 사천(四川) 재주(梓州: 지금의 사천성 三臺縣)에서 동천절도사(東川節度使) 유신영(柳新郢)의 막료로 있었음.

2) 花鬚柳眼(화수류안): 활짝 핀 꽃술과 막 피어난 버들잎을 말함. 無賴(무뢰): 원래 방자하다는 뜻이나 여기서는 난만(爛漫)하다는 의미로 쓰임.

3) 元亮(원량): 원량은 도연명(陶淵明)의 자. 정(井)은 고향을 말함.

4) 亞夫營(아부영): 한(漢) 나라 문제(文帝) 때 주아부(周亞夫)는 장안(長安) 부근 세류(細柳) 지역에 주둔하고 흉노를 방어했음. 그의 군영을 세칭 세류영(細柳營)이라 함. 여기서는 절도사 유신영의 군영에서 종사관을 지낸 것을 말함.

평설

● 『당시평선』에 "어찌 두릉(杜陵: 두보)만 못하겠는가? 사람 사람들의 유유(悠悠)함은 입에 올릴 수 없다"고 했다.

● 『재주원시화』에 "전편(全篇)이 소릉(少陵: 두보)을 모방했는데, 그러나 집(集) 중에서 특히 아름다움을 보이지 못했다"고 했다.

● 『정일재시화』에 "요체(拗體)의 율시에는 또한 고체와 근체의 구별이 있다. 노두(老杜: 두보)의 〈玉山草堂〉 일파(一派)가 있는데, 황산곡(黃山谷: 黃庭堅)이 순전히 이 체를 사용했는데, 끝내 고체의 음절을 사용했

다. 다만 식(式)이 상세하여 율이 되었을 뿐이다. 의산의 〈이월이일〉 등
과 같은 종류가 있는데, 허정묘(許丁卯: 許渾)가 이 종류를 잘 지었다.
매 수(首)에 일정한 장법(章法)이 있고, 매 구(句)에 일정한 자법(字法)
이 있어서, 곧 요체 중에서 별도로 스스로 율을 이루어서, 능란(凌亂)한
하필(下筆)을 허용하지 않았다"고 했다.

● 『소매첨언』에 "이는 즉사(卽事) 즉경(卽景)의 시이다. 5·6구는 활대(闊
大)하다. 수(收)의 묘함이 장(場)으로 나왔다. 기구는 서(敍)이고, 아래
3구는 경(景)이고, 후반은 정(情)이다. 이 시는 두공(杜公: 두보)과 같다"
고 했다.

주필역 籌筆驛[1]

猿鳥猶疑畏簡書[2]	원숭이와 새도 오히려 엄명을 두려워하고
風雲長爲護儲胥[3]	바람과 구름도 오래 저서를 보호하네
徒令上將揮神筆[4]	상장에게 헛되게 신필을 휘두르게 하여
終見降王走傳車[5]	끝내 투항한 왕이 역참의 수레로 달려감을 보네
管樂有才終不忝[6]	관중과 악의의 재간도 끝내 욕되게 할 수 없건만
關張無命復何如[7]	관우와 장비가 죽었으니 다시 어찌하리오?
他年錦里經祠廟[8]	지난날 금리의 사당을 지나갈 때
梁父吟成恨有餘[9]	〈양보음〉을 지은 한이 남아있었네

주석 ⟳

1) **籌筆驛**(주필역): 당나라 때 이주(利州) 면곡현(綿谷縣). 그 고지(故址)가 지
   금의 사천성 광원현(廣元縣)과 섬서성 양평관(陽平關) 사이에 있음. 지금의
   이름은 조천역(朝天驛). 전하기를 제갈량(諸葛亮)이 출사하여 위(魏)나라를
   정벌할 때 이곳에서 주둔하며 주획(籌劃)을 했다고 함.

2) **簡書**(간서): 군중(軍中)의 문서명령(文書命令). 『詩經·小雅·出車』에 "王事
   多難, 不遑啓居, 豈不懷歸, 畏此簡書"라고 했는데, 모전(毛傳)에 "簡書, 戒命
   也"라고 했음.

3) **儲胥**(저서): 울타리나 목책(木柵)으로 수비하는 방벽.

4) **徒令**(도령): 왕교(枉敎). **上將**(상장): 제갈량을 말함. **揮神筆**(휘신필): 군사
   계책을 내어 문서로 쓰는 것.

5) **降王**(항왕): 촉한(蜀漢) 후주(後主) 유선(劉禪). 위(魏)나라 경원(景元) 4년
   (263)에 사마소(司馬昭)가 종회(鍾會)와 등애(鄧艾)를 파견하여 촉을 정벌하
   게 했다. 등예가 성 북쪽에 이르자 유선은 스스로 결박한 채 투항하여 위나
   라로 보내졌음. **傳車**(전거): 전사(傳舍), 역참(驛站)의 수레.

6) **管樂**(관악): 관중(管仲)과 악의(樂毅). 관중은 춘추시대 제(齊)나라 환공(桓
   公)을 보필하여 패업을 이룬 정치가. 악의는 연(燕)나라 소왕(昭王)을 위해
   제(齊)나라를 대파시켰던 명장. 제갈량은 젊은 시절 스스로를 관중과 악의에
   비견한 적이 있음.

7) **關張**(관장): 관우(關羽)와 장비(張飛). 모두 촉한의 오호장(五虎將)의 한 사
   람. 관우는 형주(荊州)를 지키다가 오나라의 기습을 받아 패하여 죽었고, 장
   비는 유비(劉備)가 오(吳)를 정벌할 때 부장(部將)에게 암살당했음.

8) **錦里**(금리): 성도(成都)시 남쪽 마을. 이곳에 제갈량의 사당이 있음. 이상은
   은 대중(大中) 5년 겨울에 성도 제갈량의 사당 무후사(武侯祠)에 들러 〈武侯
   廟古柏〉시를 지은 적이 있음.

9) **梁父吟**(양보음): 고악곡(古樂曲) 이름. 후세에 제갈량의 작품으로 잘못 알려
   져 왔음. 이상은도 역시 이 시에서 오인하여 진술하고 있음.

- 『잠계시안』에 "'管樂有才終不忝, 關張無命復何如'는 속대(屬對)가 친절(親切)한데, 또한 스스로 논의가 있어서 다른 사람은 또한 미칠 수가 없다"고 했다.

- 『영규율수』에 "기구 14자는 장(壯)하다! 5・6구는 통한(痛恨)이 지극하다"고 했다.

- 『비점당음』에 "이 편은 8구가 습정(習停)하여, 대략 만당의 시 한 체(體)를 이루었다"고 했다.

- 『당시성법』에 "1・2구는 장려(壯麗)하고, 뜻 또한 초탈(超脫)하다. 이하 4구는 무후를 논한 것이고, 주필역 시가 아니다. 7・8구는 오히려 남은 뜻이 있다"고 했다.

- 『당시별재』에 "노두(老杜)를 판향(瓣香: 師承)하였기 때문에 신(神)이 완벽하고, 기(氣)가 충족할 수가 있어서 변폭(邊幅)이 군색하지 않다"고 했다.

- 『소매첨언』에 "의산의 이 시 등은, 어의(語意)가 호연(浩然)하고, 신백(神魄)이 작용하여 참으로 두공(杜公: 두보)에게 부끄럽지 않다. 전인들이 추대하여 한 대가(大家)로 삼은 것이 어찌 헛된 것이겠는가!"라고 했다.

거듭 감개가 있어서 重有感[1]

玉帳牙旗得上遊[2]	옥장과 아기가 상유를 얻으니
安危須共主君憂	안위를 반드시 주군의 근심과 함께 했네

竇融表已來關右[3]　　　두융의 출사표가 이미 관우에 이르렀고
陶侃軍宜次石頭[4]　　　도간의 군대는 마땅히 석두성에 주둔했네
豈有蛟龍愁失水[5]　　　어찌 교룡이 물을 잃을까 근심함이 있으리오?
更無鷹隼與高秋[6]　　　다시는 응준이 깊은 가을과 함께 함이 없으리라
晝號夜哭兼幽顯[7]　　　낮의 울부짖음과 밤의 통곡이 유현을 겸하니
早晚星關雪涕收[8]　　　조만간 성관에서 눈물을 씻어 거두리라

주석

1) 이상은은 이 시 이전에 〈유감이수(有感二首)〉를 지은 바가 있는데, 그 주에 "을유년 감개가 있어, 병진년에 시를 짓다"라고 했음. 태화(太和) 9년(을유년)에 환관인 중위(中尉) 구사량(仇士良)이 재상 왕애(王涯) 등 수십 명의 조정 대신들을 살육한 이른바 감로사건(甘露事件)을 일으켰다. 이에 소의절도사(昭義節度使) 유종간(劉從諫)이 3차례 상소를 올려 왕애 등의 죄명을 물으며 간신과 환관 등을 제거할 것을 극간했다. 이 시는 유종간의 상소사건을 읊은 것이다.

2) 玉帳牙旗(옥장아기): 옥장은 장군의 군막(軍幕), 아기는 장군의 깃발. 上遊(상유): 지리(地理)와 군사(軍事) 상의 유리한 형세를 말함.

3) 竇融(두융): 동한(東漢) 초의 부풍(扶風) 사람. 서한(西漢) 말에 하서(河西)를 할거하고 있다가, 나중에 광무제(光武帝) 유수(劉秀)에게 귀순하여 양주목(凉州牧)에 임명되었음. 유수가 외효(隗囂)를 칠 때 군대를 정렬하고 관우(關右)에서 표(表)를 올려 출병의 날짜를 물었음. 관우는 동관(潼關) 서쪽 지역을 말함. 바로 서울 부근임.

4) 陶侃(도간): 동진(東晉) 여강(廬江) 사람. 자는 사행(士行). 한미한 출신으로 정서대장군(征西大將軍)에 올랐음. 진나라 성제(成帝) 함화(咸和) 2년(327)에 소준(蘇峻)과 조약(祖約)이 기병하여 반란하자, 형주자사(荊州刺史)로 있다가 석두성(石頭城: 지금의 南京市 石頭山 뒤)에 주둔하여 소준을 죽였음.

5) 蛟龍(교룡): 황제를 말함.

6) 鷹隼與高秋(응준여고추): 응(鷹)과 준(隼)은 모두 매의 일종. 무장(武將)을 비유함. 高秋(고추): 가을을 말함. 이른바 추기숙살(秋氣肅殺)으로서 용병(用兵)의 시절을 말함.

7) 幽顯(유현): 음간(陰間)의 귀신과 양간(陽間)의 사람.

8) 星關(성관): 천문(天門)과 같음. 황제의 거처.

평설

• 『비점당음』에 "이 편은 말한 바가 어떤 사건인가? 차련은 조천(粗淺)하여 풍조(風調)를 이루지 못했다. 고인(古人)들은 기사(記事)를 명백하게 했다. 다만 포폄(褒貶)은 곧 은약(隱約)하게 했다. 이와 같은 것은 일찍이 없었다"고 했다.

• 『당시성법』에 "전반은 시사(時事)이고, 후반은 감개한 것이다. 이 시는 곧 두보의 〈제장(諸將)〉을 본받았는데, 두보의 심후곡절(深厚曲折)함을 닮지 못했지만 어기(語氣)는 자못 장하고, 용의(用意)는 정대하다. 만당의 한 사람일 뿐이다. 여러 선발에서 모두 실어놓지 않은 것은 다만 봄꽃의 염려(艶麗)함만 채집하고, 가을 열매의 정과(正果)를 잊은 것이다"라고 했다.

• 『현용설시(峴傭說詩)』에 "의산(義山)의 칠언율시는 소릉(少陵: 두보)에게서 얻음이 깊다. 그래서 농려(穠麗)함 가운데서 때때로 침울(沈鬱)함을 띤다. 〈중유감〉과 〈주필관〉 등의 시편은 기(氣)가 충족하고 신(神)이 완비되어 곧장 그 당(堂)에 올라서 그 실(室)로 들어갔다. 비경(飛卿: 溫庭筠)은 화려하지만 실(實)하지 못하고, 목지(牧之: 杜牧)는 준발하지만 웅장하지 못하여서 모두 의산의 적수가 아니다"라고 했다.

* 『당송시거요』에 "침울비장(沈鬱悲壯)하여 노두(老杜)의 정수(精髓)를 얻었다"고 했다.

정안군 성루에서 定安城樓[1]

迢遞高城百尺樓	아득히 높은 성의 백 척의 누각
綠楊枝外盡汀洲	푸른 버들가지 너머엔 모두 물섬들이네
賈生年少虛垂淚[2]	가생은 젊어서 헛되이 눈물 뿌렸고
王粲春來更遠遊[3]	왕찬은 봄이 오자 다시 멀리 유람했네
永憶江湖歸白髮	오래 강호를 생각하다가 백발로 돌아오고
欲回天地入扁舟[4]	천지를 되돌려 놓고 편주를 타고 싶네
不知腐鼠成滋味	썩은 쥐가 자미가 됨을 알지 모르는데
猜意鵷雛竟未休[5]	원추를 시기함을 끝내 그치지 않네

주석 ❧

1) 定安(정안): 군(郡) 이름. 본래 수(隋)나라 때 설치된 군(郡)이었는데, 나중에 경주(涇州)로 개명되었음. 당나라 때 경주의 치소 보정현(保定縣)은 지금의 감숙성 경천현(涇川縣) 북쪽에 있었음. 개성(開成) 2년 이상은은 진사에 합격하여 영호초(令狐楚)의 막료로 있었다. 영호초가 이 해 겨울에 죽자, 경원절도사(涇原節度使) 왕무원(王茂元)의 막료가 되고 또 그 사위가 되었다. 이로부터 우승유(牛僧儒)의 당파에게 꺼림을 당하게 되었다. 혼인 후 박사굉사과(博士宏詞科)에 응시했으나 낙방했다. 개성 3년에 우울한 심경으로 경주(涇州) 성루에서 지은 26세 때의 작품이다.

2) 賈生(가생): 한(漢)나라 가의(賈誼). 문제(文帝) 때 젊은 나이로 공경(公卿)의
   지위에 올랐으나 참소를 당하여 장사왕태부(長沙王太傅)로 좌천되었다가 그
   곳에서 죽었음.

3) 王粲(왕찬): 자는 중선(仲宣). 동한 말에 북방에 대란이 일어나자, 17세의 나
   이로 남쪽으로 와서 형주자사(荊州刺史) 유표(劉表)에게 의지했음. 일찍이
   봄날에 호북(湖北) 당양성루(當陽城樓)에 올라 〈등루부(登樓賦)〉를 지은 적
   이 있음.

4) 回天地(회천지): 큰 공업을 이룬다는 것. 큰 공업을 이루고 편주(扁舟)를 타
   고 오호(五湖)로 떠나간 범려(范蠡)의 일을 암암리에 빌려왔음.

5) 『장자(莊子)·추수(秋水)』에 "혜자(惠子)가 양(梁)나라의 상(相)을 지낼 때, 장
   자(莊子)가 가서 보려고 했다. 어떤 이가 혜자에게 말하기를 '장자가 온 것은
   그대를 대신하여 상이 되려는 것이다'라고 했다. 이에 혜자는 두려워서, 나라
   안을 3일 밤낮 동안 수색했다. 장자가 가서 그를 보고 말하기를 '남방(南方)
   에 새가 있어서 그 이름을 원추(鵷鶵)라고 하는데, 그대는 알고 있는가? 대저
   원추는 남해에서 날아올라서 북해로 날아가는데, 오동(梧桐)이 아니면 머물
   지 않고, 연실(練實)이 아니면 먹지 않고, 예천(醴泉)이 아니면 마시지 않는
   다. 이 때 올빼미[鴟]가 썩은 쥐고기를 얻었는데, 원추가 지나가자 우러러 보
   며 화내어 소리쳤다. 지금 그대는 그대의 양나라 때문에 나에게 화내어 소리
   치는 것인가?'"라고 했다.

평설

• 『채관부시화』에 "왕형공(王荊公: 王安石)이 만년에 의산의 시를 좋아했
  는데, 당인 가운데 노두(老杜)를 배워서 그 울타리를 얻은 것은 오직 의
  산 한 사람뿐이라고 했다. 매번 그 '雪嶺未歸天外使, 松州猶駐殿前軍'·
  '永憶江湖歸白髮, 欲迴天地入扁舟'와 '池光不受月, 暮氣欲沈山'·'江海三
  年客, 乾坤一戰場'과 같은 종류를 암송하며, 비록 노두(老杜)일지라도 이
  것을 뛰어넘을 수는 없다고 했다"라고 했다.

● 『당시별재』에 "어찌 소릉(少陵)보다 못하겠는가! 자신이 오랫동안 강호
에서 늙을 것을 생각했음을 말했는데, 다만 뜻은 천지를 만회하고서 편
주로 들어가겠다는 것이다. 당시 사람들은 자신의 뜻을 모르고, 치효가
썩은 쥐고기를 좋아하여 훤추를 의심한 것 같다고 했으니, 탄식하지 않
을 수 있겠는가!"라고 했다.

● 『소매첨언』에 "이 시는 맥리(脈理)가 맑고, 구격(句格)이 두보 같다. 말
구를 보면 막중(幕中)에 한가함을 시기하는 자가 있는 듯하다. 그러나
용사(用事)가 예잡(穢雜)하여 앞과 서로 맞지 않는다"라고 했다.

● 『현용설시』에 "두보의 시에 '路經灩澦雙蓬鬢, 天入滄浪一釣舟'라고 했는
데, 이의산의 '永憶江湖歸白髮, 欲回天地入扁舟'는 완전히 이런 종류를
배운 것이다. 그러나 용의(用意)는 각자 다르다"고 했다.

곡강 曲江[1]

望斷平時翠輦過[2]	태평시절의 취련이 지나감은 보이지 않고
空聞子夜鬼悲歌[3]	공연히 한 밤중 귀신의 슬픈 노래만 듣네
金輿不返傾城色[4]	금여는 경성의 미녀를 되돌려오지 못했는데
玉殿猶分下苑波[5]	옥전에선 여전히 하원에 물결을 나눠주네
死憶華亭聞唳鶴[6]	죽음에 임하여 화정의 학 울음 들은 것을 추억하고
老憂王室泣銅駝[7]	늙어서 왕실의 동타 보며 눈물짓는 것을 근심하네
天荒地變心雖折	천지가 황량하게 변하여 마음이 비록 꺾였더라도
若比傷春意未多	봄날을 상심해 함과 비교하면 뜻이 다하지 않았네

1) 曲江(곡강): 지금의 장안시(長安市) 교외 두릉(杜陵) 서북쪽 5리에 있음. 현종(玄宗) 개원(開元) 간에 유람승지(遊覽勝地)였음. 안사의 난 이후 황폐화되고 말았음.

2) 翠輦(취련): 푸른 깃털로 장식한 황제의 수레.

3) 子夜(자야): 한밤중. 또한 악부 곡명이기도 함. 『진서(晉書)·악지(樂志)』에 "효무(孝武) 태운(太元) 중에 낭야왕(琅邪王) 가(軻)의 집에서 귀신이 〈자야(子夜)〉를 노래했다"고 했음.

4) 金輿(금여): 비빈(妃嬪)들이 타는 화려한 가마. 傾城色(경성색): 경국지색(傾國之色)과 같음. 양귀비를 말함.

5) 下苑(하원): 곡강을 말함. 폐허가 된 궁전의 도랑에서 여전히 물이 곡강으로 흘러가고 있음을 말함.

6) 『진서(晉書)·육기전(陸機傳)』에 "환인(宦人) 맹구(孟玖)가 육기를 영(穎: 成都王)에게 참소하여, 그가 다른 뜻을 지녔다고 했다. 영이 크게 노하여 견수(牽秀)를 시켜 비밀리 육기를 잡아오게 했다. 그로 인하여 육기가 영에게 장계를 올렸는데, 말이 매우 슬펐다. 이윽고 탄식하면서 '화정(華亭)의 학 울음을 어찌 다시 들을 수 있겠는가?'하고는, 마침내 군중(軍中)에서 살해되었다"고 했다.

7) 『진서(晉書)·삭정전(索靖傳)』에 "삭정이 천하에서 장차 난리가 일어날 것을 알고는, 낙양궁문(洛陽宮門)의 동타(銅駝: 구리낙타)를 가리키며 말하기를 '곧 네가 가시덤불 속에 있는 것을 보게 되겠구나!'라고 했다"고 했다.

평설 ～

• 『당시별재』에 "이는 현종(玄宗) 때의 곡강을 빌려다가 문종(文宗) 때의 시사(時事)를 풍자한 것이다"라고 했다.

• 『당송시거요』에 "비분심곡(悲憤深曲)하여 노두(老杜)의 정수(精髓)를 얻

었다"고 했다.

무제 無題

相見時難別亦難	서로 보는 것도 때때로 어렵고 이별 또한 어려운데
東風無力百花殘	봄바람 무력하여 온 꽃이 시들었네
春蠶到死絲方盡	봄누에는 죽어서야 실 뽑는 것을 겨우 그치고
蠟炬成灰淚始乾	밀랍등불은 재가 되어서야 눈물이 비로소 마르네
曉鏡但愁雲鬢改	새벽 거울 보며 구름머리가 쇠함을 다만 수심 짓고
夜吟應覺月光寒	밤에 읊조리며 달빛 차가움을 마땅히 깨닫네
蓬山此去無多路	봉래산으로 이처럼 떠나가니 찾을 길 없는데
靑鳥殷勤爲探看	청조에게 은근히 찾아보게 하네

평설

● 『운어양추』에 "이의산의 〈무제시〉에서 '春蠶到死絲方盡, 蠟炬成灰淚始乾'라고 했는데, 이는 또한 한 격(格)이다. 지금 이 체를 본받아 지은 이어소사(俚語小詞)가 세상에 전해지는 것이 매우 많은데, 말할 만하지 않다"고 했다.

● 『사명시화』에 "春蠶到死絲方盡, 蠟炬成灰淚始乾'은 조사(措詞)가 유려(流麗)하여 육조(六朝)와 혹사하다"고 했다.

● 『오조시선경집』에 "시 안에서 비유한 뜻은 한위(漢魏)의 악부(樂府) 속에서 얻어왔는데, 마침내 〈무제〉 여러 편 가운데 으뜸이 되었다"고 했다.

- 『용성당시화』에 "이의산은 지혜와 학업이 높은 사람인데, 오도손(敖陶孫)이 그의 시를 '기밀괴연(綺密瑰姸)하니, 적용해서는 안 된다'고 했다. 이는 겉모습일 뿐이다. 의산의 〈무제〉시의 '春蠶到死絲方盡, 蠟炬成灰淚始乾'과 '神女生涯原是夢, 小姑居處本無郞'에서 그 지점(指點)한 정치처(情痴處)는 염화(拈花)와 봉갈(棒喝)을 겸하여 지녔다"고 했다.

- 『당시전주』에 "수구(首句) 7자는 굴곡(屈曲)하여 다만 서로 난삽함을 보였는데, 그래서 특별히 더욱 난삽하다"고 했다.

무제 無題[1]

昨夜星辰昨夜風	어젯밤의 별들과 어젯밤의 바람이
畵樓西畔桂堂東	고운 누대 서쪽 가의 계당 동쪽에 있네
身無綵鳳雙飛翼	몸에는 채색봉황의 쌍으로 나는 날개가 없지만
心有靈犀一點通[2]	마음에는 영서의 한 점으로 통함이 있네
隔坐送鉤春酒暖[3]	좌석을 격하여 송구하는 봄 술이 따뜻하고
分曹射覆蠟燈紅[4]	무리 나눠 사복하는 밀랍등불이 붉었네
嗟余聽鼓應官去	아! 나는 북소리 듣고 관청으로 떠나가며
走馬蘭臺類斷蓬[5]	말 달려 난대에 이르니 정처 없는 쑥대 같았네

주석

1) 원래 2수임.

2) **靈犀**(영서): 신령한 서각(犀角). 전설에 무소의 뿔 안에는 실과 같은 흰 문양

이 있어서 두 사람의 마음을 곧장 통하게 하는 감응이 있다고 함.

3) 送鉤(송구): 장구(藏鉤). 일종의 유희(遊戲). 두 편으로 갈라서, 술잔 속에 구(鉤)를 감추고서 한 사람에게 들고 있게 하고, 그것을 찾게 하여 승부를 겨루는데, 지면 벌주를 마시게 함.

4) 射覆(사복): 일종의 유희. 두 편으로 갈라서, 미리 감추어놓은 물건을 맞추게 하여 승부를 겨루는데, 지면 벌주를 마시게 함.

5) 蘭臺(난대): 비서성(秘書省)을 말함.

평설

- 『위로시화』에 "'昨夜星辰昨夜風, 畫樓西畔桂堂東'은 곧 문(文)을 갖추어 뜻을 보이는 법이다. 기련(起聯)이 기(起) 아래의 문을 끌어와서 허(虛)로 지은 것은 상도(常道)이다. 기련이 만약 실(實)이면, 차련은 도리어 허(虛)로 ㅎ는데, 이것이 정법(正法)이다"라고 했다.

- 『영규율수휘평』에 "풍서(馮舒)가 '묘는 수구 2구에 있다. 차련은 친첩(襯帖)인데 유려원미(流麗圓美)하다. 서곤(西昆) 여러 사람들이 한 시대에 본받은 바이다'라고 했다. 풍반(馮班)이 '기구 2구가 묘하다'고 했다. 기윤(紀昀)이 '이 수(首)의 말구 2구를 보면, 실로 기석(妓席)에서의 작품이다. 우의(寓意)라고 곡해(曲解)할 수 없다. 의산의 「풍해(風懷)」시를 주석가들이 모두 군신(君臣)을 우언(寓言)하였다고 설명하는데, 특히 천착함이 많다'고 했다"고 했다.

모란 牡丹

錦幃初卷衛夫人[1]　　비단 휘장을 막 걷은 위부인이고

繡被猶堆越鄂君[2]　　수 이불을 아직 쌓아놓은 월악군이네

垂手亂翻雕玉佩[3]　　손 드리워 어지럽게 뒤집는 고운 옥패들이고

折腰爭舞鬱金裙[4]　　허리 꺾어 춤 다투는 울금향의 치마들이네

石家蠟燭何曾剪[5]　　석가의 납촉 심지를 어찌 자르겠는가?

荀令香爐可待熏[6]　　순령의 향로 훈기를 어찌 기다리겠는가?

我是夢中傳彩筆[7]　　나는 꿈속에서 오색필을 전해 받아서

欲書花葉寄朝雲[8]　　꽃잎에 편지 써서 조운에게 부치려고 하네

주석

1) 衛夫人(위부인): 춘추시대 위령공(衛靈公)의 부인 남자(南子). 『전략(典略)』
   에 "공자(孔子)가 돌아오자, 위부인 남자가 사람을 시켜 말하기를 '사방의 군
   자(君子)들이 오면, 반드시 과소군(寡小君)을 알현해야 합니다'고 했다. 그래
   서 어쩔 수 없이 만나보았다. 부인은 비단 장막 안에 있고, 공자는 북면(北
   面)하여 계수(稽首)하고, 부인은 스스로 장막 안에서 재배했는데, 환패(環佩)
   의 소리가 요연(璆然)했다"고 했다. 『논어』에 "공자가 남자를 알현하자, 자로
   (子路)가 달가워하지 않았다. 공자가 맹세하여 말하기를 '내가 잘못된 짓을
   했다면, 하늘이 나를 버리리라! 하늘이 나를 버리리라!'고 했다"고 했다.

2) 越鄂君(월악군): 춘추시대 초왕(楚王)의 친동생. 『설원(說苑)』에 "악군이 청
   한(靑翰)의 배를 타고, 취우(翠羽)의 개(蓋)를 펼쳐놓으니, 월인(越人)들이 노
   를 잡고 노래하기를 '산에는 나무가 있고, 나무에는 가지가 있네. 마음으로
   그대를 기뻐하는데 그대는 알지 못하네'라고 했다. 이에 악군은 소매를 끌어
   올려 잡고, 수 이불을 끌어올려 덮었다"고 했다. 마위(馬位)의 『서창수필(西
   窓隨筆)』에 "'월악군(越鄂君)'의 '월(越)' 자는 오용(誤用)이다. …… 월(越)나
   라의 악군이 아니다"고 했다.

3) 垂手(수수): 춤의 이름이기도 함. 『악부시집‧잡곡가사』에 "『악부해제(樂府
   解題)』에 '〈대수수(大垂手)와 〈소수수(小垂手)〉는 모두 춤을 추면서 그 손을

드리운다는 것을 말한 것이다'고 했다"고 했다.

4) 折腰(절요):『서경잡기(西京雜記)』에 "척부인(戚夫人)은 능히 소매를 높이 치켜들고 허리를 꺾는 춤을 추었다"고 했다. 鬱金(울금): 향초의 일종.

5) 石家蠟燭(석가랍촉): 서진(西晉) 때의 석숭(石崇)은 몹시 호사(豪奢)하여 납촉(蠟燭)을 땔나무로 사용했다고 함. 모란이 납촉처럼 환하게 비추므로 납촉을 밝힐 필요가 없다는 것임.

6) 荀令香爐(순령향로):『양양기(襄陽記)』에 "순령군(荀令君)이 남의 집 좌막(坐幕)에 갔는데, 3일 동안이나 향기가 없어지지 않았다"고 했음. 可待(가대): 기대(豈待). 모란은 자신의 독특한 향기가 있으므로 다른 향기가 필요 없다는 것임.

7) 彩筆(채필):『남사(南史)』에 "강엄(江淹)이 일찍이 꿈을 꾸었는데, 한 장부가 자칭 곽박(郭璞)이라고 하며 '내 붓이 경(卿)에게 있은 지가 여러 해인데, 돌려받아야 하겠소'라고 했다. 이에 품속에서 오색필(五色筆)을 찾아내주었다"고 했다.

8) 朝雲(조운): 무산신녀(巫山神女)의 이름. 운우지정(雲雨之情) 고사의 주인공임.

평설

• 청나라 황주성(黃周星)의 『당시쾌(唐詩快)』에 "의산의 시는 대략 부수법(賦水法)과 같은데, 단지 물의 전후좌우에서 쏟아낸다. 이 시는 본래 모란을 읊은 것인데, 어찌 한 구(句)라도 모란을 읊은 것이 있던가? 또한 어찌 한 구라도 모란을 읊지 않은 것이 있던가?"라고 했다.

• 청나라 전조자(錢朝鼐)・왕준신(王俊臣) 등의 『당시고취전주(唐詩鼓吹箋注)』에 "통편이 모란의 자태와 향색(香色)을 지극히 읊어서 아염(雅艶)함이 독절(獨絶)한데, 마땅히 또한 의탁함이 있어서 읊은 것이다"라고 했다.

● 『당시관주』에 "통신(通身)이 피모(皮毛)를 완전히 벗어버리고, 전체가 비체(比體)를 썼다. 산봉우리에 올라 꼭대기에 도달한 작품이다"고 했다.

눈물 淚

永巷長年怨綺羅[1]	영항의 긴 세월에 원망의 눈물 비단옷에 적시고
離情終日思風波[2]	이별의 정에 종일 풍파 위의 낭군을 그리워하네
湘江竹上痕無限[3]	상강의 대나무 위 피눈물 흔적은 끝이 없고
峴首碑前灑幾多[4]	현수산 비 앞에 눈물 뿌림이 얼마나 많았던가?
人去紫臺秋入塞[5]	사람은 자대를 떠나 가을에 변새로 들어가고
兵殘楚帳夜聞歌[6]	군사가 패한 초나라 장막에선 밤에 노래를 듣네
朝來灞水橋邊問[7]	아침이 되면 파수다리에서 문안하려는데
未抵青袍送玉珂[8]	청포가 옥가를 전송하는 눈물만은 못하리라

주석 ᔐ

1) 永巷(영항): 한(漢)나라 때 총애를 잃은 비빈(妃嬪)과 궁녀들을 유금(幽禁)했던 장소.

2) 思風波(사풍파): 집을 떠나 바람 부는 물결 위의 뱃길에 있는 낭군을 그리워한다는 것을 말함.

3) 湘江竹(상강죽): 소상반죽(瀟湘斑竹)을 말함. 순(舜)의 비(妃)인 아황(娥皇)과 여영(女英)이 순이 죽자, 상수(湘水)가의 대나무에 피눈물을 뿌리고 상수에 투신하여 죽었는데, 대나무에 피눈물의 흔적이 남아서 반죽(斑竹)이라고 불렀음.

4) 峴首碑(현수비): 현수(峴首)는 산 이름. 현산(峴山)이라고도 함. 호북성 양양
   현(襄陽縣) 남쪽에 있음. 진(晉)나라 양호(羊祜)가 양양(襄陽)을 맡아 정사의
   공적이 많았으므로, 사후에 양양 사람들이 그가 산수를 사랑하여 노닐던 현
   산에 비석을 세우고 사당을 지어 해마다 제사를 올렸다. 그 비석을 보면 눈
   물을 흘리지 않는 이가 없기 때문에 타루비(墮淚碑)라고 불렀다고 함.

5) 紫臺(자대): 자궁(紫宮). 강엄(江淹)의 〈별부(別賦)〉에 "明妃去時, 仰天太息.
   紫臺稍遠, 關山無極"이라 했음. 또 두보의 〈영회고적(詠懷古迹)〉시에 "一去
   紫臺連朔漠, 獨留靑塚向黃昏"이라 했음. 모두 명비(明妃)가 자대를 떠나 흉
   노로 들어가는 것을 읊었음. 명비는 왕소군(王昭君)인데, 이름은 장(嬙)이다.
   서한(西漢) 원제(元帝) 때의 궁녀였는데, 경녕(竟寧) 원년(기원전33)에 흉노
   호한사선우(呼韓邪單于)가 입조하여 화친을 청했을 때, 자청하여 흉노에게
   시집갔음.

6) 사면초가(四面楚歌)를 말함. 유방(劉邦)의 연합군에게 패배한 항우(項羽)가
   해하성(垓下城)에서 포위된 채 식량이 다 떨어졌는데, 한 밤중에 초나라 노랫
   소리를 듣고서, 한나라 군대가 이미 초나라를 점령했다고 생각하고, 슬프게
   노래하고 강개하다가 눈물을 흘렸다고 한다.

7) 灞水(파수): 장안(長安) 동쪽을 흘러서 파교(灞橋) 북쪽을 지나 위하(渭河)로
   흘러드는 물. 파교는 당나라 때 장안 사람들이 항상 이별하던 장소였음.

8) 抵(저): 상당(相當)하다. 해당(該當)하다. 靑袍(청포): 당시 독서인들이 일상
   으로 입었던 의상. 한미한 신분을 말함. 玉珂(옥가): 말의 굴레에 장식한 옥
   장식. 달관(達官)한 귀인(貴人)을 말함. 앞에서 언급한 모든 슬픔이 한미한
   관직 있는 자신이 고관들을 전송하는 쓰라리고 굴욕적인 심정의 슬픔보다는
   못하다고 말한 것이다.

평설 ○◡

● 『당시관주』에 "기구 2구는 모두 세간에서 눈물 흘림을 그치지 못하는 사
   람들을 말했고, 아래 4구는 옛날의 눈물 흘렸던 사건들을 말했는데, 이

는 허(虛)로부터 실(實)로 가는 법이다. 결구는 작자의 현실로 돌아가서, 청포로서 장안에서 유락(流落)하며 마치게 될 것임을 말한 것이다"라고 했다.

• 『당시별재』에 "옛사람의 눈물로써 송별의 눈물을 형용했는데, 주의(主意)가 더욱 일결(一結)에 있다"고 했다.

• 『당현청아집』에 "옛사람이 '구마다 눈물이고, 곡(哭)은 아니다'고 했는데, 참으로 그러하다! 나는 생각건대, 전반은 오히려 남들도 아는 바이지만, 후반은 마구 붓을 휘둘러 말했는데, 말구는 곧 자기의 심사를 내었으니, 부질없이 눈물을 읊은 것이 아니라고 여긴다. 시골(詩骨)이 여기에 있으니, 반드시 '未抵' 두 글자를 자세히 보아야만 한다"고 했다.

• 『시경천설』에 "시의 제목은 단지 '누(淚)' 한 글자인데, 실로 송별을 위해 지은 것이다. 그 본의(本意)를 말구에서 볼 수 있다. 앞 6구는 옛사람의 눈물 흘린 이유를 열거했는데, 각 구마다 한 사건으로서 서로 연속하지 않았고, 결구 '未抵' 두 글자로써 전편을 결속했다. 칠율 중의 창조한 격이다. 수구 2구는 운어(韻語)로써 대어(對語)를 지었는데, 하나는 궁녀의 원망의 눈물을 말했고, 또 하나는 이별한 사람의 눈물을 말했다. 3구는 상강(湘江)의 반죽(斑竹)을 어루만지며 옛 군왕을 그리워한 눈물이다. 4구는 현수산의 잔비(殘碑)를 읽고 남긴 사랑을 회고하는 눈물을 말했다. 5·6구는 백초(白草)의 황혼에 명비가 멀리 시집간 것과 명희(名姬)와 준마(駿馬), 항우의 요절을 슬퍼함을 말했는데, 가국(家國)의 창량(蒼凉)함은 동성일겁(同聲一慨)으로서 아녀(兒女)와 영웅의 눈물이다. 말구는 파교에서 송별하며 손을 저으며 수건을 적시는 것을 말했는데, 천고의 상심한 사람들의 눈물을 모두 모아도, 청포에 젖어드는 눈물보다는 못하다고 한 것이다. 옥계생이 전송했던 사람은 누구인가? 그 슬픔이 이처럼 깊은 것인가!"라고 했다.

아내를 애도한 후, 동촉의 관직에 부임 도중 산관에 이르러 눈을 만나다 悼傷後, 赴東蜀辟, 至散關, 遇雪[1]

劍外從軍遠[2]	검각 너머로 종군하는 길이 먼데
無家與寄衣	겨울옷을 부쳐줄 아내도 없네
散關三尺雪	산관엔 삼 척의 눈이 내렸는데
回夢舊鴛機	지난날의 원앙베틀을 돌이켜 꿈꾸네

주석

1) 대중(大中) 5년 여름에서 가을 사이, 이상은의 처 왕씨(王氏)가 죽었다. 얼마 후 이상은은 동천절도사(東川節度使) 유중영(柳仲郢)의 장서기(掌書記)로 임명되었다. 동천(東川)으로 부임 도중에 지은 작품임. **散關**(산관): 대산관(大散關). 섬서성 실계현(實鷄縣) 서남.

2) **劍**(검): 검각(劍閣). 섬서성에서 사천성으로 들어가는 잔도(棧道).

평설

● 『당인만수절구선평』에 "이는 도망시(悼亡詩)이다. 정이 깊고 말이 완곡(婉曲)하고, 의미가 무궁한데, 의산의 오절(五絶) 중에서 압권의 작품이다"고 했다.

● 『당인절구정화』에 "부인이 없는 사람도 먼 지방에서 눈 오는 밤에는 문득 부인이 있는 꿈을 꾸게 되는데, 정이 몹시 슬퍼할 만하다. 하물며 부인을 잃은 후를 당해서는 무엇으로 회한을 삼을 것인가? '鴛機' 두 글자 중에 무한한 온난(溫暖)함이 있다"고 했다.

낙유원에 오르다 登樂遊原[1]

向晚意不適	저녁 무렵 마음 우을하여
驅車登古原	수레 몰아 옛 들판에 올랐네
夕陽無限好	저녁 햇살이 무한히 좋은 것은
只是近黃昏	다만 황혼이 가깝기 때문이리라

주석

1) 樂遊原(낙유원): 장안(長安) 동남에 있음. 한선제묘(漢宣帝廟). 일명 낙유원
(樂遊苑). 한나라 당나라 이래 장안의 남녀들이 명절날 유락하던 장소였음.

평설

● 『지봉유설』에 "이상은의 시 '夕陽無限好, 只是近黃昏'을 양성재(楊誠齋:
楊愼)가 '이 구는 당조(唐祚)가 장차 쇠망함을 비유한 것이다'고 했다. 나
는 저녁 경치를 읊은 것에 불과하다고 여긴다. 승무가(僧無可)의 시 '請
雨寒更盡, 開門落葉深'이라 했는데, 옛사람은 이 시는 낙엽을 빗소리로
삼은 것이라고 했다. 나는 낙엽이 깊은 것은 곧 비가 내린 후의 경치이
기 때문일 뿐이라고 여긴다. 당인의 작시는 유의(有意)와 무의(無意) 사
이에 있는 것이 많다. 정경이 완연(宛然)하여서 보는 자는 곧 유의(有意)
로써 구하고자 하는데, 천착을 면하지 못할까 싶다. '微陽下喬木, 遠燒入
秋山'을 또한 경(景)으로서 보는 것이 무엇이 해롭겠는가?"라고 했다.

● 『당시품휘』에 "양성재(楊誠齋)가 '이 시는 당조(唐祚)가 장차 쇠약해지려
는 것을 근심한 것이다'라고 했다"라고 했다.

● 『시법이간록』에 "말구로써 '向晚'의 뜻을 충족하게 거두었다. 언외에 신

세(身世)의 만년(晩年)에 대한 감개가 있다"고 했다.

● 『현용설시』에 "'向晩意不適……'은 늙음에 대한 탄식하는 뜻이 지극한데, 그러나 다만 석양만 말하고 자기는 말하지 않음이 묘하게 된 까닭이다. 오절(五絶)과 칠절(七絶)은 모두 반드시 이와 같아야 하는데, 이는 또한 비흥(比興)이다"라고 했다.

비로 체류하다 滯雨

滯雨長安夜	비로 체류한 장안의 밤
殘燈獨客愁	잔등 아래 객의 수심이 외롭네
故鄕雲水地[1]	고향은 구름과 물의 고장인데
歸夢不宜秋	돌아가는 꿈이 가을에 있지 않으리라!

주석

1) 이상은의 원적(原籍)은 회천(懷川) 하내(河內: 하남성 沁陽縣)인데, 나중에 정주(鄭州) 형양(滎陽)으로 옮겨 살았다. 형양은 황하에 접해 있다.

밤비 내릴 때 북쪽에 부치다 夜雨寄北

君問歸期未有期	당신은 돌아올 날을 묻지만 아직 예정이 없고
巴山夜雨漲秋池[1]	파산엔 밤비 내려 가을 못이 넘치구려

何當共剪西窗燭　　언제나 서창의 촛불심지를 함께 자르며
却話巴山夜雨時　　도리어 파산의 밤비 내리던 때를 얘기할까?

주석

 1) 巴山(파산): 삼파(三巴)와 같음. 사천성 동부지역.

평설

● 『대상야어』에 "가도(賈島)의 〈도상건(渡桑乾)〉에 '客舍幷州數十霜, 歸心日夜憶咸陽. 無端又渡桑乾, 水却望幷州似故鄕'이라 했다. 이상은의 〈야우기인(夜雨寄人)〉은 '君問歸期未有期……'라고 했는데, 이는 모두 그 구를 답습하여 이별을 나타낸 것이다. 만약 우열을 정하고, 고하를 품평한다면, 또한 분명하다"고 했다.

● 『당시선맥회통평림』에 "이몽양(李夢陽)이 '당시(唐詩)는 고귀한 공자(公子)와 같아서 풍류가 한아(閒雅)하다고 하는데, 이를 보니 믿을 수 있다'고 했다"고 했다.

● 『당시별재』에 "이는 규중(閨中)에 부친 시이다"라고 했다.

● 『당시전주』에 "파산에서 체류하면서, 또한 밤비를 만났는데, 도리어 서창에서 촛불심지를 자르면서 이 밤의 근심을 자세하게 호소하려고 한다고 했다. 더욱 수심이 얽혀있고, 배나 침지(沈摯)함을 깨닫는다"라고 했다.

● 『현용설시』에 "이의산의 '君問歸期' 1수와 가장강(賈長江)의 '客舍幷州' 1수는 곡절(曲折)이 맑게 전환하는데, 풍격이 서로 같다. 그 용의(用意)가 깊이 이른 곳을 취했다면, 오히려 신운(神韻)이 한 층(層) 부족하게 되었

을 것이다”라고 했다.

영호 낭중에게 부치다 寄令狐郞中[1]

嵩雲秦樹久離居[2]	숭산의 구름과 진땅의 나무가 오래 이별했는데
雙鯉迢迢一紙書[3]	쌍잉어로 아득히 한 장 편지 보내오
休問梁園舊賓客[4]	양원의 옛 빈객을 묻지 말구려
茂陵秋雨病相如[5]	무릉의 가을비 속에 병든 상여라오

주석

1) 이상은은 17세 때 천평군막(天平軍幕)에서 순관(巡官)으로 있었는데, 영호초(令狐楚)가 친히 글을 가르치며 아들 영호도(令狐綯)와 함께 공부하게 했다. 개성(開成) 2년에 이상은은 영호도의 추천으로 겨우 진사에 합격했는데, 이 해 겨울에 영호초가 세상을 떠났다. 이듬해 이상은은 영호초의 정적(政敵) 왕무원(王茂元)의 사위가 되어 영호도와 악연을 맺게 되었다. 그러나 표면상으로는 서로간의 왕래를 유지하고 있었다. 이 시는 회창(會昌) 5년 하남(河南) 낙양(洛陽)에 있을 때 지은 작품이다. 당시 영호도는 우사랑중(右司郞中)이었다.

2) 嵩(숭): 숭산(崇山). 하남성 등봉현(登封縣) 북쪽에 있음. 이상은이 있는 하남 낙양을 가리킴. 秦(진): 섬서성과 감숙성 일대 지역을 말함. 영호도가 있는 경성 장안을 가리킴.

3) 雙鯉(쌍리): 고악부(古樂府) 〈음마장성굴행(飮馬長城窟行)〉에 “客從遠方來, 遺我雙鯉魚. 呼兒烹鯉魚, 中有尺素書”라고 했음.

4) 梁園(양원): 한(漢)나라 경제(景帝) 때 양효왕(梁孝王)의 궁원(宮園). 토원(兎

園)이라고 함. 사마상여(司馬相如)가 일찍이 양나라로 유람했을 때 양효왕이 제생(諸生)들과 함께 관사를 쓰도록 했음.

5) 사마상여는 효문원령(孝文園令)을 지내다가 병이 나서 물러나 무릉(茂陵)에 서 살았음.

평설 ⌇

- 『당시절구류선』에 "의산의 이 시의 낙구(落句)는 상여(相如)로써 자황(自況)을 삼았는데, 이는 고사(古事)를 금사(今事)로 삼고, 사사(死事)를 활사(活事)로 삼은 것이다"라고 했다.

- 『당시해』에 "'嵩雲'과 '秦樹'는 하늘에서 각각 한 끝에 있는데, 도달할 수 있는 것은 오직 편지뿐이다. 그러나 나는 가을비 속에 병이 들어서, 문안할 수가 없다는 것이다"라고 했다.
  『당인만수절구선평』에 "포치(布置)가 공묘(工妙)하고, 신미(神味)가 준영(雋永)하여 절구의 정곡(正鵠)이다"라고 했다.

궁기 宮妓[1]

珠箔輕明拂玉墀	주렴이 가볍고 밝게 옥 계단에 드리우고
披香新殿鬪腰支[2]	새로 세운 피향전에서 가는 허리 자태를 다투네
不須看盡魚龍戲[3]	어룡희를 다 보게 할 필요가 없으니
終遣君王怒偃師[4]	끝내 군왕이 언사에게 화내게 되리라

1) 宮妓(궁기): 액정교방(掖庭敎坊)의 여악(女樂).

2) 披香新殿(피향신전): 피향전은 원래 한(漢)나라 미앙궁(未央宮)의 전(殿) 이름인데, 당나라 경선궁(慶善宮) 안에도 피향전을 두었음. 腰支(요지): 체태(體態).

3) 魚龍戱(어룡희): 서역에서 들어온 연희의 하나.

4) 偃師(언사): 『열자(列子)·탕문편(湯問篇)』에 "주목왕(周穆王)이 서쪽으로 순수(巡狩)를 갔다가 돌아올 때 도중에 언사(偃師)라는 공인(工人)을 헌상하므로, 그를 오게 하여 물었다. '네가 함께 온 자는 어떤 자이냐?' 대답하기를 '신(臣)이 만든 능한 창자(倡者)입니다'라고 했다. 목왕이 놀라며 그를 살펴보았다. 걷고 부앙(俯仰)함이 참으로 사람이었다. 교묘하구나! 턱을 놀려 노래하면 음률에 맞았고, 그 손을 들어 춤추면 박자에 맞았다. 천변만화(千變萬化)가 모두 뜻에 맞았다. 왕은 실제의 사람이라 여겼다. 성희(盛姬)와 더불어 내어(內御)에서 함께 그것을 관람했다. 재주가 끝나가려 할 때, 창자가 그 눈을 깜박이며 왕의 좌우의 시첩(侍妾)들을 불렀다. 왕이 크게 노하니, 언사가 몹시 두려워서 곧 창자를 쪼개어 흩어놓고 보여주었다. 모두 가죽과 나무를 결합하여, 아교와 칠로 붙이고, 희고 검고, 붉고 푸르게 칠하여 만든 것이었다. 목왕은 비로소 기뻐하며 감탄하기를 '사람의 솜씨가 조화자(造化者)와 더불어 같을 수가 있는가?'라고 했다"고 했다.

● 『초계어은총화』에 "『담원(談苑)』에 '내가 지제고(予知制誥日) 시절에, 여서(余恕)와 함께 고시(考試)를 했는데 …… 의산(義山)의 시를 꺼내어 함께 읽다가 한 절구를 몹시 좋아하게 되었는데, 「箔輕明拂玉墀披……」라고 했다. 무릎을 치며 칭찬하기를, 「고인(古人)의 조사(措辭)와 우의(寓意)는 이와 같이 깊고 묘하여, 사람에게 감개를 그치지 못하게 한다」고

했다'라고 했다"고 했다.

궁사 宮詞

君恩如水向東流	군왕의 은총은 물처럼 동쪽으로만 흘러가니
得寵憂移失寵愁	총애 얻으면 근심 사라지고 잃으면 수심 짓네
莫向樽前奏花落[1]	술동이 앞에서 〈매화락〉을 연주하지 마오
涼風只在殿西頭	서늘한 바람은 다만 전각 서쪽 머리에 있다네

주석

1) 花落(화락): 매화락(梅花落). 적곡(笛曲)의 이름. 당나라 대각곡(大角曲)에
   〈대매화(大梅花)〉와 〈소매화(小梅花)〉가 있었음.

상아 常娥[1]

雲母屛風燭影深[2]	운모병풍에 촛불 그림자 깊고
長河漸落曉星沈	긴 은하수 점차 떨어지고 샛별이 지네
嫦娥應悔偸靈藥[3]	항아는 마땅히 영약을 훔친 것을 후회하리니
碧海靑天夜夜心	푸른 바다 푸른 하늘에 밤마다 외로움이 있네

1) **常娥**(상아): 항아(姮娥) 혹은 항아(嫦娥)와 같음. 전설 속의 달의 여신. 또 다른 전설에 의하면 하(夏)나라 때 동이족(東夷族) 수령 후예(后羿)의 처(妻)라고 함.

2) **雲母**(운모): 광물 이름. 그 주요성분은 규산염(硅酸鹽)인데 검은 색과 흰 색이 있음. 얇은 조각으로 창문이나 병풍 따위를 장식했음.

3) 『회남자(淮南子)·남명(覽冥)』에 "예(羿)가 서왕모(西王母)에게 불사약(不死藥)을 청했는데, 항아가 훔쳐서 달로 달아났다"고 했다.

평설 ⌒

● 『당시품휘』에 "사(謝)가 '항아는 장생(長生)의 복(福)을 지녔지만, 부인의 즐거움이 없음을 후회한 것인데, 전인이 설파하지 못한 것이다'고 했다"고 했다.

● 『당시절구류선』에 "이 시는 번공단의(翻空斷意)했는데, 두시(杜詩) '斟酌嫦娥寡, 天寒奈九秋'를 변화하여 나온 것이다"라고 했다.

● 『당시별재』에 "고적(孤寂)한 정황을 '夜夜心' 3글자로 다 표현했다. 사대부 중에 선두를 다투어 길을 얻으려다 스스로 후회할 자가 있어서 이처럼 지어서 보인 것이다"라고 했다.

● 『당인만수절구선평』에 "항아를 빌려서 고고(孤高)하여 불우한 채 감개하지 못함을 서술했는데, 필설의 묘를 스스로 미칠 수 없다"고 했다.

주일사를 생각하다 憶住一師[1]

無事經年別遠公[2]	무사히 해를 보내고 원공과 이별했는데
帝城鐘曉憶西峰	제성의 새벽종소리에 서봉을 추억하네
爐烟銷盡寒燈晦	화로연기 다 꺼지고 찬 등불 어두운데
童子開門雪滿松	동자가 문을 여니 눈이 소나무에 가득하네

주석 ∽

1) 住一師(주일사): 미상.

2) 遠公(원공): 진(晉)나라 고승 혜원(慧遠). 여산(廬山) 동림사(東林寺)에 주석했음.

촉으로 가는 객에게 부치다 寄蜀客

君到臨卬問酒壚[1]	그대 임공에 가거든 주막에 물어보오
近來還有長卿無[2]	근래 다시 장경이 있는지?
金徽却是無情物[3]	금휘가 도리어 무정한 물건이니
不許文君憶故夫	탁문군에게 전 남편을 생각나지 않게 했네

주석 ∽

1) 한(漢)나라 사마상여(司馬相如)가 임공령(臨公令)과 친했는데, 임공의 부호 탁왕손(卓王孫)이 두 사람을 초청했다. 사마상여가 금(琴)을 탔는데, 탁왕손의 딸 탁문군(卓文君)이 과부가 되어 친정에 있다가 사마상여의 금 연주에

반하여, 사마상여와 함께 밤중에 성도(成都)로 도망쳤다. 두 사람은 나중에 다시 임공으로 돌아와서 주막을 열어서 생계로 삼았다.

2) 長卿(장경): 사마상여의 자(字).

3) 金徽(금휘): 금(琴)을 말함. 『촉중(蜀中)』에서 뇌씨(雷氏)가 금(琴)을 깎아 만들었는데, 항상 스스로 품제(品第)하여, 제일 좋은 것을 옥휘(玉徽)라고 하고, 그 다음 것은 금휘(金徽)라 하고, 또 다음은 슬슬휘(瑟瑟徽)라 하고, 또 그 다음 것은 나방휘(螺蚌徽)라고 했다"고 했다.

가생 賈生[1]

宣室求賢訪逐臣[2]	선실에서 현사를 구해 축신을 찾으니
賈生才調更無倫	가생의 재조는 다시 짝할 이가 없었네
可憐夜半虛前席[3]	가련하다 한밤중에 공연히 앞으로 다가가서
不問蒼生問鬼神	창생은 묻지 않고 귀신만 물었네

주석 ☙

1) 賈生(가생): 가의(賈誼).

2) 宣室(선실): 한(漢)나라 미앙궁(未央宮) 전전(前殿)의 정실(正室). 逐臣(축신): 가의를 말함. 가의는 한문제(漢文帝) 때 태중대부(太中大夫)를 지내다가 참소를 당해 장사왕태부(長沙王太傅)로 쫓겨났다. 이때 문제가 소환하여 선실에서 접견했는데, 문제는 막 제사를 마치고 음복을 하면서 귀신에게 감개가 있어서, 귀신에 대하여 가의에게 질문했다. 대화가 한밤중에 이르렀는데, 문제는 자신도 모르게 앞으로 다가가며 가의의 말을 경청했다.

3) 前席(전석): 자신의 자리를 떠나 상대의 앞으로 다가가는 것.

- 『시수』에 "만당의 절구 중 …… '可憐夜半虛前席, 不問蒼生問鬼神'은 모두 송인(宋人)의 의론의 조(祖)이다. 간혹 지극히 공교한 것이 있으나 또한 기운(氣韻)이 쇠삽(衰颯)하여 개원(開元)과 천보(天寶)와는 천양지차이다. 그래서 써낸 정이 처창(凄悵)하여 쉽게 사람을 감동시키고, 용사(用事)가 교절(巧絶)하여 공교롭게 세속을 기쁘게 하지만, 세상에 대아(大雅)가 드물다. 어떤 이는 그런 것을 성당을 뛰어넘는다고 여기나, 안목을 갖춘 자가 보면 그 말이 끝남을 기다릴 필요도 없다"고 했다.

- 『당인만수절구선평』에 "의론과 풍격이 모두 준엄하다"고 했다.

온정균 溫庭筠

온정균(801?-870?), 본명은 기(岐), 자는 비경(飛卿), 태원(太原: 산서성
祁縣) 사람. 개상 언단(彦博)의 후손이다. 젊어서부터 영민했는데, 재사
(才思)가 염려(豔麗)하고 운격(韻格)이 청발(淸拔)했다. 사장(詞章)을 잘
지어서 이상은(李商隱)과 함께 온리(溫李)라고 병칭되었다. 대중(大中)
초에 여러 번 진사시험에 응시했으나 낙방했다. 서상(徐商)이 양양(襄
陽)을 진수(鎭守)할 때 그를 순관(巡官)으로 삼았다. 나중에 수현위(隋縣
尉)를 지냈다.

상산에서 일찍 떠나다 商山早行[1]

晨起動征鐸[2]	새벽에 일어나 수레방울 울리고
客行悲故鄕	나그네 길에 고향을 슬퍼하네
鷄聲茅店月	닭 울음은 초가 주점의 달빛 속에 있고
人跡板橋霜	사람 발자취는 판자 다리의 서리 속에 있네
槲葉滿山路	떡갈나무 잎이 산길에 가득하고
枳花明驛墻	탱자 꽃은 역의 담장에서 밝네
因思杜陵夢[3]	두릉의 꿈을 생각하니
鳧鴈滿回塘	오리와 기러기들 도는 못물에 가득했네

주석 ❧

1) 商山(상산): 섬서성 상현(商縣) 동남.

2) 征鐸(정탁): 먼 길을 가는 수레를 끄는 말의 방울.

3) 杜陵(두릉): 장안성(長安城) 남쪽의 한(漢)나라 선제(宣帝)의 능침.

평설 ❧

● 『지봉유설』에 "당인(唐人)의 조행시(早行詩)에서, 유창(劉滄)의 '殘影郡樓月, 一聲關樹鷄'는 말이 아름답지 않은 것은 아니나, 온정균의 '鷄聲茅店月'과 비교해보면, 의미(意味)가 거의 천양지차다"라고 했다.

● 『당시품휘』에 "삼산노인(三山老人: 胡舜陟)의 『어록(語錄)』에 '육일거사(六一居士: 歐陽修)가 몹시 이 말(3구와 4구)을 좋아하여 「鳥聲茅店雨, 野色柳橋春」이라고 그것을 본받았다'고 했다"고 했다.

- 『시인옥설』에 "'鷄聲茅店月, 人跡板橋霜'은 여행길의 깊은 근심을 눈앞에서 상상할 수 있다"고 했다.

- 『시수』에 "성당의 구는 '海日生殘夜, 江春入舊年'이라고 했고, 중당의 구는 '風兼殘雪起, 河帶斷水流'라고 했고, 만당의 구는 '鷄聲茅店月, 人跡板橋霜'이라 했는데, 모두 경물을 형용함이 천고에 묘절하다. 그러나 성당과 중당과 만당의 한계가 참연(斬然)하기 때문에, 문장은 기운(氣運)에 관계되고, 인력(人力)과 관계되지 않음을 알 수 있다"고 했다.

- 『당시성법』에 "이 시는 3 · 4구가 명구인데, 후반은 적당하지 않다"고 했다.

- 『당시전주』에 "'鷄聲' 1연은 인구(人口)에 전송(傳誦)된다. 조행(早行)을 묘사했는데, 여행자의 정 또한 여기에서 그려져서 나왔다. 시에는 별장(別腸)이 있으니, 속된 자들이 말할 바가 아니다"라고 했다.

동쪽으로 떠나는 사람을 전송하다 送人東遊

荒戍落黃葉	황량한 수루엔 누런 잎 떨어지고
浩然離故關	드넓은 옛 관문을 떠나네
高風漢陽渡¹⁾	높은 바람 부는 한양 나루
初日郢門山²⁾	아침 해 뜬 정문산
江上幾人在	강 위에 몇 사람이나 있는가?
天涯孤櫂還	하늘 끝에 외로운 배가 돌아오네
何當重相見	언제나 다시 서로 만나
尊酒慰離顔	술자리에서 이별의 얼굴을 위로할까?

1) 漢陽(한양): 호북성 한양현(漢陽縣).

2) 郢門山(영문산): 형문산(荊門山)을 말함.

● 『당시별재』에 "기조(起調)가 최고이다"라고 했다.

● 『당시전주』에 "수련(首聯)을 일으켜서 통체(通體)가 기세가 있게 되었는데, 중간 4어의 결찬(結撰) 또한 합당하다. 이는 이별의 정을 그렸는데, 단지 호연(浩然)한 기(氣)가 있음을 깨닫는다"고 했다.

● 『당시삼백수』에 "곧장 초당과 성당에 핍근했다"고 했다.

● 왕사정(王士禎)의 『고부우정잡록(古夫于亭雜錄)』에 "'古戍落黃葉, 浩然離故關. 高風漢陽渡, 初日郢門山'은 만당(晚唐)이면서 초당(初唐)의 기격(氣格)이 있는 시로서 가장 고조(高調)를 이루었다. '鷄聲茅店月, 人跡板橋霜'은 곧 속제(俗諦)에 가까운데, 세상 사람들은 지극히 칭찬한다. 전작(前作)의 묘를 아는 이가 드문데, 어찌 시를 아는 자라고 하겠는가?'라고 했다.

진림의 묘를 지나다 過陳琳墓[1]

曾於靑史見遺文　　일찍이 청사에서 남긴 글을 보았는데
今日飄蓬過此墳[2]　　오늘 날리는 쑥대처럼 이 묘지를 지나네
詞客有靈應識我　　사객에게 영혼이 있다면 마땅히 나를 알 것인데

霸才無主亦憐君　　패업의 재능이 주인 없었으니 그대를 동정하네
石麟埋没蔵春草　　돌 기린은 파묻히어 봄풀에 가려지고
銅雀荒凉對暮雲　　동작대는 황량하게 저녁구름 대했네
莫恠臨風倍惆悵　　바람 앞에서 배나 슬퍼함을 괴이 여기지 마오
欲將弓劍學從軍　　활과 검을 가지고 종군을 배우고 싶다오

주석

1) **陳琳**(진림): 삼국 때 광릉(廣陵) 사람. 자는 공장(孔璋). 기주(冀州)로 피난
   갔는데, 원소(袁紹)가 전문장(典文章)으로 삼았다. 원소가 패한 후 조조(曹
   操)에게 귀순했다. 조조 아래서 사공군모좨주(司空軍謀祭酒)와 장기실(掌記
   室)을 지냄. 그의 묘는 강소(江蘇) 서주부(徐州府) 비주(邳州) 경내에 있음.

2) **飄蓬**(표봉): 일작 표령(飄零).

평설

● 『비점당음』에 "이 편은 앞 4구는 탁속(濁俗)하고, 뒤의 말은 자못 실하
   나, 끝내 만당을 벗어나지 못했다"고 했다.

● 『당시성법』에 "억양돈좌(抑揚頓挫)하고, 침통비량(沈痛悲凉)하고, 법도
   또한 몹시 합당하다. '飄零'은 1편(篇)의 주인인데, 3·4구는 긴밀하게
   두 글자를 계승했다"고 했다.

벽간역에서의 새벽의 사념 碧澗驛曉思

孤燈伴殘夢	외로운 등불은 남은 꿈을 동반하고
楚國在天涯	초국은 하늘 끝에 있네
月落子規歇	달 지자 자규 울음 그치고
滿庭山杏花	마당 가득히 산 살구꽃이 피었네

평설

- 『지봉유설』에 "온정균의 시에 '香燈伴殘夢……滿庭山杏花'라 했는데, 이 시는 꿈이 깨었음을 말하지 않았지만, 평담(平淡)하고 자연스러워서 정경(情境)이 완연하게 눈앞에 있어서 몹시 즐길 만하다"고 했다.

- 『당인만수절구선평』에 "그려낸 정과 경이 유양완전(悠揚婉轉)하고, 말구는 더욱 무한한 적료(寂寥)함을 머금었다"고 했다.

삼월 팔일의 눈발을 비웃다 嘲三月十八日雪

三月雪連夜	삼월의 눈발이 밤까지 이어지나
未應傷物華	마땅히 물화를 상하진 못하리라
只緣春欲盡	다만 봄이 다 지나가려 하여
留着伴梨花	머물러서 배꽃과 동반하였네

요슬의 원망소리 瑤瑟怨[1]

冰簟銀牀夢不成	찬 대자리 은상에서 꿈 못 이루는데
碧天如水夜雲輕	물빛 같은 푸른 하늘에 밤 구름이 가볍네
雁聲遠過瀟湘去	기러기소리는 멀리 소상강을 지나 떠나가고
十二樓中月自明[2]	열두 누대엔 달빛 절로 밝네

주석

1) 瑤瑟(요슬): 화려하게 장식한 슬.

2) 十二樓(십이루): 전설 속 선인이 항상 거주한다는 누대.

평설

● 『시수』에 "이러한 것은 성당에다 넣어도 변별하기 어렵다. 애석하게도 다른 작품은 그러하지 못한다. 온정균의 〈요슬원〉·진도(陳陶)의 〈隴西行〉·이동(李洞)의 〈繡嶺詞〉·노필(盧弼)의 〈四時詞〉는 모두 악부인데, 그러나 음향은 스스로 당인(唐人)이고, 오언절구와는 약간 다르다"고 했다.

● 『당시선맥회통평림』에 "전전반측하며 듣고 보는 것이 슬픈 생각이 아닌 것이 없으니, 원망을 품었음을 알 수 있다"고 했다.

● 『당인만수절구선평』에 "이는 맑은 음향과 아득한 그리움을 지었는데, 곧장 중당과 성당의 명가를 추구할 수 있다"고 했다.

쟁을 타는 사람에게 주다 贈彈箏人

天寶年中事玉皇[1]	천보 연간에 옥황을 모셨고
曾將新曲教寧王[2]	일찍이 신곡으로 영왕을 가르쳤지요
鈿蟬金雁皆零落[3]	전선과 금안이 모두 영락하니
一曲伊州淚萬行[4]	한 곡 <이주곡>에 만 줄기 눈물 흘립니다

주석 ⋙

1) 玉皇(옥황): 현종(玄宗)을 말함.

2) 寧王(영왕): 예종(睿宗)의 장자 이성기(李成器). 현종의 형.

3) 鈿蟬金雁(전선금안): 나전으로 만든 매미모양의 장식과 금으로 만든 기러기
   모양의 장식.

4) 伊州(이주): 악부 근대가곡(近代歌曲)의 곡명. 이주는 지명으로 신강성 합밀
   현(哈密縣).

평설 ⋙

● 『비점당시정음』에 "때가 옮겨지고 시대가 바뀌었으니, 지극히 슬픈 곳은
  진정 쟁을 타는 사람에게 있지 않다"고 했다.

● 『당풍정』에 "중산(中山: 劉禹錫)의 '하감(何堪)'과 어깨를 나란히 한다"고
  했다.

유가 劉駕

유가(822-?), 자는 사남(司南), 강동(江東) 사람. 대중(大中) 6년(852)에 진사에 합격했다. 관직은 국자박사(國子博士)를 지냈다. 조업(曹鄴)·설능(薛能)·이빈(李頻) 등과 수창했다. 시는 고조(古調)에 뛰어났다.

조행 早行

馬上續殘夢	말 위에서 남은 꿈을 잇는데
馬嘶時復驚	말이 울부짖어 때때로 다시 놀라네
心孤多所虞	마음 외롭고 근심이 많은데
僮僕近我行	동복들은 내 가까이 걸어가네
棲禽未分散	깃든 새는 아직 흩어져 날아가지 않았고
落月照古城	지는 달이 옛 성을 비추네
莫羨居者閒	거주자의 한가함을 선망하지 않으니
冢邊人已耕	무덤가엔 사람들이 이미 밭을 일구었네

평설 ∽

- 『지봉유설』에 "당나라 유가의 〈조행〉 시에 '馬上續殘夢, 馬嘶時復驚'이라고 했는데, 동파가 그것을 본받아서 '馬上兀殘夢, 不知朝日升'이라 했다. 온정균의 시에 '鷄聲茅店月, 人迹板橋霜'이라 했는데, 구양공(歐陽公: 歐陽修)이 그것을 몹시 사랑하여서, '鷄聲茅店雨, 柳色野橋春'이라고 했다. 그것들을 자세히 음미해보면, 공졸(工拙)이 절로 드러난다. 그 '兀殘夢'의 '兀' 자에 대해 후인 중에 비난한 자가 있은 것이 그것이다"라고 했다.

- 『승암시화』에 "유가의 시체(詩體)는 비속함에 가까워서, 채집할 만한 것이 없지만, 오직 '馬上續殘夢' 1구는 천고의 절창이다"라고 했다.

- 『예원치언』에 "유가의 '馬上續殘夢'은 경(境)이 자못 아름다운데, 아래에서 말한 '馬嘶時復驚'은 끝내 말을 이루지 못했다. 소자첨(蘇子瞻: 蘇軾)이 그 말을 이용하여, 아래에 '不知朝日升'이라 했는데 또한 옳지 않다. 다시 고쳐서 '瘦馬兀殘夢'이라 했는데, 더욱 악도(惡道)로 떨어졌다"고

했다.

- 『당시경』에 "馬上續殘夢'은 최고로 아름답다. 말어(末語)는 감회를 띠고 있다"고 했다.

- 『당시성법』에 "일기(一起)가 고묘(高妙)하다. 동파가 그것을 이용했는데, 또한 그 칭찬이 지극했음을 상상할 수 있다"고 했다.

술 깬 후 醒後

醉臥芳草間	술 취해 방초 사이에 누웠다가
酒醒日落後	해가 진 후에 술이 깨었네
壺觴半傾覆	술병과 술잔은 반쯤 기울어 있고
客去應已久	손님들이 떠난 지도 오래이네
不記折花時	꽃 꺾던 때를 기억하지 못하는데
何得花在手	어떻게 꽃이 손에 있을까?

평설

- 『지봉유설』에 "당나라 유가의 시에 '醉臥芳草間……何得花在手'라고 했다. 구양문충공(歐陽文忠公L 歐陽修)의 시에 '有時醉倒枕溪石, 靑山白雲爲枕屛. 花間百鳥喚不覺, 日落山風吹自醒'이라고 했다. 구양수의 시는 참으로 좋은데, 유가의 작품과 비교해보면 약간 못한 듯하다. 당나라와 송나라의 구별을 알 수 있다"고 했다.

조하, 자는 승우(承祐), 산양(山陽) 사람. 회창(會昌) 2년에 진사에 합격했다. 대중(大中) 연간에 위남위(渭南尉)를 지냈다.

『전당시』에 "조하의 시는 섬미(贍美)하고 흥미(興味)가 많았다. 두목(杜牧)이 일찍이 그의 '長笛一聲人倚樓'의 구를 사랑하며 감탄을 그치지 않았다. 그로 인하여 사람들이 '조의루(趙倚樓)'라고 불렀다"고 했다.

장안의 늦가을 長安晩秋

雲物凄凉拂曙流[1]	구름은 처량히 새벽기운 떨치며 흘러가고
漢家宮闕動高秋	한나라 궁궐엔 가을기운이 일어나네
殘星幾點雁橫塞	몇 점 남은 별빛 속 기러기가 변새를 횡단하고
長笛一聲人倚樓	장적 한 가락에 사람은 누대에 기대네
紫艶半開籬菊淨[2]	붉은 꽃 반쯤 피어난 울타리의 국화는 정결한데
紅衣落盡渚蓮愁[3]	붉은 꽃잎 다 떨어진 물가 연꽃은 수심 짓네
鱸魚正美不歸去[4]	농어가 바로 맛날 철인데 돌아가지 못하고
空戴南冠學楚囚[5]	공연히 남관 쓰고 초수를 배우네

주석

1) 雲物(운물): 구름.

2) 紫艶(자염): 자색 꽃.

3) 紅衣(홍의): 붉은 연꽃의 꽃잎을 말함.

4) 진(晉)나라 장한(張翰)이 천하가 어지러움을 보고, 항상 벼슬을 버리고 고향으로 돌아갈 생각을 지녔는데, 가을바람이 일어나자 곧 고향 오중(吳中)의 고채(菰菜)와 순갱(蓴羹)과 농어(鱸魚)를 생각하고 벼슬을 버리고 떠나갔음. 여기서 말하는 농어는 바닷물고기가 아닌 송강(松江)의 농어로서 '꺽정이'라는 민물고기임.

5) 『좌전(左傳)·성공구년(成公九年)』에 "진후(晉侯)가 군부(軍府)를 둘러보다가 종의(鍾儀)를 보고, '남관(南冠)을 쓰고 묶여있는 자는 누구인가?'라고 묻자, 유사(有司)가 '정(鄭)나라 사람이 바친 초(楚)나라 죄수입니다'라고 했다"고 했다.

평설 ✆

- 『당시경』에 "3·4구는 경색(景色)이 역적(歷寂)하고, 의상(意象)이 절로 이루어졌다"고 했다.

- 『시원변체』에 "'殘星幾點雁橫塞, 長笛一聲人倚樓' 1연은 두자미(杜紫微: 杜牧)가 칭찬하며 읊기를 그치지 않아서, '조의루(趙依樓)'라고 불렀는데, 애석하게도 하련은 적당하지 않다"고 했다.

강가 누대에서 옛일에 감개하다 江樓感舊

獨上江樓思渺然	홀로 강루에 오르니 옛 생각 아득하고
月光如水水如天	달빛은 물빛 같고 물은 하늘빛 같네
同來望月人何處	함께 와 달을 보았던 사람은 어디 있는가?
風景依稀似去年[1]	풍경의 비슷함이 지난해와 같네

주석 ✆

1) 依稀(의희): 유사(類似)함.

평설 ✆

- 『당시전주』에 "'風景依稀' 구는 이어지는 정이 있어서, 지극히 성당(盛唐)의 말과 같다"고 했다.

- 『당인만수절구선평』에 "정경이 진솔하여, 그 직설이 싫지 않다. 아래 2구는 위 2구를 충족히 나누었다"고 했다.

정곡 鄭谷

정곡(851?-910?), 자는 수우(守愚), 원주(袁州) 의춘(宜春) 사람. 광계
(光啓) 3년에 진사에 합격했다. 경조호현위(京兆鄠縣尉)를 지내고, 우습
유(右拾遺)와 보궐(補闕)을 역임했다. 건녕(乾寧) 4년에 도관낭중(都官郎
中)이 되었다. 얼마 후 고향으로 돌아가 은거했다.

자고새 鷓鴣[1]

暖戲煙蕪錦翼齊	안개 풀밭에 온화하게 노는 비단 깃털 나란하고
品流應得近山鷄[2]	품류는 마땅히 산닭에 가까움을 얻었네
雨昏靑草湖邊過[3]	비 어두운 청초호 가를 지나가고
花落黃陵廟裏啼[4]	꽃 떨어진 황릉묘 안에서 우네
遊子乍聞征袖濕[5]	나그네는 듣자마자 옷소매 적시고
佳人纔唱翠眉低[6]	가인은 곧 노래하며 푸른 눈썹을 숙이네
相呼相應湘江闊[7]	서로 부르고 서로 응하는 상강이 넓은데
苦竹叢深春日西[8]	고죽이 우거진 깊은 곳 봄 해가 서편에 있네

주석 ☙

1) 鷓鴣(자고): 새 이름. 모양은 까투리와 같고, 머리는 메추리와 비슷한데 약간 더 큼. 중국 남방의 텃새. 정곡은 이 시로 인하여 시명을 얻었는데, '정자고(鄭鷓鴣)'라고 불렸음.

2) 品流(품류): 품계(品階). 山鷄(산계): 야생 닭. 꿩과 비슷한 야생 조류.

3) 靑草湖(청초호): 파구호(巴丘湖)라고도 함. 지금의 호남성 악양시(岳陽市) 서남. 동정호(洞庭湖)와 연결되어 있으며, 청초산(靑草山)으로 인하여 이름 지어졌음.

4) 黃陵廟(황릉묘): 전설에 순(舜)의 두 명의 비(妃)인 아황(娥皇)과 여영(女英)의 묘라고 하며 이비묘(二妃廟)라고도 함. 지금의 호남성 상음현(湘陰縣) 북쪽.

5) 자고새는 시문 속에서 고향을 그리워하는 상징으로 많이 등장함.

6) 당나라 교방곡명(敎坊曲名)에 〈자고사(鷓鴣詞)〉가 있음. 가인이 이 노래를 부르며 스스로 고개 숙여 눈물을 감추면서 슬퍼하는 것임.

7) 湘江(상강): 상수(湘水). 아황(娥皇)과 여영(女英)이 투신자살하여 상수의 신

상비(湘妃)가 되었다고 함.

8) 苦竹(고죽): 대나무의 일종. 산병죽(傘柄竹)이라고도 함. 죽순의 맛이 써서 식용할 수 없어서 고죽이라 했음. 아황(娥皇)과 여영(女英)이 상수 가의 대나무에 피눈물을 뿌려 대나무에 반점이 생겼다고 하여 소상반죽(瀟湘斑竹)이라고 함.

평설 ꙮ

• 『지봉유설』에 "당나라 시인 정곡은 당시에 정자고(鄭鷓鴣)라고 불렸다. 나는 일찍이 〈자고시〉는 경인어(驚人語)가 아닌 듯한데, 어찌하여 명성을 얻게 되었는지 알 수 없었다. 나중에 그 〈절구〉를 보니, '坐中亦有江南客, 莫向春風唱鷓鴣'라고 하고, 또 '春遊鷄鹿塞, 家在鷓鴣天'이라 했는데, 이로 인하여 자고천(鷓鴣天)으로 곡명(曲名)을 삼았다고 한다. 아마 명성을 얻은 것은 이것 때문이 아니겠는가?"라고 했다.

• 조선 이규경(李圭景)의 『시가점등(詩家點燈)』에 "『서영(書影)에 '오흥(吳興) 정후승(鄭侯升)의 『비언(秕言)』에 「정곡의 〈자고〉 시에서 이미 「相呼」라고 하고서는, 또 「相換」이라고 한 것은 중복이다. 이미 「青草湖邊」과 「黃陵廟裏」라고 하고서는, 또 「湘江曲」이라 한 것은 변화가 부족하다. 곧 『본초(本草)』에 실려 있는 이 시를 보니, 「相呼相應湘江闊」이라고 하여, 말에 이미 병(病)이 없고 더욱 청광(清曠)했다'고 했다. 『본초연의(本草衍義)』를 살펴보니, 곧 송나라 정화(政和) 중에 구종석(寇宗奭)이 편찬한 것이었다. 이를 근거로 하면, 송나라 시대에 이미 오히려 당시의 선본(善本)이 있었는데, 후에 와전되었을 뿐이다. 후승은 전인(前人)이 발견하지 못한 것을 발견했으니, 묘한 해석이다"라고 했다.

• 『운어양추』에 "허혼(許渾)의 〈韶州夜宴〉 시에 '鸜鵒未知狂客醉, 鷓鴣先聽美人歌'라고 했고, 〈聽歌鷓鴣詞〉에 '南國多情多艶詞, 鷓鴣清怨繞梁飛'라

고 했고, 또 〈聽吹鷓鴣〉 한 절구가 있는데, 그것이 당시의 신성(新聲)인 것을 알았으나, 그 유래의 이유는 몰랐다. …… 정곡에게 또한 ‘佳人纔唱翠眉低’란 구가 있는데, ‘相呼相應湘江闊’이라는 구로 이었다. 〈자고곡〉이 자고의 소리를 본받았기 때문에 새를 서로 부르게 한 것임을 알았다”고 했다.

- 『대상야어』에 “정곡의 〈자고〉에 ‘雨昏靑草湖邊過, 花落黃陵廟裏啼’라고 했는데, ‘鉤輈’와 ‘格磔’ 등의 글자를 사용하지 않았지만, 자고의 뜻이 스스로 드러났다. 사물을 잘 읊은 자이다”라고 했다.

- 『오조시선명집』에 “〈자고〉 사(詞) 중에 마땅히 제일로 추대해야 한다”고 했다.

- 『당시별재』에 “영물시(詠物詩)에서의 각로(刻露)는 신운(神韻)만 못하다. 3·4어는 ‘鉤輈’와 ‘格磔’보다 낫다. 시가(詩家)에서 ‘정자고(鄭鷓鴣)’라고 부르는 것은 이 때문이다”라고 했다.

- 『설시수어』에 “영물(詠物)은 소소(小小)한 체(體)이다. 노두(老杜)가 읊은 〈방병조호마(方兵曹胡馬)〉에서 ‘所向無空闊, 眞堪托死生’이라 했는데, 덕성(德性)의 조량(調良)이 모두 전하여 나왔다. 정도관(鄭都官)의 〈자고〉는 ‘雨昏靑草湖邊過, 花落黃陵廟裏啼’라고 했는데, 이는 또한 신운(神韻)으로써 뛰어난 것이다”라고 했다.

좌석에서 가수에게 주다 席上贈歌者

花月樓臺近九衢[1]	꽃과 달의 누대가 큰길에 가까운데
淸歌一曲倒金壺	맑은 노래 한 곡에 금 술병 기울이네

坐中亦有江南客　　좌중에 또한 강남의 객이 있으니
莫向春風唱鷓鴣[2]　봄바람 향해 <자고곡>을 부르진 마오

주석

1) 九衢(구구): 구구삼시(九衢三市). 번화한 시가(市街).
2) 鷓鴣(자고): 악부의 곡명.

평설

- 『당시절구류선』에 "송나라 사람의 시에 '莫向沙邊弄明月, 夜深無數採珠人'이라 했는데, 이 시와 함께 모두 삼가고 서로 경계하라는 것이다"라고 했다.

- 『양일재시화』에 "정곡의 '揚子江頭楊柳春' 1절은 고금에서 전하여 암송한다. 그러나 '花月樓臺近九衢……莫向春風唱鷓鴣'라고 했는데, 어찌 이 '鷓鴣'로써 명성을 얻지 못했던가?"라고 했다.

회수 가에서 벗과 이별하다 淮上與友人別

揚子江頭楊柳春　　양자강 가는 버들의 봄인데
楊花愁殺渡江人　　버들꽃이 강 건너는 사람을 수심 짓게 하네
數聲風笛離亭晚　　몇 곡조 피리가락에 이별정자가 저무는데
君向瀟湘我向秦　　그대는 소상으로 가고 나는 진땅으로 향하네

● 『비점당시정성』에 "조(調)가 호일(豪逸)하다. 정곡에게도 이런 작품이 있으나, 많이 볼 수 없다"고 했다.

● 『사명시화(四溟詩話)』에 "끝내 말구(末句)를 옮겨 기구(起句)로 삼고, 별도로 말구를 지은 것은 점금성철(點金成鐵)이다. 천하에 끝내 이런 망인(妄人)이 있는 것은 특히 이해할 수 없다"고 했다.

● 『당시별재』에 "낙구(落句)는 이별의 정을 말하지 않고, 도리어 언외에서 취하게 했다. 위좌사(韋左司: 韋莊)의 〈문안(聞雁)〉시와 동일한 법이다. 사무진(謝茂秦: 謝榛)은 오히려 그런 뜻을 알지 못하고, 그 글을 뒤바꾸려고 했으니, 어찌 유유(悠悠)한 유속(流俗)을 묻겠는가?'라고 했다.

● 『시법이간록』에 "음운(音韻)이 빼어나게 좋다"고 했다.

● 『당인만수절구선평』에 "정치(情致)가 미완(微婉)하고, 격조(格調)가 고향(高響)하다"고 했다.

● 『양일재시화』에 "왕제지(王濟之)가 『시경』을 읽다가, 〈綠衣〉·〈燕燕〉·〈碩人〉·〈黍離〉 등의 편에 이르렀는데, 언외에 무궁한 감개가 있었다. 당인의 시에도 오히려 이러한 뜻이 있으니, 「君向瀟湘我向秦」은 슬픈 이별을 말하지 않았으나, 슬픈 이별의 뜻이 언외에서 넘쳐난다'고 했다"고 했다.

● 『당인절구정화』에 "명나라 호원서(胡元瑞: 胡應麟)가 이 시를 칭찬하여 일창삼탄(一唱三嘆)의 아치가 있다고 했는데, 허학이(許學夷)는 그렇게 여기지 않고, '「渭城朝雨」는 본래 구어(口語)로서 천년이 흘러도 신선할 듯하다'고 하고, 아울러 이 시는 '기운(氣韻)이 쇠삽(衰颯)하다'고 했다. 기운의 쇠삽함을 살펴보니, 곧 당말(唐末)의 시인들은 공통으로 이 병이

있었다. 대개 당말에는 국세가 쇠미해져서, 난화(亂禍)가 빈번했는데, 그
것이 시에 반영되어 자연히 쇠삽하게 된 것이다"라고 했다.

진도 陳陶

진 도, 자는 숭백(嵩伯), 파양(鄱陽) 검포(劍浦) 사람. 대중(大中) 때 장안(長安)으로 유학(遊學)하여 과거에 응시했으나 낙방하고, 명산을 두루 돌아다녔다. 자칭 삼교포의(三敎布衣)라고 했다. 남당(南唐) 숭원(昇元) 중에 홍주(洪州) 서산(西山)에 은거했는데, 그 후 행적을 알 수 없다.

농서행 隴西行[1]

誓掃匈奴不顧身	흉노를 소탕하길 맹세하고 몸을 돌보지 않아서
五千貂錦喪胡塵	오천 벌의 갖옷과 비단옷을 호땅 먼지에 상실했네
可憐無定河邊骨[2]	가련하다 무정하 가의 해골들
猶是春閨夢裏人	여전히 봄날 규방의 꿈속의 사람들이네

주석 ⤳

1) 원래 4수임. 隴西行(농서행): 악부 〈相和歌辭·瑟調曲〉의 곡명.

2) 無定河(무정하): 섬서(陝西) 유림부(楡林府)에 흐르는 물 이름.

평설 ⤳

● 『예원치언(藝苑巵言)』에 "'可憐無定河邊骨, 猶是深閨夢裏人'은 용의(用意)의 공묘(工妙)함이 여기에 이르렀으니, 절창(絶唱)이라 하겠다. 그러나 애석ᄒ-게도 앞 2구는 허물이 되니, 근골(筋骨)이 모두 드러나서 사람들에게 싫증나게 한다"고 했다.

● 『당시경』에 "이 시는 성당에 뒤지지 않는다. 다만 격력(格力)이 약간 아래일 뿐이다"라고 했다.

● 『당시해』에 "나는 이 연(하련)은 만당 중에서 귀신을 울게 할 수 있다고 여기는데, 우린(于麟: 李攀龍)이 (『唐詩選』에) 선발하지 않은 것은 다만 수구(首句)에 혼후(渾厚)함이 부족하다는 이유에서였을 뿐이다. 그러나 지름이 1척(尺)인 벽옥을 작은 하자로써 버린 것은 진정 부당하다"고 했다.

이빈 李頻

이빈(?-876), 자는 덕신(德新), 목주(睦州) 수창(壽昌) 사람. 이빈은 젊어서부터 영민하고 시문을 잘 지었는데, 당시 시명이 높은 급사중(給事中) 요합(姚合)을 천리 길로 찾아가서 자신의 시에 대한 평가를 구했다. 요합은 몹시 칭찬하고 이빈을 사위로 삼았다. 대중(大中) 8년에 진사에 합격하고, 비서랑(秘書郎)에 임명되었다. 건주자사(建州刺史)를 지냈다.

한강을 건너가다 渡漢江

嶺外音書絶　　　고개 너머의 소식 끊기고
經冬復歷春　　　겨울을 보내고 또 봄을 겪네
近鄕情更怯　　　고향 가까워지니 마음이 더욱 겁나서
不敢問來人　　　오는 사람에게 감히 묻지 못하네

우무릉(810-?), 경조(京兆: 섬서성 西安) 두곡(杜曲) 사람. 대중(大中) 연간에 진사에 합격했다. 일찍이 파촉(巴蜀)·상락(商洛)·오초(吳楚) 지역을 방랑했고, 만년에 숭산(嵩山) 남쪽에 은거했다. 오언시에 능했다. 『전당시』에 시집 1권이 있는데, 그 중 18수가 우업(于鄴)의 시와 겹친다. 어떤 이는 무릉의 본명이 업이라고 하기도 한다.

술을 권하다 勸酒

勸君金屈卮[1]	그대에게 금굴치를 권하며
滿酌不須辭	가득 따르니 부디 사양하지 마오
花發多風雨	꽃 피면 비바람이 많고
人生足別離	인생엔 별리가 많다오

주석 ❧

 1) 金屈卮(금굴치): 굽은 손잡이가 있는 금속으로 만든 술잔.

평설 ❧

● 『당시해』에 "술을 권하려고 하면서, 아래 두 일을 들어서 감동시켰다. 좋은 경치는 오래가기 어렵고, 좋은 모임은 여러 번 이룰 수 없으니, 술을 마땅히 사양하지 말라고 한 것이다. '花發' 1연은 『삼백편』에서 홍체(興體)가 된다. '足'은 '만(滿)'과 같은데, 백년 인생이 모두 이별이라는 것이다"라고 했다.

● 『당시훈해』에 "말은 완곡하고 의미가 길어서, 사람을 슬프고도 즐겁게 한다"고 했다.

● 『당시선맥회통평림』에 "이는 참으로 술을 권할 만한 것이다"라고 했다.

높은 누대 高樓

遠天明月出	먼 하늘에 밝은 달이 떠서
照此誰家樓	이곳 누구의 누대를 비추는가?
上有羅衣裳	위에 비단 의상이 있는데
涼風吹不休	서늘한 바람이 불기를 그치지 않네

평설 ᘓᕁ

● 『당시귀』에 "종성이 '「吹不秋」 3글자가 고형(孤逈)하다. 악본(惡本)에는 모두 「吹不秋」라고 했는데, 곧 통수(通首)가 삭연(索然)하다'고 했다"고 했다.

● 『당풍정』에 "'涼風吹不休'가 본래 바른 조(調)이다. 경릉본(竟陵本)에는 '吹不秋'라고 했는데, 의탁함이 기괴(奇怪)하다고 했다. 기괴하고 기괴하다!'고 했다.

● 『당현청아집』에 "단지 비흥(比興)으로 나아갔는데, 용의(用意)가 지극히 높다"고 했다.

피일휴 皮日休

피일 휴(834?-883?), 자는 일소(逸少)·습미(襲美), 자호는 녹문자(鹿門子)·간기포의(間氣布衣)·취음선생(醉吟先生), 양양(襄陽: 호북성 襄樊) 사람. 함통(咸通) 8년(867)에 진사에 합격했다. 소주자사(蘇州刺史) 최박(崔璞)이 그를 불러서 군사판관(軍事判官)에 임명했다. 육구몽(陸九蒙)과 교유하며 수창했다. 나중에 조정으로 들어가서 저작랑(著作郎)고 태상박사(太常博士)를 지냈다. 황소(黃巢)가 장안을 점령했을 때 피일휴를 한림학사(翰林學士)에 임명했는데, 황소가 패한 후 피살되었다.

서새산에서 어부의 집에 묵다 西塞山泊漁家[1]

白綸巾下髮如絲[2]	백륜건 아래 머리는 백발인데
靜倚楓根坐釣磯	조용히 단풍 뿌리에 기대고 낚시터에 앉아있네
中婦桑村挑葉去[3]	중간 며느리는 상촌으로 뽕잎을 따러 가고
小兒沙市買蓑歸[4]	어린 아이는 시장에서 도롱이를 사가지고 오네
雨來蓴菜流船滑	비가 오니 순채가 뱃전으로 흐르며 매끄럽고
春後鱸魚墜釣肥	봄이 되니 농어가 낚시터로 떨어지며 살쪄있네
西塞山前終日客	서새산 앞의 종일의 객은
隔波相羨盡依依[5]	물결 너머로 선망함이 온통 간절하네

주석 ∽

1) 西塞山(서새산): 호북성 대야현(大冶縣) 경내에 있음.

2) 白綸巾(백륜건): 푸른 실로 짠 두건.

3) 中婦(중부): 차자(次子)의 처.

4) 沙市(사시): 모래밭 가에 벌려진 시장.

5) 依依(의의): 연모함을 그치지 못하는 모양.

평설 ∽

- 『오조시선명집』에 "어가(漁家)의 즐거움을 말하지 않았으나, 즐거움이 그 안에 있다"고 했다.

- 『당시평선』에 "경쾌하고 좋음이 거의 구양수(歐陽修)와 매요신(梅堯臣)의 선구(先驅)이다. 그러나 풍골(風骨)의 건리(健利)함은 저들이 미칠 수

없다"고 했다.

한가한 저녁에 술이 깨다 閒夜酒醒

醒來山月高	술이 깨니 산달이 높은데
孤枕羣書裏	외로운 베개가 여러 서적들 속에 있네
酒渴漫思茶	술 마신 갈증에 마구 차가 생각나서
山童呼不起	산동을 불렀으나 일어나지 않네

평설

● 청나라 유굉후(劉宏煦)·이덕거(李惪擧)의 『당시진취편(唐詩眞趣編)』에 "자잘한 한가한 일을 시에 보였는데, 반드시 이처럼 풍취가 드날릴 것 같으면, 곧 남에게 완상하도록 하고, 버려두지 않게 할 것이다"고 했다.

육구몽(?-881?), 자는 노망(魯望), 자호는 천수자(天隨子), 소주(蘇州) 오(吳: 강소성 오현) 사람. 과거에 낙방하고, 호주(湖州)와 소주자사(蘇州刺史)를 지낸 장단(張搏)의 종사(從事)를 지냈다. 곧 송강(松江) 보리(甫里)에 은거하며, 피일휴(皮日休)와 친했는데, 세속에서 '피육(皮陸)'이라고 불렀다. 두 사람이 수창한 시집 『송릉창화집(松陵唱和集)』이 전한다.

백련 白蓮

素蘤多蒙別艷欺[1]　　흰 꽃이 다른 꽃들의 기만을 받음이 많은데
此花端合在瑤池[2]　　이 꽃은 마땅히 요지에 있어야 하리라
無情有恨何人覺　　무정하나 한이 있음을 누가 알 것인가?
月曉風淸欲墮時　　달 뜬 새벽의 바람 맑을 때에 지려고 하네

주석 ☙

1) 素蘤(소위): 흰 꽃. 別艷(별염): 다른 꽃.

2) 瑤池(요지): 전설 속의 서왕모(西王母)가 산다는 곤륜산(崑崙山)에 있다는 못.

평설 ☙

● 『동파지림』에 "시인에게는 사물(寫物)하는 공(功)이 있다. 뽕나무의 '沃
若'은 거의 다른 나무에다 이것을 적용시킬 수가 없다. 임포(林逋)의 '疏
影橫斜水淸淺, 暗香浮動月黃昏'은 결코 도리(桃李)시가 아니다. 피일휴
(皮日休: *육구몽의 잘못)의 〈백련〉시의 '無情有恨何人覺, 月曉風淸欲墮
時'는 결코 홍련(紅蓮)시가 아니다. 이런 것이 사물(寫物)하는 공(功)이
다. 석만경(石曼卿)의 〈홍매(紅梅)〉시에 '認桃無綠葉, 辨杏有靑枝'라고
했는데, 이는 지극히 비루한 말로서, 대개 산림학구체(山林學究體)이다"
라고 했다.

● 『당시선맥회통평림』에 "주정(周挺)이 '구상하여 붓을 대어서 곧장 말을
얻어냈다. 영물시 가운데 입신(入神)이다'라고 했다"고 했다.

● 『당시별재』에 "신(神)을 취한 작품이다"고 했다.

• 『당인절구정화』에 "이는 또한 백련을 빌려다가 회포를 읊은 것인데, 결구는 백련의 신운(神韻)을 얻었기 때문에, 전송(傳誦)하며 가구(佳句)라고 여긴다"고 했다.

나무꾼 樵子[1]

生自蒼崖邊[2]	푸른 산 옆에서 태어나서
能譜白雲養[3]	흰 구름 속 땔나무 터를 능히 아네
繞穿遠林去	곧 먼 수풀을 뚫고 가니
已在孤峰上	이미 외로운 봉우리 옆에 있네
薪和野花束	땔나무에 들꽃을 함께 묶고
步帶山詞唱	걸으면서 산 노래를 부르네
日暮不歸來	해 저무는데 돌아오지 않아서
柴扉有人望	사립문에 사람이 기다리고 있네

주석 ◟

1) 〈초인십영(樵人十詠)〉 중 1수임.

2) 蒼崖(창애): 창산(蒼山)과 같음.

3) 養(양): 원주에 "산가(山家)에서 땔나무를 키우는 곳을 양(養)이라고 한다"고 했음.

다인 茶人[1]

天賦識靈草[2]	천성이 영초를 알아서
自然鍾野姿[3]	자연히 소박한 모습이네
閒來北山下	한가히 북산 아래에 오니
似與東風期	봄바람과 기약이 있었던 듯하네
雨後探芳去	비온 후 향기로운 찻잎을 찾아가니
雲間幽路危	구름 사이에 깊은 길이 높네
唯應報春鳥[4]	다만 보춘조의 소리에 응하니
得共斯人知	모두가 이 사람을 아는 양하네

주석

1) 〈봉화습미다구십영(奉和襲美茶具十詠)〉 중의 1수.

2) 靈草(영초): 차나무를 말함.

3) 鍾(종): 모으다. 野姿(야자): 자연스럽고 질박한 자용(姿容).

4) 報春鳥(보춘조): 원주에 "고저산(顧渚山)에 보춘조가 있다"고 했음. 고저산은 절강성 장흥현(長興縣) 서북쪽에 있는데, 차산지로 유명함. 여기서 채취한 차를 고저춘(顧渚春)이라고 함.

평설

- 청나라 하작(何焯)의 『당삼체시평(唐三體詩評)』에 "차는 산의 궁벽한 곳에서 자생하는 것이 그 향과 맛이 특히 뛰어나다. 이 시는 차의 일에 깊지 않으면 도달할 수 없는 것이다"라고 했다.

섭이중, 자는 탄지(坦之), 하동(河東: 산서성 永濟) 사람. 하남(河南: 하
남성 洛陽)사람이라도 한다. 함통(咸通) 12년(871)에 진사에 합격하고,
화음현위(華陰縣尉)를 지냈다.

전가를 읊다 詠田家

二月賣新絲	이월에 새 비단실을 내다 팔고
五月糶新穀	오월에 새 곡식을 내다 파네
醫得眼前瘡	눈앞의 종기를 고치려고
剜却心頭肉[1]	심장 위의 살점을 깎아냈네
我願君王心	내 소원은 군왕의 마음이
化作光明燭	빛이 밝은 촛불로 변하여
不照綺羅筵	비단 자리는 비추지 말고
只照逃亡屋	다만 도망자의 집을 비춰주길 바라네

주석 ✐

1) 心頭肉(심두육): 심장(心臟) 위의 살.

평설 ✐

● 『지봉유설』에 "섭이중의 〈상전가(傷田家)〉시에 '二月賣新絲, 五月糶新
穀'라고 했는데, 해설자가 이월에는 새 비단실이 나오지 않으므로 마땅
히 사월로 지어야 한다고 했다. 『패사(稗史)』를 살펴보니, '이는 대개 비
단실이 나오지 않고, 곡식이 여물지 않았을 때, 빈민들이 미리 채부(債
負)를 빌려서 이미 선매(先賣)한 것을 말했을 뿐이다. 곧 속담에 「인년
(寅年)에 묘년(卯年)의 양식을 먹어치웠다」고 한 의미이다. 만약 비단실
이 나오고, 곡식이 여물 때 팔았다면, 곧 상리(常理)인데 어찌 빈민의 극
한 상황을 보일 수 있겠는가?'라고 했다. 이 설이 옳은 듯하다. 육선공
(陸宣公)의 글에 '잠사(蠶事)가 막 시작될 때, 이미 겸세(縑稅)를 거두고,

농공(農功)을 수확하지 않았는데 갑자기 곡조(穀租)를 거둔다'고 한 것이 이것이다"고 했다.

- 『자치통감(資治通鑑)』에 "임금(後唐 明宗)이 또 풍도(馮道)에게 묻기를 '올해는 풍년이 들었는데, 백성들은 풍족한가?'라고 했다. 풍도가 '농가에서는 흉년이면 떠돌다 굶주려 죽고, 풍년이면 낮은 곡식 값에 손상됩니다. 풍년과 흉년에 모두 병든 자는 오직 농가만이 그러합니다. 신(臣)은 진사 섭이중의 시를 기억하고 있는데, 「二月賣新絲, 五月糶新穀……」라고 했습니다. 말은 비록 비리하지만, 농가의 정황을 곡진히 표현했습니다. 농가가 4인 가운데 가장 근고(勤苦)함을 임금께서는 알지 않으면 안 됩니다. 임금이 기뻐하며, 좌우에게 그 시를 적어서 항상 풍송(諷誦)하도록 했다"고 했다.

- 『오조시선명집』에 "난숙(爛熟)하여 깎아내 버릴 수가 없다"고 했다.

공자가 公子家

種花滿西園	꽃을 심어 서원에 가득한데
花發青樓道[1]	청루 가는 길에도 꽃이 피었네
花下一禾生	꽃 아래 벼가 한 포기 돋아났는데
去之爲惡草	잡초라고 뽑아내 버리네

주석

1) 靑樓(청루): 기원(妓院).

평설 ◡

* 『당시절구정화』에 "이는 부호가 자제의 무지를 나무란 것이다"라고 했다.

한악(844-923), 자는 치요(致堯), 경조(京兆) 만년(萬年: 섬서성 西安市)
사람. 용기(龍紀) 원년(889)에 진사에 합격했다. 한림학사(翰林學士)·중
서사인(中書舍人)·병부시랑(兵部侍郎) 등을 역임했는데, 주전충(朱全忠)
에게 아부하지 않아서 복주사마(濮州司馬)로 좌천되고, 다시 영의위(榮懿
尉)로 좌천되었다가 등주사마(鄧州司馬)로 옮겼다. 천우(天祐) 2년(905)
에 원래의 관직에 복직되었는데, 부임하지 않고 남쪽으로 가서 왕심지(王
審知)에게 의탁해 있다가 죽었다.

『사고전서총목』에 "그 시는 비록 풍기(風氣)에 구속되어 혼후함이 전인
에 미치지 못하지만, 충분(忠憤)한 기(氣)가 때때로 언외에서 넘친다. 성
정(性情)이 본래 굳어서, 풍골(風骨)이 스스로 뒤따랐다. 강개격앙(慷慨
激昂)함이 당시의 미미(靡靡)한 소리와는 달랐다. 만당에서 또한 문필의
명봉(鳴鳳)이라 할 수 있다. 변풍(變風)과 변아(變雅)를 성인(聖人)도 버
리지 않았는데, 또한 하필 하나의 격으로써 묶어둘 수 있겠는가?"라고
했다.

유월 십칠 일, 부름을 받고 독대했는데, 진시에서 갑시에 이
르러서야 비로소 본원으로 돌아왔다 六月十七日, 召對自辰
及申, 方歸本院[1]

清暑簾開散異香[2]	청서에서 주렴 여니 기이한 향기 흩어지고
恩深咫尺對龍章[3]	은총 깊어 지척에서 용장을 대했네
花應洞裏常時發[4]	꽃들은 동리에 응하여 항상 피어있고
日向壺中特地長[5]	날은 호중을 행해 특별히 기네
坐久忽疑槎犯斗[6]	오래 앉으니 문득 뗏목이 두성을 범했나 싶고
歸來兼恐海生桑	돌아오니 바다가 뽕밭이 되었나 싶네
如今冷笑東方朔[7]	지금 동방삭을 차갑게 비웃으니
唯用詼諧侍漢皇	다만 해학으로만 한나라 황제를 모셨을 뿐이네

주석

1) 소종(昭宗) 천복(天復) 원년(901) 6월에 한악은 한림학사에 임명되었는데, 정
   묘(17일)에 황제의 부름을 받고 오랜 시간 동안 독대하다가 돌아와서 지은
   작품임.

2) 清暑(청서): 청한(淸閑)한 관서(官署). 한림학사원(翰林學士院)을 말함.

3) 龍章(용장): 용곤(龍袞). 용의 문양이 그려진 옷. 황제를 말함.

4) 洞裏(동리): 동천(洞天). 도교에서 말하는 선경(仙境). 여기서는 황제의 거처
   를 말함.

5) 壺中(호중): 전설에 적선(謫仙) 호공(壺公)이 시장에서 약을 팔았는데 항상
   빈병을 매달아 놓고 있다가, 시장이 파하면 그 병 속으로 들어갔다고 함. 그
   병속은 곧 선경(仙境)이었다고 함. 特地(특지): 특별(特別).

6) 전설에 황하와 은하수가 연결되어 있던 시절에 어떤 사람이 뗏목을 타고 견

우성을 방문했다고 함.

7) 東方朔(동방삭): 한(漢)나라 때 평운(平原) 염차(厭次) 사람. 자는 만천(曼
  倩). 한무제(漢武帝)의 문학시종(文學侍從)의 신하였음. 해학적인 말로 황제
  에게 풍간(諷諫)하였음.

중추에 금중에서 당직하며 中秋禁直[1]

星斗疎明禁漏殘	별빛 희미하게 밝고 궁전의 물시계 다했는데
紫泥封後獨憑闌[2]	붉은 인주로 문서 봉한 후 홀로 난간에 기대었네
露和玉屑金盤冷[3]	이슬은 옥가루 띠고 금반에서 차갑고
月射珠光貝闕寒[4]	달빛은 진주 빛을 쏘며 패궐에서 차갑네
天襯樓臺籠苑外	하늘은 누대 가까이 상원 밖을 감싸고
風吹歌管下雲端	바람은 노랫가락 불며 구름 끝으로 내려오네
長卿祇爲長門賦[5]	장경은 다만 <장문부>만 짓고
未識君臣際會難	임금과 신하가 만나기 어려움을 몰랐네

주석

1) 禁直(금직): 금중(禁中)에서 당직(當直)을 서는 것.

2) 紫泥(자니): 붉은 인주. 중요 문서는 자니로 봉했음. 闌(난): 난(欄)과 같음.
  난간.

3) 金盤(금반): 한(漢)나라 때 통천대(通天臺) 위에 올려놓았던 이슬 받는 승로
  반(承露盤).

4) 貝闕(패궐): 전설 속 하백(河伯)이 거주한다는 궁전. 『楚辭·九歌·河伯』에

서 "魚鱗屋兮龍堂, 紫貝宮兮珠宮"이라 했음.

5) 長卿(장경): 사마상여(司馬相如)의 자(字). 長門賦(장문부): 한(漢)나라 효무
   황제(孝武皇帝)의 진황후(陳皇后)가 질투가 심하여 따로 장문궁(長門宮)에서
   거처하게 했는데, 성도(成都)의 사마상여가 천하에서 글을 잘 짓는다는 말을
   듣고 황금 천근으로 〈장문부〉를 짓게 하여 다시 황제의 총애를 얻었다고 함.

상원 안 苑中

上苑離宮處處迷[1]	상원엔 별궁이 곳곳에 퍼져 있고
相風高與露盤齊[2]	상풍오는 높이 승로반과 나란하네
金階鑄出狻猊立[3]	금 계단엔 주조한 산예가 서 있고
玉樹雕成狒狘啼[4]	옥 나무엔 조각한 비출이 우네
外使調鷹初得按[5]	외안사는 매를 조련하여 처음으로 사냥하고
中官過馬不敎嘶	중관은 과마를 울지 못하게 하네
笙歌錦繡雲霄裏	생가가락은 비단 수의 은하수 속에 있고
獨許詞臣醉似泥	다만 사신에게만 만취하도록 허락하네

주석

1) 上苑(상원): 어원(御苑). 離宮(이궁): 황제의 정궁(正宮) 이외의 임시로 거주
   하는 궁실.

2) 相風(상풍): 상풍오(相風烏). 바람을 측량하는 기계. 구리로 만들어서 상풍동
   오(相風銅烏)라고 하는데, 장안(長安) 궁전 남쪽에 있는 영대(靈臺) 위에 있
   었음.

3) 狻猊(산예): 사자(獅子).

4) 狒狖(비출): 원주에 일작 역비(秜狒), 일작 비취(翡翠)라고 했음.

5) 外使(외사): 외안사(外按使). 겨울철에 개와 매를 훈련시켜 사냥하게 하는 관리. 조련한 매가 사냥감을 포획하는 것을 득안(得按)이라고 함.

6) 中官(중관): 환관(宦官). 過馬(과마): 황제가 타는 기마(騎馬).

옛 도성 故都[1]

故都遙想草萋萋	옛 도성을 멀리서 상상하니 풀만 우거졌겠고
上帝深疑亦自迷[2]	상제의 깊은 의심은 또한 스스로 미혹하리라
塞雁已侵池籞宿[3]	변새 기러기는 이미 못 울타리를 침범해 머물고
宮鴉猶戀女牆啼[4]	궁전 까마귀는 오히려 성가퀴를 연모해 울리라
天涯烈士空垂涕	하늘 끝의 열사가 공연히 눈물 흘리니
地下强魂必噬臍[5]	지하의 강혼도 반드시 후회하리라
掩鼻計成終不覺[6]	엄비의 계책이 이루어져도 끝내 깨닫지 못하고
馮驩無路斅鳴鷄[7]	풍환은 닭 울음을 흉내 낼 길이 없네

주석 ⌇

1) 故都(고도): 당나라 도성 장안(長安)을 말함. 소종(昭宗) 천우(天佑) 원년(904)에 주전충(朱全忠)은 낙양(洛陽)으로 강제로 천도한 후 동년 8월에 소종을 시해했다. 그리고 천우 4년에 마침내 당나라를 찬탈했다. 이 작품은 천우 3년(906)에 지은 것인데, 이때 한악은 복건(福建)에 있었음.

2) 上帝(상제): 천제(天帝).

3) 池籞(지어): 못가에 사람의 왕래를 막기 위해 대나무를 잘라 울타리를 친 것.

4) 女牆(여장): 성가퀴. 궁 안의 낮은 담장.

5) 地下强魂(지하강혼): 소종 때의 재상 최윤(崔胤)을 말함. 주전충의 세력을 조정으로 끌어들여 환관들을 제거하려했다가 도리어 주전충에게 살해당했음. 噬臍(서제): 배꼽을 물려 해도 미치지 못한다는 의미로 후회막급을 말함.

6) 掩鼻計成(엄비계성): 코를 가리게 한 계책. 『한비자(韓非子)・내저설(內儲說)』에 "위왕(魏王)이 형왕(荊王)에게 미인을 보냈는데, 형왕이 그녀를 몹시 사랑했다. 부인 정수(鄭袖)가 새사람에게 말하기를 '왕이 몹시 그대를 사랑하는데, 그러나 그대의 코를 싫어한다. 그대가 왕을 보면 항상 코를 가린다면 왕이 오라토록 그대를 좋아할 것이다'라고 했다. 새사람이 그말을 따랐다. 왕이 부인에게 묻기를 '새사람이 과인을 보면 항상 코를 가리는데, 무슨 까닭인가?'라고 하자, 대답하기를 '항상 말하기를 왕의 냄새가 고약하다고 합니다'라고 했다. 왕이 노하여 그 코를 베어버렸다"라고 했다. 여기서는 주전충이 당나라를 교묘하게 탈취한 것을 말함.

7) 馮驩(풍환): 풍훤(馮諼)을 말함. 전국시대 맹상군(孟嘗君)의 식객(食客). 鳴鷄(명계): 계명구도(鷄鳴狗盜)를 말함.

평설 ⌇

● 『영규율수』에 "이는 소종(昭宗)을 위해서 지은 것이다. 제6구가 아름답다"고 했다.

안빈 安貧[1]

手風慵展八行書[2]　　수전증으로 게을리 팔행서를 펼쳐놓고

眼暗休尋九局圖[3]　　눈 어두워 구극도를 살피지 못하네
窗裏日光飛野馬[4]　　창안의 햇살에 아지랑이 날고
案頭筠管長蒲盧[5]　　책상머리 붓 대롱엔 나나니벌이 오래 있네
謀身拙爲安蛇足[6]　　일신의 계책에는 졸렬하게 사족을 편히 여기고
報國危曾捋虎鬚[7]　　보국에는 위태롭게 일찍이 범 수염을 뽑았네
擧世可能無默識　　온 세상이 속으로 알지 못할 수가 있겠는가?
未知誰擬試齊竽[8]　　누가 제우를 시험해 볼지는 알 수가 없네

주석 ☙

1) 후량(後梁) 태조(太祖: 朱全忠) 건화(建化) 2년(912)에 지은 작품임. 왕정보
(王定保)의 『唐摭言』에 "한악이 천복(天復) 초에 한림(翰林)에 들어갔는데,
그 해 겨울 거가(車駕)가 봉삭부(鳳朔府)로 행차했다. 악에게 호종의 공이 있
었는데, 반정(反正) 초에 황제가 면전에서 악에게 상(相)이 되도록 허락했다.
아뢰기를 '폐하의 운은 중흥(中興)에 합치함으로, 마땅히 중덕(重德)을 기용
하여 풍속을 누르셔야 할 것입니다. 신의 좌주(座主) 우복야(右僕邪) 조숭(趙
崇)이 폐하를 보좌할 수 있습니다. 바라건대 신에 대한 명을 숭에게 제수하
신다면 천하가 몹시 다행일 것입니다'라고 했다. 황제가 기뻐하며 탄복했다.
다음날 숭과 병부시랑 왕찬(王贊)을 상으로 임명했다. 이때 양태조(주전충)
가 달려 들어와서 황제 앞에서 알현을 청하고, 두 사람의 장단점을 상세히
말했다. 황제가 '조숭은 악이 추천했다'고 했다. 이때 악이 옆에 있었는데, 양
왕이 그를 꾸짖었다. 악이 아뢰기를 '신은 감히 대신과 언쟁할 수 없습니다'
라고 했다. 황제가 '한악은 나가라'고 했다. 곧 민(閩)으로 적관(謫官)시켰다.
그래서 한악의 시에 '手風慵展一行書' 운운한 것이다. 이로 보면 이 시는 민
으로 들어간 후의 작품이다. 범의 수염을 뽑았다는 것은 조숭과 왕찬을 추천
하여 주전충의 분노를 산 것을 지적한 것이다"라고 했다.

2) 手風(수풍): 수전증(手癲症). 八行書(팔행서): 신차(信箚)를 말함. 당시 신전

(信箋)은 머 혈(頁: 종이면)이 8행이고, 매 행은 7자였음.

3) 九局圖(구국도): 기보(棋譜).

4) 野馬(야마): 아지랑이.

5) 筠管(균관): 붓 대롱. 蒲盧(포로): 나나니벌. 허리가 가는 벌로 대롱이나 기둥의 구멍 등에 벌레를 잡아다가 넣고 그 벌레의 몸 안에 알을 낳은 후 진흙으로 입구를 봉하는 생태를 가졌음.

6) 蛇足(사족): 쓸모없는 일 등을 말함.

7) 捋虎鬚(날호수): 조숭(趙崇)을 재상으로 추천하여 주전충의 분노를 산 일을 말함.

8) 齊竽(제우): 『韓非子·內儲說』에 "제(齊)나라 선왕(宣王)이 사람들에게 우(竽)를 불게 했는데, 반드시 3백 명으로 했다. 남곽처사(南郭處士)가 왕을 위하여 우를 불기를 청했다. 왕이 기뻐하고 늠식(廩食)을 수백 인으로 했다. 선왕이 죽자, 혼왕(湣王)이 즉위했는데 일일이 듣기를 좋아했다. 처사가 도망쳤다"고 했다.

평설

• 『영규율수』에 "최윤(崔胤)과 주전충(朱全忠)이 표리가 되어 나라를 어지럽히는 때를 당하여, 홀로 신하의 절개를 지키면서 변절하지 않고, 차라리 재상이 되지 않을망정, 한림에서 봉록 없이 있겠다고 했다. 마침내 주전충을 거슬러서 복조사마(濮州司馬)로 쫓겨났다. 사적이 본전(本傳)에 보인다. 이른바 '報國危曾捋虎鬚'은 헛말이 아니다. 왕형공(王荊公: 王安石)이 당시를 선발할 때 많이 취했다. 시율(詩律)이 정확하다"고 했다.

꽃잎을 애석해하다 惜花

皺白離情高處切[1]　시든 꽃잎의 이별의 정은 높은 곳에서 절절하여
膩香愁態靜中深　짙은 향기의 수심 어린 자태가 고요함 속에 깊네
眼隨片片沿流去　시선은 꽃잎을 좇아 물결 따라 흘러가고
恨滿枝枝被雨淋　한이 가지마다 가득한데 장맛비를 맞네
總得苔遮猶慰意　모두 이끼로 떨어지면 오히려 위로가 되겠지만
若敎泥汚更傷心　더러운 진흙에 떨어지면 더욱 상심하리라
臨軒一酸悲春酒　창가의 한 잔 술은 봄을 슬퍼하는 술인데
明日池塘是綠陰　내일 지당엔 녹음이 짙으리라

주석 ☙

1) 皺白(추백): 시든 꽃잎을 말함.

평설 ☙

● 『대상야어』에 "한악의 〈낙화〉시 '總得苔遮猶慰意, 若敎泥汚更傷心'은 몹시 약하다. 노두(老杜)의 '縱敎醉裏風吹盡, 可待醒時雨打稀'는 한악의 무리와의 거리가 멀다. 왕건(王建) 또한 '且願風流着, 唯愁日炙鎖'라고 했는데, 한악과 상하가 된다"라고 했다.

● 『당송시거요』에 "오(吳)가 '망국(亡國)의 한(恨)이다'라고 했다"고 했다.

난리 후 봄날에 들판 연못을 지나가다 亂後春日途經野塘

世亂他鄕見落梅　　세상의 난리 후 타향에서 떨어진 매화를 보고
野塘晴暖獨裵回　　들판 연못이 맑고 따뜻하여 홀로 배회하네
船衝水鳥飛還住　　배가 물새에 부딪히니 날았다가 다시 앉고
袖拂楊花去却來　　소매가 버들꽃을 치니 갔다가 다시 오네
季重舊遊多喪逝[1]　계중의 옛 벗들은 죽어 떠난 이가 많고
子山新賦極悲哀[2]　자산이 새로 지은 부는 너무 슬프네
眼看朝市成陵谷　　조정과 시장이 언덕과 골짜기가 됨을 보니
始信昆明是劫灰[3]　비로소 곤명지가 겁회임을 알겠네

주석 ◌

1) 季重(계중): 삼국 위(魏)나라 오질(吳質)의 자(字). 『삼국지(三國志)·위지(魏志)』에서 "오질(吳質)이 말하기를 '지난 해 질역(疾疫)에서 친고(親故)들이 그 재앙에 걸리어, 서간(徐幹)·진림(陳琳)·응창(應瑒)·유정(劉楨)이 일시에 모두 세상을 떠났습니다'라고 했다"고 했음.

2) 子山新賦(자산신부): 북주(北周) 유신(庾信)의 〈애강남부(哀江南賦)〉를 말함. 자산은 유신의 자. 〈애강남부〉의 서문에 "위고(危苦)의 말이 없지는 않지만, 다만 비애(悲哀)를 위주로 했다"고 했음.

3) 『수신기(搜神記)』에 "한무제(漢武帝)가 곤명지(昆明池)를 팠는데 매우 깊이 파니, 모두가 회묵(灰墨)이었고 다시 흙이 없었다. 동방삭(東方朔)에게 물어보니, 삭이 말하기를 '신은 어리석어 그것을 알 수가 없습니다. 시험 삼아 서역인(西域人)에게 물어보십시오'라고 했다. 나중에 한나라 명제(明帝) 때 서역의 도인(道人)이 낙양(洛陽)으로 들어왔는데, 마침 삭의 말을 기억하고 있는 이가 있어서 무제 때의 회묵에 대해 물어보았다. 도인이 말하기를 '경(經)에서 이르기를, 천지가 장차 다하려 할 때 겁소(劫燒)가 일어났다고 했습니

다. 이것은 겹소가 남은 것입니다'라고 했다"고 했음.

평설 ◡◠

● 『영규율수』에 "오질(吳質) 계중(季重)은 조조(曹操)에게 피살되었는데, 치요(致堯)의 친구들도 주전충에게 피살된 사람이 있었다. 유신(庾信) 자산(子山)이 부(賦)를 지은 일을 끌어왔는데, 지극한 비애(悲哀)라고 하겠다"고 했다.

마대, 자는 우신(虞臣). 회창(會昌) 4년에 진사에 합격했다. 선종(宣宗) 대중(大中) 초에 태원(太原) 이사공(李司空)의 장서기(掌書記)가 되었는데, 직언을 하였다가 용양위(龍陽尉)로 쫓겨났다. 의종(懿宗) 함통(咸通) 말에 대동군막(大同軍幕)을 보좌했고, 태학박사(太學博士)로 관직을 마쳤다.

엄우(嚴羽)의 『창랑시화(滄浪詩話)』에 "마대는 만당(晚唐)의 여러 사람들의 위에 있다"라고 했다.

지는 해를 슬프게 바라보다 落日悵望

孤雲與歸鳥	외로운 구름과 돌아가는 새는
千里片時間	천 리 끝의 한순간에 있네
念我何滯留	나는 어찌 체류하고 있는가?
辭家久未還	집을 떠나 오랫동안 돌아가지 못했네
微陽下喬木	여린 햇살은 높은 나무로 내려오고
遠燒入秋山	먼 곳의 들불은 가을 산으로 들어가네
臨水不敢照	물에 임하여도 감히 비춰보지 못하니
恐驚平昔顔	예전의 얼굴을 놀라게 할까 두렵네

평설 ෬

● 『영규율수』에 "시화(詩話)에서 '微陽下喬木, 遠燒入秋山'은 일실일허(一實一虛)로서 체(體)가 첩구(貼句)인 듯하다고 했다. 지금 마대의 시집을 살펴보니, 곧 그렇지 않다. 다만 이 10자와 같은 것은 스스로 좋다"고 했다.

● 『당시귀』에 "종성(鍾惺)이 '혈연(孑然)히 고랑(高朗)하고, 기(氣) 또한 완벽하다"고 했다.

● 『오조시선명집』에 "반은 율시 같고, 반은 고시 같은데, 고시로써 율시를 지었는데, 율조(律調)가 더욱 높다"고 했다.

● 『당시별재』에 "의(意)와 격(格)이 모두 좋은데, 만당 중에서 헌학(軒鶴)이 난새의 무리에 서있는 듯하다고 하겠다"라고 했다.

초강에서 회고하다 楚江懷古[1]

露氣寒光集	이슬기운과 찬 빛이 모이고
微陽下楚丘[2]	여린 햇살이 초구로 내려오네
猨啼洞庭樹	원숭이울음은 동정호 나무에 있고
人在木蘭舟	사람은 목란주에 있네
廣澤生明月	넓은 늪은 밝은 달을 낳고
蒼山夾亂流	푸른 산은 난류를 끼고 있네
雲中君不降[3]	운중군이 내려오지 않아서
竟夕自悲秋	석양 내내 스스로 가을을 슬퍼하네

주석

1) 원래 3수임.

2) 楚丘(초구): 초산(楚山). 초(楚) 지역의 산.

3) 雲中君(운중군): 『초사(楚辭)·구가(九歌)·운중군』의 홍경선(洪慶善)의 보
   주에 "운신(雲神) 풍융(豊隆)이다"라고 했음.

평설

● 『승암시화』에 "마대의 〈계문회고(薊門懷古)〉는 몹시 고조(古調)가 있다.
'猨啼洞庭樹, 人在木蘭舟'는 비록 유오흥(柳吳興: 柳惲)일지라도 넘을 수
가 없다. 만당에 이런 시가 있으니, 또한 희성(希聲)이다!"라고 했다.

● 『시수』에 "만당의 '猨啼洞庭樹, 人在木蘭舟'와 송인(宋人)의 '雨砌墜危芳,
風軒納絮綿'은 모두 구격(句格)이 육조에 가깝다"고 했다.

- 『당시평선』에 "신정(神情)의 광기(光氣)가 어찌 왕자안(王子安: 王勃)과 다른가? 참으로 고정례(高廷禮)의 무리가 알 바가 아니다. '廣澤生明月'을 '乾坤日夜浮'와 비교해보면, 무엇이 정(正)이고 무엇이 변(變)인지, 무엇이 아(雅)이고 무엇이 속(俗)인지를 반드시 깨닫게 될 것이다. '雲中君不降'은 일직선으로 내려와 말했는데, 곡절을 이미 다 한 것이다. 붓 밖에 먹의 기운이 있다고 하겠으니, 기절(奇絶)하다"고 했다.

- 『오조시선명집』에 "우신(虞臣)의 중간 두 연을 읽어보면, 찬탄으로는 부족하여, 다만 사람을 고개 숙여 예를 표하게 만든다. 나는 이동(李洞)이 낭선(浪仙: 賈島)을 주조했던 것처럼 하고 싶다"고 했다.

- 『어양시화』에 "일찍이 황보소현(皇甫小玄)과 백천(百泉) 형제가 시를 논하였는데, 오언으로 '猨啼洞庭樹, 人在木蘭舟'를 지극한 법이라 했다"고 했다.

- 『당시성법』에 "3·4구는 왕어양(王漁洋: 王士禎)이 시의 극치(極致)라고 했다. 5·6구에서는 '夢澤'과 '巫山'이라고 지어야 비로소 적절한데, 다만 '楚丘'와 '洞庭'과 더불어 지명이 너무 많기 때문에 '廣澤'과 '蒼山'이라고 혼용하여 썼을 뿐이다. 의론이 적절하지 못하다고 하는 사람이 있는데 그렇지 않다"고 했다.

파상의 가을 거처 灞上秋居[1]

灞原風雨定	파원에 비바람 그치니
晚見鴈行頻	저녁에 기러기 행렬이 빈번함을 보네
落葉他鄉樹	낙엽은 타향의 나무에서 떨어지고

寒燈獨夜人　　　찬 등불은 외로운 밤의 사람을 비추네
空園白露滴　　　빈 동원엔 흰 이슬 맺히고
孤壁野僧隣　　　외로운 벽엔 시골 승려가 이웃하네
醉臥郊扉久　　　교외의 사립문에 취해 누운 지 오래인데
何年致此身[2]　　어느 때나 이 몸을 바칠 수가 있나?

주석

1) **灞上**(파상): 섬서성 서안시(西安市) 동쪽. 파수(灞水)가 서쪽 고원(高原) 위로
   흐르기 때문에 파상이라고 함.

2) 『논어·학이(學而)』에 "子夏曰: 事君能致其身"이라고 했음.

평설

● 『시원변체』에 "말이 가도(賈島)에게서 나왔다"고 했다.

최도, 자는 예산(禮山), 강남(江南) 사람. 광계(光啓) 4년에 진사에 급제
했다.

제야에 감회가 있어서 除夜有感

迢遞三巴路[1]	아득한 삼파 길
羈危萬里身	여행길 위험한 만 리의 신세
亂山殘雪夜	험한 산 잔설의 밤
孤燭異鄕人	외로운 촛불 아래 타향사람이 있네
漸與骨肉遠	점차 친척들과 멀어질수록
轉於奴僕親	더욱 노복들과 친해지네
那堪正飄泊	이처럼 떠돎을 어찌 감당하랴?
來日歲華新	내일이면 세월이 새로워지네

주석 ♋

1) 三巴(삼파): 파군(巴郡)·파동(巴東)·파서(巴西)의 합칭. 사천성 가릉강(嘉陵江)과 기강(綦江) 유역의 동쪽 지역.

평설 ♋

● 『승암시화』에 "최도의 〈여중(旅中)〉시의 '漸與骨肉遠, 轉於奴僕親'은 시가 활기 있다고 지극히 칭찬된다. 그런데 왕유의 〈정주(鄭州)〉시의 '他鄕絶儔侶, 孤客親僮僕'에서 이미 말한 것이다. 다만 왕유의 말은 혼함(渾含)하여 최도보다 낫다"고 했다.

● 『비점당음』에 "전혀 자안(字眼)이 없는데, 스스로 공치(工致)하다. 한 글자도 바꿀 수 없다"라고 했다.

● 『오조시선명집』에 "여행의 정황이 이처럼 진실하니, 참으로 지극한 글이

다"라고 했다.

- 『위로시화』에 "최도의 〈제야유감〉은 괴로운 정과 괴로운 처지를 다 말
했다"고 했다.

오융 吳融

오융(?-903), 자는 자화(子華), 조주(趙州) 산음(山陰) 사람. 용기(龍紀) 원년에 진사에 급제했다. 위소도(韋昭度)가 촉(蜀)을 토벌할 때 장서기 (掌書記)로 삼았다. 시어사(侍御史)를 지내고, 나중에 예부낭중(禮部郞中)에서 한림학사(翰林學士)가 되었다. 중서사인(中書舍人)을 지내고 호부시랑(戶部侍郞)에 올랐다. 소종(昭宗)이 봉삭(鳳朔)으로 피난할 때 호종하지 못하여 지방으로 떠나갔다가, 곧 소환되어 한림승지(翰林承旨)를 지냈다.

금교에서 시사에 감회가 있어서 金橋感事[1]

太行和雪疊晴空[2] 태행산은 눈 쌓여 맑은 하늘에서 높고
二月郊原尚朔風 이월 교외의 들엔 여전히 삭풍이 부네
飮馬早聞臨渭北 말에 물 먹이려 위북에 임했다고 이미 들었는데
射鵰今欲過關東 매를 쏘려고 지금 관동을 넘으려고 하네
百年徒有伊川嘆[3] 백년에 다만 이천에서의 탄식이 있었고
五利寧無魏絳功[4] 오리에 어찌 위강의 공이 없겠는가?
日暮長亭政愁絶 해지는 장정에서 진정 근심하는데
悲笳一曲戍煙中 슬픈 호각의 한 곡조가 수루의 안개 속에 있네

주석 ⌒

1) 金橋(금교): 하동도(河東道) 노주(潞州) 상당현(上黨縣) 남쪽 2리에 있음. 이 시는 이극용(李克用)이 당나라에 반역한 사건을 다룬 것임. 이극용(856-908)은 당나라 말 서돌궐(西突厥)의 사타부(沙陀部) 사람으로 대순(大順) 원년에 형주(邢州)·낙주(落州)·자주(磁州) 등을 점거했음. 장준(張濬)이 관군을 이끌고 음지(陰地)에서 맞아 싸웠는데, 세 번이나 패전했음. 이극용은 이에 하중(河中)까지 쳐들어왔음.

2) 太行(태행): 산 이름. 산서성 고원(高原)과 하북성 평원(平原) 사이에 있음.

3) 『좌전(左傳)·희(僖)22년』에 "신유(辛有)가 이천(伊川)에 가서 피발(披髮)하고 들에서 제사지내는 사람을 보고 말하기를 '백년이 안 되었는데, 이것이 그 융(戎)이던가? 그 예(禮)가 먼저 망했구나'라고 했다"고 했음.

4) 『좌전·양(襄)5년』에 "위강(魏絳)이 말하기를 '융(戎)과 화해하면 다섯 가지 이익이 있습니다'라고 했다"고 했음.

● 『영규율수』에 "오융은 한악(韓偓)과 동 시대이다. 전쟁 속에서 개탄했는데, 시율이 정절(精切)하고 모두 용사(用事)를 잘 했다. 이것의 중간 4구는 은미하게 드러냈다"고 했다.

우연히 적다 偶題

賤子曾塵國士知[1]	천한 자가 일찍이 욕되게도 국사의 대우를 받아
登門倒屣憶當時[2]	등룡문에서 신발 거꾸로 신던 당시를 추억하네
西州酌盡看花酒	서주에선 꽃구경 술잔을 다 들이키고
東閣編成詠雪詩	동각에선 눈을 읊은 시를 지었었네
莫道精靈無伯有[3]	정령에겐 백유가 없다고 말하지 마오
尋聞任俠報袁絲[4]	곧 임협이 원사에게 보답했다는 소식을 들으리라
烏衣舊宅猶能認[5]	오의항의 옛 집을 아직 알아볼 수 있으니
粉竹金松一兩枝	분죽과 금송 한두 가지가 남아있네

주석 ᑕᕙ

1) 國士(국사): 국사를 담당할 만한 인재.

2) 登門(등문): 등용문(登龍門). 한(漢)나라 이응(李膺)은 고상한 인사였는데, 사람들이 그의 접대를 받으면, 등용문이라고 했다고 함. **倒屣(도사)**: 신발을 거꾸로 신고 반갑게 맞이해 주는 것. 위(魏)나라 채옹(蔡邕)은 재학이 높아서 많은 사람들이 교유하고자 그의 문전을 메웠는데, 나이 어린 왕찬(王粲)이 문 앞에 있다는 전갈을 받고 신발을 거꾸로 신고 달려가서 그를 맞이하며 '이 사람은

왕공의 손자이다. 빼어난 재사로서 나는 미칠 수가 없다'고 했다고 함.

3) 伯有(백유): 춘추시대 정(鄭)나라 대부(大夫) 양소(良霄)의 자. 귀족 사대(駟帶)와 정권을 다투다가 양사(羊肆)에서 피살되었음. 전설에 죽은 후에 여귀(厲鬼)가 되어 재앙을 일으켰다고 함.

4) 袁絲(원사): 한(漢)나라 원앙(袁盎). 사(絲)는 그의 자(字). 일찍이 오(吳)의 상(相)을 지낼 때, 그의 종사(從史)가 원앙의 시아(侍兒)와 몰래 사통했는데, 원앙은 알고도 모른 척하고 예전처럼 대우해 주었다. 종사가 사실을 알고 도망쳤는데, 원앙이 몸소 좇아가서 그에게 시아를 내려주었다. 나중에 원앙이 오(吳)에서 갇히게 되었을 때 예전의 종사가 밤중에 탈출시켜 주었다고 함.

5) 烏衣(오의): 지금의 강남동로(江南東路) 건강부(建康府: 지금의 南京市) 진회(秦淮) 남쪽의 거리 이름. 주작교(朱雀橋)와 멀지 않음.

평설 ⌇

● 『영규율수』에 "이는 곧 감은(感恩)의 말이다. 반드시 어떤 사람이 주온(朱溫)의 무리에게 피살되었는데, 보복할 사람이 없는 것을 말한 것이다"라고 했다.

나은 羅隱

나은(833-902), 자는 소간(昭諫), 여항(餘杭) 사람. 본명은 횡(橫)인데
열 번이나 과거에 응시했으나 합격하지 못하여 개명하였다. 호남(湖
南)·회(淮)·윤(潤) 등에 종사(從事)하였으나 뜻에 맞지 않아서 전류(錢
鏐)로 돌아가 살았다. 전당령(錢塘令)을 지내고, 진해군장서기(鎭海軍掌
書記)·절도판관(節度判官)·염철발운부사(鹽鐵發運副使)·저작좌랑(著
作佐郎)·진수사훈랑(奏授司勳郎) 등을 지냈다. 주전충(朱全忠)이 간의
대부(諫議大夫)로 불렀으나 가지 않았다. 나소의(羅紹威)가 급사중(給事
中)으로 추천해주었다. 나이 77세에 죽었다.
나은은 젊어서부터 총민(聰敏)하였으나 뜻을 얻지 못하여 그의 시는 풍
자(風刺)를 위주로 했다.
『삼국사기』에 "(최치원(崔致遠)이) 처음 서쪽으로 유학했을 때 강동(江
東)의 시인 나은과 서로 알게 되었다. 나은은 재주를 믿고 고자세로 남
을 쉽사리 인정하지 않았는데, 치원에게는 가시(歌詩) 5축(軸)을 보여주
곤 했다"고 했다.

면곡에서 돌아와 채씨 형제들에게 부치다 綿谷迴, 寄蔡氏昆仲[1]

一年兩度錦江遊[2]	한 해에 두 번 금강을 유람했는데
前値東風後値秋	앞에서는 봄바람 만났고 나중엔 가을을 만났네
芳草有情皆礙馬	향기로운 풀은 정이 있어 모두 말을 가로막고
好雲無處不遮樓	좋은 구름은 누대를 가리지 않은 곳이 없네
山將別恨和心斷	산은 이별의 한을 끌고 마음과 함께 끊어지고
水帶離聲入夢流	물은 이별의 소리를 띠고 꿈으로 들어와 흐르네
今日因君試回首	오늘 그대들을 생각하며 고개를 돌려보니
澹烟喬木隔綿州	맑은 안개 높은 나무가 면주를 가로막았네

주석 ⌒

1) 綿谷(면곡): 면주(綿州). 지금의 사천성 면양현(綿陽縣).

2) 錦江(금강): 민강(岷江)의 한 지류. 사천성 성도(成都) 평원을 흐름.

왕가 王駕

왕가, 자는 대용(大用), 하중(河中) 사람. 소종(昭宗) 대순(大順) 원년 (890)에 진사에 합격했다. 예부원외랑(禮部員外郎)을 지냈다. 자호는 수호선생(守素先生)이다.

사일 社日[1]

鵝湖山下稻粱肥[2]	아호산 아래 벼와 수수가 기름지고
豚柵鷄棲半掩扉	돼지우리 닭장이 반쯤 닫힌 사립문에 있네
桑柘影斜春社散	뽕나무 그림자 기울어 춘사가 끝나자
家家扶得醉人歸	집집마다 취한 사람 부축하여 돌아가네

주석

1) 장연(張演)의 작품이라고도 함. 社日(사일): 토지신에게 제사지내는 날. 일반
   적으로 입춘과 입추에서 다섯 번째 술일(戌日)로 정했음.
2) 鵝湖山(아호산): 강소성 연산현(鉛山縣) 북쪽 하호산(荷湖山).

평설

● 『당시별재』에 "지극히 시골의 질박함 중에서 태평시절의 풍경을 전해내
  었다"고 했다.

● 『시법이간록』에 "산촌의 사일의 풍경을 그림으로 내었다"고 했다.

위 장(836-910), 자는 단기(端己). 두릉(杜陵) 사람. 건녕(乾寧) 원년에 진사에 합격하고, 교서랑(校書郎)이 되고 보궐(補闕)로 옮겼다. 이순(李詢)이 서천의유화협사(西川宣諭和協使)가 되었을 때 판관(判官)으로 임명했다. 중원(中原)이 다난하여 몰래 왕건(王建)에게 의지하고자 했다. 왕건이 장서기(掌書記)로 삼았는데, 곧 기거사인(起居舍人)이 되었다. 왕건이 찬위(簒位)하게 되자, 위장을 이부시랑(吏部侍郎) 및 동평장사(同平章事)로 임명했다.

장안의 청명절 長安淸明

早是傷春夢雨天[1]	일찍이 보슬비 속에 봄을 슬퍼했는데
可憐芳草更芊芊[2]	아름다운 방초가 다시 푸릇푸릇 하네
內官初賜淸明火[3]	내관이 처음으로 청명절의 불을 내려주고
上相閒分白打錢[4]	상상이 한가히 백타전을 나눠주네
紫陌亂嘶紅叱撥[5]	서울거리에서 어지럽게 우는 것은 홍질발이고
綠楊高影畫鞦韆[6]	푸른 버들 속의 높은 그림자는 고운 그네이네
遊人記得昇平事	유람자가 태평시절을 기억하고는
暗喜風光似昔年	속으로 풍광이 지난해와 같음을 기뻐하네

주석 ∽

1) **夢雨**(몽우): 세우(細雨). 보슬비.

2) 芊芊(천천): 푸른 모양.

3) 당나라 때는 청명절에 백관(百官)에게 버드나무나 느릅나무의 불씨를 하사하
여 양기(陽氣)에 따르도록 했음.

4) **上相**(상상): 황제가 대전(大典)을 거행할 때, 예의(禮儀)를 주관하는 관원. 白
打(백타): 타구(打毬), 혹은 축국(蹴鞠)이라고도 함.

5) **紅叱撥**(홍질발): 천보(天寶) 연간에 대완(大宛)에서 진상한 한혈마(汗血馬)
6필 가운데 한 마리의 이름. 『紀異錄』에 "天寶中, 大宛進汗血馬六匹. 一曰紅
叱撥; 二曰紫叱撥; 三曰靑叱撥; 四曰黃叱撥; 五曰丁香叱撥; 六曰桃花叱撥. 上
乃改名, 紅玉輦 · 平山輦 · 凌雲輦 · 飛香輦 · 百花輦, 命圖於瑤光殿"이라 했음.

6) **鞦韆**(추천): 그네. 천보 연간에 궁중에서 한식날 궁빈(宮嬪)들에게 그네시합
을 벌이게 하며 즐겼는데, 황제가 이를 반선지희(半仙之戱)라고 불렀다고 함.

고별리 古別離[1]

晴烟漠漠柳毿毿[2]	맑은 안개 아득하고 버들은 보송보송한데
不那離情酒半酣	이별의 정에 술이 반이나 취함을 어찌하랴?
更把馬鞭雲外指	다시 말채찍을 들고 구름 밖을 가리키니
斷腸春色在江南	애끊는 봄 색이 강남에 있네

주석 ⌒

1) 古別離(고별리): 악부의 곡명.

2) 毿毿(삼삼): 털이 긴 모양.

평설 ⌒

● 『승암시화』에 "晴烟漠漠柳毿毿'은 위단기(韋端己)의 송별시로서 몹시 아름다운데, 여러 사람들의 선발을 겪고도 실리지 못했다"고 했다.

● 『당시광선』에 "고정례(高廷禮)가 '만당의 절구는 흥상(興象)이 동일하지 않는데, 성률 또한 심원하지 못하다. 위장의 〈고별리〉 여러 작품은 오히려 성당의 여운(餘韻)이 있다"고 했다.

● 『당인만수절구선평』에 "글자마다 정이 있고 맛이 있음을 깨닫는데, 성당의 여운을 얻었다"고 했다.

금릉도 金陵圖

誰謂傷心畵不成	누가 상심하여 그림을 완성하지 못했다고 하는가?
畵人心逐世人情	화가의 마음이 세상 사람의 정을 좇았다오
君看六幅南朝事	그대는 여섯 폭의 남조의 일들을 살펴보구려
老木寒雲滿故城	노목과 찬 구름이 옛 성에 가득하다오

평설

● 『당인만수절구선평』에 "높이 나는 섬의(蟾意)가 고창(高唱)으로 들어와서, 이미 기(機)를 얻고 세(勢)를 얻었다. 차구는 또한 접하여 영롱함을 얻었다. 말구 일점(一點)은 화의(畵意)가 충족하고, 경영(經營)이 입묘(入妙)하다"고 했다.

대성 臺城[1]

江雨霏霏江草齊[2]	강비 부슬부슬 내리고 강풀은 우거졌고
六朝如夢鳥空啼	육조가 꿈결 같은데 새가 공연히 우짖네
無情最是臺城柳	가장 무정한 것은 대성의 버들들이니
依舊烟籠十里堤	의구하게 안개 낀 십리의 제방에 남아있네

주석

1) 臺城(대성): 『청통지』에 "강소(江蘇) 강녕부(江寧府): 옛 대성(臺城)이 상원현

(上元縣) 치소 북쪽 현무호(玄武湖) 옆에 있다"고 했음. 진(晉)나라 성제(成帝) 때 세운 건강궁(建康宮)인데, 일명 원성(苑城)이라 함.

2) 霏霏(비ᄇ): 비가 약하게 내리는 모양.

평설

● 『시법이간록』에 "그림에다 적어서 홍망의 감개를 붙였다. 언외에 따로 기탁함이 있다"고 했다.

● 『당인절구정화』에 "'六朝如夢'은 일체가 모두 공(空)이라는 것이다. '依舊'한 물건은 다만 버들뿐이다. 그래서 '無情'이라 했는데, 그렇다면 유정(有情)한 자는 감개를 면하지 못할 것을 알 수 있다. 이런 종류의 사법(寫法)은 왕사정(王士禎)이 이른바 신운(神韻)이라는 것이다"라고 했다.

전후, 자는 서문(瑞文), 오흥(吳興: 절강성) 사람. 전기(錢起)의 증손. 건부(乾符) 6년(879)에 진사에 합격했다. 용기(龍紀) 원년(889)에 태상박사(太常博士)가 되었다. 건녕(乾寧) 2년(895) 재상 왕단(王搏)의 추천으로 선부랑중(膳部郎中)과 지제고(知制誥)를 거쳐 중서사인(中書舍人)을 지냈다. 왕단이 물러난 후, 전후 또한 무주사마(撫州司馬)로 쫓겨났다.

강을 가면서 제목 없이 일백 수를 짓다 江行無題一百首

1

翳日多喬木	흐린 햇살이 교목에 많은데
維舟取束薪	배를 매고 땔나무를 모아서 묶네
靜聽江叟語	조용히 강마을 노인의 말을 들으니
俱是厭兵人	모두가 병사들을 싫어한다는 말이네

평설 ⌒

● 『당시귀』에 "그 묘는 또한 '維舟' 구에 있다"고 했다.

● 『당시해』에 "교목은 비록 남아 있으나, 백성들은 실로 드물기 때문에, 배를 매놓았을 때 단지 강 마을 노인의 병사들을 싫어한다는 말만 들었는데, 정장(丁壯)들은 남아 있지 않은 것이다"라고 했다.

2

山雨夜來漲	산비가 밤에 내려 넘치니
喜魚跳滿江	즐거운 물고기들이 온 강에서 도약하네
岸沙平欲盡	언덕 모래는 평평히 강물에 잠기려 하고
垂蓼入船窗	늘어진 여뀌가 배 창문으로 들어오네

평설 ⌒

● 『당시전주』에 "한 폭의 강행도(江行圖)인데, 다만 호수(好手)라도 그려

내기 어려운 것이다"라고 했다.

3

睡穩葉舟輕	잠이 편안한데 편엽주는 가볍고
風微浪不驚	바람 약하니 파도가 치지 않네
任君蘆葦岸	그대에게 갈대 언덕을 맡기리니
終夜動秋聲	밤새 가을바람 일어나리라

평설 ⌒

● 『당시해』에 "배의 운항이 이미 편안하고, 객의 잠도 몹시 적당하니, 갈대
의 가을바람도 그것을 어지럽게 할 수 없다"고 했다.

4

兵火有餘燼	병화의 여진이 있어
貧村纔數家	가난한 마을에 겨우 몇 집만 남아
無人爭曉渡	새벽에 강 건넘을 다툴 사람이 없고
殘月下寒沙	남은 달빛만이 찬 모래밭에 내리네

평설 ⌒

● 『당시해』에 "병란을 당한 후 사람들의 적막함이 이와 같다"고 했다.

5

櫓慢開輕浪	노가 느리게 가벼운 파도를 열고
帆虛帶白雲	빈 돛은 흰 구름을 띠었네
客船雖狹小	객선이 비록 협소하나
容得瘦將軍	깡마른 장군은 실을 수 있다네

평설 ⌒

● 『당음성첨』에 "진(晋)나라 관군장군(冠軍將軍) 유하(柳遐)가 관직을 그
  만 두었을 때, 환온(桓溫)이 그가 수척함을 괴상히 여겼는데, 대답하기
  를 '깨진 시루[破甑]'를 한스러워하지 않을 수가 없습니다'라고 했다. 전
  허는 이것을 빌려다가 스스로 농담한 것이다"라고 했다.

6

咫尺愁風雨	지척의 비바람에 근심하며
匡廬不可登	광려산에 올라갈 수 없네
祇疑雲霧窟	다만 운무의 굴인가 싶었는데
猶有六朝僧	여전히 육조 때의 승려가 있네

평설 ⌒

● 『당시해』에 "강행은 항상 비바람을 근심하는데, 이 때문에 광려산이 비
  록 가깝지만 올라 갈 수가 없다. 이 산의 운무가 깊고 아득함을 의심하

며, 육조 때의 승려가 남아 있다고 한 것은 또한 세망(世網)을 고통스러
워하여 방외(方外)에 대한 연모를 일으킨 것이다"고 했다.

- 『당시선맥회통평림』에 "양신(楊愼)이 '아건(雅健)하다'고 했다"고 했다.

- 『당인만수절구선평』에 "이는 광려산을 바라보며 방외에 대한 연모를 의
  탁한 것이다"라고 했다.

7

細竹漁家路	가는 대밭의 어부집의 길엔
晴陽看結罾	맑은 햇살 아래 그물을 깁고 있네
喜來邀客坐	기쁘게 와서 객을 맞아 앉히고
分與折腰菱	허리 꺾은 마름을 나누어주네

8

萬木已淸霜	온 나무에 이미 맑은 서리 내리고
江邊村事忙	강변엔 마을 일이 분주하네
故溪黃稻熟	옛 개울가엔 누런 벼가 익어서
一夜夢中香	하루 밤새 꿈속에서 향기가 나네

평설 〜

- 『당인절구정화』에 "이 제목은 모두 백 수인데, 모두 무주(撫州)로 좌천

가던 도중에 보고 들은 것을 읊었다. 시인이 향촌의 경물을 대하고 흥회
(興會)가 몹시 아름다웠기 때문에 읊은 것이 많다"고 했다.

잎을 펴지 않은 파초 未展芭蕉

冷燭無煙綠蠟乾	찬 촛불엔 연기 없고 초록 밀랍은 말랐는데
芳心猶卷怯春寒	향기로운 중심을 아직 말아놓고 봄추위 겁내네
一緘書札藏何事	한 통 서찰을 무슨 일로 감춰 놓았는가?
會被東風暗柝看	마침 봄바람 불어서 남몰래 펼쳐보네

평설

● 청나라 송장백(宋長白)의 『유정시화(柳亭詩話)』에 "결어(結語)는 신가헌
(辛稼軒: 즈棄疾)의 ‘芭蕉漸展山公啓’에 비교하면 더욱 풍운(風韻)을 이
루었다. 노연덕(路延德)의 〈파초〉 시 ‘葉如斜界紙, 心似倒抽書’는 근속(近
俗)함을 면하지 못한다"고 했다.

조송 曹松

조송(830-?), 자는 몽미(夢徵) 서주(舒州) 사람. 가도(賈島)를 배워서 시를 지었다. 오랫동안 과거에 급제하지 못하고, 천복(天復: 901-903) 초에 70여 세의 나이로 과거에 합격했다. 비서성정자(秘書省正字)를 지냈다.

기해년 己亥歲[1]

澤國江山入戰圖[2]	택국의 강산이 전쟁터가 되니
生民何計樂樵蘇	생민이 땔나무하는 즐거움을 어찌 헤아리랴!
憑君莫話封侯事	그대에게 부탁하니 봉후의 일은 말하지 마오
一將功成萬骨枯	한 장수가 공을 이루면 만 해골이 마른다오

주석 ○▷

1) 자주에 "희종(僖宗) 강명(廣明) 원년(元年, 880)"이라 했음. 원래 2수임.

2) 澤國(택국): 경내에 소택지(沼澤地)가 많은 곳을 말함.

평설 ○▷

● 『당시품휘』에 "사방득(謝枋得)이 인인(仁人)과 군자(君子)들 중 이 시를 들은 자는 반드시 간과(干戈)로써 공명(功名)을 세우려고 하지 않을 것이다"라고 했다.

● 『설시수어』에 "조송의 '一將功成萬骨枯'……이는 조파(粗派)이다"라고 했다.

● 『당인절구정화』에 "말구는 지극히 침통하다. 만골(萬骨)로 봉후(封侯)를 바꿈은 무슨 정책(政策)인가!"라고 했다.

최도융 崔道融

최도융(?-907), 형주(荊州: 호북성 江陵) 사람. 황소(黃巢)의 난 때 동부(東浮)로 피난하여, 온주(溫州) 선암산(仙巖山)에 은거했는데, 자호(自號)를 동구산인(東甌散人)이라 했다. 영가령(永嘉令)을 지내고, 민(閩)으로 들어가서 왕심지(王審知)에 의탁했다. 우보궐(右輔闕)에 임명되었으나 부임하지 못하고 병사했다.

최도융은 시에 뛰어났는데, 방간(方干)·사공도(司空圖) 등과 수창했고, 황도(黃滔)와 친했다.

매화 梅花

數萼初含雪	몇 송이가 처음 눈빛을 머금었는데
孤標畫本難	높은 가지는 본래 그리기 어렵네
香中別有韻	향기 속에 특별한 운치를 지니고
清極不知寒	맑음이 지극하여 추위를 모르네
橫笛和愁聽[1]	횡적소리를 근심스레 들으며
斜枝倚病看	기운 가지가 병들었음을 보네
朔風如解意	삭풍도 뜻을 아는 양
容易莫摧殘	쉽게 꺾어버리지 않네

주석 ⌒෴

1) 〈매화락〉곡을 말함. 당나라 대곡(大曲)에 〈대매화(大梅花)〉·〈소매화(小梅花)〉가 있고, 적곡(笛曲)에 〈매화락〉이 있음.

평설 ⌒෴

● 『승암기화』에 "양성재(楊誠齋: 楊萬里)가 당나라 사람 최도융의 〈매화〉의 '香中別有韻, 清極不知寒'을 사랑했는데, 방허곡(方虛谷: 方回)이 전편(全篇)을 볼 수 없는 것이 애석하다고 했다"고 했다.

● 『시법이간록』에 "각화(刻畫)를 빌리지 않았는데, 자연히 매화를 읊음에 절합(絶合)하여, 그 사이에 성정(性情)이 흘러서 관통함이 있다"고 했다.

김창서, 여항(餘杭: 절강성 杭州) 사람. 생평을 알 수 없다. 대중(大中) 연간에 고도(顧陶)가 편찬한 『당시류선(唐詩類選)』에 그의 시 1수가 들어있다. 『전당시』에 시 1수가 전한다.

봄의 수심 春怨[1]

打起黃鶯兒	꾀꼬리를 쫓아버려서
莫敎枝上啼	나뭇가지 위에서 울지 못하게 하오
啼時驚妾夢	울 때 첩의 꿈을 깨워서
不得到遼西	요서에 이르지 못하게 한다오

주석 ᡣᡓ

1) 제목을 〈이주곡(伊州歌)〉이라고도 함.

평설 ᡣᡓ

● 『당시품휘』에 "유수계(劉須溪)가 '한스러움이 끊어지지 않는다'고 했다"
고 했다.

● 『예원치언』에 "'打起黃鶯兒……'는 어의(語意)가 고묘(高妙)할 뿐만 아니
라, 그 구법이 원긴(圓緊)하다. 중간에 한 글자도 더 할 수 없고, 한 뜻도
더 붙일 수 없다. 기결(起結)이 절절(折絶)하여 중간이 절로 우완(紆緩)
하다. 법을 남김이 없는데, 맛은 남김이 있다"고 했다.

● 『당시별재』에 "어음(語音)이 얼마나 부드러운가? 일기(一氣)로 이어져서
내려왔는데, 이런 것을 법으로 삼아야 한다"고 했다.

● 『시법이간록』에 "이 시는 일기(一氣)로 상생(相生)하는 묘가 있다. 음절
이 맑고 부드러움이 사랑스럽다. 다만 꿈속에서 요서에 갈 수 있다면,
곧 상봉할 수 있음을 알 수 있으니, 언외의 뜻을 반드시 은미하게 붙였
다. 요서에 가서 돌아오지 않는 사람을 원망하지 않고, 단지 꾀꼬리가
꿈을 깨우는 것을 원망했는데, 원망함이 깊은 것이다"라고 했다.

유채춘, 배우(俳優) 주계남(周季南)의 처. 미모에다 노래를 잘 부르고, 또한 시에도 능했다. 태화(太和) 초에 남편과 회전(淮甸)에서 월주(越州)로 갔는데, 그때 원진(元稹)이 절동간찰사(浙東觀察使)로 있으면서 몹시 그녀를 칭찬하고, 시를 지어주었다. 『전당시』에 시 6수가 전한다.

나홍곡 囉嗊曲[1]

1

不喜秦淮水	진회의 강물을 좋아하지 않고
生憎江上船	강 위의 배를 미워하네
載兒夫壻去	남편을 싣고 떠나갔는데
經歲又經年	한 해가 지났는데 또 한 해가 지나가네

주석 ❧

1) 원래 6수임. 범터(范攄)의 『운계우의(雲溪友議)』에 "금릉(金陵)에 나홍루(囉
   嗊樓)가 있는데, 곧 진후주(陳後主)가 세운 것이다. 나홍곡(囉嗊曲)은 유채춘
   (劉采春)이 부른 것인데, 모두 당대의 재자(才子)들이 오언·육언·칠언절구
   로 지었다. 일명 〈망부가(望夫歌)〉라고 한다. 원진(元稹)의 시에 이른바 '更
   有惱人腸斷處, 選詞能唱〈望夫歌〉'라고 한 것이 그것이다"라고 했다.

평설 ❧

● 『당시별재』에 "'不喜'·'生憎'·'經歲'·'經年'은 중복이 가소롭다. 확실히
  아녀자의 구각(口角)이다"라고 했다.

● 『당시전주』에 "'自家夫壻無消息, 却恨橋上賣卜人'은 오히려 진외(眞外)
  의 전신傳神)인데, '不喜秦淮水, 生憎江上船'은 도리어 시비(是非)를 생
  각하지 않았으니, 참으로 백묘(白描)의 신수(神手)이다"고 했다.

● 『시법이간록』에 "남편이 돌아오지 않는 것을 원망하지 않고, 강물과 배
  가 실어간 것만 원망했는데, 조사(措詞)가 묘한 것이 '打起黃鶯兒'와 나
  란하다"고 했다.

2

莫作商人婦	상인의 처는 되지 말지니
金釵當卜錢	금비녀를 모두 복채로 쓴다네
朝朝江口望	아침마다 강나루를 바라보며
錯認幾人船	착각했던 남의 배가 몇 척이었던가?

평설 ⌇

● 『시법이간록』에 "이 시는 비로소 그 돌아오기를 바라는 정을 분명히 그렸다. 금비녀를 복채로 내던지고, 강 위를 뚫어지게 보지만, 끝내 그 돌아옴을 볼 수 없다. '錯認'이란 바람이 절실한 것이다. '幾人'이란 셀 수 없는 수인데, 바람이 오랜 것이다. 이와 같이 하는 까닭은 남편이 상인으로서 이익을 중시하고 이별은 경시하기 때문이다. '莫作'은 원망이 지극한 것이다. 원망이 지극한데, 다만 '莫作'이라고 한 것은 이미 상인의 부인이 되었으므로, 분수가 마땅히 이와 같을 뿐이다"라고 했다.

3

那年離別日	이별한 날이 몇 년이던가?
只道住桐廬	다만 동려에 머문다고 말했네
桐廬人不見	동려 사람은 볼 수 없는데
今得廣州書	지금 광주의 편지를 받았네

- 『사명시화』에 "육사형(陸士衡: 陸機)의 〈爲周夫人寄車騎〉에 '昔者得君書, 聞君在高平. 今時得君書, 聞君在京城'이라 했는데, 유채춘의 〈나홍곡〉의 '那年離別日……今得廣州書'를 보니, 이 두 절구가 같은 뜻인데, 지은 것은 조직(粗直)하나 진술한 것은 심완(深婉)하다"고 했다.

- 『시법이간록』에 "앞 수는 이별이 오래 되었음을 말했는데, 이는 또한 남편의 행적이 정해지지 않았음을 말했다. 동려에서도 이미 돌아올 기한이 없었는데, 지금은 광주에 있는데, 집과의 거리가 더욱 멀어졌고, 돌아올 날짜는 정해지지 않았다. 다만 담담(淡淡)히 서술하였는데, 심정(深情)이 무궁하다"고 했다.

갈아아, 생평 미상. 위장(韋莊)의 『우현집(又玄集)에 그녀의 시 1수를
선록(選錄)하고, '여랑갈아아(女郎葛鴉兒)'라고 했다. 『전당시』에 시 3수
가 전한다.

낭인을 그리워하다 懷良人

蓬鬢荆釵世所稀	쑥대머리 나무비녀는 세상에서 드문데
布裙猶是嫁時衣	무명치마도 시집올 때의 옷이네
胡麻好種無人種[1]	호마 심기 좋을 때 함께 심을 사람이 없는데
正是歸時不見歸	진정 돌아올 때에 돌아옴을 보지 못하리라

주석 ◁

1) 胡麻(호마): 일명 지마(芝麻). 참깨와 검은 깨의 총칭.

평설 ◁

● 『당시경』에 "하나같이 일상어인데, 바로 시정(詩情)으로 들어왔다"고
했다.

● 『당시별재』에 "밭갈이 할 때 남편의 귀향을 바란 것인데, '悔敎夫壻覓封
侯'와 비교하면 약간 더 간절하고 바르다"고 했다.

설도(?-832), 자는 홍도(洪度), 장안(長安: 섬서성 西安) 사람. 나중에 부친을 따라 촉(蜀)으로 갔다. 어려서부터 총명하였는데, 음률을 깨치고, 글씨를 잘 쓰고, 시를 잘 지었다. 정원(貞元) 중에 위고(韋皋)가 촉(蜀)을 진수(鎭守)할 때, 불러다가 술자리를 모시고 시를 짓게 했는데, 마침내 악적(樂籍)으로 들어갔다. 촉중(蜀中)에서 '여교서(女校書)'라고 불렀다. 일찍이 벌을 당하여 변방으로 갔다가 나중에 성도(成都)로 돌아왔다. 원진(元稹)·왕건(王建)·백거이(白居易) 등 여러 인사들과 수창했다. 나중에 완화계(浣花溪) 가에 살면서 소시(小詩)를 짓기를 좋아했다. 이로 인하여 스스로 채전(彩箋)을 제작했는데, 세상에서 '설도전(薛濤箋)'이라 불렀다.

『동인시화』에 "옛날의 채염(蔡琰)과 반첩여(班婕妤)와 설도(薛濤)의 무리는 그 사(詞)가 공려(工麗)하여 문사(文士)들과 힐항(頡頏)했다"고 했다.

춘망사 春望詞[1]

1

花開不同賞	꽃이 피어도 함께 감상하지 못하고
花落不同悲	꽃이 떨어져도 함께 슬퍼하지 못하네
欲問相思處	그리움 솟는 곳을 묻고자 하니
花開花落時	꽃이 피고 꽃이 지는 때라네

주석 ⤳

 1) 원래 4수임.

2

風花日將老	바람 속에 꽃은 날로 늙어 가고
佳期猶渺渺	아름다운 기약은 여전히 아득한데
不結同心人[1]	동심인은 맺지 못하고
空結同心草	부질없이 동심초만 맺고 있네

주석 ⤳

1) 同心人(동심인): 동심결(同心結). 비단 띠로 얽어 만든 연환회문(連環回文)
   양식(樣式)의 매듭. 사랑하는 정을 상징하는 물건.

- 김억(金億)이 번안한 〈동심초〉에 "꽃잎은 하염없이 바람에 지고, 만날
  길은 아득타 기약이 없네. 무어라 맘과 맘은 맺지 못하고, 한갓되이 풀
  잎만 맺으려는고. 한갓되이 풀잎만 맺으려는고"라고 했다.

벌을 받아 변성으로 갔는데 회포가 있어서, 위령공께 올리다
罰赴邊有懷, 上韋令公

聞道邊城苦	변성의 고통을 들었으나
今來到始知	지금 와서 비로소 알게 되었네
羞將門下曲	부끄럽게 문하의 곡으로써
唱與隴頭兒[1]	농두아에게 불러드리리라

주석 ↶

1) 隴頭兒(농두아): 농두(隴頭)는 농산(隴山). 널리 변새를 말함. 악부곡명에
   〈농두음(隴頭吟)〉이 있음.

평설 ↶

- 『승암시화』에 "이는 설도가 고병(高騈)의 연회에서 변방소식을 듣고 답한
  악부이다. 풍유(諷諭)가 있는데 드러내지 않아서 시인의 묘를 얻었다. 이
  백(李白)에게 보이더라도 마땅히 고개를 숙일 것이고, 원진과 백거이의
  무리는 분분하게 붓을 멈출 것이다. 당연하지 않겠는가?"라고 했다.

어현기(?-868), 자는 유미(幼微)·혜란(蕙蘭), 장안(長安: 섬서성 西安)
사람. 처음에는 보궐(補闕) 이억납(李億納)의 처였는데, 함통(咸通) 중에
출가하여 여도사(女道士)가 되어서 장안 함의관(咸宜觀)에 소속되었다.
온정균(溫庭筠)·이영(李郢) 등과 수창했다. 나중에 여종 녹교(綠翹)를 매
질하여 죽인 죄로 하옥되었다가, 경조(京兆) 온장(溫璋)에게 피살되었다.

강변의 버들을 읊다 賦得江邊柳

翠色連荒岸	푸른빛이 황량한 언덕에 이어지고
煙姿入遠樓	안개 속 모습이 먼 누대로 들어가네
影鋪秋水面	그림자는 가을 수면에 펼쳐지고
花落釣人頭	꽃은 낚시꾼 머리로 떨어지네
根老藏魚窟	뿌리는 늙어 물고기 굴을 감추고
枝低繫客舟	가지는 나직하여 객선을 매네
蕭蕭風雨夜	소소히 비바람 치는 밤
驚夢復添愁	놀란 꿈에 또 수심을 더하네

평설

- 『당시경』에 "3·4구가 아름다운데, 대방가(大方家)의 어치(語致) 같다" 고 했다.

- 『당시쾌』에 "'翠色' 두 구는 정과 경이 모두 뛰어나다"고 했다.

이웃 여인에게 주다 贈鄰女

羞日遮羅袖	해가 부끄러워 비단 소매로 가리고
愁春嬾起妝	봄을 근심하며 나른하게 일어나 단장하네
易求無價寶	쉽게 구할 좋은 보배도 없고
難得有心郎	마음속의 낭군도 얻기가 어렵네

枕上潛垂淚　　　침상에서 눈물을 쏟고

花間暗斷腸　　　꽃 사이에서 남몰래 애끊네

自能窺宋玉[1]　　스스로 송옥을 엿볼 수 있건만

何必恨王昌[2]　　하필 왕창을 한탄하는가?

주석

1) 宋玉(송옥): 전국시대 초(楚)나 〈초사(楚辭)〉의 작가.

2) 王昌(왕창): 당나라 사람. 자는 공백(公伯), 산기상시(散騎常侍)를 지냄. 자의
  (姿儀)가 준미(儁美)함으로써 당시에 칭송되었음.

평설

• 『당시경』에 "3·4구는 비리하면서 지취가 있다"고 했다.

• 『당시쾌』에 "어노사(魚老師)는 원숭이를 가르쳐 나무에 오르게 할 수 있
  고, 사람을 유혹하여 죄를 범하게 할 수 있다고 하겠다. 죄과(罪過)로다!
  죄과로다!"라고 했다.

송별 送別

水柔逐器知難定　　물 부드러워 그릇모양 따르니 고정되기 어렵고

雲出無心肯再歸　　구름은 무심하게 나와서 기꺼이 다시 돌아가네

惆悵春風楚江暮　　봄바람 속 초강이 저묾을 슬퍼하는데

鴛鴦一隻失羣飛　　원앙 한 마리가 무리를 잃고 나네

강행 江行

大江橫抱武昌斜[1]　　큰 강이 무창을 횡으로 끼고 기울어 있고
鸚鵡洲前戸萬家[2]　　앵무주 앞엔 만가의 마을이 있네
畵舸春眠朝未足　　고운 배 안의 봄잠이 아침에 부족한데
夢爲蝴蝶也尋花　　꿈에서 호랑나비가 되어 또한 꽃을 찾네

주석 ❧

1) 武昌(무창): 호북성 무창현.
2) 鸚鵡洲(앵무주): 무창의 서남쪽 양자강 가운데 있는 강섬인데 나중에 물속에 잠겼음.

평설 ❧

● 『당시경』에 "말구가 가장 아름다운데, 정을 모음이 여지를 남기지 않았다"고 했다.

● 『당시선맥회통평림』에 "이와 같은 시구는 새로워서, 사람들에게 암송하게 한다"고 했다.

● 『당시쾌』에 "어찌 요야(妖冶)의 허물일 것인가!"라고 했다.

이야(?-784), 일명 이유(李裕), 자는 계란(季蘭). 오정(烏程: 절강성 吳興) 사람. 출가하여 여도사가 되었다. 대력(大曆) 중에 호주(湖州)에서 시승 교연(皎然)·유장경(劉長卿)·육우(陸羽) 등과 수창했다. 또 염백균(閭伯均)과 가장 친했다. 사람들이 '풍정여인(風情女人)'이라고 했다. 주차(朱泚)가 장안에서 모반을 했는데, 이야가 일찍이 주차에게 시를 올린 일이 있었다. 나중에 덕종(德宗)이 사람을 시켜 이야를 쳐서 죽이도록 했다.

교서 칠형에게 부치다 寄校書七兄[1]

無事烏程縣[2]	일 없는 오정현에서
蹉跎歲月餘	세월이 어긋남이 많네
不知芸閣吏[3]	운각리의 소식을 모르는데
寂寞竟何如	적막함이 끝내 어떠한지?
遠水浮仙棹	먼 곳의 물에 신선 배를 띄우니
寒星伴使車	찬 별빛이 사신수레를 동반하네
因過大雷岸[4]	대뢰 언덕을 지날 때
莫忘八行書	팔 행의 편지를 잊지 마시오

주석 ⌇

1) 제목이 일작 〈送韓校書〉라고도 함.

2) 烏程縣(오정현): 절강성 오흥(吳興).

3) 芸閣吏(운각리): 운향리(芸香吏). 교서랑(校書郞)의 별칭.

4) 大雷(대뢰): 산 이름. 강소성 오현(吳縣) 서남쪽 태호(太湖) 안에 있음.

평설 ⌇

● 『당시품휘』에 "고중무(高仲武)가 '오언의 가경(佳境)이다'라고 했다"고 했다.

● 『당시정성』에 "오일일(吳逸一)이 '입에 신운(神韻)을 머금었는데, 문방(文房: 劉長卿) 제군들은 어떻게 대답하여 부칠 것인가?'라고 했다"고 했다.

● 명나라 종성(鍾惺)의 『명원시귀(名媛詩歸)』에 "성률이 고량(高亮)한데, 곧 허자(虛字)를 사용함이 스스로 힘을 얻었다. 이는 완전히 후기(厚氣)

를 지니고 있는 데에 있다. 용사(用事)가 얕지 않아서 자연스럽게 정치(情致)가 있다. 다만 '遠水'와 '寒星'은 대략 의도를 겪었는데, 곧 묘하다"고 했다.

- 『시수』에 "설기동(薛奇童)의 '禁苑春風起'는 전편(全篇)이 전려정공(典麗精工)하여, 왕마힐(王摩詰: 王維)도 가할 것이 없고, 이계란의 '遠水浮仙棹' 두 마디는 유한화적(幽閑和適)하여, 맹호연도 넘을 수가 없다. 어찌 부인과 동자라고 홀시하겠는가?"라고 했다.

- 『당음계첨』에 "이야의 '遠水浮仙棹, 寒星伴使車'와 〈聽琴〉 한 노래는 모두 대력(大曆)의 정음(正音)이다"라고 했다.

- 『당풍정』어 "공련(工煉)이 극에 이르렀는데, 전혀 추탁(追琢)의 흔적이 없다"고 했다.

- 『당시평선』에 "탁의(託意)가 심원하고, 신정(神情)이 면밀하고, 평완(平緩)하면서드 침감(沈酣)의 아취가 있다. 반첩여(班婕妤)와 채염(蔡琰) 이후 오직 이 사람만이 시를 감당해낼 수 있다. 포령희(鮑令暉)와 심만원(沈滿願)은 오히려 장각물(妝閣物)일 뿐이다"라고 했다.

- 『당시쾌』에 "결국 사단(詞壇)의 노수(老手)이다"라고 했다.

- 『당시별재』에 "심수(深邃)를 구하지 않았는데, 스스로 아음(雅音)이 족하다"고 했다.

한규가 강서로 가는 것을 전송하다 送韓揆之江西[1]

相看指楊柳　　　　서로 보며 버들을 가리키니

別恨轉依依	이별의 한을 더욱 잊지 못하네
萬里江西水	만 리의 강서의 물에
孤舟何處歸	외로운 배는 어디 쯤 돌아오는가?
湓城潮不到²⁾	분성의 조수가 이르지 않으니
夏口信應稀³⁾	하구의 소식이 마땅히 드무네
唯有衡陽雁⁴⁾	다만 형양의 기러기가 있어서
年年來去飛	해마다 오고가며 나네

주석 ∽

1) 제목이 일작 〈送閻伯鈞往江州〉라고도 함.

2) **湓城**(분성): 당나라 심양현(尋陽縣). 지금의 강서성 구강현(九江縣)의 치소.

3) **夏口**(하구): 당나라 때는 지금의 호북성 무창(武昌)을 하구라고 했음.

4) **衡陽**(형양): 지금의 호남성 형산현(衡山縣) 동북. 형양 형산(衡山)의 남쪽에 회안봉(回雁峰)이 있는데 기러기가 여기에 이르면 넘어가지 않고, 다시 되돌아간다고 함.

평설 ∽

• 『명원시귀』에 "정이 깊은데 말을 특별히 기탁했을 뿐이다. 단지 48자 중에 왕복함을 어렵게 다했다. 그 직서한 이별의 정황을 상상하면, 전혀 원망의 말을 짓지 않았는데, 원한(怨恨)의 기(氣)가 스스로 분연(忿然)한 불평에 있다"고 했다.

• 『당시쾌』에 "또한 담일(澹逸)하다"고 했다.

• 『사고전서총목』에 "이야의 시는 오언으로써 천장(擅長)했는데, 〈寄校書

七兄〉시·〈(送韓揆之江西)시·〈送閭二十六赴劒縣〉시는 대력십재자 중
에 둔다면, 변별할 수 없을 것이다. 그 풍격은 또한 멀리 설도(薛濤) 위
에 있어서 작품이 적다는 것으로써 버릴 수가 없다"고 했다.

그리움의 원망 相思怨

人道海水深	남들은 바닷물이 깊다 하지만
不抵相思半	그리움의 반도 못되네
海水尚有涯	바닷물엔 오히려 끝이 있지만
相思渺無畔	그리움은 아득히 끝이 없네
携琴上高樓	금을 들고 높은 누대에 오르니
樓虛月華滿	누대는 비어있고 달빛만 가득하네
彈著相思曲	<상사곡>을 탄주하니
弦腸一時斷	현과 내장이 일시에 끊어지네

평설

● 『명원시귀』에 "직설어가 능히 전환하여, 곧 정을 내어 왔다. 이는 완전
히 영기(靈氣)로부터 배탕(排蕩)했을 뿐이다"고 했다.

여덟 개의 '지'자 八至

至近至遠東西	지극히 가깝고 지극히 먼 곳은 동과 서이고
至深至淺清溪	지극히 깊고 지극히 얕은 것은 맑은 시냇물이고
至高至明日月	지극히 높고 지극히 밝은 것은 해와 달이고
至親至疎夫妻	지극히 친하고 지극히 소원한 것은 부부간이네

평설

● 『명원시귀』에 "글자마다 지극한 이치인데, 제4구는 더욱 더 지극한 정이다"고 했다.

오균(?-773), 자는 정절(貞節), 화주(華州) 화음(華陰) 사람. 나이 15살에 도(道)를 숭상하여 남양(南陽) 의제산(倚帝山)에 은거했다. 나중에 징소(徵召)를 당하여 경사로 왔는데, 도사(道士)가 되어 숭산(崇山)에서 거처했다. 천보(天寶) 중이 현종(玄宗)이 불러서 대조한림(待詔翰林)에 임명하였으나 사양하고 산으로 돌아갔다. 안사(安史)의 난 때 강남으로 피난하여 여산(廬山)에 은거하다가, 대력(大曆) 말에 선성(宣城)에서 죽었다.

장노인과 이별하다 別章叟

平昔同邑里	평소에는 같은 읍리에 살며
經年不相思	해가 다 지나도록 서로 그리워하지 않았는데
今日成遠別	오늘은 먼 이별을 하게 되니
相對心悽其	서로 마주하고도 마음이 처량하네

평설 ⌒

● 『승암시화』에 "나는 또한 우사(羽士) 오균의 〈별장수〉 1수를 적어두었
  는데 …… 도인의 정에 능했고, 또한 전인(前人)이 설파하지 못한 것이
  다"라고 했다.

영일(727-762), 속성은 오(吳), 광릉(廣陵: 강소성 揚州) 사람. 9세에 출가하여 13세에 삭발했다. 처음에는 양주의 법진(法眞)을 스승으로 섬겼고, 나중에는 약야계(若耶溪) 운문사(雲門寺)에 거처했다. 또 항주(杭州) 용흥사(龍興寺)로 옮겼는데, 이화(李華)·주방(朱放)·장계(張繼)·황보염(皇甫冉)·엄유(嚴維) 등과 수창했다.

승원에 적다 題僧院

虎溪閑月引相過　　호계의 한아한 달빛을 끌며 지나는데
帶雪松枝挂薜蘿　　눈 쌓인 솔가지에 벽라가 걸려있네
無限靑山行欲盡　　끝없는 푸른 산을 다 가고자 하는데
白雲深處老僧多　　흰 구름 깊은 곳에 노승들이 많네

주석

1) 虎溪(호계): 강소성 구강시(九江市) 남쪽 여산(廬山) 동림사(東林寺) 앞에 있
　는 시내 이름. 동림사에 주석했던 진(晉)나라 혜원법사(慧遠法師)가 객을 전
　송하다가 시내를 건너자, 호랑이가 곧 울어서 호계라고 불렀다고 함.

평설

● 『당시훈해』에 "앞 2구는 분명하게 그림으로 내었다"고 했다.

● 『당시선맥회통평림』에 "당여순(唐汝詢)이 「老僧多」 3글자가 또한 좋다.
　말이 선(禪)으로 들어가지 않았고, 신운(神韻)이 있다. 이는 시승(詩僧)
　이지, 오도승(悟道僧)이 아니다. 한아한 달빛을 끌고 가고, 소나무의 벽
　라에 눈이 쌓였으니, 경치가 얼마나 그윽한가? 산의 구름이 응접하고,
　선은(禪隱)들이 많으니, 경계가 얼마나 승(勝)한가? 모두 선원(禪院)의
　아벽(雅僻)을 보이었다'고 했다"고 했다.

영철(746-816), 자는 원징(源澄), 속성은 탕(湯), 회계(會稽: 절강성 紹興) 사람. 운문사(雲門寺)에서 출가했음. 엄유(嚴維)에게서 시를 배웠고, 교연(皎然)과 교유했다. 교연이 편지로 포길(包佶)과 이서(李紓)에게 그를 추천해주었다. 경사에 두 번이나 다녀왔으며, 여러 지역을 두루 돌아다니다가, 선주(宣州) 개원사(開元寺)에서 영결했다.

천모산 봉우리에서 천태산을 바라보다 天姥岑望天台山[1]

天台衆峯外　　천태산 여러 봉우리 너머
華頂當寒空　　화산 정상이 찬 허공에 있네
有時半不見　　때때로 반은 볼 수 없는데
崔嵬在雲中　　높이 솟아 구름 속에 있네

주석 ～

1) 天姥(천모): 산 이름. 절강성 천태현(天台縣) 서북과 신창현(新昌縣) 동쪽에
   걸쳐 있는데, 조아강(曹娥江) 상류의 섬계(剡溪)에 임하였음. 전설에 의하면
   산에 오른 사람은 천모선인(天姥仙人)의 노래를 들을 수 있다고 함. 天台山
   (천태산): 절강성에 있음. 화산.

평설 ～

• 『승암시화』에 “승영철은 중당에서 시명(詩名)이 있었다. 〈古意〉시는 ‘松
  樹有死枝, 塚墓唯莓苔. 石門無人入, 古木花不開’라고 했고, 〈천태산〉시
  는 ‘天台衆峯外……崔嵬在雲中’이라고 했고, 〈九日〉시는 ‘山僧不記重陽
  日, 因見茱萸憶去年’이라 했다. 이 여러 편은 유장경(劉長卿)과 황보염
  (皇甫冉)에게 칭송을 받았다. 나는 유독 〈천태산〉 1절을 취하는데, 참으
  로 절창이다”라고 했다.

• 『당시귀』에 “종성이 ‘극심(極深)·극광(極廣)·극고(極孤)·극고(極高)하
  여, 20글자가 한 편의 큰 유기(游記)에 해당한다”고 했다.

• 청나라 황생(黃生)의 『당시적초(唐詩摘鈔)』에 “혼륜공광(渾淪空曠)하여,
  완전히 태백(太白)의 필흥(筆興)과 같다”고 했다.

동림사에서 위단자사와 수창하다 東林寺酬韋丹刺史[1]

年老心閑無外事	연로하니 마음 한가하여 바깥일이 없고
麻衣草座亦容身	삼베옷과 풀 자리도 또한 몸을 용납하네
相逢盡道休官好	서로 만나 관직을 그만 둠이 좋다고 말하는데
林下何曾見一人	숲 아래서 언제 한 사람이라도 보았던가?

주석

1) 東林寺(동림사): 강소성 구강시(九江市) 남쪽 여산(廬山)에 있음. 韋丹(위단): 당나라 경조(京兆) 만년(萬年) 사람. 자는 문명(文明). 용주자사(容州刺史)와 검남동천절도사(劍南東川節度使)와 강남서도관찰사(江南西道觀察使) 등을 지냄.

평설

● 당나라 범터(范攄)의 『운계우의(雲溪友議)』에 "강서(江西) 위대부(韋大夫) 단(丹)은 동림사 영철상인과 망형(忘形)의 교분을 맺었다. 시편을 창화함이 달가다 네다섯 번이었다. 그 서(序)에 '철공(澈公)이 근래 〈광려칠영(匡廬七詠)〉을 보내주었는데, 읊조려보니 모두 문포(文圃)에서 몹시 아름다운 것들이었다. 이 〈칠영(七詠)〉은 나에게 더욱 귀여(歸歟)의 흥(興)을 발하게 해주었다……'고 했다. (위단의 시는)「王事紛紛無暇日, 浮生冉冉只如雲. 已爲平子歸休計, 五老巖前必共聞」이라 했다. 영철이 수창한 시는「年老心閑無外事……」라고 했다"고 했다.

교연(720?-800?), 속성은 사(謝), 만년의 자는 청기(淸晝), 호주(湖州) 장성(長城: 절강성 長興) 사람. 젊어서는 경사(經史)와 백가(百家)를 섭렵했으나, 삽계(霅溪)에 은거하여 불도에 입문했다. 호주 저산(杼山) 묘희사(妙喜寺)에 거주하며, 육우(陸羽)·오계덕(吳季德)·이악(李崿)·황보증(皇甫曾) 등과 교유했다. 저서로 『시식(詩式)』 등 많은 저술을 남겼다.

육홍점을 방문했으나 만나지 못했다 尋陸鴻漸不遇[1]

移家雖帶郭	이사한 집이 비록 성곽에 있지만
野徑入桑麻	들길이 뽕과 삼밭으로 들어가네
近種籬邊菊	근래 울타리 가에 국화를 심었는데
秋來未著花	가을인데도 아직 꽃이 피지 않았네
扣門無犬吠	문을 두들겨도 개 짖는 소리가 없고
欲去問西家	가려다가 서쪽 집에 물어보니
報道山中去	산중으로 갔다고 하며
歸時每日斜	돌아올 때는 항상 석양이라네

주석 ✑

1) 陸鴻漸(육홍점): 육우(陸羽: 733-804?). 자는 홍점(鴻漸), 복주(復州) 경릉(竟
　陵) 사람. 차를 좋아하여 다성(茶聖) 및 다선(茶仙) 등으로 불렸다. 저서에
　『다경(茶經)』이 있다.

평설 ✑

● 『승암시화』에 "오언율의 8구가 대우하지 않은 것은 태백(太白: 이백)과
호연(浩然: 맹호연)의 시집에 있다. 이는 평측을 은첩(隱貼)한 고시이다.
승교연의 〈訪陸鴻漸不遇〉 1수는……비록 이백의 웅려(雄麗)함에 미치
지 못하지만, 또한 청치(淸致)를 즐길 만하다"고 했다.

● 『당시별재』에 "통수(通首)가 산어(散語)이다. 이것을 두는 것은 표격(標
格)을 알게 하고자 함이다"라고 했다.

● 『설시수어』에 "또 통체(通體)가 모두 산어(散語)인 것이 있는데, 이태백
의 〈夜泊牛渚〉와 맹호연의 〈晚泊潯陽〉과 석교연의 〈尋陸鴻漸〉 등의 장
(章)이다. 흥이 이르러 시를 이룬 것으로서, 인력이 관여한 바가 없고,
법전(法典)을 드리운 것도 아닌데, 우연히 표격(標格)이 있게 되었을 뿐
이다"라고 했다.

제기(860?-937?), 자호는 형악사문(衡岳沙門), 담주(潭州: 호남성 長沙) 사람. 속성은 호(胡), 이름은 득생(得生), 본래 전호(佃戶) 출신이다. 출가하여 홍주(洪州)로 가서, 예장관음원(預章觀音院)에 거주하며 정곡(鄭谷)과 시우(詩友)가 되었다. 나중에 장사(長沙) 도림사(道林寺)에 있으면서 서중아(徐仲雅) 등과 교유했다.

검객 劍客

拔劍遶殘樽	검을 뽑아든 채 남은 술통을 둘러싸고
歌終便出門	노래 마치자 곧 문을 나서네
西風滿天雪	서풍 속에 눈발이 가득한데
何處報人恩	어디에서 은혜를 갚을 것인가?
勇死尋常事	용맹하게 죽는 것은 평범한 일이니
輕讐不足論	원수를 가볍게 여기는 건 말할 필요가 없네
翻嫌易水上[1]	도리어 역수 가에서
細碎動離魂	자잘하게 이별을 나누는 것을 꺼리네

주석 ⤲

1) 전국시대 형가(荊軻)가 연(燕)나라 태자 단(丹)을 위하여 진왕(秦王)을 암살하러 떠나면서, 역수(易水) 가에서 성대하게 전별하였음. 그때 그가 부른 〈역수가(易水歌)〉는 "風蕭蕭兮易水寒, 壯士一去不復還"이라 했음.

평설 ⤲

• 『오조시선명집』에 "기백이 형가(荊軻)와 섭정(聶政)의 위에 있다. 고승의 손에서 나온 것이 초탈(超脫)하다"고 했다.

• 『위로시화』에 "제기의 〈검객〉은 걸작이다"라고 했다.

• 『당시성법』에 "앞 4구는 검객의 협기를 전했다. 절구(絶句)의 묘로 짓는 것만 못하다"고 했다.

• 『당시별재』에 "호협(豪俠)하다. 어찌 승려의 시이겠는가?"라고 했다.

이른 매화 早梅

萬木凍欲折	모든 나무가 얼어서 꺾이려 하는데
孤根暖獨回	외로운 뿌리에 따뜻함이 유독 돌아왔네
前村深雪裏	앞마을 깊은 눈 속에
昨夜一枝開	어젯밤 한 가지가 피었네
風遞幽香去	바람은 그윽한 향을 번갈아 보내고
禽窺素艶来	새가 흰 꽃을 엿보려고 오네
明年如應律	명년이 마땅히 절기에 응한 것처럼
先發映春臺	먼저 피어 봄 누대를 비추네

평설 ໑

● 송나라 도악(陶岳)의 『오대사보(五代史補)』에 "이 때 정곡(鄭谷)이 원주 (袁州)에 있었는데, 제기가 지은 시를 가지고 가서 알현했다. 〈조매〉시에 '前村深雪裏, 昨夜數枝開'라고 했는데, 정곡이 웃으면서 「數枝」는 「早」가 아니다. 「一枝」로 아름답게 한 것만 못하다'고 했다. 제기가 깜짝 놀라 자신도 모르게 세 번이나 머리를 땅에 부딪치며 엎드려 절을 했다. 이로 부터 사림(士林)에서 정곡을 제기의 '일자지사(一字之師)'라고 했다.

● 『영규율수』에 "심상(尋常)한데, 다만 앞 4구를 절구로 지어서 읽어보면, 실로 20자가 절묘하다. 5 · 6구도 유치(幽致)가 있다"라고 했다.

● 『당시별재』에 "3 · 4구는 격이 뛰어나고, 5 · 6구는 다만 평범한 말이다" 고 했다.

● 『당시전주』에 "기격(氣格)이 교건(矯健)하여, 전혀 승가(僧家)의 한겁(寒

儉)한 광경이 아니다. 마땅히 소릉(少陵: 두보)에게 상식(賞識)된 바이다"라고 했다.

처묵 處黙

처묵(832?-?), 무주(婺州) 난계(蘭溪: 절강성 난계) 사람. 처음에 관휴(貫休)와 함께 삭발했다. 서로 수창하며 시명(詩名)이 점차 드러났다. 윤주(潤州)와 전당(錢塘) 등지를 다니며, 나은(羅隱)과 친했다.

성과사 聖果寺[1]

路自中峯上	길은 중봉 위로부터
盤回出薜蘿[2]	구불구불 돌아 벽라로 나오고
到江吳地盡[3]	강에 이르니 오땅이 다하고
隔岸越山多	언덕에 격하여 월산이 많네
古木叢靑靄	고목은 푸른 이내 속에 모여 있고
遙天浸白波	먼 하늘은 흰 물결에 잠겼네
下方城郭近	아래는 성곽이 가까워서
鐘磬雜笙歌	종경소리에 생가소리가 섞이네

주석 ☙

1) 옛 터가 절강성 항주(杭州) 남쪽 봉황산(鳳凰山) 위에 있음.

2) 薜蘿(벽라): 별려(薜荔)와 여라(女蘿). 모두 등나무와 같은 덩굴식물임.

3) 성과사가 있는 봉황산은 전당강(錢塘江) 가에 있는데, 건너편 연안은 월(越) 지역임.

평설 ☙

● 『영규율수』에 "절이 전당(錢塘)에 있기 때문에 '吳地'와 '越山' 연이 있게 된 것인데, 어떤 이는 전장아인(田莊牙人)이라고 기롱했으나 사물(寫物) 한 묘에는 방해되지 않는다. 후산(後山)이 축약하여 1구를 짓기를 '吳越 到江分'이라고 했는데, 고상하다. 비유하자면, '共君一夜話, 勝讀十年書' 라는 구를, 산곡(山谷)이 축약하여 짓기를 '話勝十年書'라고 한 것과 같 다. 여기에 적어 둔 것은 시법이 무궁함을 보이자는 것이다"고 했다.

- 『당시선』에 "왕차(王遮)가 '즉경(卽境)이 몹시 적절하다. 말은 사람의 의표(意表)로부터 나왔다'고 했다"고 했다.

- 『당시경』에 "3·4구는 지지(地志)를 지을 수 있다"고 했다.

- 『당시평선』에 "다만 절의 풍경을 그리고, 조악한 선어(禪語)로 들어가지 않았다. 일결(一結)이 순정(純淨)하여 생색이 난다. 승시(僧詩)의 제일수로서 이계란(李季蘭)의 〈기형(寄兄)〉과 더불어 격외(格外)의 쌍청(雙淸)을 이룰 수 있다"고 했다.

- 『당시성법』에 "1·2구는 성과사이다. 중간 4구는 모두 본 풍경이다. 결구는 먼지 이는 시장의 소란함인데, 절에서 꺼리는 바가 여기에 있음을 말한 것이다. 어기(語氣)는 혼연(渾然)하여 드러내지 않았다. '吳越到江分'과 비교하면, 각각 좋은 곳이 있다. 또한 한 마디도 선(禪)을 언급하지 않았는데, 결구는 속인도 또한 기꺼이 말하지 못하는 것이다"라고 했다.

무명씨

금루의 金縷衣[1]

勸君莫惜金縷衣	그대에게 권하니 금루의를 아끼지 마오
勸君惜取少年時	그대에게 권하니 젊은 시절을 아끼어 취하시오
花開堪折直須折	꽃이 피어 꺾을 만하다면 곧장 꺾어버리고
莫待無花空折枝	꽃이 없을 때를 기다려 공연히 가지를 꺾지 마오

주석

1) 金縷衣(금루의): 금실로 누빈 옷. 『전당시』에는 무명씨의 작품으로 되어 있는
데, 작가를 두추랑(杜秋娘)이라고 한 판본도 있음. 두추랑은 남경(南京)의 여
자인데, 나이 15세에 절도사 이기(李錡)의 첩이 되었다. 원화(元和) 2년(807)
에 이기가 반란을 일으켰다가 주살되자, 궁중으로 불려 들어가서 헌종(憲宗)
의 총애를 받았다. 두목(杜牧)에게 장편 〈두추랑시((杜秋娘詩))가 있다.

기태완(奇泰完)

중앙대학교 문예창작과 졸업
성균관대학교 일반대학원 국어국문학과 석사·박사 졸업(문학박사)
성균관대학교 동아시아학술원 대동문화연구원 선임연구원 역임
홍익대학교 겸임교수
전남대학교 호남문화연구소 전임연구원
저서로『황매천시연구』·『곤충이야기』·『한위육조시선』·『천년의 향기-한시산책』·
『화정만필』등이 있고,
역서로『거오재집』·『동시화』·『정언묘선』·『고종신축의궤』·『호응린의 역대한시 비
평―시수』·『퇴계 매화시첩』·『심양창화록』등이 있음.

한중역대한시선 ❷
당시선 唐詩選 下

선　　역 · 기태완
발행인 · 김홍국
발행처 · 도서출판 **보고사** (제6-0429)
주　　소 · 서울시 성북구 보문동 7가 11번지
전　　화 · 922-5120-1(편집), 922-2246(영업)
팩　　스 · 922-6990
메　　일 · kanapub3@chol.com
www.bogosabooks.co.kr

ⓒ 기태완, 2008
ISBN 978-89-8433-657-5 (세트)
　　　978-89-8433-659-9 (94820)
* 잘못된 책은 교환하여 드립니다.
* 저자와의 협의에 의하여 인지를 생략합니다.

정가 20,000원